친구가 죽어서 기뻤다

진실과 상상의 경계에 선 적나라한 자기고백

나남
nanam

나남창작선 91

친구가 죽어서 기뻤다

진실과 상상의 경계에 선 적나라한 자기고백

2010년 11월 10일 초판 발행
2010년 11월 10일 초판 1쇄

저자_ 김 웅
발행자_ 趙相浩
발행처_ (주) 나남
주소_ 413-756 경기도 파주시 교하읍
      출판도시 518-4
전화_ 031) 955-4600 (代)
FAX_ 031) 955-4555
등록_ 제 1-71호(79. 5. 12)
홈페이지_ www.nanam.net
전자우편_ post@nanam.net

ISBN 978-89-300-0591-3
ISBN 978-89-300-0572-2(세트)
책값은 뒤표지에 있습니다.

김웅 장편소설

친구가 죽어서 기뻤다

진실과 상상의 경계에 선 적나라한 자기고백

나남
nanam

타인의 얘기를 대신 적어 전달하는 일을 업으로 삼고 살다보니 정작 제 얘기는 시원하게 풀어낼 기회가 없었습니다. 업무 연관성이 완벽하게 배제된 저 자신의 얘기를 해보고 싶었습니다. 자기검열의 기제를 철저하게 무력화시킨 저만의 얘기를 해보고 싶었습니다.

저 자신에 대한 발화와 발설의 욕구가 쌓이고 넘쳐 병이 될 지경에 이르렀기 때문입니다. 구토든 배설이든 무슨 수를 써서라도 마음의 병을 해결해야 했습니다. 배운 짓이 적어대고 써 갈기는 일이다 보니 그것 말고는 마땅한 방법이 떠오르지 않았습니다.

무엇이든 써보기로 작정하고 컴퓨터 앞에 앉았습니다. '업무 연관성 배제원칙'은 아무런 문제가 되지 않았습니다. 애시당초 훌륭한 기자가 아니었기 때문입니다. 언 녀석들은 잘도 뱉어내는 취재 '뒷얘기'가 제게는 별로 없었습니다. '앞얘기' 없는 녀석들이 주로 '뒷얘기'를 써댑니다. 실력이 시원치 않다보니 24시간 현장을 뛰어다닐 일도 그다지 많지 않았습니다. 24시간 '뛰어다니면' 목숨을 잃을 수도 있습니다. 마치 혼자만 신사유람 갔다온 것처럼 '미국을 따르라'는 둥 '일본을 배우라'는 둥 장광설을 늘어놓을 배경도 없었습니다. 이런 녀석들은 기실 해당 국가에 대해 제대로 알지 못합니다. 특정 시기에 드러난 사회현상으로 보편타당한 큰 그림을 그리려 하는 건 바보짓입니다. 큰 그림이 안 보이니 자신 있게 얘기할 수 있는 것입니다. 마침내, 드디어 코끼리의 실체를 찾았노라고.

업무 연관성 있는 얘깃거리가 저라고 왜 없겠습니까. 깜냥 12년째 기자생활을 하고 있는데 말입니다. 코쟁이 밑에서 그네들의 언어로 일하다가, 일간지에 들렀다

5

가, 마침내 방송까지 왔으니 왜 할 얘기가 없겠습니까. 하지만 다른 녀석들이 코끼리 다리 더듬고 있다고 저까지 따라 붙을 수는 없는 노릇 아니겠습니까. 애먼 코끼리 좋은 일만 시키는 꼴 아닙니까. 그보다 더 중요한 사실은 언론 종사자와 수요자 사이에 존재했던 정보의 비대칭성이 거의 다 희석됐다는 사실입니다. '앞얘기'든 '뒷얘기'든 현장이든 사무실이든 미국이든 일본이든 시청자나 독자들이 오히려 더 잘 알고 있다는 뜻입니다. 배워야 할 사람이 가르치려 들면 세상물정 모른다는 비난만 돌아옵니다.

인식 대상의 실체를 거짓 없이 보여주고 진심을 전달하기 위해서는 제가 가장 잘 알고 있는 이야기를 그려내야 한다고 생각했습니다. 머릿속에 가장 먼저 떠오른 건 저와 교류했던 '사람들'이었습니다. 마음의 병을 불러온 것도 '사람들'이었습니다. '사람들' 때문에 희망을 품고 용기를 갖게 됐지만 그들로 인해 고통과 좌절을 맛봐야 했습니다. 제게 '사람'이란 '친구'와 등치였습니다. 무엇을 써야 할지 분명해졌지만 문제는 자기검열이었습니다. 형식을 생각하고 문체를 생각하고 구성을 생각하니 전혀 진도가 나가지 않았습니다. 언젠가 누군가에 의해 읽힐 것이라고 생각하니 그동안 배우고 반복해서 숙달된 글쓰기 방법을 저도 모르게 따라가고 있었습니다.

벗어날 수단을 고민하다 일기를 써보기로 마음먹었습니다. 형식도 필요 없고 주제도 정해지지 않은 일기를 즉흥적으로 써내려가기 시작했습니다. 머릿속에는 한 가지 생각밖에 없었습니다. 사람, 친구. 쉽지 않은 일이었습니다. 분명 어려운 일이었지만 어느 순간 익숙해지기 시작했습니다.

전반부를 완성하는 데 한 달 조금 넘게 걸린 것 같습니다. 해냈다는 성취감에 너무나 기뻤지만 글은 기쁨을 상쇄하고도 남을 정도로 엉망이었습니다. 저조차도 의미를 알 수 없는 문장으로 가득했고 무슨 말을 하려 했는지 도저히 갈피를 잡을 수 없었습니다. 천신만고 끝에 심령술 같은 독해력을 동원해 이리저리 큰길을 내고 샛길까지 터놓고 나니 그림이 보였습니다. 제 마음을 짓눌렀던 그림 말입니다. 관성이 붙고 나니 후반부는 전반부보다 훨씬 수월하게 마칠 수 있었습니다.

이 글은 픽션입니다. 일기 형식을 차용한 '글쓰기에 대한 글쓰기'로 읽혔다면 전반적으로 사실처럼 비쳐질 수 있겠지만 상상력으로 빚어낸 허구이고 창작입니다. 이런 설명조차 사실을 감추기 위한 하나의 장치로 해석한다면 어쩔 수 없습니다. 우리의 현실입니다.

1970년 이후 못난 아들을 한결같이 견뎌주신 자친(慈親) 송정자(宋定子) 여사, 동생 병국, 아내 김지연, 첫째 아들 강율, 둘째 아들 예검에게 사랑과 감사의 뜻을 전합니다. 표지 그림을 그려주신 백현규 선배와 서양화가 장은주 님께도 감사드립니다. 원고를 여러 차례 읽어주시고 냉정하게 평가해주신 정희창 변호사님도 참 고마운 분입니다.

끝으로 경박하고 난삽한 원고를 내치지 않으시고 책으로 엮어주신 조상호 선배님께 진심으로 감사드립니다. 다시 한 번 말씀드리지만 제가 글을 통해 세상과 소통하게 만들어준 건 헤겔도 아니고 사르트르도 아니고 프로이트도 아니고 마르케스도 아닙니다. 바로 조상호 선배님입니다. 저의 현실입니다. 감사합니다.

2010년 10월 22일 오전 12시 21분
김 웅

1

그날도 그랬다. 라이방 녀석과 하숙집 구들장을 지고 누워 있었다. 라디오 주파수는 FM 102.7에 맞췄다. 라이방이 미군 GI들이 만든 공익광고의 경직된 말투를 놀려대며 낄낄거렸다. 거의 매일 같은 내용이었다.

"여러분의 두 어깨에 보안유지의 중책이 맡겨져 있습니다. 잊지 마십시오! 보안유지는 병영생활의 필수요솝니다!"

지나치게 과장된 점령군의 목소리에 실소를 흘리던 난 이어진 음악 때문에 금세 숙연해졌다.

'···mama~, just killed the man. put a gun against his head. pull my trigger. now he is dead ······.'
(엄니, 사람을 죽였슈, 녀석의 박통에 총구녁을 냈슈. 위 두어렁셩 두어렁셩 다링디리)

주어가 없다는 점에 유의해야 한다. 자신의 의지와 무관하게 일을 벌였다는 뜻으로 읽어야 한다. 불가항력적인 힘이 작용했다는 말이다. '불가항력'을 형이상학이나 사회학적 의미로 해석할 수 있다.

주어가 복수일 수도 있다. 공범이 있었을지도 모른다. 하지만 지금은 혼자다. 모든 일은 내가 다 책임져야 한다. 두개골에 총알이 박혔으니 총격의 결과를 전할 필요는 없다. CSI가 아니다. 고려가요의 후렴구나 민요의 한 소절로 암울한 분위기를 덧칠해주면 그만이다.

한때 세계 정복을 꿈꾸었던 아리안족의 후예 라이방도 퀸의 〈보헤미안 랩소디〉 앞에서는 거만함을 감추고 침묵했다.

죽은 자보다 죽인 자가 더 큰 슬픔을 자아내는 건 'mama' 때문이다. 프레디의 낭랑한 미성이 피아노 솔로를 타고 곡의 중반으로 흐를 무렵 갑자기 미닫이 방문이 드르륵 열렸다.

Oh, my bro! 형제님의 허접한 토르소가 방문 밖에 엉거주춤 서 있었다. 내 룸메이트는 물리학 박사과정에 계신 독실한 기독교 신자였다. 말수가 적으신 데다 머리숱도 적으셔서 추위에 민감했지만 겨우내 감색 반코트 하나로 기동하시었다. 그는 나를 항상 '형제님'이라고 불렀는데 나 역시 그를 '형제님'이라고 부를 수밖에 없었다. 분명 자매는 아니었으니까.

형제님은 일주일에 한 번씩 종교적 동지애를 지닌 것으로 추정되는 여자친구를 '사역하시어' 방 전체를 말끔하게 치워놓으시는 행동을 서슴지 않으셨다. 때로 내 양말과 속옷까지 사역의 대상으로 편입하시었다. 정녕 미친놈 미친년 아닌가?

보헤미안 랩소디를 BGM으로 깔고 나타난 나의 동거인은 30센티미터 높이의 구들장 앞 토방에서 단말마 같은 한마디를 내뱉었다.

"오늘도 또……!"

형제님은 짧고 뭉뚝한 가래떡 두 가닥으로 허접한 토르소를 떠받친 채 한참을 그러고 서 계셨다. 술을 전혀 못하는 형제님은 여자친구가 손봐준 자신의 잠자리 옆에서 나와 라이방이 술판을 벌이는 게 싫었던 것이다. 속으로는 가래떡을 기역자로 접어들어 내 머리통을 밟아주고 싶으셨겠지만 그리 하지 않으셨다. 기도의 힘이 그의 뒷다리를 붙들고 있었으리라. 내가 형제님과 무슨 얘기를 주고받았는지는 기억나지 않는다. 형제님은 그날의 충격으로 일 주일 넘게 하숙집에 나타나지 않았다.

물리학 실험실에서 원심분리기에 뛰어들어 육체와 영혼을 분리시켜버렸다는 소문만 하숙집 지붕 아래서 을씨년스럽게 떠돌았다. 내가 낸 소문이었다. 난 1인실로 방을 옮겼다. 형제님의 여자친구가 빨아준 속옷과 양말을 챙겨들고.

'어머니, 녀석의 머리에 총구를 겨누고 방아쇠를 당겼습니다. 녀석이 죽었습니다. … 방을 옮기고 새 인생이 시작됐습니다.'

방이 바뀐 뒤에도 라이방과 나의 대화는 매일 밤 이어졌다. 많은 얘기들이 오갔다. 라이방은 한국어에 대한 질문을 많이 했다. 녀석은 한국어의 팔 할을 나에게 빚지고 있다고 말할 수 있다.

"풍경과 경치, 풍광이 어떻게 다르지?"

"어 … 풍경은 말 그대로 풍경이지. 풍경! 그러니까, 풍경, 알잖아! 풍경! 몰라? 풍경! 경치는 … 경치 조오타 할 때 경치, 간단하잖아! 풍광? 이런 말은 안 쓰는데 …… ."

라이방은 이런 식으로 단어 쪽지를 만들어 한독와이셔츠 박스 3개에 담아 영국으로 가져갔다.

내 뇌수의 분실. 핵심분실. 대공분실. 내 뇌수의 욕조. 핵심욕조. 금과욕조! 녀석이 가져갔다. 구라파로!

난 '풍광사건'을 분명하게 기억한다. 그날 이후로 라이방이 나에게 더 이상 우리말 어휘를 묻지 않았기 때문이다.

"풍광은 무슨 뜻이야? 잘 생각해봐!" 라이방이 천진한 표정으로 물었다.

"에이 진짜, 그런 말 안 쓴다니까아아아아~~." 내 목소리가 하숙집 담장을 넘어갔다.

1월 28일 오전 7시 40분

11

2

일기를 써보기로 했다. 친구들에 대해, 녀석들에 대해 적어보기로 한 것이다. 머릿속을 좀 비워볼 요량으로 시작한 일이다.

'머릿속'에 사이시옷이 필요한가? 젠장, 이런 쓸데없는 강박에 사로잡히지 않고 속 시원히 후련하게 이런저런 얘기를 털어놓고 싶은데 마음대로 될지 모르겠다.

최근 몇 년 동안 사람들을 만나면서 내가 항상 비슷한 얘기를 반복한다는 사실을 깨달았다. 친구들, 녀석들에 대한 얘기를 해대는 것이다. 녀석들에 대한 레퍼토리가 잊혀지기 전에 기록으로 남겨보리라 마음먹었다. 녀석들을 끄집어내 털어놓고 나면 홀가분해질 것 같다.

오늘이 벌써 닷새째지만 별 성과가 없다. 얼마 전 둘째를 출산한 아내의 병실에서 한밤중에 뭔가가 떠올랐지만 종이와 펜을 찾지 못했다. "무슨 병원에 종이랑 펜이 없어!" 하며 혼잣말로 짜증을 냈던 것 같다. '나중에 떠올리면 되겠지' 했지만 아무런 생각이 나지 않는다. 내가 기억하는 거라곤 아내가 침대에 누워 있었고, 병실은 어두웠고, 나는 창가에 마련된 소파 겸 침대에서 가방을 뒤지고 있었고, 창밖 맞은편 건물에는 네온사인이 빛나고 있었다는 사실뿐이다.

이 빌어먹을 컴퓨터는 USB를 어디에 꽂아야 되는지 모르겠다. 한 군데 비슷하게 보이는 곳이 있지만 맞아 들어가질 않는다. 오른쪽 쉬프트 키도 너무 작다. 활자 키와 같은 사이즈라서 누를 때마다 한 번씩 봐줘야 한다. 새끼손가락에 쥐가 날 지경이다. 유명 브랜드가 아닌 중소기업 컴퓨터에는 이런 약점이 있다. 문제가 발견되면 유명 브랜드가 아니라는 사실에서 원인을 찾게 된다. 이 회사가 중견기업이라고? 난 인정하고 싶지 않다.

생각이 어디로 튈지 모르니 글이 어떻게 완성될지도 모르겠다. 왜 중요한 일을 앞두고 엉뚱한 짓을 해대는지 모르겠다. 지금 이 순간에 USB 포트를 찾아 나서고 쉬프트에 저주를 퍼부어야 하나?

대학다닐 때 중간고사나 기말고사를 앞두고 서점에 들러 소설책을 사왔던 것과 비슷한 행동이다. 갑작스럽게 독서욕구에 사로잡혔다거나, 구매를 통해 소시민적 희열을 맛보고자 한 것이 아니었다.

현실도피였다. 눈앞에 닥친 일을 외면하고 싶은 마음. 이런 나의 습성에 맞장구를 쳐준 친구가 바로 라이방이었다.

2월 1일 오전 1시 10분

3

　누군가 골목 어귀에 내다놓은 평상의 한 귀퉁이를 낯선 녀석이 차지하고 앉아 있었다. 저녁 무렵이었다. 녀석은 가로등에 비춰가며 우리나라 지도를 열심히 들여다보고 있었다. 내가 슬리퍼에 반바지 차림이었던 걸 보면 여름이었지 아마. 재래시장을 마주하고 있는 재개발 직전의 주택가 골목길은 콘크리트 포장이 군데군데 깨져서 자갈이나 돌멩이가 이리저리 굴러다니고 있었다. 슬래브 지붕을 이고 있는 반거충이 벽돌집이나 오래된 한옥이 대세를 이루고 있는 전형적인 서울 변두리 슬럼이었다. 밀리언에어를 꿈꾸는 사람도 없었고 꿈꿀 수 있는 처지도 아니었다. 우리에게는 하루하루가 버겁고 고단했다.

　답답한 고시원을 벗어나 바람이나 쐴까 하고 골목을 막 빠져나가려는데 녀석이 먼저 말을 걸어왔다.

　"저기 … 여행 좀 가려는데 어디가 좋을까요?"

　처음엔 신대륙에서 온 양킨 줄 알았다. 비쩍 마른 몸매에 금발, 막 벗겨지기 시작한 이마, 커다란 금테 안경, 낡은 남방에 청바지, 주립교도소 출신 삼류GI는 아닌 것 같았다. 실제 삼류가 아니었다. 어쭈, 본토 구라파 독일 북부 본 출신이었다. 녀석이 왜 여기까지 흘러들었는지 궁금해지기 전에 반가운 마음이 앞섰다.

　배터리 전력이 13분 남았다는 메시지가 화면 오른쪽 귀퉁이에 올라왔다. 전원을 연결해야 하나? 이 컴퓨터는 회사 이름도 맘에 안 든다. 황구나 봉구 같은 까까머리 코흘리개를 떠올리게 하는 촌스러운 이음절. 이래서야 내몽골을 포함한 동북아시아의 최강자로 군림할 수 있겠는가. 자야겠다.

2월 5일 오전 12시 16분

아내가 입원해 있는 산후조리원 근처 서점에서 《그리스인 조르바》를 사서 읽었다. 카잔차키스를 카잔차스키로 잘못 발설해 얼굴이 벌게지게 망신을 당한 기억이 있다. 갑자기 머리가 가렵다. '샴푸를 많이 썼는데…….'

대학시절 "카잔차스키의 《그리스인 조르바》를 읽어보라!"고 충고조로 얘기한 녀석이 있었다. 그 녀석이 싫어서 지금까지 오기로 읽지 않고 있었다. 같지도 않은 녀석이 생각해주는 척 훈계하듯 얘기하는 데 화가 났다. 사실 한 번 구입한 적이 있었는데 오기를 지켜냈다. 그 조르바는 어디로 갔는지 모르겠다. 언젠가 이사하다가 어디로 날아가버린 것 같다.

며칠 전 서점에 들렀을 때도 오기를 부리며 조르바 대신 카잔차키스의 《지중해 기행》을 골랐다. 지중해 주변의 맛집이나 저렴한 모텔을 소개하는 기행문이 아니었다. 도시와 사람들을 빌려 작가의 관념을 풀어내는 다소 무거운 내용이었다.

서점을 다시 찾은 날 주인이란 작자는 카운터에 앉아 탕 종류 배달음식으로 점심을 때우고 있었는데 첫날과 마찬가지로 친절한 기색을 전혀 찾아볼 수 없었다. 목구녕에 가시라도 하나 걸려 캑캑거렸다면 난 즐거운 마음으로 책을 고를 수 있을 것 같았지만 그런 일은 일어나지 않았다. 뚝배기에 씌워진 랩을 벗겨내기 직전 경건한 마음으로 식사기도를 올렸던 게 분명하다.

굳이 하드커버를 살 필요는 없었다. 문고판이 있냐고 '목구녕'에게 물었더니 마뜩찮은 표정으로 카운터를 나와 이쪽으로 와서는 건성으로 대충 훑어보더니 없단다. 내가 여기저기 둘러보다가 출입문 바로 옆 책장에서 천 원 싼 문고판을 찾아내 카운터로 가져갔더니 녀석은 눈알을 희번덕거렸다. 아까 산 하드커버 카드결제를 취소하고 계산을 다시 해주겠다고 국물을 질질 흘려가며 얘기하기에 됐다고 하고 나왔다.

그날은 몇 페이지 못 읽었지만 어제 오늘 4백 페이지 넘는 책을 다 읽어냈다. 조르바라는 인간은 백면서생 주인공과는 다르게 역사적 질곡을 넘나드는 다양한 경험으로 곰국 같은 삶을 살아온 인간이렷다.

질곡이라는 표현을 대중화시킨 조성만이라는 인물이 생각난다. 명동성당에서 할복 투신한 후 발견된 유서에서 그는 우리의 역사를 질곡이라는 어휘로 형용했다. 할복투신한 조성만이나 역사의 질곡이 투영되는 조르바까지는 아니더라도 오래고 함께 할 질그릇 같은 녀석 어디 없나 생각하고 있다.

2월 25일 오후 8시 53분

Jorba the Greek이 아닌 Reivan the German에게 난 경주를 소개시켜 줬다. 녀석이 실제 경주에 갔다 왔는지는 모르겠다. 지금 생각해 보면 녀석은 길거리에서 누구에게 말을 걸 위인이 아닌데 그땐 왜 그랬는지 모르겠다.

쉬프트 키를 눌러대고 있는 오른쪽 다섯 번째 손가락이 저리다. 왼손 잡이의 약한 고리, 오른쪽 다섯 번째 손가락이 어설픈 중소기업 때문에 혹사당하고 있다. 이 정도라면 중견기업이 아니다. 인정 못한다.

난 녀석의 우리말에 감복해서 아는 만큼 친절하게 설명해줬다. 구라 파 녀석들이 우리말을 더듬더듬 이어가는 걸 보면 올림픽 때 태극기 올 라가는 것과 흡사한 감흥이 단전에서부터 밀려오는 것을 느낄 때가 종 종 있다. 그때 그랬다.

그날 이후 녀석을 내가 총무를 맡고 있던 고시원 사무실로 불러들여 이런저런 얘기를 나누곤 했다. 얼마 지나지 않아 밖에서 만날 수 있게 됐다. 내가 고시원 총무를 그만뒀기 때문이다. 두 평 남짓한 사무실에 서 하루 종일 자리를 지키고 앉아 있는 게 보통 힘든 일이 아니었다.

국가고시 수험생이 아니었던 난 사무실 책상에 앉아 마땅히 할 일이 없었다. 밖에 나가 햇빛도 보고, 애들 노는 데 끼어서 참견하며 장난을 걸어보고도 싶었다. 난 가끔씩 예닐곱 살 된 녀석들에게 천 원짜리 한 장을 건네주곤 했다. 눈이 동그래져서 잠깐 고민하다가 쑥스럽게 지폐 를 받아든 녀석들은 해맑은 표정으로 골목 모퉁이를 돌아 사라졌다.

살다보면 전혀 예상하지 못한 행운이 찾아올 수도 있다는 사실을 느 끼게 해주고 싶었다. 언젠가 나에게도 그런 일이 벌어지기를 기대하면서. 녀석들 중 하나는 훗날 퀴즈 프로그램에 출연해 엄청난 상금을 거머쥐었을지도 모를 일이다. 슬럼독 밀리언에어.

라이방은 얼마 뒤 하숙집을 옮기면서 골목을 떠났다. 골목을 떠나는 데엔 나의 도움이 필요했다. 우린 주로 전봇대에 붙어 있는 전단을 보고 전화를 걸어 하숙집을 물색했다.

"학생이 들어올라고?"

"아니요…여기 이 사람…….."

맨 처음 찾아간 아주머니는 놀란 눈으로 라이방의 멀대같은 허우대를 위에서 아래로 죽 한 번 훑어본 다음에 "뭘 먹고 살지?" 했다.

내가 먼저 "아무거나 다 먹어요!" 하다가 라이방이 직접 나서서 우리 말로 또박또박 "뭐든 다 먹어요!" 해봤지만 소용이 없었다.

아주머니들은 "집이 너무 좁아!" "생긴 게 무서워!" "그냥 싫어!" 등등 별별 이유를 들어가며 우리의 발걸음을 돌리게 만들었다.

그들은 라이방을 두려워하고 있었다. GI들의 이런저런 비행이 신문 사회면에 오르락내리락 할 때여서 그랬는지 몰라도 아무리 GI가 아니고 독일에서 온 착한? 대학생이라고 설명해도 먹혀들지 않았다.

저녁식사 때가 다 될 때까지도 '아무거나 잘 먹는 동물' 라이방은 살 집을 찾지 못하고 있었다. 마지막 한 집에서도 거절당하면 과천동물원으로 가는 것 말고는 방법이 없었다.

하루 종일 동네를 크게 한 바퀴 돈 우리는 하숙집 맞은편 시장통으로 들어선 뒤 구불구불 골목을 지나 녹색 철대문 집에 도착했다. 라이방의 키보다도 한참 낮은 대문을 찌그덕 열고 들어가 내가 먼저 "계세요?" 했다.

잠시 후 나타난 아주머니는 서커스단의 광대가 발 아래서 굴려대는 공처럼 둥글고 펑퍼짐했고 경단처럼 잘았다.

"하숙하게?"

"예 … 근데 제가 아니고 이 사람인데 …….."

"독방 28만 원!"

위낙 순식간이라 그러마고 대답도 못한 우리는 멍하니 서로의 얼굴을 바라보고만 있었다.

공 여사님은 초단신의 몸뚱이를 굴려 토방에서 마당으로 내려서며 라이방의 청바지에 쑤셔 박혀 있던 달러의 향취를 감지했던 게 분명하다.

코스모폴리탄적 휴머니즘의 정수를 맛본 우리는 공 여사를 가운데에 두고 마당에서 기념사진이라도 촬영하고 싶은 마음이었다. '아무거나 잘 먹는 동물' 라이방이 동물원 감치라는 일촉즉발의 위기를 벗어난 순간이었다.

여름 방학 기간에 난 낙향해 있었다. 개강이 얼마 안 남은 어느 날 라이방으로부터 장거리전화가 걸려왔다. 공 여사의 하숙집에 빈 방이 생겼다는 것이었다. 2학기 개강을 사흘 앞두고 라이방과 나, 공 여사의 동거가 시작됐다.

하숙집은 베트콩의 지하 땅굴을 연상케 하는 감동의 미로였다. 대문 밖 골목에서 담벼락 길이로 어림잡아보면 방 서너 개 정도밖에 상상이 안 됐지만 내부구조는 바우하우스가 울고 갈 실용주의의 정수리이자, 초현실적 3차원 공간이었다.

일단 본채에 안방이 있고 부엌 겸 식당을 사이에 두고 방 하나, 둘, 안방 맞은편에도 하나, 안방 바로 아래 지하에 하나, 이스트 윙에 하나, 둘, 셋, 여기에 기역자로 붙은 라이방 방, 바로 위 옥탑에 하나, 본채와 이스트 윙 사이에 목욕탕, 마당엔 화장실.

내가 본채로 옮기기 전까지 '형제님'과 함께 기거했던 2인실은 마당에서 가장 가까운, 라이방의 방을 90도로 마주보고 있는 이스트 윙의 첫 번째 스위트, 종교적 신심으로 무장한 우렁각시가 드나드는 곳이었다.

우렁각시의 손길이 덕지덕지 서려있는 온돌 스위트에서 라이방과 내가 나눈 대화는 이랬다.

"독도가 rock이라고?"
"그렇지 독도는 rock이지!"
"Island지 무슨 rock이야?"
"식수가 없잖아. 사는 사람도 없고 …….."
"사람이 왜 없어? 독도 경비댄지 수비댄지 수백 명이 있는데!"
"원주민 말이야!"
"원주민? 있을 걸? 누구더라 거기 살고 있는 사람 … 이름이 생각 안 나네 … 아무튼 island라니까! 이상한 사람이네!"
"it's a fuck'n rock not an island mate! no water there, people can't live! fuck!"

난 몇 년이 지나 할리우드 영화를 보면서 깨달았다. 그가 말한 rock의 의미를. 숀 코너리와 니콜라스 케이지가 주연한 〈The rock〉의 배경은 알카트라스 섬이었다. 알카트라스가 rock이라면 독도는 어느 정치인의 말마따나 언제든 폭파해서 없애버릴 수도 있는 rockito 정도 아닌가!
과연 나의 역사인식이 부족했던 것인지, 아니면 '보캡'에 문제가 있었던 것인지 알 수 없으나 내가 그의 승리를 인정한 것은 그가 떠나고 없는 몇 년 후의 일이었다.

통석(痛惜)의 염(念) 사건도 있었다.
일왕이 식민지배에 대해 사과한답시고 "통석의 염을 금할 수 없다"고 언급한 적이 있었다. 라이방은 진심이 담긴 사과라고 했고 나는 아니라고 했다.

"일본사람들은 그 정도면 사과한 거야!"

"그게 무슨 사과야! 라이방은 한자의 의미를 잘 모르잖아. 통석의 염, 한 자 한 자 풀어서 생각해봐! 아플 '통'에 애석하다 할 때 '석', '의'는 of, 염은 생각, 이게 무슨 사과야? 유감스럽게 생각한다는 표현을 좀 강하게 한 거지 잘못을 시인하는 게 아니잖아!"

"넌 일본을 모르잖아. 그 사람들은 그게 사과라니까. 그 정도면 사과한 거라고. 한국사람들이 생각하는 것처럼 천황이라는 사람이 나와서 잘못했다고 고개 숙이고 어쩌고 할 수가 없다니까! 왜? 천황이니까!"

"이 사람 완전히 일본 편이구만!"

이런 대화를 주고받으며 새벽 서너 시를 넘기는 게 보통이었다. 라이방은 우유에 시리얼을 타 먹으며 허기를 달랬다. 내가 뭘 먹었는지는 기억나지 않는다. 다만 친일파의 시리얼에 손대지 않았다는 것만은 장담할 수 있다. 지금 생각해보면 내 주장은 모 신문의 방일 분석기사를 그대로 가져다 읊은 것이었다. 녀석도 〈이코노미스트〉를 그대로 옮겨 왔던 게 분명하니 피장파장이다.

라이방은 대부분의 구라파 녀석들이 그렇듯이 일본을 거쳐서 한국에 들어왔다. 일본을 공부하다가 한국에 대해 관심을 갖게 됐다는 말이다.

일본학으로 어떻게 해보려다가 진로를 바꿔 쉬운 길을 택한 것이 분명하다. 실제로 나에게 그런 비슷한 얘기를 한 적이 있는 것 같다.

일본어에도 능통했다. 반신반의하던 차에 어느 날 우연히 전화 통화하는 걸 들었는데 제법이었다. 6년살이에 그 정도면 놀랄 일도 아니었다. 한자도 제법 그릴 줄 알았다.

녀석은 외교관이었던 아버지 덕분에 이런저런 나라를 경험했다고 했다. 불어도 제법 한다고 했다. 검증할 방법이 없었으니 그렇게 믿었다.

사람을 믿는다는 게 얼마나 위험한 일인지 그 당시에는 알지 못했다. 지금도 가끔씩 잊어버린다.

녀석은 〈이코노미스트〉를 애독했다. 녀석에겐 〈이코노미스트〉가 지식의 보고, 세계로 열린 창이었다. 독일에서 태어나 영국에서 공부하고 있는 녀석의 경력만큼이나 〈이코노미스트〉를 애독하는 태도가 나에게 깊은 신뢰를 심어주었다. 얼치기 양키들과는 비교할 수 없는 구라파인의 깊이!

난데없이 이코노 무전기가 생각난다. 킹콩 무전기와 쌍벽을 이루었던 통신기기의 기린아 이코노 무전기! 교통경찰의 교신내용까지 서슴없이 가로채던 이코노! 〈어깨동무〉, 〈소년중앙〉 광고의 8할을 차지하던 이코노!

이코노는 플립 스타일에 기능도 훨씬 다양했지만 난 송수신 품질이 한참 떨어지는 킹콩 무전기를 샀다. 돈 때문이었다. 내가 뛰어놀던 골목에는 천 원짜리를 무시로 날려주던 ‘산타클로스’가 없었다.

라이방은 볕 좋은 날이면 방문을 열어놓은 채 방안에서 마당으로 가지고 나온 의자에 앉아 이코노를 읽었다. 왼쪽 페이지를 오른쪽 아래로 말아서 반으로 접어가며 읽었는데, 다 읽을 때쯤 되면 제본 중심선이 두루마리처럼 불룩해졌다. 부러운 일이었다. 나에겐 세계로 열린 창이 없었다.

이코노를 읽으면서 뿜어내는 담배 연기도 그럴싸했다. 녀석은 한참을 그러고 앉아 있다가 화장실로 향했다. 이코노로 곰삭한 외인의 똥덩어리는 사랑방처럼 아늑한 반 평 공간의 화장실에서 정화조로 밀려들며 무슨 꿈을 꾸었을까.

‘여긴 어딘가? 난 누구인가? 이게 다 뭐란 말인가?’

찹쌀떡 서너 개에 우유를 한 잔 마셨더니 화장실이 급해졌다.

2월 27일 오전 1시 8분

6

낮에 웬 승려가 찾아왔더랬다. 낮잠을 자다가 잠결에 어머님이 응대하는 소리를 들으면서 집을 잘못 찾아왔겠거니 했다.

내 본적지 집터를 사들여 좋을 일을 해보겠다는 것이었다. 아무도 돌보지 않아 대나무숲으로 변해버린 그곳. 제법 멀쩡하게 생겨먹은 데다 장삼도포까지 차려 입어서 그럴 듯해 보였다는 게 어머님 말씀이었다. 요즘 승려들은 명함도 들고 다닌다. 시세보다 후하게 쳐주겠다는 말도 빼놓지 않았단다.

교회에 다녀와서 이런저런 상상을 해봤다. 몇 평이나 될까. 얼마나 될까. 어디다 쓸까. 하느님 감사합니다! 녀석들에게 천 원짜리 몇 장 나눠준 것뿐인데 이런 행운을 주시다니요, 제겐 과분합니다. 할렐루야! 우리 조상님들도 이런 쓸모 있는 일을 도모하실 때가 있구나!

저녁나절에 승려의 전화를 받았다. 천하의 패륜아도 아니고 큰집 터에 사찰 들이고 살 마음 없다고 언성을 좀 높이다가 전화를 끊어버렸다. 손가락에 쥐나겠다. 이 땡중 쌍판때기 같은 쉬프트 키!

라이방은 합성세제를 너무너무 아끼는 'detergent-saving mentality'를 지니고 있었다.

"이거 봐봐. 꼬장물 나오는 거. 시커멓네!"

"세제에는 원래 빨래 국물을 새카맣게 보이게 하는 재료가 들어간다니까. 세탁기 돌리면 무조건 새카맣게 보이는 거라니까!"

"그러지 말고 옷 좀 자주 빨아 입어, 인간아!"

녀석은 다 입어 더러워진 팬티로 코를 푸는 희한한 행동도 자주 보여주셨다. 빨랫감이 된 속옷을 머리맡에 두고 두루마리 뽀삐처럼 애용하는 저렴한 인간. 녀석이 매일 밤 찧어대는 입방아의 원천적 생명력은 팬티에서 비강을 통해 혓바닥으로 전해진 정액의 일부에서 비롯됐을지도 모른다. 때때로 녀석의 입에서는 구린내가 풍겼던 것도 같다. 내가 언젠가 녀석에게 말했다.

"너 담배 끊지 말고 계속 피워라!"

녀석은 요리도 곧잘 했다. 사방천지가 기름때로 얼룩진 본채 안방 옆 부엌에서 미간 찌푸려지는 재료로 제법 그럴싸한 음식을 만들어오곤 했다. 미간은 왜냐고? 유통기한을 전혀 개의치 않으셨으니까. 특히 우유. 박테리아가 번식하면 결국 요구르트 되는 거라며.

"그 박테리아 아니잖아, 에이 X발!" 해도 소용없었다.

계란도 김치도 찌개도 그에게는 유통기한이 없었다. 어차피 빈털터리 복주머니 같은 위에서 잠시잠깐 머물다가 길고 긴 대장을 지나며 곰삭아, 낡은 변기를 거쳐 정화조로 빠져들면 아우슈비츠의 원혼처럼 똥물 위를 둥둥 떠돌 것을 이러쿵저러쿵 상관해 무엇하랴! 수업은 게을러서 빼먹은 것과 배가 아파서 빠진 것이 반반이었다.

녀석은 담배도 직접 종이에 말아서 피웠다. 사전을 찢어 피우는 것도 본 것 같다. '풍광'을 표제어로 담은 페이지를. 그의 담뱃잎은 지난 1970년대 말 초등학생들의 애간장을 녹였던 드로프스 사탕이 담겨 있던 양철통 같은 곳에 보관돼 있었다. 너무 독하지 않냐고 했더니 뭐라더라? 동네 가게에서 파는 담배는 담뱃잎을 일정한 간격으로 미세하게 홈이 그어진 종이에 말아놓은 것인데, 홈 안에 화학물질이 발라져 있다고 했다. 담배를 가만 놔둬도 계속 타는 건 바로 이 때문이라는 것이다. 이 화학물질이 몸에 해롭기 때문에 다른 종이로 말아서 피우는 게 훨씬 덜

24

해롭다고 했다. 확인할 길이 없으니 그런가보다 했다. 그의 지식은 바로 이코노 무전기로 수신된 것이었다.

녀석이 담배로 나를 놀라게 한 적도 있었다. 학교 후배 몇몇과 어울려 학교 근처 맥줏집에서 한잔 걸치고 있었다. 술이 좀 오르자 맞은편에 앉아 있던 까라홍이란 녀석이 무용담을 늘어놓기 시작했다.

아르헨티나에서 칠팔 년을 살며 나름 싸움 좀 해봤다는 게 이 녀석 이야기의 핵심이었다. 녀석은 그때 만든 거라며 손등의 '빵'까지 보여주며 제법 진지한 표정으로 사발을 풀어대고 있었다.

'바로 그때', 이런 표현은 지양하자. 인생을 살아보면 알겠지만 그렇게 항상 아귀가 맞아떨어지지 않는다. 아무튼 갑자기는 아니었다. 입가에 희미한 비웃음이 언뜻 비치는가 싶더니 라이방 녀석이 한 모금 빨아낸 담배를 왼손 등에 치익 비벼 껐다.

라이방은 아무 말도 하지 않았다. 까라홍의 너스레가 듣기 싫어서 그랬는지 무용담이 유치해서 그랬는지 모르지만 빼빼 마른 샌님 라이방이 담뱃불을 손등에 지지는 순간 까라홍의 무용담도 꺼져버렸다.

사나흘 뒤. 그날도 역시 형제님 부재중인 방에 누워 종이컵에 담긴 맥주를 홀짝거리며 이런저런 대화를 이어가고 있었다. 자세히는 기억나지 않지만 내 얘기가 대부분이었고 우린 진지했다. 오늘처럼 비가 오고 있었던 것 같다. 참고로 지금은 밤 10시 44분. 이 무렵이었다.

난 물고 있던 담배를 왼쪽 손등에 비벼 껐다. 뜨겁지 않았다. 라이방은 그냥 피식 웃었다. 곧바로 대일밴드를 찾아 붙였다. 자다가 이불에 쓸리면 아플 것 같았다. 대일밴드는 활명수나 사리돈처럼 요긴하게 쓰일 때가 많다. 준비해두면 좋다.

우린 항상 맥주를 마셨다. 하숙집에서 20미터쯤 떨어진 천변 앞 슈퍼에서 병맥주를 사다 날랐다. 종이컵이나 문어다리, 쥐포와 함께. 말이 슈퍼지 그냥 동네 구멍가게였다.

우리의 외상값은 라이방이 한국을 떠나기 전날에야 청산됐다. 빈 맥주병이 마당을 빙 둘러 세워졌다. 식사도 거르고 한낮까지 퍼질러 자기 일쑤인 우리들에게 하숙집의 이런저런 녀석들이 관심을 보였다.

한 날은 옥탑에 살던 통계학과 녀석이 "헤이 유 웨어 아유 프롬?" 했다가 본전도 못 챙겼다. 라이방은 들고 있던 '이코노'에서 눈도 떼지 않고 아무런 대꾸도 하지 않았다. 녀석은 한 번 더 "헤이 유!" 했다가 얼굴만 벌게져서 자기 방으로 올라가 버렸다. 라이방이 "누구한테 '유'야! 너 몇 살이야?" 했기 때문이다. 라이방은 카키색 민소매를 입은 녀석의 말투가 정말 버르장머리 없었다고 했다.

지하에 살던 호왕이 형도 우리와 종종 어울렸는데 항상 늦게 들어와서 혼자 밥을 차려 먹다가 우리방에 들러서 "같이 한잔 할까?" 했다.

나는 이 호왕이 형한테서 '시제'라는 말을 처음 들었다. 과거완료, 현재완료 하는 시제 말고 제사 말이다. 형은 한 달에 한두 번은 경북 상주 고향집에 내려갔다. 시제 모시러 간다는 말을 수도 없이 했던 것 같다. 자신이 문중에서 중요한 위치에 있다는 자랑은 아니었다. 그런 사람은 아니었다. 시제 모시는 게 그토록 중요한 일이던가? 지금도 알 수 없는 일이다.

형은 동북아시아 분단국가까지 밀려든 파란눈에게 친절을 베푸는 소박한 인간이었다. 호왕이 형은 어디서 뭘 하는지 궁금하다. 한밤중 경부고속도로에서 170까지 내리 쏜다는 세피아는 지금쯤 처분하고 없겠지.

3월 9일 오후 11시 12분

앉은뱅이책상에서 식탁으로 옮겼다. 피곤하다. 수영을 그만 둬야 하나? 완행버스를 타고 달나라에 갔다 온 느낌이랄까? 운동을 열심히 한 뒤에 밀려드는 피곤함과는 차원이 다르다. 전신의 통증과 무력감, 두뇌 활동의 둔화, 신경질, 내가 뭔가 잘못하고 있는 것 같다.

강사 녀석은 매일 나에게 "너무 열심히 하는 것 아니에요?" 하며 빙그레 웃는다. 녀석은 희멀건 얼굴로 희죽거리며 '너 그러다 조만간 드러눕는다'는 뉘앙스로 적당히 하라고 볼 때마다 경고를 보내지만 난 아랑곳하지 않는다.

오기가 발동해 심연으로 더 깊이, 더 깊은 곳으로, 지구의 코어를 건드리고 올 요량으로 떡붕어 같은 유선형 몸짓으로, 자라 같은 물갈퀴를 희구하는 발목의 유연함으로 유영(遊泳)한다. 서서히 조심스럽게, 하지만 단호하게.

나는 간다. 지구의 중심부로. 외핵과 내핵을 지나 중심에 서면 자기장(磁氣場)은 어느 곳으로 날 인도할까.

자기장이 아니라 모기장을 치고 살던 시절도 있었다. 요즘은 찾아보기 힘들다. 모기가 사라진 것인가. 살충제가 강력해진 것인가. 아니면 우리들에게 엄청난 내성이 생겨 모기 바늘을 찌그러트리는 방어막이 쳐진 것인가. 아, 유치하다. 싸구려 수사와 상상력으로 화면을 메워가는 이 손가락은 과연 뇌와 연결되기나 한 것인가. 허리가 아프고 발등이 가렵고 의자도 불편하다.

라이방은 가끔씩 기특한 짓도 했다. 녀석이 건네준 Roald Dahl의

〈Switch Bitch〉는, 제목이 던져주는 운율만큼이나 경쾌한 단편들이었다. Kieth Jarret이라는 재즈 연주자를 알게 해준 것도 녀석이었다. 내가 녀석에게 전해준 수많은 우리말 어휘에 비하면 아무것도 아니었지만 고마웠던 건 사실이다. 다른 제3세계 국가로 자원봉사를 떠나면서 한복 입은 인형과 태극선, 열쇠고리 따위를 챙겨가는 녀석들보다는 분명히 한 수 위였다. 녀석이 전해준 *Switch Bitch* 속의 *Swapping*을 주제로 한 코미디가 동북아의 분단국가에서는 범죄로 취급돼 사회적으로 엄청난 파장을 불러왔기 때문이다. 그것도 10년이나 지난 시점에. 이것이야말로 진정한 코미디다.

쉬프트를 부숴버리고 싶다. 원뿔을 잡아 쥐는 모양새로 쥐었다 폈다 오른손을 아무리 움직여 봐도 새끼손가락은 운동능력을 쉽게 획득하지 못한다. 퇴화될 준비에 여념에 없는 박철순이 갑작스럽게 선발출장에 나선 꼴이다.

"저요?"

검지로 자신의 가슴팍을 가리키며 기가 막히다는 듯 실소를 흘리고는 고개를 돌려버리는 박철순.

"철순아 니가 해줘야지 누가 하겠니!"

"아니 감독님, 애들 있잖아요! 제가 올해 나이가 몇인데요! 다음 주에 파리 바케트 초콜렛 무스 케익으로 은퇴파티할 준비하고 있는데 무슨 소리 하시는 거예요? 참내 ……."

"철순아, 좀 봐줘라. 이럴 때 마지막으로 멋진 모습 한 번 보여줘 봐 봐바아아."

잠시 고민하다가 마지못해 벤치에서 일어나는 박철순. 가죽 글러브를 챙겨든다. 언뜻 보면 레자 같기도 하지만 신대륙에서 제조한 진짜

버펄로 가죽이다. 박철순이 의미심장한 한마디를 내뱉는다.

"어깨 나가면 감독님이 책임지세요! 약속하세요! 꼭요!"

'새끼손가락 걸며 영원하자던 그대는 지금 어디에. 그대를 사랑하며 잊어야 하는 내 맘은 너무 아파요. 그대 떠나는 뒷모습에 내 눈물 떨구어주리. 가는 걸음에 내 눈물 떨구어주우리이이…….'

박철순은 결국 어깨가 나가 밥술도 뜰 수 없는 불구의 몸으로 평생 살아가며 매 끼니마다 감독을 때려죽이고 싶은 열망에 시달리지만 왼손 운동을 게을리하지 않는다.

2년 후 잠실구장에서 열린 YB 대 OB 올스타전에서 박철순은 5만 관중의 열화와 같은 박수소리와 함께 등판해 왼손피칭으로 3이닝을 무실점으로 막아낸다.

재활의 승리였다. 박철순의 재활 스토리는 언론에 대서특필되고 박철순은 "그저 매끼니 왼손으로 밥을 먹었을 뿐"이라며 겸손해 하지만 언론은 박철순의 재활은 집념과 그칠 줄 모르는 끈기와 끈적끈적한 찰기의 승리라며 또다시 대서특필한다.

박철순은 마침내 '왼손잡이 박철순'이라는 재활 아카데미 프랜차이즈 사업을 시작한다. 하지만 동업을 제안했던 중견 건설업체 박 사장이 부도와 함께 어디론가 사라지자 충격을 받은 박철순은 왼손마저 마비되는 불운을 겪게 된다. 아, 이건 너무 잔인하다!

사업이 성공해 코스닥 상장기업의 대주주로서 행복한 여생을 보내고 있다는 마무리였으면 좋았을 것을. 통석의 염을 금할 수 없다. 진심이다.

오른손 새끼손가락이 이번 구원등판에서 어떤 모습을 보여줄지 난 전혀 관심이 없다. 오로지 이 봉팔이 같은 컴퓨터를, 제조사를, 작살내버린 뒤 대기업 제품 달라했더니 불량식품 가져다가 배짱 튕긴 회사 담당자 녀석을 때려주고 싶은 마음뿐이다.

다시 앉은뱅이책상으로 내려왔다. 베란다 빨랫줄에 걸려 있는 수영복이 눈에 거슬린다. 엉덩이가 다 닳았다. 저러다 터지진 않겠지. 주님은 내가 감당할 수 있는 고통만 허락하시니까. 혹시 저 정도는 충분히 견딜 수 있는 놈이라며 과대평가하지 말아 주시옵소서. 아멘.

구마를 소개시켜준 것도 녀석의 선행 중 한 가지였다. 구마는 녀석과 같은 반에서 한국어 수업을 듣는 동경 출신 일본인이었다. 나중에 들은 얘기지만 녀석이 구마에게 혹시 내가 한일 관계를 들먹이며 무례한 언사를 남발하더라도 참으라고 당부를 했더란다. 그래서 그랬는지 구마는 한일 관계에 대한 진지한 토론에 대비한 듯 일한사전을 들고 나왔다. 포켓용이었다. 포켓만큼만 알면 되는 게 일한 관계 아닌가. 하지만 구마는 포켓 일한사전을 뒤적일 필요가 없었다. 내가 전혀 일한관계를 언급하지 않았기 때문이다.

그저 2천 원짜리 쥐포 안주가 차린 것의 전부라며 손님 대접을 이렇게밖에 못해서 미안하다고 통석의 염을 금할 수 없다고 말했다. 왜 그랬는지 모르지만 구마에게는 아무런 적대감을 느낄 수 없었다.

구마의 복장은 신주쿠나 하라주쿠를 배회하며 X Japan에 열광하는 전후 일본 젊은이를 떠올리게 했다. 스포티한 롱코트에 헤어밴드, 알이 조그만 금테 안경, 웨이브진 머리, 약간 길고 갸름한 얼굴 선, 하얀 피부에 지식인 같은 모습이었다.

통석의 염을 금할 길 없는 안주를 씹어가며 우리는 몇 시간을 거기서 그렇게 죽치고 앉아 이런저런 얘기를 나눴다.

구마는 우리 하숙집에서 세 집 건너 있는 기와집에서 하숙하고 있었다. 미음자 마당에 짧은 마루가 있는, 드라마에 자주 등장하는, 피디 녀석들의 빈곤한 상상력을 여실히 보여주는 세트를 떠올리면 된다.

구마를 만난 덕분에 우리의 대화가 더욱 다양하고 풍요로운 주제를 건드리게 됐다고 하면 거짓말이다. 그런 적이 별로 없었다. 우리 하숙집에 하루가 멀다 하고 찾아온 구마는 나와 라이방이 싸우는 모습을 바라보며 맥주만 홀짝이다가 돌아가는 날이 많았다. 그러면서도 다음날이면 또 나타났다. 구마는 또 오고 또 왔다. 나와 라이방은 싸우고 또 싸웠다.

구마는 소리 없이 맥주를 마시는 신비한 능력을 지니고 있었다. 그의 음주는 잡음이 전혀 없었다. 금방 따라줬는데도 잠깐 해찰하고 나면 잔이 비어 있다. 볼을 크게 부풀리지도 않고 숨 넘어가는 소리도 내지 않는다. 주변을 돌아보면 맥주를 숨넘어가게 마시고 '어허' 하며 가쁜 숨을 몰아쉬는 이상한 녀석들도 있지 않은가. 마치 목말라 죽을 뻔했다는 듯이. 하지만 구마는 아무런 소리도 내지 않았다. 조금씩 들이켰지만 금세 다 마셔버렸다. 그의 귀신같은 음주는 우리의 논쟁과는 아무런 관련이 없었다.

우리는 구마의 의견도 묻지 않고 계속 싸웠고 구마는 "어, 조금 다른 것 같아요, 확실하게 얘기할 수는 없는 것 같아요" 등등 일본인 같은 소리만 몇 마디 할 뿐 누구의 편에도 서지 않았다. 예수님 머리같이 웨이브진 단발머리를 쓸어 올릴 뿐이었다.

그러던 구마가 어느 날인가 뭔가에 쫓기는 듯 긴장된, 창백한 얼굴로 내 방에 찾아온 적이 있었다. 그 당시 신촌에서 DJ 아르바이트를 하고 있던 구마는 밀린 월급을 달라고 사장에게 말했다가 봉변을 당했다고 했다. '이런 쪽발이 새끼' 등등 입에 담을 수는 없지만 글로는 쓸 수 있는 욕설과 함께 망치로 위협까지 당했으니 여린 구마가 받은 충격은 어마어마한 것이었다.

　오죽하면 NHK 서울지국에 전화해서 "이런 경우에 어떻게 해야 하냐"
고 자문을 구했다고 했다. 왜 NHK에 전화했는지 지금도 고개가 갸웃
거려진다. 당연히 조선총독부 경무국에 알린 뒤 관할경찰서 고등계 형
사와 함께 그 집에 찾아가 집기를 산산조각내고 사장 녀석의 등판에 니
뿐도로 Z자 자상(刺傷)을 내주는 게 도리 아닌가?

　아무튼 구마는 NHK에 전화했고 고등계 형사는커녕 유도 유단자도
못되는 기자 녀석은 어쩔 도리가 없다면서 오히려 "당신이 불법으로 취
업했던 것 아니냐"고 구마를 몰아세운 모양이었다.

　"뭐하는 새끼들인가요?"

　"깡패들이에요. 조심해요. 괜히 나서지 말아요!"

　나서달라는 말이었다. 맥주를 한 모금 들이켜고는 자리에서 일어났
다. 집 앞 슈퍼 공중전화에서 녀석들에게 전화를 걸었다. 전화를 받은
녀석은 구마 얘기가 나오자 흥분하기 시작했지만 다짜고짜 욕설을 퍼부
을 정도로 심각한 수준은 아니었다.

　"그래, 니들 구마한테 이렇게 하고도 무사할 것 같으냐?"

　"미친놈 지랄하고 있네!"

　"야 이 새끼야 신촌 로터리 현대백화점 앞으로 내일 모레 2시까지 나
와! 오후……."

　"모른다 이 새끼야!"

　"현대백화점을 모른다고? 야 임마 니네 가게에서 나와서 우회전해서
쭉 내려가다가 사거리 두 개 지나면 나오는데 현대백화점을 모른다고?
그럼 KFC는…요?"

　"모른다고. 임마."

　"그럼 광화문 앞에서 보자, 광화문 모른다고 하진 못하겠지?"

"광화문?"…'아니 이럴 수가!'

난 녀석의 정곡을 찔렀다. 대화의 핵심을 관통해버린 것이다. 대한민국 국민이 광화문을 모른다는 건 구마를 쪽바리라 부른 것보다 더 부끄러운 일이 아닌가?

다음날 난 고시를 준비한다는 한 녀석을 찾아가 고소장을 작성하는 법을 가르쳐달라고 했다.

"넌 가르쳐줘도 몰라 임마!"

"그냥 형식만 얘기해달라니까!"

"가르쳐줘도 모른다니까."

"형식만 얘기해보라니까! 내가 알아서 할 테니까…….."

이 새끼는 형식을 전혀 모르고 있었다. 이순자 같은 테가리를 치켜들고 거들먹거리며 머릿속에서는 형식을 상상해보고 있었지만 옆구리에 끼고 나온 형법 책에도 고소장 작성요령은 없었으니 알 리가 없었다. 녀석을 더 이상 괴롭히고 싶지 않아 나중에 보자며 헤어졌다.

원사 출신 아버지 하나로 족한 것 아닌가! 원사 출신 아버지는 합격을 채근하며 녀석의 관절을 뽑아댔을지도 모른다. 나중에 안 일이지만 관절뽑기의 달인 이근안은 녀석의 동네 미장원 2층 다락방에 숨어 지내고 있었다. 한 번도 보지 못한 녀석의 예비역 원사 아버지를 왜 달인 이근안과 동일시하는지 잘 모르겠다. 그 시절 군 생활로 30년 이상을 보냈다면 서너 녀석 골로 보낼 일이 분명히 있었을 텐데 조용히 처리하려 이리저리 머리를 굴리다가 대가의 전설을 전해 듣고 독학으로 관절기를 습득하지 않았을까. 녀석의 아버지는 녀석의 팔다리가 아닌 턱관절에 손을 댔던 것일까. 녀석의 턱은 이순자의 그것과 비교해도 전혀 손색이 없었다.

수영복이 자꾸 눈에 밟힌다. 아, 불안하다. 메이드 인 저팬 아레나가 오늘따라 왜 이다지도 추레해 보인단 말인가.

고소장은 내가 직접 썼다. 어차피 진짜로 제출할 것도 아니었지만 제법 그럴싸하게 만들었다. 큼지막하게 제목 달고, 이름, 주소, 날짜, 내용까지 다 한자로 써내려갔다.

구마를 겁박한 대한국인 안둥건은 광화문을 잘도 찾아왔다. 어찌 일천구백사십육년에 당당히 독립한 주권국가의 국민이 쓰라린 역사의 한복판에서 닭똥 같은 눈곱을 떼어내며 위풍당당 자리를 지키고 있는 한민족의 메인게이트를 모를 수 있단 말인가.

사실 힘든 건 나였다. 뭔 놈의 차들이 그렇게 많은지. 광화문까지 걸어가면서 지나가는 봉고에 치일 뻔했다. 교통순경 눈치도 봐야 했다. 고소장을 담은 서류봉투를 끼고 한 10분 서 있었나? 인사동 쪽에서 현대가 만든 야심작 그랜저 한 대가 달려오고 있었다. 직감적으로 알았다. 녀석들이 탄 차구나! 찬 타가 아니라 탄 차! 빌어먹을 구개음화여!

"타시죠!"

뒷좌석에 올라타 떨리는 목소리를 가다듬으며 '어디로 갈까요?' 하려는데 녀석들이 먼저 행선지를 구기동 방향으로 잡아 우회전하고 있었다. 모퉁이를 돌자마자 눈에 들어온 커피숍 앞에 그랜저가 멈췄다. 안이 훤히 들여다보이는 통유리창 커피숍, 정말 다행이었다. '바로 앞이 시경이니 경찰이 한 5분이면 출동할 수 있겠지!' 생각했다.

우리는 주문한 차가 나오기도 전에 본론으로 들어갔다. 내가 서류봉투에서 고소장을 꺼내 탁자 위에 올려놨기 때문이다.

녀석은 뒷모습보다 앞모습이 더 불결한 말 그대로 깍두기였다. 어떻게 이런 녀석이 그런 DJ를 두고 음악을 틀어댈 생각을 했는지 이해하기 힘들었다. 구마는 〈you call it love〉나 〈words〉 같은 음악을 고를 사람이 아니었기 때문이다. 최소한 얼터너티븐데 얘는 그냥 재래식 깍두기네. 구마의 선곡 때문에 화가 났던가? 지금에야 드는 생각이다.

녀석은 부패한 간장게장 같은 미소를 흘리며 내게 물었다.

"뭐하는 사람이오?"

"알 필요 없습니다!"

"구마랑은 어떻게 알지 … 요?"

"그냥 압니다. 계산부터 하시죠!"

"얼마면 됩니까?"

"잘 아시잖아요, 몇 개월 밀렸는지? 내일까지 통장에 입금시키지 않으면 이거 그냥 접수시키겠습니다."

재래식 깍두기는 다음날 100만 원이 넘는 돈을 구마 통장에 입금시켰다. 집 앞 슈퍼에서 황도에 참치캔까지 뜯어가며 즐겁게 마셨다. 다카사키라는 구마 친구도 초대됐다. 마침내 쟁취한 대동아공영의 그날이었다. 다카사키는 튀어나온 앞니를 윗입술로 감춰가며 대단하다는 둥 놀랐다는 둥 시답잖은 입발린 소리를 씨부댔다. 일본에서 노동운동을 했다는 다카사키는 구마가 일궈낸 노동의 결실보다는 황도에 더 관심이 많았다. 사실 황도만 한 결실이 어디 있단 말인가.

며칠 뒤 구마는 나에게 찾아와 한국어 작문대회에서 일등을 했다며 고맙다고 했다. 그게 왜 나에게 고마워해야 할 일인지 지금도 잘 모르겠다.

얘기를 전해들은 라이방 녀석은 시큰둥한 반응을 보였다. 라이방은 일본어로 나를 씨부댄 적도 많았지만 나는 크게 개의치 않았다. 구마가 크게 호응하지 않았기 때문이다.

얘기를 만들어내고 싶은 욕심을 쫓기 위해 손톱을 자르고 비누로 손을 씻었다. 사실 '구마가 그일로 나에게 신세를 지고 난 다음부터는 라이방이 구마와 나의 관계를 질투하는 것처럼 보일 때도 많았다'고 적었다가 지워버렸다. 생각해보니 사실이 아니다. 난 지금 창작하고 있는 것이 아니다. 사실을 끄집어내 머릿속을 비우고 있는 것이다.

형법책을 들고 나타났던 '테가리' 녀석 얘기를 해야겠다. 이 녀석과 나는 술을 한 번 마신 적이 있고 밥을 한 번 같이 먹은 적이 있다. 밥값은 아마 그 녀석이 냈던 것 같다. 'FM'에서 김치볶음밥을 먹었다. 가게 주인 보볼이 형이 제설용 염화칼슘 같은 염화나트륨을 왜 그리도 많이 썼는지 이제야 알 것 같다. 보볼이 형의 김치볶음밥을 먹고는 그냥 갈 수 없었기 때문이다. 맥주를 한잔해야 짠 속을 달랠 수 있었다. 정말 희한한 건 먹을 땐 정말 맛있다는 사실이다.

녀석은 나와 처음이자 마지막으로 점심을 함께 하면서—앞으로도 이 녀석과 밥을 같이 먹는 일은 없을 것이다—계속 스포츠 신문을 읽었다. 나에게는 한마디도 하지 않았다. 눈길을 여전히 신문에 꽂아놓은 채 "박철순이 프랜차이즈 해서 돈 벌었어?" 같은 말만 혼자 중얼거렸다. 어깨 나간 박철순의 성공담을 읽어 내려가며 녀석은 원사 출신 아버지가 손수 뽑아준 테가리를 어루만졌다. 상대방을 전혀 배려하지 않는 녀석이었다.

이 녀석을 15년쯤 지나 다시 한 번 만났다. 녀석은 여의도공원의 자전거길을 웬 아줌마와 함께 걷고 있었다. 자기보다 10센티는 더 큰 아줌마의 어깨에 손을 올린 채 역방향으로 걸어가면서 "내가 말이야… 어, 알지? 어?" 하며 수작을 걸고 있었다. 수작이 먹혀들었는지 둘은 낄낄대며 은밀한 웃음을 주고받았다. 비로도 정장을 차려입은 테가리의 여인은 쿠폰에 도장을 열 번 받아 2만 원짜리 무료 파마를 따낸 게 분명했다.

벤치에 앉아 있는 내 앞을 지나갈 때 난 녀석과 눈이 마주쳤지만 녀석은 15년 전을 떠올릴 만한 정신적인 여유가 없어 보였다. 술을 한잔 걸친 것처럼 표정은 녹아내리고 있었고 눈동자도 초점이 먼 곳에 맞춰져 있었다.

'녀석은 알고도 모르는 체할 놈이다.' 난 아는 체를 하려다가 마음을 접었다. 녀석의 턱은 누가 봐도 알아챌 수 있을 정도로 비정상적으로 자라 있었다. 얼굴도 어깨가 모자랄 정도였다. 병색이 완연했다. 갑자기 측은한 생각이 들었다.

신림동 고시원에 들어앉아 주식 데이트레이딩에 몰입한다는 얘기를 들은 적이 있다. 녀석이 직접 얘기했던 것 같기도 하다. 단타 매매가 성공했다면 저런 상대를 고르지는 않았을 거라는 생각이 들었다.

3월 10일 밤 11시 37분

나는 아르헨티나에서 담배빵 바람을 몰고 와 나와 라이방의 생살을
지지게 만든 까라홍 녀석을 부러워했다. 아르헨티나를 유년의 배경으로
지녔다는 사실이 부러웠다.

한때 전 세계에서 다섯 번째로 잘 살던, 사람보다 소가 많은 강대국,
소(牛)퍼 파워 아르헨티나! 이제는 남미의 변두리 국가로 전락해버린
슬프고도 애잔한 근현대사를 지닌 나라. 영국에 맞서서 패배가 당연한
포클랜드 전쟁을 감행했던 무모한 나라. 전쟁에 투입됐던 병력은 우리
나라 동사무소 방위 정도로 어설프게 훈련받은 굶주린 병사들이었다는
데 어찌 더블오세븐과 MI5 MI6를 보유한 유나이티드 킹덤 오브 그레이
트 브리튼 앤 노던 아일랜드를 물리칠 수 있단 말인가.

왜 그들의 여왕이 퀸 오브 웨일즈로 불리는지 난 아직도 알지 못한
다. 아르헨티나 군이 똥방위 같은 오합지졸로 길러진 이유를 알지 못하
듯이.

중남미에 대해서는 큰 기대를 하면 안 된다. 몇백 년 전에 떠난 주인
을 그리워하며 식음을 전폐한 황구(黃狗) 같은 신세랄까. 황구는 아니
고, 아무튼 개 중에 가장 쓸모없는 개를 상상하면 된다. 외갓집 마당이
었던가? 비 맞은 황구의 짭조름한 지린내가 기억난다. 모락모락 김이
올라오는 황구의 눅눅한 가죽은 처진 꼬리와 딱 맞아떨어지는 애잔함의
상징이다. 단 한 번도 개와 친하게 지낸 적은 없지만 그 냄새만큼은 똑
똑히 기억한다. 이 냄새를 품고 있는 서너 개의 세포는 뇌리의 한 구탱
이를 차지하고 있다. 라이방이 독일로 가져가버린 뇌수로 인해 비어버

린 이 공간은 KCIA 대공분실처럼 을씨년스럽고 음침하고 눅눅한 공간일지 모른다. 이곳이 바로 비 맞은 무국적자 황구의 냄새가 기거하는 곳이다.

한때는 만주벌판을 호령하며 국경을 넘어온 시베리아 호랑이와 바디첵을 나누던 황구였지만 국제미아, 무국적자로 전락하고 말았다. 이제는 더 이상 갈 곳이 없어 남산 대공분실까지 숨어들었다.

가장 널찍한 방 하나를 골랐다. 욕조에 더운 물을 가득 받아 지친 몸을 담갔다. 수증기로 가득 찬 분실 안에 지난 시절이 영사된다.

"너 이런 식으로 자꾸 바디첵할래? 여긴 내구역이란 말이다!"

"무슨 소리! 넌 출신이 시베리아 아닌가!"

"인간들이 그렇게 부르는 것뿐이지 출신이 시베리아가 아니란 말이다. 난 원래 만주에서 한반도까지 너른 지역을 나와바리 삼고 있다. 그렇다면 넌 몽골계니까 고향이 울란바토르 뒷골목 어디란 말인가? 그런 무식한 소리가 어디 있나?"

할 말이 없어진 우리의 황구는 다시 한 번 소리쳤다.

"멍!"

황구는 논리를 세우지 못했고 만주를 떠나야 했다. 승복해야 했다. 그는 패배가 무엇인지 아는 포유류였다.

길림과 용정을 거쳐 남쪽으로 향하다가 조선민주주의인민공화국 평양특별시 근교에서 홍수를 만났고 한강하구로 하릴없이 떠내려 왔다. 개헤엄으로 50킬로미터를 헤엄쳐 다다른 곳이 남산 한옥마을이었다. 정처 없이 발걸음을 옮기다 마침내 분실에 다다른 것이다. 30촉 전구 다마가 어두운 방 안에 솜사탕 같은 빛을 흘려주자 황구는 지그시 눈을 감았고 깊은 잠에 빠져들었다.

아르헨티나 군복을 입고 포클랜드 전쟁에 참여한 황구. 영국군의 기밀문서를 빼낸 뒤 동사무소로 가서 35번 대기표를 지닌 훌리오 가르시아 산탄데르 노인에게 전달하라는 명령을 받게 된다.

사흘 밤낮으로 영국군 전함 퀸 브리트니 호 주변을 개헤엄으로 맴돌던 황구는 점심시간을 틈타 선실로 잠입, 조타수 자리 선반에 놓여있던 노란 봉투를 들고 전함을 빠져나오는 데 성공한다.

또다시 사흘을 달려 부에노스 아이레스에서 남동쪽으로 300킬로미터 떨어진 벨베데레 시 에스트라다 이오니스코 동사무소에 도착한 황구는 가쁜 숨을 몰아쉬며 노란봉투를 산탄데르 노인에게 전달한다. 대기표를 받고 기다리다 기력이 다해버린 산탄데르 노인의 얼굴에 환한 미소가 번지는가 싶더니 이내 일그러진다.

"초본은 없나?"

그것이 그의 마지막 작전이었다.

목욕을 마친 황구는 옷장에서 가운을 꺼내 입다가 한 귀퉁이에서 술병을 발견한다. 치바스 레갈! 대형 매장용이 아닌 진정한 업소용 치바스다. 아까부터 들어와 있던 부관이 황구를 재촉한다.

"각하, 준비됐습니다. 나오시죠!"

"그래, 잠깐만. 지금 이 술 마실 수 있을까?"

"…….."

"안 되나?"

"괜찮으시다면 제가 대작해드리겠습니다."

황구와 부관은 호텔방에서 치바스 레갈을 주고받으며 취해간다. 밤이 무르익고 분위기가 오르자 밴드를 요구하는 황구. 지시를 받은 부관이 나갔다가 밴드 마스터와 함께 들어온다.

"아무래도 지하로 내려가시는 게 좋겠습니다. 객실로는 밴드가 들어온 전례가 없다는 게 호텔 측의 설명입니다."

"이 사람, 부관, 여기는 스위트가 아닌가. 조용히 놀면 될 일이야. 밴드 들여! 어서! 멍!"

밴드가 들어오고 술판은 계속된다. 냉수 섞은 치바스에 조금씩 취해가는 황구 각하. 신쓰봉의 노래가 끝나고 자리를 정리하려는데 밴드 마스터가 마이크 줄을 접으며 들릴 듯 말 듯 작은 목소리로 황구에게 읊조린다.

"나 기억 안 나나?"

"시간당 3만이면 되나?"

마스터는 황구의 동문서답에도 전혀 당황한 기색이 없다.

"나, 이오니스코 동사무소에서 같이 근무하던 백구다! 너를 찾아 지구 반 바퀴를 떠돌았다. 이제야 만나는구나. 초본은 어디 있나?"

"백구? … 하와유?"

"아임 파인 땡큐 앤유? 초본 내놔!"

백구가 마이크 뚜껑 안에 감춰진 총구를 황구의 이마에 겨누는 장면을 상상하다 말았다. 이 새로울 것 없는 상상을 굳이 이어가서 무엇 하겠는가. 무슨 얘기를 하고 있었는지 기억나지 않는다.

까라홍, 아르헨티나, 포클랜드 전쟁, 아, 기억나지 않는다. 이럴 때 필요한 게 홍삼정과다. 5년근 뭉치 포장은 아무래도 약발이 듣지 않는다. 6년근 낱개 포장이 필요하다. 6년근이 필요하다! 진공포장 6년근! 꿀에 절인 홍삼정과!

3월 11일 밤 11시 18분

마음이 편치 않다. 쓸데없는 것에 시간과 에너지를 소모하고 있다는 생각이 든다. 속도를 붙여 시도 때도 없이 써야 한다. 시시때때로가 아니다. 시와 때는 같은 의미 아닌가. 이것도 역전앞인가.

내 머리에 대공분실을 남겨준 라이방은 역전앞에 대해서도 나와 생각이 달랐다. 난 우리말의 순수성을 지키기 위해 맛세이, 히네루, 오시, 시키 같은 룸펜 스포츠 용어부터 당장 바꿔야 한다고 주장했다.

라이방은 이런 나의 생각이 야만적이고 전체주의적인 발상이라고 했다. 녀석들이 당구공을 돌려치는지 후려치는지 메치는지 일일이 감시해 바로잡을 수 없는 노릇이고 그럴 필요도 없다는 것이었다. 그럴 수 없다는 게 중요한 것이 아니고 그럴 필요가 없다는 데 방점이 있다.

언어란 손대지 말고 가만 내버려두면 알아서 흐르다가 모래톱이나 삼주도 만들고, 이내 바다로 나아가 이리저리 섞이다가 비가 돼서 내린다는 것이다. 우리는 그저 가만히 기다리다 받아쓰면 된다는 것이다. 표준어를 만드는 것조차도 옳지 않다고 했다.

녀석은 pass away 같은 표현도 싫어했다. My father passed away when ~ 같은 표현도 그저 He died when ~ 하란 것이었다. 뭔가 불필요하게 형식적이고 가식적이고 진지한 게 싫다는 뜻은 알겠으나 아버지 돌아가신 건 내 삶에 엄청난 파장과 파문을 불러온 일대 사건으로, 그는 육신을 떠나 초자연적으로 존재하는 그 무엇인데 어찌 그냥 he died 하겠는가. 싸구려 B급 할리우드 영화에나 어울릴 법한 표현을 자식된 도리로 어찌 함부로 쓸 수 있단 말인가. 나는 절대 효자가 아니지만 외국인에게 그들의 언어로 무지를 드러내는 데에는 큰 거부감이 있다. 웃음거리가 되기 싫은 것이다.

히카끼, 시끼, 오시, 맛세이 등 싸구려 식민주의적 자본주의 룸펜들의 유희에 끼어들고 싶은 맘은 없지만 그들의 용어가 듣기에 거북한 것은 사실이고 그놈들의 말뻔새는 좀 고쳐주고 싶다는 게 내 주장이었지만 녀석은 반대였다. 몇몇 놈들이 사무실에 틀어박혀 정해놓은 아카데미 프랑세즈적 권위주의를 받아들일 필요가 없다는 말이니 일견 타당한 것도 같았지만, 우리말을 그냥 놔두면 왠지 동해를 건너 녀석들의 열도에 천착할 것만 같은 위기감이 더 컸다. 사치스런 위기감이었다.

3월 12일 오전 11시 56분

까라홍은 특별전형 입학생이었다. 파라과이에서 중남미살이를 시작
해 아르헨티나로 옮겨갔지만 항상 자신을 아르헨티나 출신이라고 소개
했다. 녀석은 일찌감치 탈아입구의 깊은 뜻을 깨닫고 있었다. 구라파
이민자가 80%를 넘는 아르헨티나와 땅딸보 인디오와 메스티소가 대부
분인 파라과이는 차원이 다른 것이다.

녀석은 풍선 같은 몸매를 지니고 있었다. 붙임성이 좋아서 사람들과
잘 어울렸고, 잘 마셨고, 잘 먹었고, 게을렀다. 강의실보다는 밖에서
보내는 시간이 훨씬 많았지만 신경 쓸 일이 하나도 없었다. 내가 구라
파 어느 대학에서 한국어를 전공하는 것이나 다를 바 없었다. 계림유사
(鷄林類事)를 공부하지 않는 이상 한국어 때문에 고민할 일이 없는 것
이다. 설사 계림유사를 공부한다 해도 15세기 이전 문헌이라 한국어는
어차피 필요 없는 것이 아닌가.

즐거운 캠퍼스 생활은 그에게 주어진 행운이었고 골 싸매다가 머리가
터지기 일보직전에 대학에 들어온 우리들과는 다른 부류였다. 일찌감치
'소나타'시리즈의 첫 번째 모델을 끌고 학교에 나타나시어 여러 재학생
들의 부러움을 한몸에 받았고, 스페인어로 쓰인 국제면허증으로 우리의
순박한 교통경찰들을 당혹케 했고, 탁월한 당구실력으로 당구장 주인들
의 유례없는 총애를 받았고, 엄청난 주량으로 술자리를 압도했다.

일부 후배들은 내가 그런 녀석과 어울리면 안 된다고 직언을 올리기
도 했지만 난 그런 촌뜨기들의 세계관에는 이미 질려 있었다. 탈아입구
하지 않으면 언젠가는 도태된다는 사실을, 백구의 총구가 나를 겨누고
있다는 사실을 잘 알고 있었다.

난 녀석의 스페인어 실력이 부러웠고, 아버지의 자동차를 몰래 빼내 무면허로 부에노스아이레스 시내를 질주하면서도 치외법권으로 자유를 만끽했던 날들이 부러웠고, 녀석이 봤다는 너른 팜파와 소들, 그 소들이 뜯었을 풀까지도 부러웠다.

　'아시아는 좁다! 가자! 구라파로! 구라파로! 하지만 녀석들은 신대륙으로 떠나고 없다.'

　까라홍은 한자도 제대로 읽어내지 못하는 무식한 얼치기 3류 대학생이었다. 東西南北도 그려내는 수준이었으니 더 이상 설명할 필요가 없었다. 특별한 전형을 통해 입학한 특별한 학생이었다. 녀석은 싸움을 중요하게 생각했고 내 앞에서도 여러 번 싸웠다. 한 번은 "형은 왜 안 도와줘요?" 하며 서운한 소리를 하기에 "내가 끼어드는지 보려고 싸움 걸었냐? 너 술 먹고 싸우는 거 아주 지쳤다"고 쏘아붙여 버렸다.

　녀석은 이후에도 계속 싸웠고 급기야는 의대생의 코뼈를 부러뜨려 나까지 덤으로 집에 찾아가 무릎까지 꿇고 사과하게 만들었다. 녀석에게 천만 원 가까운 돈을 받아 챙긴 의대생 녀석의 코는 잘 붙었는지 모르겠다. 중간고사 망친 데 대한 보상까지 받아야겠다며 으름장을 놓던 녀석이 어디서 어떤 환자들에게 얼마짜리 인술을 베풀고 있을지 갑자기 궁금해진다.

　녀석은 이런저런 말썽만 피워대는 골칫덩어리였지만 한 꺼풀만 벗겨내면 나와 크게 다를 바 없었다. 나 역시 게을렀고 마셔댔고 종종 싸웠다. 단지 행동을 합리화하고 정당화하는 데 녀석보다 한 수 위였을 뿐이다. 난 적어도 문교부 지정 교육용 한자 3천 자는 알고 있었으니 녀석의 동서남북과는 차원이 달랐다. 녀석은 나를 많이 따랐다. 녀석은 나의 교육용 한자 3천 자가 필요했고 난 녀석이 들려주는 너른 초장 팜파의 여유와 낭만에서 해방감을 느꼈다.

녀석은 어느 날 5백시시 한 잔을 8백 원에 파는 술집이 존재한다는 믿을 수 없는 얘기를 만주벌판 독립군을 돕기 위해 군자금을 모금하는 애국지사의 비장한 표정으로 전해줬다. 보불이 형은 독립군들에게 전달할 생맥주를 준비해놓고 우리를 초조하게 기다리고 있었다. 우리가 들어서고 얼마 지나지 않아 잔 부딪는 소리와 쥐포 굽는 냄새가 만주벌판 곳곳에 흘러넘쳤다. 파티가 시작됐다.

　녀석은 중간고사나 기말고사 기간에 유독 술타령을 많이 했다. 진득하게 앉아 공부를 해본 적이 없었던지라, 찰기 있게 앉아서 질척한 시험공부를 단기속성으로 끝내버리는 우리들을 보며 불안감을 느꼈던 것이 분명하다. 녀석은 특히 나를 붙들고 늘어졌는데 녀석과 어울린 첫 학기에 내가 장학금을 받지 못했던면 아마도 직언을 올렸던 후배들이 나를 폐위하기 위해 모반을 꾸몄을지도 모른다. 녀석들은 파티를 즐기며 학업성취도를 높여가는 구라파의 캠퍼스 문화를 알 턱이 없었다. 아시아의 황구들이었으니까. 멍!

　졸업 후 녀석이 나에게 크나큰 실망감을 안겨준 사실은 지금 언급하고 싶지 않다. 실망할 만한 일이 아니었기 때문이다. 하지만 난 녀석을 더 이상 상대하지 않기로 마음먹었다. 녀석에게는 더 큰 실망을 불러올 능력이 충분하다는 사실을 직감적으로 알고 있었기 때문이다. 난 녀석처럼 젖과 꿀이 흐르는 팜파를 누려보지 못했고, 너른 세상을 알지 못했다. 치바스를 냉수에 타 마시며 쓰봉의 노래를 듣는 것을 최고의 행복으로 여기는 황구에게는 구라파인을 당해낼 재간이 없는 것이다.

3월 12일 오후 3시 37분

'파리 바케트' 단팥빵을 매일유업 '두유로 굿모닝'과 함께 먹었다. 보아라, 여기서도 탈아입구! 우리의 지향점은 단 하나다!

오랄비로 이를 닦고 리스테린으로 입속 세균을 정리한 뒤 아이보리 비누로 손까지 씻었지만 갑자기 힘이 빠지고 정신이 몽롱한 게 더 이상할 얘기가 떠오르지 않는다.

이마의 뾰루지로 계속 손이 간다. 긴장하고 있다. 까라홍과 나의 유쾌하지 못한 추억이 내러티브의 필라멘트를 '틱' 끊어버린 것 같다. 사람을 중심으로 얘기를 풀어간다는 게 상당히 피곤한 작업이라는 걸 조금씩 느끼기 시작한다. 아, 다 뭐란 말인가.

3월 12일 오후 11시 30분

없는 내용을 만들어내고 싶은 욕심이 강해진다. 모르는 사실을 꾸며 내고, 포장하고, 가공하고 싶은 욕구. 기숙사 시절을 생각하다보니 숫 돌이가 떠오른 것을 낸들 어쩌랴. 무슨 논리적 연관이 필요하단 말인가.

쓸데없는 모더니즘적 강박에 시달리면 어떤 결과가 초래되는지 잘 알 고 있지만 이런 생각을 버리기란 죽기만큼 어려운 일이다. 사실 죽는 게 그리 어려운 일만은 아니다. 하지만 목숨이 유지되고 있는 한 죽는 게 세상에서 가장 어렵다는 생각으로 살아가야 한다.

고개가 갸웃거려진다. 나도 모르는 소리를 지껄이고 있다. 난 그저 머리를 비우기 위해 녀석들의 얘기를 시작한 것이고 시간적 순서나 질 서 따윈 필요 없다는 논리를 세워놓고 있다. 불필요한 논리다.

머리를 쓸어 올리다가 오른손 엄지손가락이 오른쪽 눈꺼풀에 걸리면서 눈알을 스치고 말았다. 안구라는 표현은 쓰고 싶지 않다. 특별할 것 없는 눈알에 불과한 것이다. 이런 일이 있을 수도 있나? 오른손 새끼손가락에 이 어 이번에 엄지손가락이다. 짜증을 넘어 분노를 불러오는 신체의…뭐랄까 표현할 길이 없다. 뇌의 명령에서 상당히 비켜서 있는 엉뚱한 행동과 결과. 불통제성? 부통제성? uncontrolability? uncontrollability? uncontrollabilities?

내 손가락으로 내 눈을 찔렀다. 새끼손가락은 은퇴를 앞둔 구원투수, 솔직히 말해 선수명단에도 없던 무자격 아마추어라지만 엄지손가락은 뭐란 말인가. 그가 날 모른단 말인가? 지난 수십 년 동안 내가 내린 수 많은 명령을 존재감을 드러내지 않고 묵묵히 수행해준, 가식 없이 자연 그대로 표현해준 그가 갑자기 왜 이런 짓을 저질렀단 말인가! 알 수 없 는 일이다.

숫돌이가 갑자기 연락해 "형님, 술 한잔 합시다!" 한 적이 있었다. 대낮이었다. 대학로에서 만났다. 시험에 떨어졌다고 했다. 행정고시 재경직. "난 그게 뭐 대단한 일이냐"며 같이 마셨다. 실제로 대단치 않은 일처럼 느껴졌다. 지금도 그렇다. 무슨 일을 하겠다고 그런 시험에 응시하는지도 잘 모른다. 아니, 그 시험에 합격하면 무슨 일을 하게 되는지 모른다고 말해야 한다.

직장에 다니던 시절이었고 분명 평일이었는데 내가 왜 그 시간에 거기서 그러고 있었는지 모르겠다. 녀석은 그 전에도 저녁나절에 불쑥 전화를 걸어 "형님 뭐하요? 한잔 합시다!" 한 적이 있었다.

"야! 오늘 시험 아니야?"

"3교시 보다가 그냥 나왔소!"

"뭔 소리냐?"

"이번 건 그냥 포기할라고."

다음다음 날까지 이어지는 시험이었다.

"야, 그래도… 끝까지… 보긴 해야 되는 거 아닌가? 어디 갈래? 곱창 먹을래?"

숫돌이가 고시원 골목의 라이방 하숙집에서 살던 시절에도 비슷한 일이 있었다. 정확한 기억은 아니지만 저녁식사 무렵에 골목 어귀에서 숫돌이를 만났던 것 같다.

"어디 갔다 오냐?"

"시험 보고 옵니다."

"뭔 시험?"

"내 준비하는 거 있다 아이요!"

무슨 일이 있었는지 기억나지 않지만 숫돌이와 나는 그 전날 꽤 많이 마셨더랬다. 난 하루 종일 메스꺼운 속을 이겨내느라 방바닥을 뒹굴뒹굴 헤매다가 그제야 제대로 된 해장을 위해 동네 식당을 찾아 나서던 차였는데 녀석은 시험을 보고 나타난 것이었다.

"오늘 시험인데 어제 마셨단 말이야?"

"이번에는 그냥 한 번 쳐본 거요!"

숫돌이와는 같은 기간에 학교 기숙사에서 지낸 게 인연이 됐다. 언젠가 감기에 걸려 카시미론 이불을 뒤집어쓰고 침대에 누워 있는데 녀석이 찾아왔다. 손에는 약봉투가 들려 있었다.

"이거 좀 드소."

녀석은 부산에서 나서 부산에서 자랐다. 나보다는 한 살이 어렸다.

이 빌어먹을 나라는 어디서든 어떻게든 위아래를 가려야 직성이 풀린다. 누가 위고 누가 아래인지 가려야 비로소 관계가 형성되고 진전이 이뤄진다. 그냥 '친구'라는 표현만 쓰고 말아버리면 되지만 언젠가 누군가가 읽어야 한다면 정확한 사실관계를… 빌어먹을 사실관계는 무슨! 의미도 제대로 모르는 말을 난 왜 이리도 즐겨 쓴단 말인가. 의미를 제대로 아는 어휘만 구사해야 할 이유는 또 뭐란 말인가. 라이방이 얘기한 게 바로 이런 강박이다. 비생산적이고, 소모적인, 유쾌하지 않은, 피곤한 강박.

녀석은 나를 깍듯하게 형 대접했다. 세상에는 존댓말인지 반말인지 모르게 얼렁뚱땅, 어영부영, 흐지부지, 어리버리 얘기하는 녀석들이 많다. "스페인어 하는 사람 어디 없나?"하며 치졸한 장난을 엮어대던 녀석도 이런 부류였다. 이런 녀석들은 상대방 눈치 봐가면서 가끔 한 번씩 '형'이라 불러주고, 내킬 때만 서술어에 '요'자를 넣어주지만 숫돌이는 그런 종류가 아니었다.

녀석이 마음에 들었다. 언행이 그러하다는 것은 신뢰할 수 있다는 의미 아닌가? 적어도 나에게는 그랬다. 상대방을 신뢰하면 마음이 편해지고, 신경을 곤두세워야 할 일이 적어지고, 스트레스가 줄었다. 물론 지금은 아니다.

숫돌은 위아래를 가릴 줄 알고, 일관성이 있고, 예측 가능한 친구였다. 위아래, 서열, 위계, 계급 이런 얘기를 하자면 만주 관동군 출신 항구[황구] ─ 살다 보면 이중모음이 아깝게 느껴지는 순간이 있다 ─ 께서 역사적으로 기여한 바 크고, 항구를 보좌했던 캡틴 전 이하 동아리 아해들이 계승 발전시킨, 피 끓는 현대사가 품어낸, 우리 사회가 영원토록 보전해야 할, 브릭스 무한대의 과즙이 질질 흐르는, 탐스런 역사적 과실이라 할 것이다.

우리는 이에 나아갈 바를 밝혀 교육의 지표로 삼는다. 성실한 마음과 튼튼한 몸으로 학문과 기술을 배우고 익혀 저마다의 소질을 개발하고 … 어쭈, 이런 파블로프의 항구 같은 존재! 나 역시 같은 웅덩이 한 귀퉁이에 발 담그고, 피부가 쭈글쭈글해질 때까지 버티면서 빠져나갈 생각을 하지 않고 있다. 누가 누구를 욕한단 말인가.

탈아입구하야 서양 녀석들을 만나면 편안한 대화를 이어가는 나 자신을 발견하고 가끔 놀랄 때가 있다. 녀석들을 만나면 나이를 물어볼 필요가 없고, 학번을 물어볼 필요가 없고, 항렬을 따질 필요가 없기 때문이다. 조금만 인심 쓰면 모두 다 친구의 범주에 넣고, 원시 공산주의 사회의 공동체적 동질감을 맛볼 수 있다.

인생을 얼마나 살았는지, 어디서 뭘 하다 왔는지는 주제가 떨어지고 대화가 지루해질 때쯤 조심스럽게 꺼내볼 수 있는 비본질적 화제에 불과하다. 대화 내내 난 그 녀석들의 의견을 존중하는 마음이 샘솟는다.

종로구 적선동 현대사옥 앞 4차선 도로에서 굴삭기가 아스팔트를 뜯어내다 건드려 깨진 지름 50센티미터의 하수관에서 뿜어져 나오는 시꺼

먼 오수처럼. 황구들과 우리말로 대화하는 순간에는 도저히 느낄 수 없는 교감의 전류, 동질감, 동지애라 할 것이다.

　애기를 시작하면서 일부러 숫돌이를 '친구'라고 적어봤지만 이내 위아래를 밝히고야만 나는 어쩔 수 없는 항구다.

　친구가 아닌 '동생' 숫돌이가 약봉투를 건넬 때 너무 고마워서 눈물을 '찔끔' 흘릴 뻔했다. 녀석이 봉투를 건네주자마자 황급히 방을 나선 이유가 바로 그것 때문이었던가. 내가 오늘 엄지손가락으로 찌른 흰자위 주변에 충혈과 함께 내비친 소금기를 보았단 말인가.

　이후 난 몇 번인가 녀석과 술을 마셨고 제법 친해지고 나서 녀석의 방에 가본 적이 있었다. 토마스 만의 책들이 눈에 띄었다. 마의 성, 변신, 뭐 이런 읽어보고 싶지 않은—잠깐, 카프카 아닌가! 토마스 만은 누구지?

　아, '니코스 카잔차스키' 같은 실수를 반복하다니. 사실 그리스인 조르바는 이미 베란다 책장에 있었다. 하루에도 열 번 넘게 들락날락하는 베란다 왼편 책장 맨 위칸 《문예사조의 이해》 위에 누렇게 바랜 모습으로 하루에도 열 번 넘게 나와 눈이 마주쳤지만 난 한 번도 그가 조르바라는 사실을 알아채지 못했다.

　서점을 찾은 난 하드커버 조르바를, 예쁜 책표지의 조르바를, 우리말 이름의 출판사가 펴낸 조르바를 고른 것이었다. 슈퍼마켓에서 상품을 고르듯. 베란다의 저 조르바는 표지가 소프트하고, 디자인이 구식이고, 중국집 이름 같은 출판사가 찍어낸 책이라서 나의 관심을 얻지 못했단 말인가? 정녕 그렇다. 다른 이유가 없다. 난 만과 카프카를 구별 못하는 항구니까. 난 카잔차스키 같은 아시아'으' 항구가 분명하다. 인생에서 이중모음이 필요하지 않은 순간은 여러 차례 온다.

52

언젠가 올곧은 정신으로 탈아입구하여야 하는데 이래서야 되겠는가. 통석의 염 끝에 혈(血)의 누(淚)가 흐르려 하도다!

언젠가 녀석은 나에게 "어려워서 못 읽겠데!" 한 적이 있었다.
"뭘?"
"무슨 마법의 성인가 마의 성인가 있잖소?"
"그냥 영화로 봐라!"
"영화는 쉬운가요?"
"다른 책 읽어라!"

난 어금니를 3개나 뽑아내고도 몇 년을 그냥 버틴 적이 있었다. 결국 치과의사의 강권으로 '금니'를 씌워 넣은 다음부터 치아에 대해 커다란 열등감을 갖게 됐다. 싸구려 금니가 드러나는 게 싫어서 언제부턴가 입을 벌려 웃지 않게 된 것이다. 입꼬리만 살짝 올리며 사회학적인 신호만 보낸다. '나 웃는다!'

숫돌이의 말을 들었어야 했다. 중간고사 기간이었나? 여름이었으니까 중간고사 기간이었던 것 같다. 학교 빈 강의실에서 시험공부를 한답시고 앉아 있는데 이가 아파서 견딜 수가 없었다. 충치가 생긴 어금니를 치료받다가 솜을 박아 넣은 채로 두어 달을 방치해버린 것이다.

"숫돌아, 이가 너무 아프다!"

우리는 병원 응급실로 갔고 치료가 끝난 뒤 의사는 나에게 오만상을 찌푸리며 말했다.

"고름 냄새 때문에 죽는 줄 알았습니다. 어떻게 그렇게 놔둘 수가 있죠?"

숫돌이는 병원 문을 나서며 "해임요, 이빨 치료 잘 안 하면 나중에 진짜 고생합니다!" 했지만 난 또다시 그 어금니를 두어 달 그대로 놔뒀고 결국 뽑아내야 했다.

발치에 두 시간이 넘게 걸렸다. 의사는 엑스레이를 찍고 또 찍어 들어앉은 모양을 계속 확인하면서도 녀석을 뽑아내지 못했다. 도저히 못하겠다고 다른 의사를 불러왔지만 두 번째 의사도 이런 어금니는 처음 본다며 한 시간 가까이 비지땀을 흘렸다.

녀석은 나오고 싶지 않아 끝까지 버텼던 것 같다. 확실히 그랬다. 치과를 나와 하숙집으로 돌아오면서 뭔가 큰 잘못을 저지른 것 같은 기분이 들었다. 항구의 어금니를 그렇게 하릴없이 뽑아내 다른 적출물 쓰레기들과 뒤섞어버리다니. 난 큰 실수를 한 것이 분명했다.

3월 14일 오전 12시 25분

숫돌이는 노래를 곧잘 불렀다. '곧잘'이라는 표현이 좀 모호하다. 제법 잘 불렀다는 말이다. 기타도 괜찮았다. 바이엘 상권 19번을 마지막으로 정통 클래식의 길을 포기한 나에게 숫돌이의 기타 연주는 나쁘게 들리지 않았다.

언젠가 학교 앞 조그만 카페에서 두서없이 마셔대다가 녀석의 기타 연주를 들어볼 기회가 있었다. 뭐 그런 책 있지 않은가! 포크 대백과! 이정선의 기타 주법이 부록으로 들어가 있는.

그 양반, 어쩌다가 그런 명성을 얻게 됐는지 모르지만 외모만 봐서는 아무리 노력해도 인간적인 흥미가 유발되지 않는다. 게다가 통기타라는 게 잘 치고 말 게 뭐 있나?

이 양반도 혹시 만주벌판 출신 항구가 전해준 까까머리 교복문화가 총검술로 교풍을 세워가던 시절에 경기고를 시험 봐서 들어갔다던가 뭐 그런 거 아닌가? 라디오 피디가 친구였거나, 아니면 자신이 라디오 피디였는데 DJ의 빵꾸 난 스케줄을 때우기 위해 스튜디오에 들어가 땜질용 연주를 선보였더니 전국에서 여고생을 비롯한 애청자들의 팬레터가 쇄도했다는 뭐 그런 이야기의 주인공.

이후 "그냥 니가 하라!"는 국장의 명을 받고 매일 밤 전국의 애청자들에게 자신이 쌓아온 음악적 소양을 마음껏 펼쳤더니 강호에 그를 대적할 만한 이가 없다더라 뭐 그런 이야기.

숫돌이는 오른쪽 아래 모서리에 굴곡이 생겼을 정도로 많은 손길을 거친 거무튀튀 꼬질꼬질한 책장을 찬찬히 넘겨가며 한 시간 남짓 꽤 많은 노래를 불렀다. 들어줄 만했다. 아니, 잘했다. 분명 잘하는 노래였고, 기타도 코드를 잡느라 손가락을 들여다보는 수준이 아니었다.

피곤하다. 사실 오늘은 이렇게 시작했다.

'포스트잇에 메모를 해가며 글을 이어가고 있다. '어와 아' '구조주의'라는 메모를 해놨는데 어떤 생각의 끄트머리에서 비롯된 것인지 모르겠다.' 라이방 녀석의 지적이었다. 내 발음, 한국인들의 발음을 아무리 들어봐도 '어와 아'를 구별할 수 없고 '오와 우'도 구별되지 않는다는 것이었다. 그래서 내가 발음한 구조주의가 구주주의나 구주조의처럼 들린다고 했다.

나에게 "구조주의, 한 번 해봐!" 해놓고 "거봐, 구주주의라고 그러잖아!" 했다. 내가 구 조 주 의 한 음절씩 또박또박 발음해도 "조나 주나 똑같은데!" 하면서 성질을 돋웠다. 이런 녀석이었으니 상대해줄 사람을 찾기가 쉽지 않았을 것이다. 어스름 해질 무렵 골목에 나와 지나가는 사람을 붙들고 밑도 끝도 없이 난데없는 질문을 던질 수밖에.

어제는 이렇게 쓰다가 글을 끝냈다.

'숫돌이는 노래를 곧잘 불렀다. 기타도 잘 치고, 마법의 성, 노래, 휴대전화에 저장된 노래들. 다음부턴 번호 대신 〉〉〉〉로 표시하자.'

떠오르는 얘기만 솔직하게 적으면 되는데 시간에 쫓기고 마음이 급해서 얘깃거리를 찾게 되고, 메모까지 해가며 신경쓰다보니 오히려 방해만 받고 있다.

이번 주에는 이런저런 할 일이 많고 네 번이나 바깥출입을 해야 하니 집중이 잘 안 된다. 내일 만날 녀석과는 무슨 점심을 어디에서 먹어야 하는지 고민되고, 모레 산행은 과연 미뤄야 하나 고민되고, 일요일 산행은 누구를 불러야 하는지 고민이고, 주말까지 연락해서 점심이라도 해야 할 친구도 한 명 있는데 어찌해야 할지 걱정이다.

컴퓨터를 켜서 목요일에 대적해야 할 녀석의 신상명세를 검색했다. 녀석에 대해 이런저런 약력은 있었지만 사진이 없었다. 아쉬운 사람은 나다. 사진이라도 미리 봐뒀으면 긴장이 풀렸을 텐데. 세상은 나에게 긴장을 요구한다. 서로가 서로에게 긴장을 요구한다. 긴장을 먼저 푸는 사람이 패할 가능성이 매우 높다.

푹신하면서도 풍만한 질감이 느껴지는 구스다운 베개 밑에 '글록'을 감춰둔 킬러. 흔들리는 커튼 자락을 감지하고 살며시 눈을 뜬 다음 가공할 순발력을 발휘해 침대 아래로 몸을 피한다. 하지만 그건 그저 바람이었을 뿐. 킬러는 창문을 닫으려다 말고 새벽을 준비하는 도시의 은은한 불빛을 감상하며 회한에 잠긴다. 그의 오른손에는 글록이 들려 있다. 플라스틱 재질이 세련된 멋을 더해주는 글록은 더 이상 무기가 아니다. 자본주의의 중심부 메트로폴리탄들이 소지해야 할 패션소품에 불과하다.

오늘 하루 종일 유일하게 만족스러웠던 건 케이블에서 방송된 잭 블랙 주연 영화의 하와이 풍경이었다. 바다. 맑고 푸른 바다. 칠성사이다? 녀석이 범인이었다. 항상 코미디 영화만 찍어대다가 범죄 스릴러의 범인 역할을 맡은 것이 반전이라면 반전이다.

글이 잘되지 않는다. 킬러 부분에서 창작 냄새가 너무 난다. 가식과 가공은 실패를 부른다.

3월 15일 오후 11시 23분

바깥출입을 되도록 삼가고 글에 집중해야겠다. 이번 토요일 등산도 취소하는 편이 낫겠다. 하지만 과연 그럴 수 있을까? 술자리를 피하는 것도 이해하지 못하는 녀석들인데 등산을 취소하자고 하면 과연 무슨 소리들을 해댈까. 녀석들은 내가 빠지면 등산약속 자체를 취소할 것이 분명하다. 어쩌다 이런 지경에 처하게 됐는지 모르겠다. 고속도로 휴게소에서 버스를 놓쳐버린 느낌이다.

"10분간 정차하겠습니다!" 해서 내렸는데 화장실에 갔다 왔더니 버스가 없다. 시계를 봐도 분명 10분을 넘지 않았는데 버스는 없다. 가고 없는 것인지 내가 못 찾은 것인지 확실치 않다. 이리저리 두리번거리면서 휴게소 마당 전체를 다 뒤졌지만 내가 탔던 버스를 찾을 수가 없다.

고속도로 휴게소는 섬이다. 섬. 들고나는 것이 자유롭지 않다. 뭐랄까, 정해진 운송수단을 이용해야만 도착하고 떠날 수 있는, 자유가 완전히 박탈되지는 않지만 상상 이상으로 자유스럽지 않은 곳.

다른 버스에 올라서 사정해야 하나? 아니면 승용차를 얻어 탄다? 휴게소 측에 사정을 설명하고 다른 교통수단을 강구한다? 임시변통이나 임기응변이 아닌 공식적으로, 이미 정해진 방법에 의해 휴게소를 탈출하는 방법은 없을까?

난 모른다. 아니 없는 것 같다. 사회가 개인에게 임시변통 이외에 다른 방법을 강구해줄 수 없다면 과연 역할을 제대로 하고 있는 것인가? 내가 그 사회에 복무할 이유는 무엇인가? 복무까지는 아니더라도 사회적 합의를 준수하고 이행해야 할 이유가 무엇인가?

난 고속도로 휴게소에서 빠져나오는 방법을 교육받지 못했다. 그와 관련된 정보에 접근한 적이 없고 그 같은 정보가 존재한다는 사실조차 알지 못한다. 그 같은 정보는 합법적인 경로를 통해 유통되고 있는가?

아마도 난 담을 넘었을 것이다. 철조망이 아닌 벽돌이나 브로크 담벼락이라면 어렵지 않게 뛰어넘어 주변 마을로 들어갔을 것이다. 섬을 벗어나 사람 사는 공간으로. 그렇다면 휴게소의 인간들은 뭐란 말인가.

가지나 오이밭을 지나다가 주민들과 마주치면 가볍게 눈인사를 나누고 자연스럽게 행동해야 한다. 주민들은 늘상 있는 일이라는 듯 대수롭지 않다는 반응이다. 인사도 받지 않는다. 대수롭지 않다는 반응? 대수롭지 않게 반응한다? 대수롭지 않은 것처럼 반응했다는 말인가?

난 콘크리트를 부어 만든 포장도로를 지나 마을 어귀까지 간다. 30분 넘게 기다리다가 덜덜거리는 시내버스에 올라 "아저씨, 시내로 가죠?" 한다. 버스는 새마을 건설이라는 부라쿠민들의 염원을 담고 가래 끓는 엔진을 힘겹게 돌려가며 신작로를 달린다.

중동 어디서 가져온 아스팔트일까? 아랍에미리트연합 두바이산? 아니면 그 유명한 서부 텍사스 산 중질유? 미군들이 실어온 원유를 우리나라에서 걸러냈을까. refine할 refinery가 있나? 아니 있었나?

항구 각하께서 깔아준 신작로를 타고 마침내 시내에 도착해 배차장을 찾았다. 터미널이 아닌 배차장. 직행버스를 타야 한다. 이곳의 직행버스들은 도 경계를 넘지 않는다. 그렇다면 직행버스를 타고 나가서 다시 고속버스를 갈아타야 한다.

직행버스에 올랐다. 차장은 말한다. 이 직행버스는 고속도로 휴게소를 거친다고.

아니다! 이런 싸구려 상상력 같으니라고! 직행버스를 타고 도청 소재지로 나가 터미널에 도착한다. 도청 소재지에는 터미널이 있어야 한다. 도청의 어르신들은 큰일을 보기 위해 도 경계를 넘는 일이 허다하기 때문이다. 터미널에서 마침내 고향으로 향하는 고속버스에 올랐다. 나를 휴게소에 내려놨던 바로 그 운전사다. 나에게 웃는 듯 찡그리는 듯 야릇한 미소를 보낸다. 소름이 돋는다. 난 그에게 아무것도 묻지 않는다. 그는 나의 잘못을 다 알고 있는 듯하다. 난 섬에 남아 있어야 했다. 정당하지 못한 방법으로 섬을 탈출했다. 그는 알고 있다.

그는 과연 나를 목적지까지 데려다 줄 것인가? 그 휴게소에 다시 들러 또다시 10분간 정차하면 난 어떻게 해야 하나?

내리지 말고 차 안에서 계속 기다려야 한다. 버스가 다시 출발할 때까지. 그가 만약 돌아오지 않는다면? 승객은 한 명뿐이고 운전사는 돌아오지 않는다.

난 잠깐 잠이 들었고 눈을 떠보니 사방은 이미 어두워져 있다. 휴게소 앞마당에는 아무도 남아 있지 않다. 내가 탄 버스가 유일하다. 휴게소 건물의 불도 다 꺼져 있다. 난 휴게소에 혼자 남았다. 소름이 돋는다. 이 버스에서 밤을 보내야 하나? 아니면 저 담을 다시 넘는다? 난 분명 다시 담을 넘을 것이다.

전원을 연결해야 한다. 전원이 연결됐다. 난 다시 마을로 들어간다. 마을 어귀에서 버스를 기다리지만 버스는 오지 않는다. 마을은 어둠에 잠겨 있고 인적을 찾아볼 수 없다. 이 마을엔 아무도 살지 않는다?

생각해보자. 난 섬에서 탈출하는 방법을 알지 못한다. 난 휴게소 측에 나의 상황을 설명하고 도움을 받아야 했다. 휴게소 측은 나를 어떻게든 탈출시켰을 것이다. 하지만 과연 그들을 신뢰할 수 있는가?

섬에 갇힌 듯한 느낌이다. 갈피를 잡을 수가 없다. 다시 시작해보자. 난 외출을 삼가야 한다. 어제 벌어진 일을 통해 배웠다.

웬 캐나다 녀석을 만나 언쟁을 벌였고 유쾌하지 않은 결말을 보았다.

동석했던 봉지 녀석은 우리가 무슨 소리를 주고받는지도 모르고 헛다리를 짚어대다가 스스로 끓어올랐다. 이 캐나다 녀석은 얼마 전 동계올림픽에서 금메달을 딴 여성 스케이터의 환상적인 경기내용은 스포츠 역사에 길이 남을 그 무엇이라고 했다. 녀석은 이 스케이터가 대한민국이 배출한 가장 위대한 인물이라고 했다.

난 녀석에게 금메달 백 개보다 우리 동네에 있는 아이스링크 하나가 더 중요하다고 말했다. 그 여성이 우리 사회에 어떤 변화를 가져왔냐고 물었다. 혹시 스포츠 스타가 사회를 변화시킨 아프리카 국가가 있으면 말해보라고 했다. 왜 하필 아프리카였던가?

난 우리나라를 제3세계 개발도상국이라고 표현했고 녀석은 반대하면서도 선진국이라는 말은 하지 않았다. 난 항상 그렇듯이 핀란드를 끄집어냈다. 핀란드가 올림픽에서 메달은 몇 개 따지 못하지만 우리보다 훨씬 나은 나라라고 했다. 아이들이 뛰어놀 수 있는 동네 축구장이 우리보다 몇 배 많고 스케이트를 배울 수 있는 링크도 몇 배 많기 때문이라고 했다. 스웨덴이나 노르웨이나 덴마크 얘기도 했다. 한 번도 가보지 못한 나라들. 그들은 분명 사회를 그렇게 꾸몄을 것이라는 불명확한 확신을 가지고 말했다. 올림픽 금메달을 따내기 위해 수단과 방법을 가리지 않는 불굴의 용사들을 길러내지 않을 것이라는 확신. 그 정도의 합리적 사회를 만들어낸 사람들이라면 그런 원시적이고 전근대적인 일에 그토록 큰 에너지를 쏟아 붓지 않을 것이라는 확신.

왜 모든 사회구성원이 한 사람을 위해 그토록 열광해야 하는지 나는 잘 모르겠다. 난 올림픽에서 금메달을 하나 덜 따더라도 우리 동네에 아이스링크가 하나 더 생겼으면 좋겠다. 왜 하나 더 인가? 두 개 세 개 네 개 다섯 개. 사람에 치이지 않고, 북적거리지 않는 링크 하나가 금메달보다 훨씬 더 중요하다. 올림픽 5위 하는 나라보다 내가 원하는 시간에 원하는 만큼 스포츠를 즐길 수 있게 배려해 주는 꼴찌 나라가 더 좋다.

이상한 생각인가? 동네에 잔디구장 하나 없는데, 그나마 하나 있는 인조잔디 구장도 조기축구 구락부 인간들이 밤낮 없이 독점하고 있는데 —조기축구면 밤에는 좀 양보해야 하는 것 아닌가? —월드컵 4강이 다 뭐란 말인가? 그런 미친 군중들을 난 평생 다시 보기 힘들 것 같다. 광분과 광기, 집단과 전체만 존재하는 몰이성과 몰자아의 향연.

그럴 수 있다 치자. 즐거우니까 즐겨야지. 하지만 이를 계기로 변화를 이끌어낼 줄 아는 게 합리적 사회 아닌가? 4강의 호기를 놓치지 않고 프리미어 리그에 진출한 녀석들을 안방에서 구경하느라 그토록 엄청난 돈을 쏟아 부어야 하나?

같이 마시던 외과의사 콩장이 녀석은 도대체 그 금메달 때문에 뭐가 달라졌냐는 내 질문에 "형, 기분 좋잖아요!" 했다. 녀석의 말 한마디에 헛웃음이 나오며 살짝 기분이 좋아질 뻔했다.

아무튼 캐나다 녀석은 날 조국을 배신한 파렴치범 취급했다. 녀석의 로칼라이제이션은 정말 놀라운 수준이었다. 동석했던 다른 이들을 배려한 연기였는지 지금도 분간할 수 없다. 녀석은 건방진 말 몇 마디를 섞어 대화를 주도해보려다가 나에게 꽤 오랜 시간 질타를 당했다. 녀석은 진심이 아니었다고 감정을 상하게 했다면 죄송하다고 여러 차례 사과하다가 나중에는 오히려 화를 내기 시작했다.

난 자리를 뜨기 위해 몇 차례 가방을 들고 일어났다가 되돌아왔다. 우리의 대화를 전혀 이해하지 못하고 있던 봉지 녀석이 대화에 끼지 못해서 그런 건지, 오해를 한 건지, 괜시리 짜증을 내기 시작했다. 오랜만에 만난 녀석을 놔두고 갈 수가 없었다.

아니다, "너 먼저 가라!" 했더니 녀석이 화를 냈고 녀석은 잠시 후 '먼저 갔다가' 다시 돌아왔다. 캐나다 녀석은 온갖 표현을 질러대며 오늘 술자리는 나 때문에 망쳤다고 버르장머리 없는 소리를 해댔고 난 조목조목 차근차근 설명했지만 녀석은 앞서 한 사과가 억울했는지 슬슬 약을 올리며 복수를 이어갔다. 얘기 초반에 먼저 떠나버린 콩장이 녀석의 현명함이 부러웠다. 난 1차로 마무리하려다가 봉지의 강권에 마음이 약해져 2차까지 자리를 이어온 실수를 후회하고 있었다.

봉지 녀석 얘기는 되도록 쓰지 않으려 했다. 10년 넘게 사법시험에 매달리며 고시원에서 생활하고 있는 녀석의 안타까운 현실을 감춰주고 싶었다. 하지만 솔직해지기로 했다. 글이 솔직해지지 못하면 어떤 결과가 초래되는지 잘 알고 있기 때문이다.

2차 술집을 나와 캐나다 녀석에게 "너 오늘 취했다"고 정중하게 지적했다가 "당신이 오늘 안 취한 게 문제야"라는 냉혹한 대답을 듣고 택시에 올랐다. 오는 동안 봉지 녀석은 전화를 다섯 번이나 해댔고 그때마다 문자 메시지도 보냈다. 녀석은 "니가 그렇게 힘든 줄 몰랐다"고 했다. "내가 너한테 이 정도밖에 안 되냐"고 했다. "다시는 연락하지 않는다"고 했다. "나와 봤더니 없더라"고 했다.

녀석은 택시비가 없었을 것이다. 녀석이 먼저 갔다가 돌아왔을 때 녀석의 표정에서 알아챌 수 있었다.

라이방에 이어 또 다른 구라파 녀석과—이 녀석은 자신의 고조할아버지가 잉글랜드 남부에서 캐나다로 이주했노라고 고백했다—언쟁을 벌였고 지금까지도 불쾌함을 떨치지 못하고 있다.

새벽 6시에 시작하는 수영 강습도 빼먹고 하루 종일 잤다. 너무나 피곤했다. 아무튼 난 당분간 두문불출하는 게 나을 것 같다. 이번 토요일 등산도 취소해야겠다. 캐나다 녀석에게도 한 3주 전에 같이 간다는 약속을 받아 놨다.

오늘 점심나절에 문자를 보내 "술자리에서 일어난 일이니 그냥 잊어버리라"고 일곱 살 많은 형으로서 넓은 아량을 연기했고 이에 상응하는 답문까지 받았지만 불쾌함은 여전히 가시지 않고 있다. 같이 가기로 한 다른 녀석들 앞에서 비슷한 일이 벌어질까봐 두렵다. 아니, 걱정스럽다.

3월 16일 오전 2시 42분

숫돌이 얘기를 하다가 갈피를 못 잡고 헤매고 있다. 마의 성에서 마법의 성을 연상하고 녀석의 노래를 떠올렸다가 필라멘트가 끊겨버렸다.

포스트잇 메모 때문이다. 글의 흐름을 잡아보겠다고 김치냉장고 위에 붙여놨던 포스트잇 때문에 오히려 흐름이 깨져버렸다. 김치냉장고는 온전히 김치를 위해 바쳐져야 한다. 그것이 그의 본분 아닌가?

난 숫돌이의 얘기를 계속해야 했다. 포스트잇의 메모를 따라가지 말았어야 했다. 글 쓰는 동안에만 글에 대해 생각해야 한다. 나머지 시간에는 나에게 주어진 길을 걸어가야 한다. 오늘밤에도 별이 바람에 스치운다.

숫돌이는 언젠가 전화통화에서 치대에 들어가기 위해 입시학원에 다니고 있다고 했다. 대학원에 진학해 부산으로 내려간 녀석이 어찌 지내는지 소식이 궁금하던 터였다.

난 하던 일, 행시 공부나 열심히 하라고 했다. 그 무슨 어린애 같은 짓이냐며 나무랐다. 숫돌이는 "6년 후 졸업하고 어쩌고저쩌고 해도 이게 훨씬 남는 장사"라며 날 설득하려 했지만 난 그러지 말라고 했다. 녀석이 다시 입학해서 처음부터 다시 시작하는 모습이 떠올랐고 개원할 때까지 보내야 할 시간이 눈앞에 펼쳐진 먼 길처럼 너무나 답답하게 느껴졌다.

숫돌이는 내 말대로 했고 시험에 낙방했다. 아직까지 합격했다는 소식을 듣지 못했다. 녀석이 치과의사가 됐다면 키치적 금장으로 황량해져버린 내 입속을 말끔하게 정리해줬을지도 모른다. 난 불필요한 열등감에서 헤어나서 훨씬 안정적인 정신상태를 유지할 수 있었을 것이다.

난 술자리에서도 다른 녀석들에게 여러 번 얘기했다. 내가 그에게 큰 실수를 저질렀다고. 무슨 큰 그림이라도 보고 있는 양 인생을 잘 아는 것처럼 점잖은 말투로 그를 타일렀던 것이 이런 결과를 초래하리라고는 상상하지 못했다. 내 충고는 나방의 날갯짓도 되지 못하는 하찮은 무엇이었지만 녀석에게는 엄청난 알러지를 불러왔다.

숫돌이는 6남매의 막내 외아들이었다. 어머니와 아버지가 어떻게 돌아가셨는지는 제대로 듣지 못했지만 몇 대 독자라고 했다. 누나들의 기대가 컸고 기대할 만한 녀석이었다. 그만하면 충분히 성실했고 머리도 좋았다.

녀석은 과일을 좋아했다. 사과든 복숭아든 배든 녀석이 씹어 물면 입안에 과즙이 넘쳐났다. 침인지 과즙인지 몰라도 녀석은 항상 "어허!" 하는 추임새를 넣어가며 과일을 넘겼다. 부산에 있는 녀석과 가끔 통화할 때 "뭐 하냐?" 하면 "과일 먹고 있소!" 할 때가 많았다. 실제로 쩝쩝거리면서 전화를 받은 적도 있다. 옆에 조카 녀석이 뭐라 뭐라 하는 소리도 들렸다. 제일 큰 누나의 조카라고 했던 것 같다.

조그만 시영아파트 한 채가 녀석 앞으로 돼 있다고 했는데 뭘 어찌하고 있는지 모르겠다. 녀석의 이메일 아이디는 econimal이었는데 경제적 동물 어쩌고 했다. 참 단순한 조합이다. 내가 이 단어를 왜 그렇게 못 알아들었는지 모르겠다.

녀석의 발음은 필요 이상으로 긴장돼 있었고 난 "뭐라고?"를 한 열 번 이상 했던 것 같다. 녀석은 철자를 하나하나 또박또박 커다란 목소리로 수화기에 대고 불러줬지만 난 지지리 궁상스런 시골 노인네처럼 제대로 알아듣지 못했다.

녀석에게 이메일을 한 번 보내보면 어떨까. 다수 대중이 애용하는 서너 개 도메인으로 보내놓으면 답장이 오지 않을까. 그리 한 번 해봐야겠다.

녀석이 날 만나면 술을 참고 있는 나를 견뎌낼 수 있을까? 아니, 내가 술을 안 먹고 견딜 수 있을까? 연락을 하지 말까? 술을 마실 일을 만들면 안 된다. 외출을 삼가야 한다.

녀석은 내 결혼식장에 나타난 이후로 연락이 끊겼다. 난 지난 연말에 녀석이 대학원에 다녔던 부산의 한 대학으로 전화해 연락처를 물어본 적이 있다. 조교라는 녀석은 "우리도 궁금합니다!" 했다.

숫돌이와 만난다면 술을 피할 수 없을 것 같다. 금주를 중단할 좋은 구실 아닌가! 옛 친구를 오랜만에 다시 만난 것 이상으로 술이 필요한 순간이 어디 있단 말인가?

어제 술자리에 동석했던 외과의사 녀석은 나의 절주 또는 금주를 나무랐다. 난 조르바를 인용해가며 어느날 갑작스럽게 한 번에 끊어야 한다고 얘기했지만 녀석은 캐나다 녀석과 언쟁이 벌어지기 직전까지도 계속 술을 권했다.

"형 그냥 마셔요! 그런 식으로 하면 안 된다니까……."

"얘기했잖아! 지난 20년 동안 많이 마셨다고……."

"형은 다른 게 문제가 아니라 도중에 끝내질 못한다는 게 문제야!"

"그래서 안 마시는 거야!"

"도중에 끝내는 연습을 해봐요! '여기까지만 마셔야지' 하고 딱 끝내봐요!"

"그게 안 된다니까! 지난 20년 동안 해봤는데 난 안 된다!"

"그게 왜 안 돼요?"

"안 된다니까! 안 되니까 아예 안 마시는 거야!"

"뭘 아예 안 마셔요. 평생 안 마실 거 아니잖아요. 평생 안 마실 거예요?"

"그래, 평생 안 먹을 거야!"

"어떻게 평생 안 마셔요! 참 내 …….."

"6개월 동안만 봐줘라!"

"거봐요! 6개월 지나면 마실 거잖아요. 어차피 마실 거니까 지금부터 연습하라니까요. 연습해 봐요! 이거 한 잔 마시고 '오늘은 여기까지만 마셔야지!'"

"안 마신다니까!"

녀석의 표정이 굳어졌고 난 정말 피곤했다.

콩장이는 배곰이를 통해 술자리에서 알게 됐다. 배곰이 동생의 친구였다. 난 왜 동생 친구를 데리고 술을 마시는지 이해가 잘 안 됐지만 배곰이 녀석은 어차피 내가 속한 부류가 아니었다.

가족의 사랑을 자양분 삼아 무난하고 평탄한 삶을 이어온 배곰이 아니던가. 동생 친구까지 배려하는 형의 아량은 나에게는 없는 것이었다. 그렇게 만난 콩장이 녀석과 어떻게 그렇게 급작스레 가까워졌는지 모르겠다. 술 때문이었다.

지난 한 해 가장 많이 만난 녀석이 콩장이다. 일주일에 세 번을 본 적도 있었다. 녀석이 나의 금주를 못마땅하게 생각하는 것은 어쩌면 당연한 일이다. 사람 하나를 잃었다는 기분이 드는 게 분명하다. 고등학교 동창 여물이 녀석의 첫 마디도 "친구 하나 잃었네!"였으니까.

콩장이 녀석은 솔직하고 편안하다. 가식이 없다. 남의 눈치를 보지 않고 내키는 대로 행동해도 다른 사람의 눈에 거슬릴 일이 없는 착한 녀석이다. 외모도 곰돌이 인형처럼 푸근하고 사람 좋게 생겼다. 무엇보다 나와는 술 스타일이 맞았다. 사실 녀석이 나를 많이 배려했다고 볼 수 있다. 한잔만 더 하자는 나를 마다한 적이 없었으니까.

3월 17일 오전 12시 55분

16

　지금은 사실 글을 쓸 기분이 아니다. 이런 기분에도 글을 써야 한다니 정말 괴롭다. 무선인터넷 스위치도 off로 돌려놓고 집중하려 노력하고 있다. 글쓰기 전에 인터넷을 검색해서 집중력을 떨어뜨리는 일이 없도록 하자는 다짐이 여전히 잘 지켜지지 않기 때문이다.

　오늘 오전에 집안에서 업무와 관련된 일로 시간을 보내다가 기분을 망쳐버렸다. 컴퓨터를 켜놓고 여기저기 전화를 걸고 메모를 하고 분석하고 정리하고. 길어봐야 두 시간 정도였지만 난 육아휴직 이전의 나로 돌아가 있었다. 강박적으로 집착하다 스스로에게 화가 나고, 이성을 잃고, 폭력적인 상상으로 머리를 가득 채우고.

　어젯밤 스트레스 대처법에 대한 한 신경정신과 의사의 TV강의를 시청하다가 잠자리에 들었는데 난 오늘 스트레스로 머리가 터질 것 같다. 내 사고의 문법이랄 수 있는 '합리적 상황전개'가 용납되지 않을 때 난 심한 스트레스에 시달린다. 앞으로도 시달릴 것이다. 크게 달라지지 않을 것이다. 난 이미 그런 나이에 접어들었다? 그건 알 수 없는 일이다.

　타인의 부탁을 되도록 완벽하게 처리해주려는 습성은 애정 결핍에서 기인하는 것 같다. 최선을 다해 상대방의 환심을 사고 싶은 욕구, 진심과 신심을 다하면 그도 나에게 그리 해줄 것이라는 막연한 기대.

　그 정신과 의사는 갑작스런 타인의 부탁은 적당히 거절하라고 조언했다. 예측하지 못했던 상황에 놓이게 되면 스트레스가 증가할 수밖에 없다면서.

　'유학 다녀오고 대학교수 돼서 너 정도 사회적 지위에 오르면 거절하면서 살 수 있겠지만 난 아니다' 속으로 생각했다. 낮고 길게 이어진 콧날과 뭉뚝한 콧마루가 얼굴 전체의 균형을 무너뜨리고 있었지만 녀석의 표정은 얄밉도록 편안해보였다.

녀석은 또 갑작스런 상황, 예측 불가능한 상황에 맞닥뜨리지 않도록 계획적인 생활을 이어가는 것이 스트레스를 줄이는 방법이라고 충고했다. 하지만 난 오늘 예측할 수 없었던 과제를 단시간 내에 처리하려다가 규칙적인 상궤에서 벗어나고 말았다. 심한 피로가 느껴졌고 가슴이 답답했다.

이런 경우 난 술을 마셔서 해결했다. 아침 7시 무렵부터 시작해서 자정이 다 될 때까지 마신 적이 있었다. 수영 때문이었다. 수영에 대해서는 나중에 얘기할 기회가 있을 것이다. 시간이 지날수록 체력이 고갈돼 술잔을 들어올리기도 힘들었지만 정신이 맑아지고 기억력이 투명해지는 기묘한 고통이 찾아왔다.

"너도 언젠가는 우리를 이해할 수 있을 거야."

하며 날 비웃었던 한 녀석의 얼굴이 떠오른다. 이후 몇 년이 지났지만 난 변하지 않았다. 오히려 녀석의 평온한 인생을 부러워하기 시작했다. 그렇다. 녀석은 내가 상상할 수도 없는 평화로운 인생을 구가하고 있다. 더럽고 치졸한 방법으로.

난 누구 말마따나 밥벌이를 위해 글을 써왔고 벌어야 하는 밥의 양은 점점 늘어가고 있다. 더럽게 벌지 않기 위해 나름 노력했지만 손톱 밑에는 때가 끼고 손금을 따라 구정물처럼 탁한 땀이 고였다. 경련이 일 정도로 긴장된 표정으로 욕설을 곱씹는 동안 손끝으로 흘려내는 글발도 점점 오염돼 갔다. 술 생각이 난다.

콩장이는 나에게 큰 위로가 돼 주었다. 내 인생을 통틀어서 짧은 기간에 가장 자주 만난 사람으로 꼽을 수 있다. 나와 똑같이 따라 마시며 지루할 법한 얘기를 다 들어줬다. 녀석은 언제나 대화를 이어갈 수 있을 정도의 정신상태를 유지했다. 졸다가, 마시다가, 고개 끄덕이며 들어주다, 또 졸다가, 한두 마디 제법 진지한 충고도 건네곤 했다.

이게 다 뭐란 말인가. 이라도 좀 닦아야겠다. 양치질과 리스테린은 나의 정신까지 맑게 해주는 단기속성 각성제로 기능한다. 그제 술자리에서 콩장이 말대로 마셨어야 했는지도 모른다. 콩장이를 불편하게 만들면서까지 내 욕심을 채우려 했다면 분명 정중하게 용서를 구해야 한다.

오늘처럼 스트레스 높은 상황은 언제고 다시 벌어질 것이고 난 오늘과 똑같은 정신상태로 애꿎은 주변 사람들에게 화풀이를 해댈지도 모른다. 치졸한 내 모습이 부끄럽게 느껴진다. 콩장이 말대로 자제할 수 없는 내 자신이 문제일지도 모른다. 술이 무슨 죄란 말인가. 피곤하다.

의무감으로 쓰는 글은 한 음절에 한숨이 한 번이다. 오늘이 바로 그런 날이다. 한 음절에 한숨 한 번. 이 얼마나 유치한 조어란 말인가. 바로 오늘이다. 의무감이 생각을 가로막는다. 밑창 너덜너덜한 운동화를 신고 자갈길을 걷는 느낌이다. 실마리를 찾아야 한다. 오늘의 분량을 채울 실마리.

사실 매일 정해진 분량은 없다. 있을 수도 없다. 하지만 소모적이고 비생산적인 일에 매달리느라 오늘 하루의 대부분을 무의미하게 보내버렸기 때문에 이를 만회하기 위해 A4 두 장 분량을 써내기로 마음먹었다.

그렇다. 콩장이의 연애 얘기를 해보자. 녀석은 미혼이다. 앞서 적어놓은 내용을 서너 번씩 훑어보며 갈피를 잡으려 애쓰다가 고작 떠올린 게 콩장이의 연애담이라니 정말 한심하다. 하지만 이렇게라도 하지 않으면 잠자리에 누워서도 오늘 하루 쌓인 화를 풀기 어려울 것 같다.

녀석은 서른여덟에 미혼이다. 진지한 연애를 몇 번 했지만 결혼에는 이르지 못했다. 녀석의 어머니 때문이란 걸 녀석도 인정한다. 사주팔자를 너무 진지하게 적용한 나머지 콩장이가 좋아하는 처자를 마다하신

적이 두어 번 있다는 얘기를 들었다. 녀석은 '누가 봐도 예쁜 여자'와 결혼하는 게 꿈이다. 누가 봐도 예쁜 여자 가운데 콩장이와 사주와 궁합이 맞는 여성을 골라내야 하는 것이다. 쉬운 일이 아니라는 걸 직감적으로 알 수 있다.

최근에도 배필을 찾아 계속 선을 보고 있지만 빼어나게 예쁘면서 녀석과 사주가 절묘하게 맞아떨어지는 여성을 아직 만나지 못했다. 궁합은 그 다음이다.

가끔 주말에 전화해서 "뭐 하니?" 하면 "그냥 누워 있어요!" 했다. "뭐라고?" 하면 "그냥 천장 보고 있어요!" 했다. 이쯤 되면 만나서 한잔해야 하는 것 아닌가. 나도 콩장이가 필요했지만 콩장이도 나를 필요로 했던 게 분명하다. 주말에 천장 보고 가만히 누워 있는 사람에게 필요한 건 대작해줄 술친구밖에 없다. 비슷한 녀석들은 주변에 얼마든지 있지만 언급하고 싶지 않다. 녀석들이 가엾다.

이런 녀석들을 축복하지 않는 신은 결혼할 자격도 없다. 바로 그런 이유로 신들은 결혼하지 않는 것이다. 녀석을 축복하지 않는다는 이유로 결혼을 박탈당한 신들은 심통이 났을 것이다. 따라서 신들은 녀석들을 축복하지 않을 것이다. 신들은 영원히 결혼할 수 없는 운명이다. 신과 인간의 불화는 계속된다. 다 결혼 때문이다. 결혼 안 한 조콩장이 축복받을 땅은 어디인가!

이번 주말 등산은 반드시 취소해야 한다. 바깥세상과 교류하는 게 얼마나 큰 스트레스인지 그제, 오늘 두 차례에 걸쳐서 분명히 확인했다. 하지만 난 등산을 갈지도 모른다. 녀석들 때문에. 이게 다 뭐란 말인가.

3월 17일 오후 11시 59분

오늘로 예정됐던 등산은 취소됐다. 방망이가 어제 전화를 걸어 구둘이를 인용하며 내일 비 많이 온다는데 취소하자고 했다. 난 그러라고 했다. 아니 그러자고 했다. 이럴 줄 알았다. 녀석들은 나 없이는 등산을 가지 않는다. 애당초 등산에 뜻이 없었으니까. 그렇다고 나를 만나 특별한 기쁨을 맛보는 녀석들도 아닌데 왜 그러는지 모르겠다.

오늘 많은 비가 내린 것도 아니다. 황사가 전국적으로 관측 이래 최고치를 기록했다는 소식이 전해졌다. 언제부터 관측을 시작했는지는 알 수 없다. 난 금일 관측 이래 최고의 포만감을 느끼고 있다. 필리핀에서 날아온 파인애플과 모둠김밥 덕분이다. 최고치다. 금일 관측 이래.

항구들은 황사를 피해 주로 집에서 지내는 것 같았다. 고비사막에서 불어온 흙먼지는 나의 목을 칼칼하게 했고 안구에 이물감을 불러왔다.

구둘이에게 전화를 걸었더니 인천에 있다고 했다. 프로야구 선수들과 함께. 이 녀석은 프로야구 선수들의 연금을 관리하는 금융업에 종사하고 있는데 도대체 왜 선수들의 연습이며 시합에 따라다니는지 모르겠다. 사실 알고 있지만 여기서 언급해야 할 만큼 대단한 이유는 아니다.

선수들의 환심을 사서 또 다른 금융상품을 판매하고 싶은 영업전략일 뿐이다. 녀석에게는 미안한 일이지만 말 못할 일은 아니지 않은가. 중요한 일만 언급하려 했다면 이 글을 시작하지도 않았을 것이다.

얼마 전부터 앞에 써놓은 글을 다시 한 번 읽기 시작했다. 지난번 콩장이를 언급하면서 결혼 어쩌고 했던 건 이 글을 시궁창에 처박은 행위였다. 분량을 채우려는 강박 때문에 되돌려 읽으면서 써내려간 부분이기 때문이다. 아, 다 뭐란 말인가.

구둘이는 영업적으로 사고하고 영업적으로 행동한다. 녀석을 다시 만난 건 몇 년 전 인천공항 주차장에서 대합실로 가기 위해 횡단보도를 건널 때였다. 미국에서 날아온 웬 인사를 마중 나갔다가 뜻밖에도 녀석과 마주치게 된 것이다. 녀석은 1990년 무렵에도 나랑 이런 식으로 마주친 적이 있었다. 그때는 고속버스 터미널이었고 이번엔 인천공항이었다. 세상은 바뀌었고 시대는 바야흐로 21세기였던 것이다.

명함을 주고받았던가? 누가 먼저 연락했는지 잘 기억나지 않는다. 이전에 고속버스 터미널에서 만났을 때 녀석이 나에게 던진 한마디가 지금도 귓전에 생생하다. "집에 가서 샤워하고 있어라! 내 이따 연락할게!"

'집에 가서 샤워하고 있어라!' 이 얼마나 구라파적인 인사말이란 말인가? 도대체 이 항구는 구라파에서 무엇을 배웠기에 이런 황당한 인사말을 고등학교 동창에게 날린단 말인가?

이건 무슨 에로티시즘도 아니고, 난 그 당시나 지금이나 집에 들어가서 '씻을 뿐' 샤워하지는 않는다. 샤워라는 표현은 쓰지 않는다. 물론 샤워 탭을 사용하지만 그건 샤워가 아니라 그저 '씻는 일'이다. 목욕이라 불러도 좋을 것이다. 왜냐면 이건 사회현상에 대한 문화적 해석의 문제이기 때문이다. 항구들은 샤워를 하지 않는다. 씻거나 목욕을 할 뿐이다.

이건 마치 1980년대 드라마에서 한인수 같은 B급 중견 탤런트가 두루마기 같은 촌스러운 나이트가운을 입고 발걸음을 옮길 때마다 삐걱삐걱 소리 나는 거실로 걸어 나와, 세트의 반 이상을 차지하는 거대한 레자 소파에 피곤한 듯 미간을 쥐어 짚으며 털썩 주저앉아 "여보 나 목욕물 좀 받아줘요!"하는 거나 같은 것이다.

'왜, 몸 불려서 때 밀게?' 소리가 곧바로 터져 나오지만 우리는 참아야 한다. 왜냐하면 이 모든 것이 탈아입구의 과정이기 때문이다. 가끔씩은 "목욕물 좀 데워줘요!" 했던 것 같은데 여기서 또 한 가지 짚어봐야 한다.

'수도꼭지 돌리면 바로 따뜻한 물 안 나오나?', '한참 기다려야 되나?', '아니면, 장작으로 불 지펴서 끓여달란 말인가?'

이런 의문을 유발할 정도로 미흡한 대사를 쏟아내는 작가가 방송국에서 살아남았을 리가 없는데 … 납득이 쉽지 않은 부분이다.

김구둘발 목욕물 사건은 나의 정체성에 상당한 혼란을 불러오기에 충분했다. 난 어디서 와서 어디로 간단 말인가?

지방 도청소재지 변두리의 본적지는 잘 알고 있다. 하지만 내 인생의 직행버스가 데려다 줄 목적지는 어디란 말인가? 구라파? 신대륙?

목욕물과 관련한 의문은 아직 남아 있다. 극중에서 배스 터브에 들어가는 이들은 주로 여성 아닌가. 촛불도 켜놓고, 꽃잎도 띄워놓고. 남자가 목욕물 받아놓고 "어허, 좋다!" 하는 건 별로 본 일이 없는 것 같다. 대중탕 어르신들에게나 허락된 호사 아닌가. 그런데 한인수라니. 게다가 이 여성들은 거품을 잔뜩 묻히고도 헹구는 법이 없는데 그리할 수 있는가 너 한인수여!

아, 탈아입구의 길은 왜 이다지도 멀고 험하단 말인가!

고비사막에서 불어온 항사〔황사〕는 — 이중모음을 아껴야 한다 — 사방을 분간할 수 없을 정도로 짙게 드리워 구라파로, 구라파로 힘겨운 발걸음을 옮기고 있는 항구의 뒷다리를 잡는구나!

아, 항구야, 일찍이 '쓰리 스타스' 이건희 선생께서 갈파하신 대로 우리는 남의 뒷다리를 잡는 데 익숙해져버렸고, 그래서 적은 우리 내부에만 있다고 생각했는데 이 거대한 자연의 장벽 앞에서는 말 그대로 불가항력이구나!

항구의 다리는 후들거리고 꼬리는 늘어져버렸다. 입술은 허옇게 말라붙었고 목은 타들어간다. 항구는 끝내 모래밭에 풀썩 주저앉고 말았다. 통나무마냥 머리부터 고꾸라지는 항구. 모래바람은 더욱 세차게 몰아친다. 항구는 시나브로 모래에 파묻혀 자그마한 굴곡으로 남았다가 어느새 흔적도 없이 사라져버렸다.

사라진 항구, 모래알보다 작은 존재감으로 끝없이 펼쳐진 사막의 모래언덕을 이리저리 떠돌던 항구는 습하고 더운 기운에 천천히 눈을 떴다.

"각하, 준비됐습니다!"

문 밖의 목소리는 부관이었다. 배스 터브에서 젖은 몸을 일으켜 물기를 닦아낸 뒤 가운을 걸치고 허리춤을 동여맸다.

수건 하나로 외길을 걸어온 주식회사 송월타월은 백퍼센트 순면으로 만든 목욕 가운을 출시하며 외길을 버리고 '투잡'에 들어섰다. 시장은 송월을 주시하고 있었다. 애널리스트들도 송월에 주목했고 앞다퉈 긍정적 전망을 내놓았다.

송월의 목욕 가운은 특히 항구 각하의 손길을 탄 이후 승승장구하고 있었다. 송월의 송 회장은 얼마 전 전경련이 주최한 저녁식사 자리에서 "각하, 현물로 하면 안 되겠습니까?" 했다. 항구의 반응은 싸늘했다.

"현물이라니? 무신 얘기를 하는 것인가?"

"수건……."

"뭐? 물수건? 여기 이런 거?"

"재임기간에 쓰실 수건을 제가 다 대겠습니다!"

송 회장이 보낸 수건에는 목욕 가운도 포함돼 있었다. 방탄용 목욕 가운이라는 소문도 돌았지만 확인할 수는 없었다.

송월 가운 차림으로 연회에 참석한 항구는 쓰봉의 노래를 들으며 회한에 잠겼다. 만주 벌판을 무시로 누비다가 길을 잃고 헤매던 유년시절에는 오늘의 영광을 상상하지 못했다.

식도를 타고 넘어온 치바스 레갈은 우유 바른 위벽을 삼투하며 혈류를 타고 전신으로 번져 그의 뇌리에 불꽃같은 자극을 전해주었다. 쓰봉의 노래가 그의 애간장을 녹이며 후렴으로 치달으려던 바로 그 순간 밴드의 연주가 갑자기 멈추더니 마스터의 낮게 깔린 목소리가 들려왔다.

"항구, 나를 알아보겠는가?"

눈을 뜬 항구가 마스터를 잠깐 응시했다.

"아니 자네는……."

"그렇다! 나 백구다!"

백구가 마이크의 철망을 잡아 빼자 감춰졌던 총구가 드러났다.

"우리 할아버지를 죽인 원수, 내 총을 받아랏!"

백구의 마이크 총이 불을 뿜었고 항구는 손에 들었던 유리잔을 무릎 위에 떨어뜨리며 밀려나듯 뒤로 쓰러졌다. 백구가 경호원들에게 제압당해 끌려 나가는 동안에도 항구는 병풍에 머리를 기댄 채 그렇게 쓰러져 있었다.

놀란 쓰봉이 달려가 '각하'를 외쳐도 항구는 미동도 하지 않았다. 눈물을 떨구던 쓰봉의 머릿속에 '항구 가슴에 얼굴을 묻고 오늘은 울고 싶어라' 김수희 시인의 시구가 떠올랐을 때 항구의 입에서 가느다란 신음소리가 터져 나왔다.

"으~~."

"각하, 괜찮으십니까?"

"그렇다. 난 괜찮다. 적들에게 나 총 맞았다는 얘기 안 했지?"

"안 했을 걸요…아니 그런데 어떻게……."

항구가 몸을 일으켜 세우며 말했다.

"방탄 가운이 날 살렸다……."

주식회사 송월타월의 앞길에는 거칠 것이 없었다. 국가보훈처를 비롯한 정부부처와 각종 공공기관을 상대로 한 태극기 납품이 시작이었다. 태극기는 수건 겸용으로 제작돼 공무원들의 호평을 받았다. 삼일절과 광복절을 비롯한 국경일 전국 방방곡곡엔 송월타월이 내걸렸다.

공공기관에 걸린 태극기 수건을 보고 국민들은 '우리도 필요하다'는 민원을 동사무소를 비롯한 각종 공공기관에 쏟아냈다. 정부는 마침내 정부 조달용 송월타월의 민간 판매를 허용했다.

백화점을 비롯해 전국 모든 소매점에서 판매되는 수건은 송월의 태극기 수건이 독점하다시피 했고 공사현장 인부들의 검게 그을린 목덜미에도 태극기 수건이 걸렸다. 대중탕들도 태극기 수건을 비치했다. 높으신 분들이 쓰신다는 태극기 수건을 목욕 대중들이 원했고 목욕업중앙회의 주도로 '탕'들이 호응한 것이었다. 정부는 급기야 수건을 전매품목으로 지정해 생산과 제작을 송월이 독점하도록 했다. 송월의 수건은 이제 인삼, 담배와 어깨를 나란히 할 수 있게 된 것이다.

세간에는 송월의 가운이 총알을 막아낸 것이 아니라 만주벌판의 혹독한 추위와 싸우며 탱자가시처럼 뻣뻣해진 항구의 털이 총알을 막아낸 것이라는 국과수의 대외비 보고내용이 입에서 입으로 흘러다녔지만 송월의 기세는 이미 하늘을 찌르고 있었다.

건설 현장의 인부들은 태극 수건을 목에 두르고 한여름의 땡볕을 견뎌냈고 태릉의 전사들도 태극 수건으로 땀을 닦아가며 금메달을 향해 용왕매진했다.

가족들이 지켜보고 있다! 국민들이 지켜보고 있다! 난 전사, 태극의 전사! 금메달을 목에 두르고, 금방이라도 교살될 것처럼 긴장되고 상기된 얼굴로 금의환향해야 한다.

오늘 이 순간 내가 흘린 땀방울은 나를 위한 것이 아니다. 민족의 식은땀이다! 금메달에 대한 집착으로 18K 금니를 갈아대며 으르렁거리는 5천만 항구들을 위한 것이다. 조금만 참자. 흐르는 육수를 닦아내며 견뎌야 한다. 이마에서 눈으로, 가슴에서 배꼽으로 흘러내리는 육수는 태극 수건에게 맡긴다. 기다려라, 육수야! 나, 태극수건이 나가신다.

난 광화문 한복판에서, 강남의 주작대로에서 5천만 국민들의 눈시울을 붉게 물들이며 한시도 쉬지 않고 펄럭펄럭 나부낄 몸이시다. 태극전사들을 방해하는 네 녀석들은 나'으' 극세사 흡수력이 가만두지 않을 것이다.

아, 전사들이여 용왕매진 하소서, 육술랑 염려치 마옵소서. 총알도 막아낸 몸이외다…걱정일랑 붙들어 매시고, 밧줄도 타시고, 인형도 메치시고, 샌드백도 패주시고, 이단 후려 쌔려 옆차기를 공중에 날려주소서!

나 여기서 당신의 육수를 특전사 5대기처럼 초조하게 기다리다가 후딱 가서 쓸어 담고 오겠나이다. 여기저기 올이 터지고, 회갈색 땟국물이 군데군데 눈에 띄거든 찬호박의 너클볼로 가만히 방구석에 던져두었다가 소리 소문 없이 국경일에 내걸어주시옵소서. 행주든 뭐든 햇볕에 말리는 게 제일이오이다!

아, 그나저나 캐나다 녀석이 그토록 칭송해마지않던 스케이터는 태능을 떠나 이미 탈아입구 하였다는데 이역만리 캐나다 땅에서도 태극수건을 쓸 수 있을까요? 앞서가는 구라파인의 후손들이 우리의 태극수건을 3M 물걸레 취급하면 어쩌죠?

그 사람들 우리의 태극문양에 담긴 깊은 뜻을 알까요? 건곤감리, 음양오행, 삼척동자, 국태민안, 와신상담, 삼신할매, 전전긍긍, 권토중래, 아, 하나 더 있는데 기억이 미치지 못하는도다! 5천만 국민들의 염원을 알까요?

혹시 이 스케이터가 '나이스'와 전속계약을 맺어 나이스 수건이라도 쓰는 날이면 그녀에게 무슨 일이 벌어—절치부심이었소—질지 모르는데 이 일을 어쩐다. 승리'으' 여신 나이스, 아니 니케여 우리의 스케이터를 굽어 살피시어 그녀가 꼭 18K 금메달을, 아니 태극수건을 목에 두르고 훈련에 임할 수 있게 해주시고 그녀의 땀방울을 메이딘 코리아 극세사가 흡수하는 모습을 5천만 국민이 침이 꿀꺽 넘어가는 감동으로 지켜보게 해주시어요! 그리고 금메달도 하나 부탁드립니다. 이거 정말 중요한 거여요!

만일 당신께서 집중하지 않으시면 니폰도 장인이 야스쿠니에서 백일 기도를 마치고 영험한 기운을 받아, 직접 숫돌에 갈아 만든 칼날을 달고 UFC '무리뇨 닌자'처럼 사사삭 사사삭, 마치 예수께서 물 위를 걷듯 사뿐사뿐 발걸음을 옮기신다는 아사다 양이 18K를 깨물며 시상대 1등 자리에 오를지도 모르기 때문입니다.

게다가 그녀는 마오, 우리의 모 주석님과 같은 성을 쓰는 혁명가의 혈통으로 전투적 핏발을 흰자위에 세우고 훈련에 임한다 하니 절대 방심하면 안 됩니다.

니케여, 아, 니케여, 정 힘들면 삼신할매와 힘을 합치는 것도 고려해보소서. 중재는 삼척동자에게 맡기시고 동서양의 만남, 통 큰 결단, 합종연횡 미학의 정수리를 내리쳐주소서. 방망이든 지팡이든 의사봉이든 내리칠 만한 거라면 뭐든 좋습니다.

삼척동자 한 번 믿어보세요! 비록 삼 척의 단신이지만 협상과 중재에는 이골이 난 아해니까요. 어리다고 놀리지 말아요. 수줍어서 말도 못하고, 어리다고 놀리지 말아요, 스쳐가는 얘기뿐일지라도 동자는 분명해낼 겁니다.

휴전선을 넘나들며 7천만 겨레의 항구적 통일을 이루기 위해 동분서주했던 눈부신 경력은 헤드헌터가 확인해 줄 겁니다. 철조망에 긁힌 동자의 장딴지와 종아리를 눈여겨보소서. 그는 분명 38선을 넘었고 김 주석을 만난 적이 있습니다. 백두산 천지 그림을 배경으로 사진까지 찍었으니 보여 달라 졸라보세요. 백 마디 말보다 사진 한 장의 울림이 더 큰 법이니까요.

동자는 노래도 항상 '우리의 소원'을 부릅니다. 만나거들랑 놀라지 마십시오. 파마머리가 꼭 그분과 흡사하거든요. 바로 그분. 일부러 그런 건 아닙니다. 댕기머리를 자르고 탈아입구해보겠다고 길을 나섰다가 그 모양으로 돌아왔습니다. 어디서 얼마 주고 했냐고 아무리 캐물어도 묵묵부답. 파마 약을 너무 씨게 써서 여기저기 듬성듬성 … 좀 그렇습니다.

동자의 파마는 뭐랄까요 … 테가리가 어깨동무를 하고 여의도공원을 중중모리로 휘돌았던 '미스 비로도'를 연상케 합니다. 사실 동자에게 그런 파마를 해줄 만한 뷰리 팔러는 몇 군데 안 되지만 국민들은 그 헤어의 출처를 크게 문제 삼지 않았습니다. 중요한 건 동자의 정신이었거든요. 조국의 항구적 평화를 달성하기 위한 결의가 시작되는 지점이 바로 헤어였으니까요. 어느덧 동자의 비로도 헤어는 전 국민적 사랑을 받게 되었고 강줄기를 따라 산을 넘고 들판을 지나 들불처럼 번져나갔습니다.

'기나긴 밤이었거든 압제의 밤이었거든 우금치 마루에 흐르던 거역의 밤이었거든 …….'

갑자기 구둘이가 떠올랐는데 이유를 알 수 없다. 갑자기가 아니다. 구둘이 얘길 하다 우금치까지 왔나보다. 합스부르크 왕가의 자존심이 면면히 흐르는 오스트리아헝가리 제국의 비에나에서 수학한 구둘이에게 우금치가 웬 말인가.

김구둘은 일찍이 탈아입구해 나를 놀라게 한 인물 아닌가. 그렇다. wham!

'예예예 바라라바라밤, 예예예 바라바바라밤 … 두두와 두리두리두봐아…….'

김구둘 덕분에 난 '웸'이란 그룹을 처음 알게 됐다. 앤드류 리즐리와 조지 마이클. 주옥같은 노래들. 최강석은 진주옥을 사랑했다. 그나저나 녀석은 왜 연락이 없지? 조만간 최강석 얘기도 좀 해야 할 것 같다.

정녕 주옥같은 웸의 노래, 발음에 유의하지 않으면 주옥이를 제대로 느낄 수 없다. 강석이가 그랬던 것처럼.

'래에~s 크리스마s 아 게뷰 마 하아t 벗 더 베리 넥스 데이 유 게빗 어웨이~~ 디s 이어 투 세미 프롬 티어s 아 게빗 투 썸원 스페셜 워워 워어어 베이베~~'

녀석은 음대 지망생이었다. 맨 뒷자리에서 서너 시간만 수업을 듣고 사라질 수 있는 특권을 지닌 넌 이미 대학생!

'아아, 구둘아, 우리도 데려가다오! 못 간다 이놈아, 내 눈에 흙이 들어가기 전엔 못 간다아아아~~'

녀석은 항사가 들어가 벌겋게 충혈된 우리들의 안구를 들여다본 것일까. '니들 눈에 흙 들어갔으니 나 이제 가도 돼?' 하는 것 같았다. 녀석은 우리를 버려두고 항상 조용히 사라졌다.

몇 시간 안 되는 수업시간에도 항상 이어폰을 꽂고 있어서 난 녀석이 라흐마니노프스노비치 카잔자키스노야르스크의 플롯을 위한—이놈의 컴퓨터가 또 사람 가르치네! 동네 사람드을~~내 말 좀 들어보소오오아 글씨 이놈의 컴퓨터가 지랄하고 또 사람을 가르치네요호호～～ — 난 분명 flute을 의미했지만 녀석이 plot으로 바꿔버렸다. 플루트라고 쓰라는 얘기다.

아, 그리운 라이방, 당신이 옳았소. 맞춤법이 다 뭐란 말이오! 자고로 문자란 쓰고자픈 놈이 내키는 대로 써먹으라고 맹글었는디 무신 지랄났다고 맞춤법을 만들어서 콤푸타헌티 훈계를 듣게 말든단 말이오호호～～.

암튼 그리서 워디꺼정 혔더라… 그려 구둘이가 플루트를 혔는디 그렇지, 수업시간에… 그려 나는 녀석이 〈프루트를 위한 협주곡 3번〉 작품번호 루트3분의 2 제곱의 알라숑? 뭐 그런 걸 듣고 있는 줄 알았는데 그게 아니었다.

여기저기 빈자리를 찾아 앉던 녀석이 그날은 어쩐 일인지 내 옆자리에 앉아 있었다. 나 역시 뒷자리를 전전하던 비주류 아웃사이더들 가운데 후발대였다. 녀석은 듣고 있던 이어폰을 빼내면서 나에게 뜬금없는 한마디를 내뱉었다.

"너, 웸 아냐?"

알 턱이 있나…"몰라!"

"웸을 모른단 말이야? 얘들 몰라?"

녀석은 나에게 책받침을 들이 밀었다. 구라파 녀석 둘이 나를 바라보며 드으럽고 징그럽게 웃고 있었다.

"얘 어떠냐? 잘 생겼지?" 녀석은 앤드류 리즐리를 가리키고 있었다.

"나도 이렇게 할라고."

"뭘?"

"나도 머리 이렇게 한다니까!"

녀석은 나에게 이들이 품고 있는 주옥이 같은 음악세계에 대해 설명해주기는커녕 헤어스타일 얘기만 늘어놨다. 동자 같은 녀석! 그래 음대에 진학하겠다는 녀석이 5천만 국민에게 한다는 약속이 고작 헤어스타일 바꾸겠다는 것이란 말인가?

삼천리 푸른 강산은 이미 동자의 선구적 아지테이션으로 국방위원장 스타일로 뒤덮인 지 오래! 우리는 절대 흔들리지 않을 것이다. 우리는 민족중흥의 항구적 사명을 띠고 이 땅에 태어났기 때문이다. 하지만 한번 하고 와봐봐. 괜찮은지 봐주기는 할 테니까.

바야흐로 며칠 뒤. 우금치 마루에 흐르던 거역의 기운이 교실을 휘감고 소용돌이치던 어느 나른한 오후. 계절은 묻지 마시라. 이 정도 기억력도 용타!

그래 바로 그런 어느 날, 5천만의 심금을 울렸던 국방위원장 스타일을 뛰어넘는 리즐리 스타일의 헤어를 띠고 녀석이 이 땅에 태어났다. 아니 교실에 나타났다.

아, 진정한 탈아입구는 이다지도 힘들단 말인가?

"앤드류, 당신 오늘 너무나 멋져요! 우리 저 스페인 계단을 힘차게 내달려 봐요! 도가니 나갈 때까지! 어서요, 네에!"가 아니었다.

뭐랄까 … 주전자의 몸통은 사라지고 뚜껑만 남은 느낌? 어디에? 타조알 위에. 계란은 너무 작다.

"아니, 워디여 우리 구둘이 머리 이렇게 만든 디가? 뉘귀여? 우리 구둘이 머리 이렇게 짤라는 X이!" 하고 싶었다. 하지만 난 그냥 "왔냐?" 했다. 귓바퀴 앞쪽으로 흘러내려야 할 제비추리 옆머리가 없어진 게 사람을 그렇게 바보스럽게 만들 줄 몰랐다.

옆자리에 앉은 구둘이도 별 말이 없었다. 그날은 오랜만에 베토베니무스 모짜리타시스모 교향곡에 집중했을지도 모르겠다. 음대에 가야 하니까.

녀석은 졸업 후 5천만 항구가 꿈꾸는 바로 그곳, '합스' 집안의 전통과 명예가 오롯이 서린 곳 '오헝 제국'의 한복판으로 유학을 떠났다. 우리 가운데 최초로 탈아입구한 것이다. 감히 내가 범접할 수 없는 '오헝의 합스'를 도청소재지 고속버스 터미널에서 우연히 만나게 된 건 카르마로만 설명할 수 있는 일이다.

슬슬 졸리기 시작한다. 이 정도에서 마무리? 아니다, 조금만 더! 금일 최고의 포만 수치를 기록하며 시작하지 않았는가. 여기서 멈추면 안 된다.

녀석은 나에게 샤워를 원했지만 난 하지 않았다. 집에 도착해 목욕을 했는지 자세히 기억나지 않지만 아무튼 녀석의 "샤워하고 기다려!"는 전화를 받아 "예, 홍은동입니다"하는 모 드라마 속 아주머니의 대사처럼 난데없는 언사였다.

담배와 독신을 즐기고 계신 김모 작가는 참으로 이해할 수 없는 비현실적 대사를 갈겨대지만 이를 이해하고 즐기는 우리 항구 아줌마들의 교양은 내몽골을 포함한 동북아시아에서 관측 이래 최고치를 기록하고 있다고 해도 과언이 아니다.

홍은동입니다? 참내, '여보세요'가 아니고 홍은동입니다? 참내, 여보세요 안 하고 '홍은동입니다!' 한다고? 이 정도만 하자.

이렇게 써 갈긴 뒤 애린 타~아~렌트들이 맹목적으로 따라 읽게 만드는 이유를 짐작할 수 있을 것도 같지만 굳이 언급하지 말자.

김 작가님께서는 또 천박한 자본주의 사회에서 전위에 배치된 세칭 잘 나가는 부류만을 극의 중심에 던져 주시지만 어쩌랴! 비로도 국방위원장 스타일의 항구 아주머니들이 열광하시는데. 도리가 없는 것이다.

하기야 잘못된 건 또 뭐란 말인가. 이게 다 뭐란 말인가.

구둘이 녀석은 유럽으로 진군하다 되돌아온 몽골군의 어설픈 소년병사와도 같았다. 어설프게 배웠고, 아니 배우지 못한 것을 아는척 했을 뿐이었다. 집에 돌아와서 난 정말 샤워를 해야 하나 하고 잠시 잠깐 고민했던 것도 같다. 녀석이 혹시 옷을 다 벗어야 하는 이상한 장소에 날 데려가려고 하는 것은 아닌가 등등 잠깐 고민했던 것도 같다. 아니, 실제 샤워를 하고 기다렸던 것 같기도 하다.

15년 후 인천공항에서 녀석을 다시 만났다. 녀석은 그동안 산전수전 다 겪었다고 했다. 무슨 시향인지 오케스트란지에 들어갔다가 갑자기 입대하는 바람에 음악생활을 접은 얘기부터, 어쩌다 그리도 희한한 금융업에 종사하며 프로야구 선수들을 상대하게 됐는지 등등 급하게 10여 차례 만나면서 압축적으로 들려줬다.

한마디로 녀석은 집안문제 때문에 경제적으로 너무 어려운 처지에 놓이게 됐고 친구에게 돈을 빌려 라면을 사먹을 정도로 궁핍하게 살다가 그 길을 택하게 됐다는 것이었다.

녀석은 접대와 영업으로는 누구에게도 뒤지지 않은 품성을 지니고 있다. 비굴할 줄 아는 것이다. 내가 소개해준 사람들 앞에서 단 한 번도 취한 모습을 보이지 않았고 깍듯하게 예의를 갖췄다. 그들은 녀석의 과도한 예의와 친절에 부담스러워하면서도 그런 모습을 좋아했다.

외모도 깔끔했다. 국공내전 무렵 상하이의 한 바에서 피아노 연주에 맞춰 'Am I blue?'를 읊조리는 '마지막 황제'처럼 생겼으니까.

한번은 술자리에서 녀석에게 오스트리아 유학시절 얘기를 꺼냈더니 "그때 얘기는 하지 말자"고 했다. 그래서 안 했다. 녀석은 한마디 더 했다. "내 인생에서 가장 힘들었던 시절이었다"고.

또 다른 도청소재지 출신 항구가 도모했던 탈아입구의 길은 멀고도 험했던 것이다.

3월 21일 오전 1시 16분. 쉬프트는 여전히 말썽이다.

3월 22일 오전 12시 50분. 이번 글은 이틀에 걸쳐 완성했다.

3월 중순인데 꽤 많은 눈이 왔다. 비가 오다 진눈깨비로 바뀌더니 제법 많이 내렸다. 날씨의 변덕이 아니라 자연현상의 예측불가능성이 증가한 것이다. 얼마 전 TV에 나온 정신과 의사의 말마따나 스트레스를 많이 받을 환경이 조성된 것이다.

자동차가 또다시 더러워졌다. 자동차 없이 대중교통을 이용해 출퇴근하던 시절에는 '세차 후 비가 와서 괜히 헛수고한 꼴이 되고 말았다'는 볼멘소리를 이해하지 못했다. 무슨 소리란 말인가? '조금만 더 인내했더라면 괜한 수고를 덜 수도 있었는데' 하는 아쉬움인가? 이해가 잘 안 됐지만 굳이 알고 싶지도 않았다. 별 것도 아닌 자동차 따위를 놓고 호들갑 떠는 꼴이 보기 싫었기 때문이다.

비행기나 우주선을 모는 것도 아닌데, 맘만 먹으면 누구나 할 수 있는 자동차 운전이 자기만의 특권인 양 겸양의 미덕을 망각하고 쓸데없이 너스레를 떠는 인간들이 종종 눈에 띄었고, 그들이 싫었다.

더 싫은 놈들은 차선이 어쩌고 신호가 저쩌고 하면서 핏대 올리며 지랄하는 녀석들이다. 누가 모르나? 뭐 그리 대단한 일인가? 짚신 신고 걸어 다니던 향구들이 자동차 타기 시작한 지 얼마 되지도 않았는데, 마구잡이 중구난방으로 도로 만들고 차선 그어놓고 시시때때로 임기응변으로 아스팔트 땜빵해가면서 살고 있는데, 근본적인 해결책이 어디 있단 말인가?

차선에 신호에 열 올리는 놈들은 다른 사회현상에 대해서는 관심이 없다. 다른 현상들은 차선이나 신호만큼 당장 자신을 절절한 불편의 구렁텅이로 몰아넣지 않기 때문이다.

어쨌든 비가 오거나 눈이 오면 차가 더러워진다는 사실을 자동차를 처음 구입한 지난 1998년 무렵에 알았다. 더 큰 깨달음은 비나 눈 자체가 더럽다는 사실이었다. 비나 눈이 더럽다? 왜? 처마 밑에 함석으로 만든 다라이를 받쳐 놓고 빗물을 받아 먼지를 가라앉힌 다음 이런저런 용도로 퍼 나르던 외갓집 식구들의 모습이 아직도 눈에 선한데 이토록 더럽단 말인가! 나에겐 아주 새로운 지식이었다.

비를 맞으면 눈이 따갑고 눈을 맞으면 머리가 가렵다. 아, 이름이 갑자기 떠오르지 않는다. 리차드 기어가 아닌데… 숀 코네리도 아니고 그 있잖은가, 인디아나 존스의 존스 박사, 티벳 불교 믿는다는 사람. 누구더라?

사실 난 좀 피곤하다. 그냥 자려다가 억지로 일어나서 숙제하듯 글을 쓰고 있다. 무리하면 꼭 이런 일이 벌어진다.

프로이트가 그랬던가? 생각하면 할수록 오히려 생각나지 않는다고. 그냥 잠시 잠깐 잊고 있으면 떠오른다고. 이유는 생각이 안 난다.

그렇지, 일부러 잊어버린 거라고 그랬다. 해당 사물이나 인물 또는 사건과 관련한 정신적 외상이나 유쾌하지 못한 기억 때문에 일부러 피하고 있는 거라고.

'넌 인정하지 않겠지만 넌 일부러 그 영화배우를 피하고 있어!'

내가? 왜? 최근 케이블에서 인디아나 존스 시리즈를 4편까지 방송했다. 띄엄띄엄 보긴 했지만 옛날 극장에서 봤던 때를 추억하며 꽤나 즐거웠는데 내가 왜 존스 박사를 피한단 말인가?

고고학이나 인류학에 대한 아픈 기억이라도 있나? 고고학은 전혀 모르고 인류학은 레비스트로스밖에 모르는데… 얼마 전 돌아가신 당대의 석학 스트로스 선생님을 떠올리면 청바지 리바이스를 떠올리는 수준인데…….

그나저나 레비스트로스와 리바이스 스트라우스는 무슨 관계인가? 구조주의적으로 연관이 있나? 내가 아는 언어학의 구조주의는—그나마도 인터넷 백과사전을 뒤져 알아낸 사실이지만—꽃을 꽃이라 부르는데는 아무런 이유가 없다고 설파한다. 발이 아니고 손이 아니고 눈이 아니고 코가 아니고 입이 아니고 귀가 아니라서 꽃인 것이다. 다른 녀석이 차지한 이름을 다시 쓸 수 없기 때문에 꽃이 된 것이다.

'리차아드~ 저 들판에 핀 코 좀 보세요. 아름답지 않아요? 제임스 저 바위틈에 핀 귀 한 송이 꺾어다 주세요!'

뭐 이래야 직성이 풀리는 게 아닌 바에야. 아무튼 꽃이라는 이름은 다른 이름과의 관계, 차별 속에서 의미를 지니는 것인데 … 차이와 지연을 합한 '차연'이라는 개념도 있었는데 출처가 떠오르지 않는다. 아무튼 이건 언어학의 구조주의인데 … 난 그 배우의 이름을 오늘 내로 생각해 낼 수 있을까?

비가 왔고 차가 더러워졌고 눈이 따갑고 머리가 가렵다 … 그렇다, 블레이드 러너! 우리의 도시는 블레이드 러너 속 비 내리는 미래의 도시처럼 더럽고 지저분하고 축축하고 암울하다.

차라리 얼굴을 그려주고 싶다. 이 빌어먹을 말대가리 리차드 기어는 왜 자꾸 내 앞을 가로막는단 말인가! 내가 '미스터 블레이드'를 피할 이유가 없는데 왜 이름이 떠오르지 않는다는 말인가.

프로이트가 틀렸다는 사실을 증명하는 길은 이리도 험하고 멀고 질척거린단 말인가? 잠깐, 무엇이 프로이트를 극복하는 길인가? 내가 그 배우의 이름을 떠올리는 것? 아니다, 일단 이름을 떠올린 다음 미스터 블레이드가 나에게 아무런 트라우마를 끼치지 않았다는 사실을 증명해야 한다.

어떻게? 트라우마를 끼쳤다는 가설을 제1명제로 한 논리전개가 틀렸다는 사실을 증명하면 된다. 어떻게? 내가 미스터 러너로 인해 정신적 외상을 입었다면 한밤중에 케이블을 틀어놓고 인디아나 존스 4탄 '크리스탈 해골과 김 관장의 진검승부' 따위를 시청하겠는가? 심야시간대에는 워낙 많은 프로그램이 방송되기 때문에 부제까지 일일이 다 기억할 수 없다.

내가 만약 미스터 러너로 인한 정신적 외상후 스트레스 증후군 따위를 겪고 있다면 심야시간대에 크리스탈 해골과 김 관장의 가슴 졸이는 진검승부를 시청하겠는가 말이다. 다시 말하지만 부제를 정확히 기억하지 못하면 내용도 혼란스럽게 마련이다.

하지만 프로이트 선생께서 '넌 반동형성이라는 방어기제를 작동시키고 있는 거야!' 하면 어쩌지?

"넌 이라크전에 참전했던 GI Joe마냥 외상후 스트레스 증후군을 앓고 있지만 스스로를 속이고 있는 거여. 뭔 소린지 알겠어? 아프긴 아픈디 안 아픈 척하는 거란 말이여 이 사람아! 아프면 아프다고 말혀! 속으로만 끙끙 앓지 말고!"

"흑흑, 선생님, 사실 저 많이 아파요! 여기 호 해주세요!

"이 사람아, 진작에 얘길 허지 그랬어! 워디여? 월매나 아픈겨! 내가 호 해줄게!"

프로이트 선생의 품에 안긴 항구는 하염없는 눈물을 흘리며 구라파인의 고마움을 가슴 깊이 새긴다.

어느 순간 가슴이 답답해진 항구는 자신의 목에 헤드락을 건 채 지그시 눈을 감고 있는 프로이트 센세이에게 어렵게 말을 꺼낸다.

"선생님, 크리스탈……."

"그려, 니 마음 알어! 암말 말고 가만히 있어!"

'프 선생님'이 틀렸다는 사실을 증명해내긴 글렀다. 난 여전히 말대가리 사관과 신사 리차드 기어를 떠올리고 있기 때문이다.

사관? 난 뭔가 했다. 장교 아닌가 장교! 하여간 번역하는 녀석들은 일찍이 탈아입구해 저만큼 앞서가고 있는 황국민들의 꽁무니를 쫓아가기 바쁘다. 이중모음이 필요한 순간이 있다. 특히 탈아입구를 완성한 그들을 위해서는 아끼지 말아야 한다.

탈아입구를 완성하지 못한 항구의 나라에서 〈singing in the rain〉이나 〈snow frolic〉은 병치레를 감수해야 한다.

"리차아드! 머리가 가려워요!"

"괜찮아, 니조랄이 있잖아!"

"리차아드! 눈이 따가와요!"

"눈 뜨지 말아요! 그냥 그대로 있어요!"

"죽을래? 따갑다니까아~."

세상이 이렇게 온통 지저분해진 날 족구는 나에게 두 번 전화했다. 두 번 다 받지 않았다. 지난주 콩장이를 만나기 직전에 녀석과 통화했다. 다음 주에 보자고 했다. 다음 주면 이번 주 아닌가. 녀석의 친구가 당산동에 술집을 하나 차렸는데 같이 가자고 했다. 이런저런 일에 마음을 뺏기고 싶지 않은 내 마음을 족구는 이해해줄 것이다.

녀석도 언젠가 일 년 가까이 두문불출한 적이 있었다. 일 년이 뭔가, 족히 4~5년은 그랬던 것 같다. 녀석은 시나리오 작가다. 친구 얘기나 끼적이는 나 같은 부류와는 차원이 다르다.

녀석은 지난 연말에 우리 집에 와서 자고 갔다. 무슨 날이었지? 기억이 잘 나지 않는다. 연초였나? 녀석은 술을 마시다가 갑자기 재워달라고 했다. 난 그러마고 했다. 생각해보니 집에 친구를 데려와 재워본 게 처음인 것 같다. 유년시절에도 그런 일은 없었다. 아무리 생각해봐도 족구가 처음이다. 녀석에게 전화해볼까? 아니다. 집중하자.

우리는 라면을 하나씩 끓여먹었다. 난 소파에서 잤고 족구는 바닥에서 잤다. 녀석은 새벽 일찍 집을 나섰다. 간다는 소리를 잠결에 들은 것 같았는데 일어나보니 가고 없었다. 열쇠 어쩌고 했던 것 같은데 잘 기억이 나지 않는다. 족구처럼 한 음절 한 음절 또박또박 얘기하는 사람을 난 만나본 적이 없다. 이유는 모르겠지만 녀석은 아주 느리게 천천히 얘기한다. 녀석의 말투에 대해 원인을 따지는 것은 왠지 절제와 훈련을 통해 '만들어졌다'는 느낌을 받기 때문이다.

왜 그랬을까? 세상을 살면서 오해가 많았던 것일까? 녀석은 화를 내는 일도 거의 없다. 욕지거리를 입에 담는 것도 본 적이 없다.

난 녀석이 성공하길 바란다. 성공이 다 뭐란 말인가? 난 녀석이 뜻하는 바를 이루길 바란다. 이게 정확한 표현이다. 녀석과는 재미난 에피소드도 없는 것 같다. 다른 녀석들에게 "족구 뭐 하냐?" 하면 항상 "모르겠다…니가 전화 한 번 해봐라!"하는 대답이 돌아왔다. 그런 구족구가 우리 집 근처에 산다는 사실을 안 건 지난 연말이었다. 몇 번인가 술을 마시며 이런저런 얘기를 나누면서도 녀석은 답답한 속내를 내비치지 않았다. 답답하지 않을 리가 없는데. 아니, 답답하지 않은 것 같았다. 올해로 우리가 만난 지 정확히 20년이 됐다. 그렇지, 해리슨 포드. 프로이트가 옳다.

3월 22일 오후 11시 9분

족구에게 전화했지만 받지 않았다. 오전 10시를 조금 넘긴 시간. 간밤에 어디서 한잔한 게 분명하다. 내가 어젯밤 녀석의 전화를 받았으면 어떻게 됐을까? 아마 양해를 구하고 외출을 삼갔을 것이다. 그래, 난 어제 너무 피곤했다. 할 일을 코앞에 두고 피곤하기까지 했으니 외출을 꺼렸을 게 분명하다.

하지만 세상에 분명한 게 어딨단 말인가. 완전한 객관성을 담보할 수 있는 순간이 과연 있기나 하단 말인가? 족구와 통화하지 않았는데 어떻게 했을지 어찌 알 수 있단 말인가? 외출을 삼갈 마음을 갖고 있었다고 '지금' 생각하는 것이다. 전화의 진동음을 듣기 이전에도 같은 마음이었다 할지라도 통화를 하는 동안 난 얼마든지 달라질 수 있는 일이다. 녀석이 갑자기 20년 만에 절절한 사연을 털어놓으며 "나 정말 힘들다!" 했다면? "내가 언제 너한테 이런 얘기 하더냐? 잠깐 나와라 보고 싶다!" 했다면? 집을 나서 엘리베이터를 타고 1층 건물 입구로 내려갔다가 내리는 눈을 보고, 두피의 소양증을 예상하며 발길을 돌렸을 수도 있는 일이다. 누가 안단 말인가? 아무도 모르는 일이다. 단언하지 말자.

족구가 어제 한잔 걸쳤는지 누더기를 걸치고 풍찬노숙했는지 알 길이 없지만 녀석이 전화를 받지 않은 건 분명한 사실이다. 그렇다. 모름지기 작가란 오전 10시 무렵에는 잠자리에 있어야 하는 법. 아니 이 무렵 늦은 아침을 먹고 잠자리에 들었을 수도 있다. 내가 어제 얘기하지 않았는가? 족구는 친구 얘기나 끼적거리는 나 같은 인간과는 다른 부류라고. 일상과 상궤를 벗어나 자신만의 세상에서 풍찬노숙할 수 있는 저 여유, 아, 부럽다. 그에게는 이것이 일상이고 이것이 바로 데일리 루틴인 것이다. 데일리 루틴이 괜찮다. '상궤'하니까 사과 궤짝 같은 게 떠올랐다. 역시 탈아입구하여야 한다.

'만국의 항구들이여 단결하라, 우리가 잃을 것은 쇠사슬뿐이다! 달리자! 구라파로!'

작가의 데일리 라이프는 모름지기 이런 루틴으로 점철돼 있어야 하는 것이다. 잠자리에 드는 시간 불확실, 기상시간 불명확, 조식, 중식, 석식시간 불투명. 오늘은 어제와 다르고 내일도 오늘과 다르다. 하지만 단 한 가지, 모든 게 불확실하다는 사실만큼은 명확하고 투명하다.

모름지기 작가란 불확실한 인생을 살아가면서 수염을 기르고 머리를 산발하고 거리를 배회해야 하는 것이다. 왜냐? 살을 에는 추위를 경험해보지 않고 '살을 에는 추위'라는 표현을 써서는 안 되기 때문에. 인생의 신산(辛酸)을 모두 거치고 마침내 오동나무관 속에 드러누워야 비로소 펜을 잡을 기회가 주어지는 것이다.

그렇다. 살을 에는 추위를 모르고 어찌 살을 엔다고 말할 수 있겠는가. 얼마 전 만난 장교 출신 사진사 형님도 비슷한 말씀을 나'의' 뇌리 깊숙이 박아주시었다. 내가 묻지도 않은 말씀을, 알고 싶지도 않은 얘기를 전달하기 위해 점심시간에 짬을 내서 삼십 분 가까이 혀를 놀려주시었다. 사진사께서는 어느 시인의 충고를 십분 수용하야 서울역인지 어딘지에서 노숙해봤노라고, 그리하여 비로소 살을 에는 추위를 알게 됐노라고 했다.

"그러니까 너도 해봐라!" 이런 얘기까지는 안 하셨다. 나'의' 눈빛이 변해가고 있었기 때문이다. 대신 "그래, 후배님은 무슨 글을 쓰시는가?" 했다. 어쩌다가 화제가 그리 옮아갔는지 모르지만 대답을 안 할 수는 없었다.

"그냥 친구 얘기 씁니다. 제 주변에 있는 친구들 얘기요. 사실 제가 그전에는……."

"그렇지, 나도 한때는 전국을 돌면서 ……."

그의 작가론은 한 시간 넘게 이어졌다. 삼십 분이라고 했던 건 거짓말이다. 그를 배려한 것이다. 그의 얘기 중 반 정도가 "작가란 말이야"로 시작됐다. 나에게는 한 시간 분량 모두 "잘 들어! 작가란 말이야"로 들렸다.

예전에 어떤 녀석에게 "사진관 잘되냐?" 했다가 의절할 뻔한 적이 있었다. 녀석은 문방구표 레이저를 발사하며 날 한 번 째려보더니 스튜디오! 했다. 스뚜디오도 아니고 스튜디오! 이중모음에 초점을 맞춘 정성 어린 항구 발음. 스튠이오! 그렇지, 스튜디오가 아니었다. 미안하다 친구야! 넌 분명 '스튠이오'라고 했다.

그렇다, 그는 사진사가 아니라 사진작가 또는 포토그라퍼였다. 냉장고를 자주 여는 사람은 냉장거! 자전거를 자주 타는 사람은 그냥 자전거! 걸어다니는 사람은 거러! 또 뭐가 있을까, 나의 보캡은 이 정도가 한계다.

아니다, 많이 먹는 사람은 머거! 많이 웃는 사람은 우서! 터졌다, 여기서부터는 이제 무한대로 간다. 뭐든 된다. 이런 걸 바로 문리가 터졌다고 하는 건가! 아, 이 기쁨 사진사 형님, 아니 포토그라퍼 형님과 나누고 싶다!

아무튼 이 라퍼 형님의 말대로 작가란 모름지기 10시 넘어 일어나야 한다. 아니, 전화를 받아서는 안 된다. 오후 12시 1분이다. 좀더 자야 한다. 족구야, 좀더 자! 푸욱!

가끔씩 일반적 조어 원칙을 벗어나는 경우도 있다. 자어 같은 경우. 그래야 문제를 낼 것 아닌가? 다음 중 동사와 행위자가 잘못 연결된 것은? 상위 1%를 겨냥한 이런 난이도 높은 문제. 정답은 4번 자다 - 자어. 옳은 연결은 자다 - 잠피온.

전국에 있는 수험생들의 항의가 빗발쳤다. 출제를 담당한 민족문제연구소 측의 전화통에 불이 났다는 소문이 돌았다. 직원 중 일부가 휘발유를 뿌리고 불을 질렀다는 혐의를 받고 있었다. 이들은 검찰에 출두해 업무에 불만을 가지고 있었던 것은 사실이지만 불을 지르지는 않았다고 주장했다.

업무 불만은 왜? 학력고사 국어 문제를 왜 민족문제연구소에서 출제하는지 모르겠다는 것이었다.

이유는 두 가지였다. 첫 번째, 민족정신 고취를 위한 교육개혁의 일환으로 외국어를 우리말로 순화시키는 작업을 항구 각하께서 추진했기 때문이다. 이런 중차대한 임무를 맡을 곳은 한 곳밖에 없다. 바로 민족문제연구소! 한때 항구 각하의 만주시절 전력을 문제 삼았을 정도로 좌고우면하지 않는 올곧은 자세로 민족정기를 바로잡기 위해 한길을 걸어온 민족문제연구소는 각종 국책연구기관과 정부부처 산하기관을 제치고 이번 프로젝트의 책임기관으로 선정됐다. 가장 먼저 시작한 것이 바로 이 행위자를 뜻하는 어미 er을 바꾸는 작업.

소장 이화 선생은 이렇게 말했다. 우리말과 얼마나 흡사한지 제가 예를 들어드리겠습니다.

"김 과장, 자네 말이야 어?! 어제 말이야 어?! 내가 말이야 어?! 시킨 커피 심부름 말이야 어?! 미스 리한테 말이야 어?! 왜 대신 어?! 갔다 어!? 오라고 어!? 내가 미스 리를 어!? 얼마나 아껴, 어!? … 이 정도만 하겠습니다! 저도 모르게 그만 사적인 얘기를 … 허허 … 우리 생활 속에 녹아 있는 이 '어' 그냥 방치해서야 되겠습니까? 간투사, 발어사로 그냥 놔둘 것이 아니라 가져다가 써야 한다는 얘깁니다!"

두 번째 이유는 나의 빈곤한 상상력. 학력고사 문제를 어디서 내더라? 아무리 생각해봐도 대성학원 종로학원 중앙학력평가연구소는 떠오르는데 학력고사 출제기관은 생각이 나지 않았다. 그냥 문교부로 할까 하다가 설정이 너무 성의 없게 느껴질 것 같아 이런 일을 꾸민 것이다.

그나저나 아, 3대 모의고사 출제기관만 내 머릿속에 남았구나. 내 머릿속은 과연 정리할 필요가 있는 것이다. 주객이 전도되고, 앞뒤가 바뀌어버린 기억의 파편들을 질서 있게 정리할 필요가 바야흐로 떠오른 것이다. 마산 앞바다에. 최루탄 박힌 김주열의 시신처럼.

'이제 무엇을 한다? 뭐라도 해야지! 시신이 떠올랐지 않은가!'

족구 녀석은 잠피온이다. 이 시대가 요구하는 잠피온. 싸이와 완타치로 한판 붙을 수 있는, 시대가 떠밀어 앞장세운 잠피온!

'라퍼' 형님은 나에게 이런저런 훈계를 늘어놓으시다가 자리를 뜨셨고, 난 그날 하루를 공쳤다고 생각했다가 오늘에야 곱씹어 단물을 짜내고 있는 것이다.

작가란 모름지기 잠을 푹 자봐야 한다. 잠을 푹 자고 일어나 자신의 피부가 얼마나 '뽀오애졌는지' 자기 눈으로 직접 확인해봐야 한다. 그리해야 미녀와 미남이 넘쳐나는 이 아름다운 세상을 제대로 느낄 수 있다. 눈을 맞아 머리가 가렵고 비를 맞아 눈이 따갑다는 단편적 세계관으로는 이 행복 덩어리 플래닛에 기거할 자격이 없다.

현재 시각 오후 12시 50분. 띠쿵! 띠쿵! 족구가 일어날 시간이 가까워질수록 잭 바우어의 움직임도 빨라진다. 시간이 없다. 24시간 안에 모든 것을 해결해야 한다. 족구는 일어나자마자 화장실을 찾을 것이다. 아니, 일단 물을 한 잔 마실 것이다. 그렇다면 집 앞 슈퍼에 가서 ─ 이미 말했다, '수퍼'가 아니다 ─ 생수를 사와야 하고, 화장실용 소모품도 비치해야 한다. 애들은 슈퍼에서 같이 사오면 된다. 다음은? 정화조를 비워놔야 하나? 분명 수분이 90%에 육박하는 설사를 해댈 텐데. 혼자 힘으로는 역부족이다. CTU에 지원병력을 요청해야 하나? CTU요원들이 정화조 위생공작을 훈련받은 적이 있었나? 차라리 구청에 요청하자. 아니다, 이건 집 주인 소관이다. 좋다, 정화조가 넘치게 많은 똥을 누지는 않을 게 분명하니 ─ 이 글 속에 왜 이렇게 많은 부사어 '분명'이 등장하는지 분명히 알 수 없다 ─ 다른 문제를 생각해보자.

그렇다. 밥을 먹으러 나갈 것이다. 혼자 살면서 밥을 챙겨먹은 적이 거의 없었으니 오늘도 역시 인생의 신산을 맛보기 위해 구 작가는 동네 분식점을 헤맬 것이다. 그렇지, 돈이 문제지. 만 원짜리 한 장이면 되겠지? 바지 주머니에 살짝 찔러 넣어두면 될 일이다.

임무완료! 왜? 오후 스케줄은 ─ '줄'이 아니다 ─ 다음 방송분량이다.

족구는 생각한다. 웬 만 원? 내가 어제 누구랑 마셨더라? 아무런 기억이 없다. 하지만 아무려면 어떤가? 이런 선행을 베푸는 사람이 주변에 있다는 게 중요한 거다. 이런 사람이 바로 이 시대의 우렁각시 아닌가?

아, 또다시 우리는 동서양의 눈물겨운 만남을 목도하고 있는 것이다. 잭 바우어와 우렁각시! 그 누가 상상이나 했단 말인가? 시공을 초월해 만나게 된 두 사람의 운명은 평소 에스카르고를 즐겨먹었다는 잭 바우어의 식성에서 이미 예견돼 있었다. 그렇다면 우리으 족구는 만 원짜리 한 장에 그냥 먹고 떨어지면 된단 말인가?

아~~ 동서양을 가로지르는 애틋한 삼각팬티는 과연 어떤 결말을 불러올 것인가? 족구 대 바우어, 바우어 대 족구, 우렁각시를 논두렁에 팽개쳐둔 사나이들의 물러설 수 없는 진검승부! 점심 먹고 계속됩니다!

족구는 콩장이를 소개시켜준 배곰이와 각별한 사이였다. 난 녀석들이 어쩌다 그리도 질긴 인연을 맺게 됐는지 어떤 방식으로 교감하고 있는지 알지 못한다. 알고 싶지도 않다. 배곰이는 워낙 나와는 다른 부류다보니 족구가 배곰이와 어울린다는 사실이 나에게 의외였다. 족구만큼은 내 부류, 뒷자리 후발대라고 생각했으니까.

배곰이는 친구 녀석들 중에 '모 기업체 사장 아들'이라는 거창한 타이틀을 달고 있는 유일한 인물이다. 자본가의 아들이라는 놀림 같은 비아냥도 제법 들었을 것이다. 시절이 그러했으니까. 녀석은 아마도 "우리 아버지는 자본가가 아니다. 그냥 월급쟁이 사장이다!" 했을 것이다. 그런 변명이 필요했다. 시절이 그러했으니까.

언젠가 녀석과 함께 학교 앞 막걸릿집에서 술자리를 가진 적이 있었다. 돌아가면서 노래를 한 곡씩 했다. 부르는 노래는 뻔했다. '비분강개' '분신쇄골'은 모두에게 요구되는 최고의 덕목이었다. 실제 10여 명의 대학생들이 자신의 몸을 불살라 사회의 변화와 변혁을 요구하던 시절이었다.

배곰이의 차례가 됐다. 그전에 녀석의 노래를 들은 적이 있었던가? 모두들 숨죽여 기다렸다. 달그락거리는 젓가락 소리와 잔을 홀짝이는 소리만 여기저기서 간헐적으로 들려오고 있었다. 어색한 침묵을 깨고 녀석의 노래가 시작됐다.

"동해물과 백두산이 마르고 다알토록 하느님이 보우하사 우리나라 만세. 무궁화…" 하는데 누군가 한마디 했다.

"에이, 다른 거 뭐 없나?"

그 순간에 화를 내지 않는 건 대단한 인내가 필요한 일이었다. 우리 모두에게는 대단한 인내가 장착돼 있었다. 배곰이는 쭈뼛쭈뼛하다가 다른 누군가의 선창으로—님을 위한 행진곡이었던가—그 시절에 어울리는 간단한 노래를 하나 따라 부르고 숟가락 꽂힌 소주병을 옆 사람에게 넘겨줬던 것 같다.

애국가라니! 우리는 우리들이 애국의 일념으로 살아가고 있다고 믿고 있었지만 우리가 꿈꾸던 나라는 애국가 속에 그려진 동해나 백두산 같은 상징물들로 대체할 수 없는 그 이상의 무엇이었다.

게다가 애국가라는 것 자체가 현재 국가의 국체와 정부의 정통성을 인정하라는 전체주의적 호소인데, 그 자리에서 애국가를 부른다는 건 '니들은 지금 잘못된 길을 가고 있다!'는 일갈과도 같은 것이었다. '4·19정신 계승하여 면학분위기 조성하자'는 자유총연맹의 플래카드 구호와도 같은 것이었다.

난 지금도 배곰이를 인내해준 당시의 친구들을 대단하게 생각한다. 거기서 만약 누군가가 "야 임마, 집어쳐!" 따위의 반응을 보였다면 이런저런 이유로 큰 싸움이 벌어졌을 것이다. 난 누구 편에 섰을지 알 수 없지만 배곰이 녀석의 애국가가 지금도 상당한 아쉬움으로 기억되는 걸 보면 녀석을 두둔할 마음은 별로 없었던 것 같다.

녀석이 왜 그 자리에서 애국가를 불렀는지, 무슨 의도로 그랬는지 알 수 없지만 내 머릿속에서 배곰이를 끄집어내면 당시의 기억도 별책부록으로 딸려 나온다. 별책부록은 물론 공짜다.

난 '시니컬'이라는 단어도 녀석에게 처음 주워들었다. 보증금 20만 원에 월세 6만 원짜리 자취방에서 기거하던 시절, 녀석이 내 방에 놀러온 적이 있었다. 코펠로 라면을 끓여먹었는지, 아니면 골목어귀 구멍가게에서 사온 소주를 홀짝거리고 있었는지 정확히 기억나지는 않지만 어느 대화의 끝자락에서 녀석은 나에게 "넌 너무 시니컬해!" 했다.

난 시니컬이라는 말의 뜻을 몰라 어리둥절했지만 녀석이 '시'를 '씨'에 가깝게 힘주어 발음했기 때문에 기분이 좋지 않았다. 의미도 대충 짐작이 갔다. '넌 너무 친절해!', '넌 너무 대단해!' 뭐 그런 게 아니라는 건

단박에 알 수 있었다. 난 아무런 대꾸도 않았다.

지금 같으면 go fuck yourself! 했겠지만 당시는 다른 이들의 언어로 문장을 만드는 일이 어색했고 우리말 문장에 한 단어만 양념 치듯 살짝 끼워 넣는 것은 양심이 허락하지 않았다. 시절이 그러했다.

당시 녀석이 미국 유학을 위해 보캡 33000을 열심히 공부하고 있었다는 사실은 나중에 알았다. 실제로 녀석은 미국 동부의 명문대학으로 유학을 떠났다가 3~4년 만에 돌아왔다. 친구 녀석들은 배곰이가 대학원 과정을 다 마치지 못했다고 수군댔다. 배곰이는 시니컬해져 있었다. 33000으로는 탈아입구가 힘들었을 것이다.

사정이 이렇다보니 난 배곰이를 만나면 특별히 할 얘기가 없었고 대화를 이어가기 위해 족구의 근황을 물어볼 수밖에 없었다. 배곰이는 족구가 양평 어딘가에서 글쓰기에 몰입하고 있다던가, 시나리오 공모에서 입상했다던가, 입봉작을 준비하고 있다던가 하는 소식을 전해줬다.

그러던 어느 날 녀석이 전화를 걸어 자기 회사 근처에서 한잔 하고 있다고 했다. 조그만 일본식 주점 2층 다다미방에 세 녀석이 모여 있었다. 배곰이와 콩장이, 콩장이 친구라는 양동이. 배곰이는 콩장이를 동생 친구라고 소개했고 콩장이는 양동이를 군의관 시절에 만난 친구라고 소개했다. 김양동. 이 녀석도 참 재밌는데 얘기를 해야 할지 고민이다.

아무튼 그때나 지금이나 동생 친구와 술자리를 같이 할 정도로 친하게 지낸다는 게 이해가 잘 안되지만 가족을 소중히 여기는 쁘띠 부르주아들의 행복한 일상을 떠올려보면 그리 이상할 것도 없다. 배곰이는 분명 "야, 나 쁘띠 아니거든! 힘들거든!" 할 것이다. 하지만 녀석은 여전히 나에게 시니컬한 애국가 같은 존재다. 체구도 공 여사만큼 작다. 체구가 무슨 상관이란 말인가.

그렇게 알게 된 콩장이 녀석과 일주일에도 서너 번씩 만나면서 술을 퍼댈 수 있었으니 배곰이에게 고마운 마음을 갖지 않을 수 없다.

콩장이는 얼마 전 전화를 걸어 "형 살았나, 죽었나 한번 해봤어요. 정말 안 마셔요? 배곰이 형도 형 안 마신다는 거 안 믿던데!"했다.

"그동안 많이 마셨잖아. 좀 쉬자. 한 20년 마셨는데 충분하지 않냐?" 하다가 그날 저녁에 웬 캐나다 녀석이 포함된 술자리에 나가게 된 것이었다.

난 콜라를 이가 녹아내릴 만큼 많이 마셨다. 녀석은 내가 결국 마시게 될 거라고 믿고 있었다. 안 그랬다면 그렇게 짜증을 냈을 리가 없다.

그날 봉지 녀석을 불러내 곤드레만드레 취하게 만든 건 내가 정말 잘못한 일이다. 그러지 말았어야 했다. "형이 안 마시면 난 누구랑 마셔요?!" 하면서 콩장이 녀석이 하도 징징대는 통에 어쩔 수 없었다.

도대체 봉지 녀석에게는 어찌하는 게 잘하는 것인지 도무지 알 수가 없다. 나에게 먼저 전화를 걸어 "한잔 하자"고 하면 당장은 아니더라도 며칠 후에라도 불러내 한잔 하는 게 친구 된 도리 아닌가? 사실 "담에 하자! 잘 지내지?" 정도 하면 될 일인데, 자신의 욕망을 절제하고 통제해야 한다는 사실을 모를 리가 없는 봉지가 얼마나 답답했으면 나를 찾을까 하는 생각이 들어 자리를 함께하는 것이다.

어련히 알아서 하겠는가. 지 인생 내가 살아줄 수 없는 노릇인데. 하지만 술자리 내내 마음이 편치 않은 것만은 사실이다. 녀석의 표정도 항상 밝지만은 않다. 도대체 이 녀석의 인생은 어디로 향해 가고 있는 것인지 모르겠다.

검도를 15년 넘게 했다는 봉지 녀석은 손아귀 힘이 상상을 초월한다. 봉지가 검도도장이라도 차려서 행복한 삶을 살아가길 바란다. 갑자기

든 생각이다. 아니면 손아귀 힘을 이용해 뭘 해보던가. 다른 힘도 아니고 손아귀 힘으로 뭘 할 수 있단 말인가. 녀석은 왜 하필 손아귀의 힘을 길렀단 말인가.

아, 봉지야! 그날 밤 차비라도 챙겨줬어야 했는데 그러지 못해 정말 미안하다! 내가 녀석의 귀갓길을 특히 걱정하는 것은 녀석의 길눈이 심각하게 어둡기 때문이다. 약속 장소에 한 번 불러내기 위해서는 최소 다섯 번은 통화해야 한다.

"신촌로터리에서 서강대학교 방향으로 올라오라"고 하면 "서강대학교가 어디 있는지 모른다"고 한다.

"교통 표지판을 보고 찾아오면 된다고 하면 교통 표지판이 어디 있냐"고 한다.

"사람들한테 물어보라"고 하면 "사람들이 서강대학교를 모른다고 하면 어쩌지?" 한다.

그럼 난 '니 오지 마라 임마!'하는 소리가 목구멍의 목젖까지 치밀어 오르지만 호흡을 한 번 가다듬고 부드러운 목소리로 얘기한다.

"지하철 내려서 전화해라. 내가 나갈게."

처음엔 녀석이 장난치나 싶었다. 하지만 같은 일이 매번 반복됐고 녀석의 목소리가 상당히 긴장돼 있다는 걸 어느 순간 깨달았다. 녀석은 실제로 '길'을 두려워하고 있었다. 아니 바깥세상을 두려워하고 있었다. 사회성 지수가 점점 낮아지고 있는 것이었다.

그들만의 세계에서 바라본 이쪽 세상은 어쩌면 두렵고도 불편한 진흙탕 같은 곳일지도 모르겠다. 하지만 이 진흙탕 속으로 나와 보겠다고 와신상담 권토중래 절치부심하고 있는 것 아닌가.

어느새 녀석은 스톡홀름 증후군을 앓게 된 것이 분명했다. 자신을 옭아매고 있는 신림동이 채워준 족쇄를 어느 순간 사랑하게 된 것이다.

족쇄가 없으면 불안하고 초조해진다. 판단력도 흐려져서 간단한 과제도 해결하지 못하게 된다. 신림동을 벗어나고 싶지만 벗어나는 순간 신림동이 그리워진다. 신림동으로 가야 한다. 신림동으로. 나를 옭아맬 족쇄가 기다리는 신림동으로.

'날 묶어다오! atame, por favor! 어디든 날 묶어다오! 너희가 진정 나의 자유를 원한다면 날 묶어다오! 싱글용 고시원 침대 위에. 하지만 그대 총무여, 시간 맞춰 깨워는 주소! 밥때 놓치면 배곯아야 하니 사무실 지키고 앉아 있다가 내 방의 자명종 울리걸랑 조용히 들어와 날 좀 풀어주소. 심심하다고 골목에 나가 담배 피우다가 애먼 독일 녀석 만나 잡담이나 늘어놓지 말고 사무실 좀 지켜주소. 나 그대로 묶여 있다가 혹시라도 잘못되면 당신도 책임을 면키 어려우니 잘 한 번 생각해보소. 제 시간에 꼭 좀 풀어주소 그럼 이만. 총총.'

그날 이후 봉지의 전화를 받지 못했다. 나도 봉지에게 전화하지 않았다. 오후 2시 29분. 족구가 일어날 시간이 됐다. 녀석은 늦게 일어난 것을 감추기 위해 아마 느지막이 저녁 무렵에 전화를 걸어올 것이다.

20

　족구가 저녁 6시 52분에 전화했다. 나의 예상이 이렇게 정확하게 적중한 적이 일찍이 없었던 것 같다. 녀석은 자신의 현실이 나의 글 속에서 비현실로 변화되고 있다는 사실을 전혀 알지 못할 것이다. 이것이야말로 현실과 비현실을 넘나드는 포스트모던적 상황 아닌가? 포스트 포스트모더니즘 어쩌고 하는 얘기는 난 모르겠다. 내 생각의 지평이 포스트모더니즘에서 멈춘 지 10년이 넘었기 때문이다. 그렇다고 포스트모더니즘을 제대로 이해한 것도 아니다. 새로운 돌파구가 요구되는 시절이었다. 시대가 그러했다.

　이건 마치 엘리베이터 안에서 우연히 오른쪽 거울을 들여다봤다가 거울을 들여다보는 나의 모습이 왼쪽 거울에 한 점으로 수렴하면서 무한히 이어지고 있다는 사실을 깨달은 순간, 나의 모습이 어디까지 이어지고 있는지 궁금해지면서 혼란이 증폭되다가 갑자기 현기증을 느끼는 상황과 유사하다.

　녀석은 나의 비현실적 공간을 현실감으로 충만하게 만들어주고 있다. 이 글은 그 누구의 구술이나 외침 없이 순수하게 내 기억에만 의존하는 것이지만 오늘 족구의 전화 한 통이 사실주의적 씨앗을 심어주었다.

　족구의 전화가 진동으로 수신되던 시각에 난 목욕탕에서 손톱을 깎고 있었다. 열린 문틈으로 고개를 내밀고 바닥에 놓인 전화기의 액정화면에서 '구족구'를 확인한 나는 기쁨의 미소를 보였다.

　이제 아무 녀석에게나 전화를 걸었다가 받지 않으면 이런저런 얘기를 늘어놓다가 포스트모더니즘 어쩌고, 엘리베이터 저쩌고 하면 글이 되는 건가? 아, 이런 쉬운 길이 있었다니. 포스트모더니즘이 우리의 해방구였구나. 이제야 내 삶에 빛을 던져주는구나, 너 포스트모더니즘아!

족구는 전화가 잘 안 돼서 무슨 일 있나 걱정했다고 했다. 역시 예의를 아는 녀석이다. 녀석의 또박또박한 발음이 오늘따라 무척 사랑스럽게 느껴졌다. 약속도 단박에 잡았다. 글피 당산역 부근에서 저녁 7시에 만난다. 준비해둔 사케를 들고 온단다. 나의 두문불출은 이럴 때만은 예외가 될 수 있으리라. 글의 소재를 예상 밖의 멋진 방법으로 제공하는 경우. 난 족구에게 다짐을 받았다.

"술은 안 마셔도 되지? 나 그냥 늘봉이처럼 앉아만 있는다!"

"늘봉이는 정말 대단해에～ 우리랑 내공이 달라!"

녀석이 웃음기 섞인 목소리로 말했다.

늘봉이에게 전화해서 만나자고 했다. 늘봉이는 늦게라도 오겠다고 했다. Mr. Late, 늘봉이에 대해서는 분명 얘기할 기회가 있을 것이다. 이제와 생각해보면 그가 지닌 늦음, 지각의 미학은 21세기를 예비한 것이었다. 솔직히 말해 그건 아니고 21세기에나 통할 포스트 포스트모던한 행동을 20세기에 앞서서 하고 있었던 것이다. 당연히 이해하는 사람이 드물었다. 배곰이의 애국가 열창만큼.

예를 들면 이런 것이다. 여기까지만 하자.

난 내일 중요한 일을 앞두고 있다. 시험을 앞두고 서점에 가서 소설책을 고르는 것과 유사한 행동. 앞서서 이미 반성한 바 있지만 또 이러고 있다. TV에 나왔던 그 정신과 의사는 이런 행위도 다 이유가 있다고 했다. 스트레스를 줄이고 긴장을 해소하기 위한 것이란다.

자야 한다. 난 곧바로 잠자리에 들지는 않을 것이다. TV를 켜면 또 다른 정신과 의사가 나와서 얘기할지도 모른다. 잠자리에 들기 전에 TV를 보는 것은 스트레스를 줄이기 위한 행동이라고. 하지만 늦게 잠자리에 들면 다음날 피로도가 증가해 스트레스도 따라서 늘게 될 것이라고. 그러니 선택해야 한다고. 긴장을 풀기 위해 TV를 시청할 것인가, 충분한 휴식을 위해 잠자리에 들 것인가.

인생은 선택의 연속이다. 선택을 잘하는 방법은 없다. 어떤 길을 택해도 후회는 남는다. 행복한 삶을 영위하기 위한 최선의 방법은 선택하지 않고 사는 것이다. 내키는 대로.

하지만 자기검열 없이 진정으로 내켜할 수 있을까. 내켜하는 것조차 힘든 세상이다. 그만하자. 낭비다.

개인은 사유의 영역조차 마음대로 넓혀나갈 수 없다. 소도는 비현실에서도 존재한다. 자야겠다. 아니, 난 분명 TV를 볼 것이다.

3월 24일 오전 12시 3분

21

늘봉이의 생김새를 묘사해야 할 것 같다. 왠지 그래야 될 것 같다. '미스터 레이트'라는 별명까지 붙여놨는데 외양을 좀 설명해야 되지 않겠는가.

늘봉이는 뭐랄까, 학창시절에 늘 지각했을 것처럼 생겼다. 지금도 그러는지 모르겠지만 혀를 말아 아랫니 뒤쪽에 살짝 걸치면서 코를 들이마시는 버릇이 있다. 헤어스타일? 얼굴을 하나 더 그릴 수 있을 만큼 이마가 널찍하다. 탈모 세력이 정수리를 향하고 있다.

땀은 어찌 그리 많이 흘리는지. 한여름에는 앞머리가 항상 한쪽으로 치켜 올라가 있다. 시도 때도 없이 흐르는 땀을 닦다보면 그리 될 수밖에 없다. 얼굴은 잘 익은 감자마냥 동글동글하고 코끝은 뭉뚝하다. 키는 짜리몽땅하고 배가 좀 나왔다.

성격? 하세월. 별명은 함흥차사. 더 이상 무슨 설명이 필요한가. 늘봉이를 생각하면 대학 교양영어 교재의 한 챕터를 차지했던 단편 Mr. Late를 떠올릴 수밖에 없다. 자세한 줄거리는 생각나지 않지만 마지막 장면만큼은 잊을 수가 없다.

미스터 레이트는 인생의 마지막 순간도 지각으로 마무리했다. 교통 정체 때문에 운구차량이 장례식장에 늦게 나타난 것이다. 한참을 기다린 조문객들 앞을 지나면서도 미스터 레이트는 아무런 말이 없었다. 뭐 이런 결말이었다.

오늘은 글이 잘 안 된다. 이런저런 일이 많았기 때문이다. 일이 많았던 게 아니라 중요한 일이 있었다. 가족사와 관련해. 친구들 얘기 속에 가족사를 들이밀고 싶지 않다. 함부로 할 수 있는 얘기가 아니다. 언젠가 때가 오겠지만 지금은 정신적으로 여유가 없다. 일은 그럭저럭 잘 해결됐다. 아니, 해결될 것 같다.

일을 끝내고 점심을 같이 먹은 친구 녀석의 표정이 계속 떠올라 글쓰기를 방해한다.

"그래, 휴직하고 뭐 하냐?"

녀석의 말투에서 비아냥거림이 느껴졌다.

"그냥 좀 하는 게 있다."

나도 퉁명스럽게 받았다.

"돈 되는 거냐, 안 되는 거냐?"

"뭘 좀 쓰고 있다. 남 얘기 말고, 내 얘기를 좀 하고 싶어서…….."

녀석은 고개를 돌려 다른 곳을 응시하고 한참을 있었다. 녀석의 행동을 이해할 수 없었다. 한심하다는 건지, 부럽다는 건지. 분명 언짢은 표정이었는데 이유를 알 수 없었다. 상당히 불쾌했다. 녀석이 언짢을 이유가 뭐란 말인가? 이 녀석은 과연 나를 무슨 생각으로 만나는 걸까. 녀석은 나에게 항상 뭔가 대단한 일을 벌이고 있는 것처럼 얘기하고 행동한다. 대단한 일이 아니라는 게 드러나기까지 걸리는 시간은 길면 한 달, 짧으면 며칠.

만난 지 햇수로 2년 정도밖에 안됐지만 녀석은…떡을 한 조각 집어 먹고 났더니 녀석이 왜 그랬는지 대충 짐작이 간다.

이렇게 살기 바쁜 세상에 휴직까지 하고 고작 한다는 짓이 방구석에 처박혀 글질이냐, 뭐 이런 거 아니었나? 한 푼이라도 벌 궁리를 해야지 인생사에 전혀 도움 안 되는 글질에 시간 보내는 니가 한심하고 그런 너랑 이러고 앉아 흘려보내는 내 시간이 너무 아깝다, 뭐 이런 거 아닌가?

녀석이 "돈 되는 거냐, 안 되는 거냐?" 했을 때 감을 잡았어야 했는데

때로 난 너무 둔감하다. 질문을 간파하고 "돈 안 되는 거다. 그냥 할 일 없고 심심해서 …" 뭐 이렇게 눙쳤어야 했는데 너무 진지하게 받고 말았다. 녀석이 나의 글질을 이해해줄 거라고 오해한 것이다. 세상에 절박한 게 돈밖에 없다고 생각하는 녀석이 왜 몇 억씩 빚을 지고 있는지 모르겠다.

그렇기 때문에 금전이 절박한 것인가? 어느 것이 먼저인지 모르겠지만 녀석의 대화 속에는, 아니 삶 속에는 여유가 없다. 떡 한 조각 집어 먹고 숨 돌릴 여유, 화장실 가서 대장을 비우면서 생각을 정리할 여유. 오전 1시 57분. 화장실에 좀 갔다 와야겠다. 이왕 시작했으니 마무리는 해야 하는데 너무 늦은 것 같다. 피곤하다. 녀석도 늘봉이처럼 항상 약속에 늦지만 본질이 다르다.

3월 25일 오전 2시 13분

과연 이 녀석을 위해 이렇게 많은 시간을 할애해야 하는지 모르겠다. 기왕 시작한 얘기니까 마무리는 해야겠다.

이 녀석을 늘봉이와 비교하게 될 거라고는 전혀 예상치 못했는데 과연 예상대로 예상치 못한 일이 벌어지고 말았다. 인생이란 예상과 비예상의 불연속적 쌍곡선이 눈물로 수렴하는 은하계의 알라숑 아닌가. 잠깐! 갈팡질팡 사유질을 멈추고 집중해야 한다.

녀석은 이런 식이다. 내가 "다음다음 주 목요일 저녁 7시다. 알지?" 하면 "그래, 꼭 갈게!" 했다가 약속 바로 전달 또는 당일 오전에 전화해서 "조금 늦을 것 같다"고 한다. 그러다가 약속시간 서너 시간 전에 다시 전화해서 "못 갈지도 모르겠다"고 한다. 약속 시간 두세 시간 지나 전화해서는 "지금이라도 갈까? 한 두어 시간 걸릴 것 같은데…" 한다.

이런 부류의 인간들을 겪어보지 않은 게 아니지만… 사실 처음이다. 곰곰이 생각해봐도 이런 인간은 주변에 없었던 것 같다.

이런 일을 몇 번 당하고 나서는 아예 약속을 한 달 전쯤 잡은 적이 있었다. 연말모임이고 해서 이런저런 앙금을 다 털고 갈 심산으로 녀석을 꼭 보고 싶었다. 새 출발을 위한 일종의 과거사 정리작업? 뭐 그런 거였다. 하지만 예상했던 대로 모임 바로 전날 녀석의 전화를 받았다.

"내일 구치소에 접견 가야 돼서 좀 늦을 것 같은데…….''

"오지 마라!"

녀석의 말이 끝나자마자 단호한 어조로 한마디 내뱉고는 전화를 끊어버렸다.

나중에 안 일이지만 이 녀석은 약속을 두어 시간 단위로 쪼개서 일단 잡아놓고 나름 경중을 따져서 취소하거나 안 나타나거나 한다. 다 챙기고 싶어하는 것이다. 그래서 녀석은 모임이나 술자리에 나타나도—제시간에 나타난 적은 단 한 번도 없지만—서너 시간 후에는 자리를 털고 일어난다. 다른 장소로 이동해야 하기 때문이다. 아니면 그 자리가 자신에게 아무런 '돈'이 안 된다고 판단했든지.

녀석은 변호사로 활동해 생계를 유지하고 있는데 과연 나를 왜 만나는지 이해가 안 될 때가 많다.

"넌 지금 나를 통해 마케팅을 하는 것이고 난 사람을 원하는 것이다. 거기서부터 잘못된 거야. 알겠냐?"

지난 연말에 구치소 접견 어쩌고 했을 때 내가 쏘아붙였다.

"그래서 오지 말란 말이냐?" 녀석이 받았고,

나도 "그래 오지 마라!" 한 것이었다.

한 두어 달 연락이 없던 녀석은 어느 날 갑자기 전화를 걸어 화해 어쩌고 했다. 난 속으로 '그래, 계속 웃겨봐라' 했다. 자기 와이프가 먼저 전화 걸어 화해하라고 했다나 어쨌다나. 도대체 무슨 일이 있었기에 화해를 한단 말인가. 이 무슨 국민학교 3학년 HR 시간에 발표할 소리란 말인가.

녀석이 나의 글질을 못마땅하게 생각한 이유도 '글러'는 마케팅 대상이 아니기 때문이다. 그동안 나름 공을 들이며 적절한 시기에 써먹을 날이 있겠지 했는데 갑자기 휴직하고 글을 쓰고 있다고 하니 들인 돈이 아까웠던 것이다. 이놈은 뭐든 돈으로 환산하기 때문에 시간이나 에너지, 노력 등등의 표현은 '돈'으로 환치하면 된다.

그렇다면 난 왜 녀석을 만나는지 생각해봐야 한다. 글쎄다, 그냥 놔두는 것이다. 찬장을 뒤져보면 안 쓰는 그릇들이 많은데 버릴 수 없어서 그냥 놔두는 경우가 있지 않은가, 그런 거다. 내 의지와 상관없이 자체적 에너지로 존재하고 있는데 굳이 나서서 제거해야 하나? '24'의 잭 바우어도 적성국을 통째로 날려버릴 생각은 하지 않는다. 불가능한 일이고 불필요한 일이기 때문이다.

내 주변에는 유해물질과 병원균, 바이러스 등등이 넘쳐난다. 이들은 나의 긴장도를 일정 수준으로 유지시키면서 면역력을 강화시킨다.

이들은 내 방어력이 얼마나 취약한지 간파하고 나면 전면적인 공격을 퍼부어 날 접수해버릴 것이다. 접수되지 않기 위해서는 그들을 곁에 두고 부대끼며 그들에 대해 알아야 하고, 자신을 지켜낼 공력을 키워야 한다. 녀석은 유해물질로서 날 훈련시키고 있는 것이다. 또 다른 유해물질과 맞닥뜨렸을 때를 대비해 전투력을 증강시키는 훈련.

하지만 어느 날 아침 일어나봤더니 나의 챔피언 벨트가 스파링 파트너의 허리춤에 채워져 있을지도 모를 일이다. 난 이렇게 세상 속에 섞여 있다. 어느 녀석은 나를 통해 훈련되고 있을지도 모른다. 언젠가 나에 의해 접수될지도 모른다는 두려움에 떨면서.

아마도 녀석이 그랬던 것 같다. 와이프까지 끌어들여 가당치도 않은 화해 어쩌고 하면서 사발을 던지고 뻐꾸기를 날렸던 걸 보면. 누구에겐가 두려운 존재로 살고 있다는 건 뭔가 잘못되고 있다는 뜻이다. '뭔가 잘못되고 있다.'

늘봉이도 약속을 한꺼번에 여러 개 잡는 건 사실이다. 하지만 녀석은 무슨 특별한 의도를 가지고 약속이나 만남의 경중을 따지진 않는다.

지금으로부터 약 20여 년 전 늘봉이를 커피숍에서 4시간 정도 기다린 날을 떠올려 보자. 강의 노트를 빌리려고 했던가? 잘 기억나지 않는다. 다만 한 가지, 저녁나절에 들어간 커피숍에서 밤중에 나온 건 분명하다. 난 줄곧 늘봉이를 기다렸다. 오다가다 커피숍에 들른 친구들만 아니었어도 포기하고 그냥 집에 갔을지도 모른다.

"늘봉이 저기 당구장에 있던데……."

"내 얘기 안 하더냐?"

"그래, 너 만나러 간다고 그러더라고, 아직 안 왔냐?"

잠시 후에는 다른 친구들이 다른 소식을 전해왔다.

"분식집 앞에서 봤는데 가방 가지러 도서관에 간다고 그러던데……."

이 녀석들은 무슨 전령 같았다.

"밥 먹던데 …", "복사하던데 …", "서점에 있던데 …", "누구랑 만나던데 …" 등등.

내가 앉아있던 창가 자리 테이블 재떨이에는 녀석들이 한 대씩 피우고 간 담배꽁초가 수북이 쌓였고 물 잔도 예닐곱 개가 너저분하게 흩어져 있었다. 해는 지고… 삐삐도 없던 시절이었으니 연락할 길이 없었다. 못 믿을 전령들 말고는.

녀석들은 "나가서 늘봉이 보면 니가 기다린다고 얘기할게!" 했지만 늘봉이를 만나 얘기를 전했는지는 알 길이 없었다.

늘봉이는 지하철이 끊기기 한 시간 전쯤 나타났다. 기다리던 물건을 건네받긴 했지만 문제는 그게 아니었다. 난 늘봉이와 지하철 끊기기 10여 분 전까지 싸웠다. 녀석은 별 논리가 없었다.

"그럴 수도 있지, 왜 이렇게 화를 내냐?"

"그럴 수는 없다는 생각이 들어서 화가 난다!"

1년 뒤. 늘봉이가 보충대 입소에 지각했다는 얘기를 전해 들었다. 전해준 녀석들이나 나나 크게 놀라지 않았다.

"잘할지 모르겠다……."

우리는 진심으로 늘봉이를 걱정했다.

언젠가 늘봉이의 집에 한 번 놀러간 적이 있었는데 아침에 일어나자마자 내가 발견한 것은 정말이지 놀라운 광경이었다.

난 그 당시까지 그런 경치? 풍경? 풍광?을 구경해본 적이 없었다. 커튼을 열고 베란다 밖을 내다보니 거대한, 정말 거대한 물체가 희붐한 안개를 뒤집어쓰고 눈앞에 바짝 다가와 있었다. 찬 공기를 두어 번 들이마시고 정신을 차려보니 다름 아닌 바위였다.

북악산.

'아, 이런 데서 사는 사람들도 있구나!'

방바닥 여기저기 널브러져있던 녀석들은 나의 새로운 발견을 아는지 모르는지, 머리에는 새둥지를 하나씩 이고 술 냄새를 풍겨가며 괴로운 몸뚱이를 뒤척이느라 여념이 없었다.

물을 한 잔 마실까 해서 일층으로 내려갔을 때 ─ 그날 이후로 지금까지 난 복층 아파트에 초대받아본 적이 없다 ─ 어디선가 피아노 선율이 들려왔다. 소리가 아니라 선율이었다. 생각해보시라! 안개 낀 북악산 자락에서 울려 퍼지는 베토베니우스 모짜르타니시모!

잠옷을 겸한 낡은 츄리닝 바지에 겨드랑이가 옆구리까지 늘어난 메리야쓰를 걸친 저 피아니스트는 누구란 말인가? 훤칠한 이마에 뒤통수엔 제비둥지를 이고 코를 훌쩍이며 건반을 어루만지는 그 뮤지션은 내가 아는 늘봉이가 아니었다.

아, 그때의 감동은 안개 낀 북악산을 압도하는 것이었다. 인간이 자연보다 아름다울 수 있다는 걸 난 그때 처음 배웠다. 안치환 선생께서 주창하신 사람이 꽃보다 아름답다는 평범하지만 심오한 이데올로기가 바로 그 순간 나의 가슴 속으로 '찌릿' 파고들었다.

"어, 일어났어? 뭐 좀 먹어야지 … 라면 끓일까?"

'선생님, 멈추지 말아주세요! 메마른 저 '으' 영혼에 꿀물 같은 선율을

휘감아 이리저리 메치다가 양지바른 곳에 팽개쳐주세요! 네?! 샘!'

하지만 난 마음속의 울부짖음을 입 밖에 내지 않았다. 나의 위벽이라면 국물의 화학적 자극을 강렬히 원하고 있었기 때문이다. 더 중요한 건 늘봉이에게 촌스러운 모습을 보이고 싶지 않았다는 사실이다. 남자라면 모름지기 피아노와 승마 정도는 쥐도 새도 모르게 익혔다가 구렁이 벼랑빡 넘듯이 은근 슬쩍 뽐낼 줄 알아야 하는 것 아닌가. 대수롭지 않다는 듯 한마디 했다.

"화장실 어디냐?"

화장실에서는 또 다른 신세계가 나를 기다리고 있었다.

'비데!'

늘봉이의 성격은 제대 후에도 크게 달라지지 않았다. 그가 어떻게 군생활을 견뎠는지 정말 신통한 일이었다. 더 대단한 것은 시간을 운동장처럼 넓게넓게 관대하게 써대는 여유로움을 잃지 않았다는 사실이다.

난 늘봉이와 일대일로 약속을 잡지 않는다. 내가 기다릴 가능성이 백퍼센트에 육박하기 때문이다. 3시에 만나자고 해놓고 4시에 나간다? 그건 양심상 못할 일이다. 과연 내가 늦으면 늘봉이가 어떤 반응을 보일지 궁금하다. 하지만 그럴 리가 없다. 4시에 나가면 30분 정도 지나서 늘봉이가 저쪽에서 헐레벌떡 뛰어올 것이다.

"늦어서 미안해! 너 먼저 어디 좀 들어가 있을래?" 할 수도 있다.

하지만 늘봉이는 최소한 서너 시간 만에 자리를 뜨는 일은 없다. 적어도 나한테는 그랬다. 다른 자리를 도중에 잘라내고 왔는지는 알 수 없는 일이다.

3월 26일 오후 10시 17분

늘봉이는 나타나지 않았다. 족구와 만나기로 한 자리에 "꼭 오라"고 다시 한 번 전화했지만 오지 않았다. 아무런 연락도 없었다. 오지 않은 편이 나았다. 족구가 20년 만에 처음으로 내 앞에서 화를 냈기 때문이다.

늘봉이는 여린 마음에 상처를 받고 심각한 표정으로 담배만 죽이고 있었을 게 뻔하다. 늘봉이는 지나치게, 필요 이상으로 진지한 게 문제라면 문제다.

"그럴 수도 있지 뭐, 한잔 하고 잊어버려!" 해도 잊지 않는다. 술자리 내내 시답잖은 화두를 붙들고 앉아 펑퍼짐한 엉덩이에 땀이 고이고, 골짜기에 바지가 틈입될 때까지 생각에 생각을 거듭한다.

늘봉이가 어제 족구의 모습을 봤으면 어땠을까. 시답잖은 농담에도 웃지 않고 침묵을 지키다가 어느 순간 그냥 자리에서 일어났을지도 모른다. 필요 이상으로 진지해진 늘봉이 녀석은 8 대 2 가르마를 9 대 1의 극단적 형상으로 교체하면서 자리를 뜬다. 담배는 분명 챙긴다. "이거 내 건가?" 하면서 라이터까지 챙기고 뒷주머니에서 지갑을 꺼내 만 원짜리 몇 장을 건넨다. 나에게.

왜 항상 나지? 경제적으로 여유 있어 보이기 때문이 아니다. 어떤 식으로든 모자란 술값을 해결할 수 있을 거라고 믿기 때문이다. 슬픈 현실이다. 늘봉이가 나타났다면 나에게도 슬픈 일이 벌어질 뻔했다. 다행이다…….

족구의 그런 반응은 의외였다. 동석했던 한 사람이 족구가 데려온 재일교포 여류 작가에게 "뭐 먹고 살아요? 먹고 살기 힘들 것 같은데…" 한 게 발단이었다. 족구는 "당신 무슨 소리를 그렇게 해!" 했고 우리보다 네 살이나 많은 이 형님은 "미안해요, 내가 실수했어요!" 하고 바로 꼬리를 내렸지만 족구는 몇 마디 더 했다.

난 속으로 '이 자식, 눈독들인 암놈 옆에서 다른 수놈에게 선제 위협 사격을 퍼붓는 게 아닌가' 생각했지만 가만히 있었다. 꼴 같지 않은 암놈 하나를 놓고 수놈 셋이 싸우는 꼴을 만들고 싶지 않았다.

어린 녀석들 앞에서 톡톡히 망신을 당한 이 형님은 가방을 챙겨 일어나버렸다. 이 형님의 회사 후배인 방망이는 그냥 자리에 앉아서 문을 나서고 있는 그의 뒤통수에 대고 "선배, 가요오!" 하고 말했다.

얼어붙어 있는 음주 대중들에게 족구 녀석이 변명 같지도 않은 변명을 혼잣말처럼 내뱉었다.

"난 부모님 돈으로 먹고 사는데 그런 소리 들으니까 참을 수가 없더라고!"

'부모님 덕도 못 보고 혼자 알아서 먹고 사는 나 같은 인간들은 뭐냐?' 한마디 하고 싶은 욕구가 목젖을 건드렸지만 참았다. 그 대신 다른 소리를 했다.

"족구야, 너 이 아가씨 좋아하냐? 그래도 우리보다 네 살 많은 형인데…….."

"그 사람이 왜 나한테 형이냐?"

난 그냥 말문을 닫아버렸다. '오늘은 먹고사는 문제를 얘기하는 날이 아니구나!' 하는 깨달음을 가슴 한켠에 가훈처럼 새긴 나는 술자리가 끝날 때까지 대화를 위한 발제와 표현에 대해 끊임없이 자기검열의 한일자 동펌프를 돌려야 했다. 부모님의 도움도 못 받는 나 같은 인간은 부모님의 도움으로 먹고사는 사람들의 심기를 건드려서는 안 되는 것이다.

"혼자 알아서 먹고사는 너 같은 녀석들이 도대체 뭘 안다고 사발을 던지고 뻐꾸기를 날리지? 너 사발로 따구 맞은 뻐꾸기 본 적 있어?"

woooohhh, scary!

"미안해, 나도 어쩔 수 없이 독립한 거야. 정말 이러고 싶지 않았어……."

"닥쳐! 쥐뿔도 모르는 게 … 너 부모님 돈 본 적 있어?"

"아니, 어떻게 생겼……."

"모르면 가만있어! 구경도 못해본 게 어디서 큰소리야! 난 부모님 돈을 장판 밑에 깔고 벌써 20년째 살고 있어. 니가 그 고통을 알아?"

"그래, 알아 … 많이 고통스럽지? 바닥이 울퉁불퉁해서 … 그러니까 평평하게 잘 깔아야 되는데……."

"조용히 안 해! 너처럼 독립한 녀석들의 위로는 다 위선이야!"

"미안하다, 나도 어떻게든 해보려고 인터넷으로 조상 땅까지 뒤져봤는데 아무것도 없었어. 니네 할아버지 고야바시, 우리 할아버지 나까무라, 대동아공영이라는 대업을 위해 힘을 합쳤던 사람들 아니니! 우리 이러지 말자!"

"닥쳐, 우리 고바야시 후작 할아버지가 하사받은 부동산 덕분에 후손들이 자립을 이루지 못하고 강남의 밤거리를 떠돌고 있지만 조금만 기다려라, 독립의 그날은 머지않아 온다!"

"암요! 어르신 수탉 모가지에 헤드락을 걸어도 독립의 그날은 분명 옵니다요!"

족구에게 문자 메시지가 왔다.

"프렌드! 어제 덕분에 잘 먹었다 다음엔 얘기도 많이 하자!"

'암요 어르신, 무신 얘기든 해드립죠!'

방망이가 이래저래 난처한 입장에 처해 있었다. 족구는 "방망이 너한테는 미안하다"고 반복적으로 세뇌에 들어갔고, 방망이도 "아니다, 그런 사람이 아닌데 오늘은 실수한 거 같다!"며 "내가 더 미안하다"고 꼬박꼬박 대꾸했다. 누가 더 미안한 것인지 우열을 가리기 힘들었다. 난 형난제 용호상박, 피곤점증!

방망이는 내 일상에서 빼놓을 수 없는 존재다. 회사 일을 하다 우연히 알게 됐는데 이해심이 참 많은 녀석이다. 녀석의 이해심이 나한테만 주어지는 것인지 모르겠지만 아무래도 상관없다. 어쨌든 난 동갑내기 방망이에게는 이런저런 소리를 다 한다. 기분이 상할 때 녀석에게 전화해 "뭐 하냐?" 했다가 불러내기도 하고, 녀석이 가끔 애먼 소리를 하면 짜증도 내고 화도 낸다. 하지만 녀석은 나에게 그다지 심한 소리를 한 적이 없다. "미친놈, 지랄하네!" 정도가 최상급이다.

"세상에서 제일 미친놈이 세상에서 가장 큰 지랄하네!" 정도 돼야 심한 것 아닌가? 이쯤 되면 진정한 도발로 간주해 적극적인 대응사격을 퍼부어야 하지만 방망이에게는 이런 도발을 감행할 여유가 없고, 난 전투준비 태세가 워낙 허술해 탄창이 어디 있는지도 모른다. 총기 스웝도 제대로 안 돼 오발사고의 가능성도 있다. GI의 노린내가 물씬 풍기는 단어 '스웝'! 그들이 아니라면 항구들은 이런 고급 어휘를 접해볼 기회조차 없었을 것이다. 알파 브라보 찰리 델타 에코 폭스트롯 … 이유는 없다. 그들을 따라야 한다.

오발사고의 유탄을 족구가 맞는다면 우리는 이 사회에서 영구히 추방될지도 모른다. 경제적으로 독립했다는 이유만으로. 억울해도 참아야 한다. 족구는 장판 밑에 엄청난 실탄을 보유하고 있기 때문에 섣불리 대들었다가는 봇짐지고 황천길 떠나는 항구 꼴이 되고 말 것이다.

방망이는 내 생활의 대부분을 알고 있고 실제로 그렇게 행동할 때가 많다. '저 녀석 방황할 때 … 저 녀석 결혼할 때 … 저 녀석 술 먹으면 … 저번에 등산 갔을 때 저 녀석이' … 등등 나에 대해 너스레를 떨지만 얘기 속에 자기가 뭘 어떻게 했다는 내용은 없다.

어미는 대부분 '했거든'이다. '그래서 뭐?!' 하기 안성맞춤이다. 그럴 때면 녀석은 꼭 술잔을 한 모금 홀짝인다. 내 눈치를 살짝 보면서. 뭔가 아니다 싶으면 하는 소리가 있다. "안주 하나 더 시킬까?"

어제도 방망이는 내 눈치를 살피면서 "안주 하나 더 시킬까?"를 서너 번 정도 했던 것 같다. 걱지 녀석이 콜라만 마시는 나에게 핀잔을 줄 때마다 "저 녀석이 원래…" 하면서 이런저런 얘기를 다 끄집어냈다.

'선생님, 제발 그 얘기만은 꺼내지 말아주세요. 안주나 하나 더 시켜주세요. 양 많은 걸로. 모르는 사람들이 들으면 저를 어떻게 생각하겠어요? 세상에서 제일 미친놈이 세상에서 가장 큰 지랄한다고 생각하지 않겠습니까?'

방망이 옆의 걱지 녀석만 좋아 죽었다.

걱지 녀석도 이번 술자리에서 꽤 큰 역할을 했다. 이렇게 비중 있게 등장할 인물은 아니지만 얘기를 좀 해야겠다. 나를 위해 와인을 한 병 가져오긴 했지만 그 정도로 끝낼 문제가 아니다. 포도밭 3천 평을 사준대도 할 말은 해야 한다.

술자리를 파하고 어쩌다보니 녀석과 같은 버스를 타게 됐다. 녀석은 집까지 가는 버스를 제대로 골랐지만, 나는 택시를 잡지 못해 궁여지책으로 집에 최대한 가까이 갈 수 있는 차편을 고른 것이었다.

나란히 앉아 강원도 홍천에서 펜션을 하는 여치에 대해 이런저런 얘기를 나누고 있었는데, 녀석이 고해성사하듯 불쑥 한마디 했다.

"형, 사실 제가 콜라에 술 좀 탔어요!"

"뭐?"

"형이 마신 콜라 캔 3개 다 제가 갖다 줬잖아요! 제가 몰래몰래 조금씩 탔어요!"

"진짜냐?"

"정말이라니까요!"

혼란스러웠다. 콜라 캔에 술을 붓는 시늉을 하면서 장난을 걸어오던 녀석의 해맑은 면상이 떠올랐다. 생각에 잠긴 나를 보며 녀석이 히죽히죽 웃었다.

"형, 저 갈게요!"

녀석이 자리에서 일어났다.

"그래 가라!"

아무렇지도 않은 듯 녀석을 떠나보내고 두세 정거장을 지날 때까지는 정말 아무렇지도 않았다. 하지만 아까 술자리에서 방망이가 나의 결혼에 대해 이런저런 너스레를 이어갈 때 나도 모르게 들떠 흥분하며 객쩍은 농담으로 응수했던 순간이 떠올랐다.

과연 그것이 술의 힘이었단 말인가? 비알콜성 신진대사를 위해 얼마나 많은 정신력을 투입하고 있는데 그깟 녀석의 장난 한 번에 모든 것이 이처럼 허무하게 무너진단 말인가.

몽타주와 플래시 백, 화면분할, 자기유도 최면 등 온갖 수단과 방법을 동원해 당시 상황을 떠올려봤지만 허사였다. 여치에게 전화를 걸어봤지만 "형, 나 저쪽 끝에 앉아 있었잖아요!"가 다였다.

아, 족구가 장판 밑에 깔고 있는 실탄으로 녀석의 운명을 달리하고 싶은 욕구가 점점 커져 하마터면 "아저씨, 버스 돌리세요!" 할 뻔했다.

녀석들이 나에 대한 공세의 고삐를 늦추지 않는 이유는 뭘까? 조콩장에 이어 박격지, 다음은 누구란 말인가. 아니, 도대체 이유가 뭐란 말인가.

멍! 알았다! 그 세계를 빠져나오면서 '새끼손가락'을 자르지 않았기 때문이다. 나의 비장하고 절박한 결단을 보여줄 '로키 호러 픽쳐 쇼'가 없었다.

녀석들을 모두 출석시킨 가운데 인사불성으로 취해 접골원에서 저렴하게 붙일 수 있는 어느 관절을 하나 탈골시키든지, 옆자리의 육사시미 형님들과 시비가 붙어 가게를 난장판으로 만들고 수리비용을 갹출하든지—물론 재빨리 경찰을 출동시켜 화를 면하는 순발력은 필수다—아니면, "너 왜 이따위로 생겼어!" 하며 걱지 녀석의 수박을 막걸리병 주둥이로 찍어 누른다든지 그 뭐라도 했어야 했다. 최소한 손등에 담배빵이라도 지져 지방 부족한 순살코기가 얼마나 비릿하게 타들어 가는지, 내 몸이 얼마나 절실하게 해독을 원하는지 보여줬어야 했다.

나의 손가락이 붙어있는 한 녀석들의 공격은 계속될 것이다. 혈혈단신 홀몸으로 녀석들의 공격을 막아내야 한다. 난 독립했으니까, 난 자립했으니까 누구의 도움도 필요하지 않다. 난 단지 실탄이 부족할 뿐이다. 녀석들의 공격에 맞설 실탄, 족구가 깔고 자는 실탄! 어디서 구한단 말인가.

실탄 없는 독립은 무의미하다. 이제라도 실탄 가진 동지를 확보해야 한다. 족구처럼 실탄 깔고 투정하는 녀석들을 나의 동지로 만들어야 한다. 족구의 환심을 사기 위해서는 그가 좋아하는 것이면 무엇이든 제공해야 한다. 무한한 인내심으로 녀석의 술시중을 들어야 한다. 녀석이 보낸 문자 메시지를 상기시켜보라.

'덕분에 잘 먹었네!' woohhhh scary!

술자리엔 모델 출신 배우도 있었다. 키가 192라고 했다. 어쭙잖은 제작자며 감독들을 많이 만나봤다고 했다. 녀석들이 거들먹거리고 잘난 척하는 거 봐주는 데 이골이 나서 오히려 이런 자리가 편하다고 했다. 거들먹거리고 잘난 척하는 인간들에 대해 한마디 하려다가 참았다. 대화가 너무 엄혹해질 것 같다는 생각이 들었기 때문이다.

거들먹거리고 잘난 척하지 않으면서도 타인에게 모멸감을 주는 비열한 짓거리를 일삼는 놈들이 천지에 널렸는데, 그 정도 하찮은 인간들 때문에 흥분해서는 안 된다.

고등학교 시절, 체육대회를 앞두고 우리반 축구팀을 구성하는 중책을 내 앞에 앉은 이 머시긴가—사실 이 녀석의 이름은 이진로였는데, 2홉들이 소주 한 병보다 못한 놈이었다—하는 놈이 맡은 적이 있었다.

이 녀석은 일주일 내내 쉬는 시간마다 "선수 한 명이 모자란다"며 "점심시간 때 같이 축구했던 애들이 누구지? 누구더라?" 하며 독백과 방백 중간쯤 되는 어조로 주변의 신고와 제보를 독촉했다.

나 들으라는 얘기였다. 점심시간마다 운동장에 나가 축구로 땀을 뺐던 녀석들 중에 이 모 감독님께서 엔트리에 집어넣지 않은 사람은 나밖에 없었다. 녀석은 나를 놀리고 있는 중이었다. 모멸감을 자극하는 비열한 방법으로. 일주일째 되는 날부터 녀석은 더 이상 선수를 찾지 않았다.

내가 민중서림 엣센스 영한사전으로 녀석의 주둥이를 후려갈겼기 때문이다. 누가 나 대신 선수로 뛰었는지는 지금도 잘 모르겠다. 녀석이 더 이상 나에게 신소리를 하지 않게 됐다는 사실이 중요한 것이다.

이런 인간을 밥벌이 활동 중에 다시 만나게 되면 참으로 난감하다. 사전을 들지 않은 지 꽤 오래돼서 손의 감각이 무뎌진 데다 점잖게 대응해야 한다는 사회적 기대를 저버리기가 쉽지 않기 때문이다.

10여 년 전쯤 그런 녀석이 하나 있었다. 녀석은 남미에서 무슨 일이 터질 때마다 스페인어 전공자를 큰소리로 찾아댔다. 바로 내 뒤에서. 대사는 2홉들이와 비슷했다.

"어디 없냐? 누구 한 명 있었는데 ……."

혹시 이 쓰레기가 2홉들이 사촌쯤 되나?

언젠가는 애먼 여직원을 불러 번역시키려다가 핀잔만 듣고 얼굴이 벌게진 적이 있었다.

"아니, 바로 앞에 전공자 놔두고 왜 저한테 시키세요? 저 못해요!"

여직원이 대놓고 한소리 했기 때문이다.

난감한 표정으로 이러지도 저러지도 못하고 엉거주춤 서 있던 녀석은 나한테 조심스럽게 말을 걸었다.

"스페인어 좀 하지 않나?"

"저 못합니다. 다른 사람 찾아보세요!"

녀석은 아무 말도 하지 않고 조용히 자리로 돌아가 앉았다. 내 책상에는 엣센스 영한사전 대신 후끈 달아오른 랩탑이 준비돼 있었다. 나의 랩탑은 쿠바로 향하던 소련의 화물선을 저지하기 위해 케네디가 준비해둔 미사일과 같은 것이었다. 유사시에 누군가의 주둥이로 날아가 꽂힐 만반의 준비가 돼 있었다.

2홉들이는 말수가 적어지고 과묵해진 정도로 정리됐지만 이 녀석은 잘못하면 영면에 들 수도 있었다. 1980년대에 유통되던 엣센스 영한사전보다 21세기를 선도하는 랩탑의 질량이 훨씬 크기 때문이다.

거들먹거리며 잘난 척하는 인간들은 이런 녀석들보다 오히려 낫다. 행동이나 사고가 단순하기 때문에 그에 맞게 단순하게 대응하면 그만이다. 하지만 "어디 없나?" 했던 녀석들은 나름 잔머리를 굴리기 때문에 드러난 현상만 가지고 판단해 정직하게 대응했다가는 낭패를 보기 십상이다.

예를 들어 "스페인어 하는 사람 어디 없나?" 했을 때 선의(보나파이드

126

something?)를 가지고 "저 좀 하는데요 …" 했는데 "너 말고!" 해버리면 그야말로 난 좌중의 폭소를 위한 희생 플라이가 돼버리는 것이다.

192는 그 자신 거들먹거리지 않았고 잘난 척도 하지 않았다. 세상에 대해서도 제법 아는 것 같았다. 이 바닥에서 서른다섯은 너무 많은 나이라며 겸손한 척도 할 줄 알았다. 족구가 화내는 모습을 처음 봤다는 말도 했다. 오후 11시 2분. 휴대전화 진동음이 들렸다. 앵두 형이다. 무슨 일일까. 받지 않았다. 되걸지 않았다. 콘플레이크를 우유에 말아 허기를 달랬다.

3월 27일 오후 11시 28분

24

휴대전화의 전원을 끄고 신발장 맨 위 오른쪽 문갑에 처박아버렸다. 문갑을 열어보니 등산화와 모기 잡는 스프레이, 지난해 수첩 등이 널브러져 있다. 지난해 수첩도 전화기와 비슷한 대접을 받고 있는 것이다. 수많은 문자와 숫자, 암호가 적혀 있는 이 수첩, 절대 잃어버려서는 안 되지만 제발 멀리하고 싶다. 정신적인 여유를 앗아가기 때문이다.

지금의 일상을 유지하기 위해 이 수첩이 없어서는 안 되지만 나를 대신해 나의 존재감을 발현하는 기호들이 싫다. 올해 수첩에 다 옮겨 적고 나서 버리면 그만인데 그리 하지 않았다. 옮겨 적는다는 것은 이들에게 생명력을 부여하는 행위이기 때문이다. 그렇다고 이들의 존재를 부정할 수도 없다. 그래서 버리지 않고 어딘가 놔둬야 하는데 내가 찾은 가장 적절한 장소가 바로 신발장 맨 위 문갑이다. 내 생각이 미치기 가장 힘든 곳. 내 일상에서 가장 멀리 떨어진 곳.

두 번째로 신발장에 유배된 소지품이 바로 휴대전화. 역시 엄청난 기호를 담고 있다. 초록색 0과 1이 검은 바탕에 삼차원 형상을 만들어내는 매트릭스의 한 장면처럼 이들이 담고 있는 정보는 바로 나를 의미한다. 전화번호 5백 개면 나를 그려내고도 남는다.

리바이스 청바지를 입은 레비스트로스 선생께서 가르쳐주신 것처럼 — 그건 사실 소쉬르의 이론이네 어쩌네 따지지 말자. 난 지금 정상치보다 높은 피로도를 극복하기 위해 비타민을 복용했고, 우겨넣은 단팥빵을 소화시키기 위해 소화제까지 두 알이나 먹었다. 한마디로 말해 너무 피곤해 논쟁을 벌일 만한 상황이 아니라는 것이다. 양해 바란다 — 나는 채방망도 아니고, 김구둘도 아니고, 장례고도 아니고, 조콩장도 아니고, 안배곰도 아니고, 독일인도 아니고, 캐나다 녀석도 아니기 때문에 나다. 난 홀로, 그 자체로 의미를 지니지 않는다. 5백여 명과 나의 관계 속에서 그저 타자로 존재하는 것이다. 5백 명이 알고 있는 공통된 한 사람을 찾으면 된다. 5백 명까지 갈 필요도 없다. 다섯 명 정도면 된다. 한국의 '케빈 베이컨'까지는 아니지만 그런 일을 비켜갈 수 있을 정도로 조용히 산 것도 아니다.

여기에 저장돼 있는 갖가지 메모까지 생각한다면 휴대전화는 나를 극복하고도 남음이 있다. 아니 접수할 수도 있을 것이다. 휴대전화가 어느 순간부터 내 행세를 한다고 해도 부정할 방법이 없다. 손으로 만질 수 있는 물컹물컹한 몸뚱아리, 실체가 다 무슨 소용이란 말인가. 실체는 기호로 대체되고 기호는 더 큰 존재감으로 실체에게 다가가는 것이다.

'내가 널 접수하겠다!'

난 바야흐로 휴대전화에 의존하며 존재의 영속성을 유지해야 할 부차적이고 부수적인 존재로 전락한 것이다.

난 한동안 휴대전화 진동음을 아무 때나 아무 곳에서나 들었다. 파블로프의 개처럼. 자동차 소음과 텔레비전, 컴퓨터, 냉장고 소리, 심지어는 사람들이 두런두런 얘기하는 소리도 휴대전화 진동음으로 착각하곤 했다.

벨소리? 그건 못할 짓이다. 나에게도, 타인에게도. 최소한의 예의다. 탈아입구를 이루지 못한 저급한 3류 자본주의 동북아시아 분단국가에서도 그 정도 예의는 지켜야 한다.

휴대전화를 주머니에 넣고 다니면 수시로 허벅지가 저려왔다. 항구의 뒷다리는 주인님의 호출을 두려워하고 있었던 것이다. 지리릭, 지리릭 왼쪽 대퇴부에 알 듯 말 듯 미세한 진동이 전해지면 단 한순간의 망설임도 없이, 주저함 없이 달려야 한다. 기회는 아무에게나 주어지지 않는다.

고비사막의 모래바람을 가로질러 시베리아의 눈보라를 뚫고 혓바닥이 땅에 끌리고, 충혈된 눈알이 튀어나올 때까지, 터럭발 하나의 육신까지 완벽하게 소진하며 달려가 보면 알 것이다. 그들은 떠나고 없다는 것을.

우리는 영원히 그들의 꽁무니를 쫓겠지만 그들은 영원히 우리를 앞서 달릴 것이다. 그들은 항상 내일을 준비하고 미래를 계획하기 때문이다.

어느 문필가의 표현처럼 우리가 '오늘을 사느라' 지쳐있는 동안 그들은 내일을 보고 모레를 읽어내는 것이다.

그렇다면 어찌해야 하는가? 휴대전화를 버리고 신호에 반응하지 않으면 그만 아닌가. 이기지도 못할 싸움에 뭐하러 나선단 말인가. 너무 오래된 싸움이라 목적도 희미해지고 의미도 퇴색해 버렸다. 그저 계속할 뿐이다. 관성! 멍!

최근 며칠 사이 단 한 줄의 글도 쓰지 못하면서 이런저런 일에 시달렸다. 지난 주에 개인적으로 중요한 일을 무사히 치르고 이제는 글에 열중할 수 있을 것이라고 내심 기대했지만 상황은 뜻대로 전개되지 않았다.

지난해부터 난 비참한 깨달음과 맞닥뜨려 반복적으로 절망감을 맛보고 있다. 인생은 더 이상 나에게 새로운 뭔가를 요구하지 않는다는 사실, 유지와 복구가 나에게 주어진 새로운 임무라는 깨달음. 복구 대신 '보수'라는 단어를 썼다가 지워버렸다. '유지와 보수', 기계적이고 수동적인 뉘앙스가 물씬 풍기는 두 단어로 남은 인생을 표현하고 나면 더 이상 무슨 할 말이 있겠는가.

영선이라는 단어도 따라붙었다. 어디서 봤더라, '영선 김갑수'라는 명찰. 난 영선이라는 어휘의 뜻을 알지 못하지만 왠지 그 단어가, 60을 넘긴 김갑수 선생의 황혼이, 내 남은 삶과 흡사하다는 생각이 든다. 지나친 자학 또는 피해의식이라는 비난을 받을 수도 있겠지만 어쩌랴, 사실이 그러한 것을.

언 녀석은 내가 등기로 보낸 서류를 못 받았다고 끝까지 우기며 곤조를 부리다가 결국 거짓말이 들통 나 나의 부아를 돋웠고, 언 녀석은 인생 선배라며 이제는 성질 죽일 나이가 되지 않았냐고 난데없는 훈아 말씀을 늘어놓더니 나중에 두 살 어린 것으로 밝혀져 목젖 뒤에 숨겨진 나의 욕설을 끄집어냈다.

어느 의사 녀석은 엉뚱한 진단에 헛다리 처방만 늘어놓아 일 년 넘게 환자를 괴롭히고 나서 결국 한다는 소리가 "하나님을 속이는 짓은 하지 않습니다!" 였다. 녀석의 진료실 벽에는 성경구절이 새겨진 목판이 걸려 있었는데 저 목판으로 녀석의 대갈통을 내려치면 과연 벌을 받을까 하는 생각이 들었다.

대학생 아들을 뒀다는 녀석은 하나님을 들먹이며 어찌나 침착하게 거짓말을 늘어놓는지 어느 순간엔 나도 마음이 약해져 내가 혹시 진실한 하나님의 종을 괴롭히는 사악한 악마가 된 게 아닌가 하는 생각까지 들었다.

"선생님 얘기 더 이상 듣고 싶지 않으니까 진료기록이나 빨리 인쇄해 주세요."

낮게 깔린 점잖은 어조로 악마가 말했다.

"그러시죠, 잠깐만요, 인쇄용지가 떨어져서 … 미스 리이이~."

하나님의 종은 언짢은 기색 없이 침착하게 받았다.

종이를 채워 넣고 인쇄를 끝낼 때까지 하나님의 종은 돌아앉아 컴퓨터 화면만 들여다보고 있었다. 팔짱을 낀 채 같은 화면을 응시하고 있던 악마는 창가의 책장을 살펴봤다. 성경 이외에는 천식 어쩌고 하는 책 한 권이 전부였다. 나머지 공간은 이런저런 간행물과 인쇄물, 서류봉투들로 채워져 있었다.

진료기록을 건네받은 악마가 방을 나서려는데 하나님의 종이 불러 세웠다.

"가실 때 가시더라도 화는 좀 풀고 가시죠……."

"니 아이가 병실에 누워 그 고통을 당했다면 화가 풀리겠니? 이 개……."

"……."

"여기 담아 가세요……."

백발에 고수머리를 한 하나님의 종은 겁먹은 표정으로 책장에 꽂힌 봉투 하나를 꺼내 악마에게 건네줬다.

악마가 서류를 봉투에 담아 문을 열고 나오는데 하나님의 종이 흘려주는 나지막한 음성이 들려왔다.

"안녕히 가세요오……."

이 모든 게 지난 며칠 사이에 벌어진 일이었다. 분노로 들뜬 마음을 다스리기 위해 북한산에 다녀왔다. 인수봉이나 백운대 정상에 오는 것이 아니라 산자락에 자리잡은 북한산초등학교에 들러 운동장을 한 바퀴 돌고 나왔다.

맛있게 잘한다는 칼국수 집에서 칼국수도 한 그릇 먹었다. 왔다간 사람들의 싸인이며 품평이 담긴 액자가 한쪽 벽면을 가득 채우고 있었다. 조르바의 말마따나 먹을거리와 먹는 행위는 우리 삶에서 중요한 부분을 차지한다. 조르바는 먹는 행위가 생각을, 사유를, 관념을 풍요롭게 해주기 때문이라고 했다.

잘 먹어야 두뇌활동도 원활하게 이뤄진다는 의미로 난 해석했다. 하지만 이 칼국수 집에 자신의 필적을 남기고 간 인간들은 왠지 돼지 같다는 생각이 들었다. 김청기 감독의 반공 만화영화에 등장하는 사회주의적 '붉은 돼지'까지는 아니지만, 칼국수 따위에 감탄을 자아내는 너희들이야말로 거대담론의 역사적 순행을 방해하는, 자신의 잇속만 차리는 속물들이 아닌가 생각했다.

"아줌마아~ 김치 좀 더 주세요…어디 가셨나!? 이 집 김치가 괜찮네……." 주인아저씨가 김치를 날라 왔다. 아저씨에게 고맙다고 했다.

한 30분 계곡을 따라 탐방로를 오르면서 방망이에게 전화를 걸었다. 녀석은 이천에 있다면서 그날 술자리 얘기를 꺼냈다.

"야, 우리 그날 많이 먹었어! 2리터짜리 정종만 세 병 먹었으니까! 다음날 머리 아파 죽는 줄 알았다니까……."

우리는 항상 많이 먹었고 다음날엔 죽을 것처럼 머리가 아팠지만 또다시 많이 먹을 것이고 다음날이면 극심한 두통에 시달릴 것이다.

구둘이 녀석은 백억 원 가까이 받고 일본에 진출한 프로야구 선수의 근황을 밑도 끝도 없이 늘어놓다가 바쁘다며 전화를 끊었다.

같은 길을 되돌아 내려오다가 물 흐르는 소리에 끌려 계곡으로 내려갔다. 내 몸집의 수십 배는 됨직한 바위 위에 서서 찬찬히 주변을 둘러봤다. 사위는 조용했다. 계곡물 소리와 이따금씩 오고가는 등산객들의 발자국 소리가 전부였다.

갑자기 원근감이 없어지더니 현기증이 몰려오기 시작했다. 뒷목이 뻣뻣해지고 오한이 드는가 싶더니 다리가 후들거릴 정도로 피로가 느껴졌다. 잰걸음으로 산을 내려와 매표소 앞 주차장에 세워둔 차에 올랐다. 시동을 거는 순간 손바닥에 땀이 배어나면서 긴장하기 시작했다. 내비게이션이 없었다면 난 집을 찾지 못했을 것이다.

집에 돌아와 휴대전화를 당분간 사용하지 않기로 다시 한 번 마음먹었다. 세상과 단절해야겠다고 생각한 것이다.

신호가 울려도 반응하지 않으면 그만이지만 난 한 번도 이 같은 계획에 성공해본 적이 없다. 당장은 반응하지 않더라도 다음날, 그 다음날, 또는 보름이 지나서도 "한 2주 전쯤 부재중 전화가 왔었는데요 … 저한테 전화하신 분이 누구신지 …" 한다.

난 이미 벗어날 수 없을 만큼 길들여져 있다. 이제 난 중독을 벗고, 길들임을 벗고, 원래의 나를 찾아가기 위한 시도는 하지 않는다. 무모하다는 것을 알기 때문이다. 그 대신 현상 유지와 일상의 복구를 선택하기로 결심했다.

'새로운 일'은 나에게 이제 사치가 돼버렸고 지금의 나를 지탱해내기 위해서는 사치스러운 것에 시간과 에너지를 낭비해서는 안 된다. '영선 김갑수'의 인생은 사치스러울 수 없다. 사치스러운 무엇을 상상하는 순간 그의 존재는 흔적도 없이 사라져버린다. 해고통지와 함께.

나 역시 새로운 일을 벌이다 해고당하는 우를 범해서는 안 된다. 유지와 복구를 가훈처럼 새기고 더 이상 가출하는 일은 없어야 한다. 모래바람과 눈보라를 이겨내고 그곳에 도착해봐야 그들은 떠나고 없기 때문이다.

3월 30일 오후 9시 20분

하루 종일 비가 내린다. 세차한 다음날이다. 깨끗한 비는 아니지만 빗속에 들어가 있지만 않으면 그리 나쁘지 않은 풍경이다. 비정상적인 피로감이 며칠째 계속되고 있다. 휴대전화의 초기화면이 머릿속에서 지워지지 않는다. 신발장에 유배시키기 직전에 문자 메시지 3통이 수신됐지만 확인하지 않았다.

어떤 메시지였을까. 누가 보냈을까. 난 혹시 일생일대의 중요한 전갈을 놓쳐버린 것이 아닐까. 혹 누군가의 부음은 아닐까. 숫돌이? 방정맞은 생각이다. 숫돌이가 돌아갔다면 나에게 소식을 전해줄 사람이 있기는 한 걸까. 녀석은 오늘처럼 비가 내리는 날 뭘 하고 있을까. 혹 전화를 걸었다가 전원이 꺼져있다는 음성 메시지를 듣게 된 것은 아닐까. 녀석에게 무슨 일이 생겨 나의 도움이 절실하다면 난 정말 해서는 안될 짓을 하고 있는 것이다.

아니다, 녀석은 잘 살아갈 것이다. 치과의사로 새로운 인생을 살겠다는 녀석의 의지를 꺾어버린 나의 연탄재 같은 조언은 녀석에게 큰 교훈을 남겼을 것이다. 녀석은 더 이상 나에 대해 생각하지 않을 것이다. 아니, 매일매일 나를 떠올리며 절치부심, 와신상담하다가 권토중래할 날을 기다리고 있을지도 모른다.

이 무슨 해괴한 상상이란 말인가. 숫돌이가 나를? 그럴 리가 없다. 녀석을 한 번 봤으면 좋겠다. 어찌 사는지, 아니 어떤 기분으로 하루하루를 보내는지 묻고 싶다.

"참내, 기분은 무신 기분요… 그냥 사는 거지 … 해임은 기분으로 사요?"

"내 말은 그러니까, 지금 생활에 만족하냐고?"

"새삼스럽게 와 이라요? 와… 사람 마이 변했네… 해임 쫌 이상해졌네!? 그러는 해임은 무신 기분으로 삽니까?"

"나? 글쎄다… 칼국수 먹다가 웬 놈들이 벼랑빡에다가 음식이 맛있네 어쩌네 써놓고 간 거 보면 그 새끼들 다 찾아서 뒤통수를 한 대씩 때려주고 싶기도 하고… 어떤 새끼는 없애버릴까 하는 생각도 들고…….".

"아니, 와요? 칼국수 먹고 간 사람들을 왜 죽여요?"

"그 새끼들은 진지함을 모르잖아. 경박하잖아…. 지금이 칼국수 국물 타령하고 앉아 있을 때냐? 지들이 무슨 신선이냐?"

"그럼 머~를 해야 되는데요? 안 경박할라믄…….".

"글쎄다, 나도 모르겠다. 아무튼 칼국수는 아닌 것 같다."

"그럼 다른 거를 시키소! 뭐, 만두나 전골이나 그런 거…….".

"만두는 밥이 안 되잖아, 전골은 혼자 못 시키고… 기본이 2인분인데…….".

"그렇네…. 방법이 없나? 다른 집에 가소! 옆에 머 중국집 같은 거 없소?"

"중국집, 못 본 것 같은데…….".

"중국집 없는 데 없는데… 마라도에도 있다는데…. 북한산에도 찾아보믄 분명 있을 거요… 중국집."

"그래, 그러고 보니까 하나 본 것도 같다!"

"그래, 있다니까! 중국집이 없을 리가 없지… 중국집은 전국 어딜 가나 다 있거든… 마라도에도 있다니까요!"

"배달시키면 올까?"

"어디로요?"

"산에."

"해임, 그라지 좀 마소! 어렵게 사는 애들 왜 고생시킬라고 그라요? 갸들 힘들어요. 한 달에 돈 백만 원 벌겠다고 하루 종일 그 고생하는데! 보볼이 형도 어렸을 때 중국집에 있었다고 했잖아요 … 같이 배달하는 형들한테 만날 얻어터지고 이상한 일도 당하고 그랬다면서요…….."

"그러니까 중국집 안에서 청소하고 심부름하는 어린 애들만 힘든 거 아냐!? … 현장에서 직접 배달하는 머리 굵은 녀석들은 힘든 거 하고 상관없잖아!"

"참내, 나중에 한 번 시켜보소! 높은 데 올라가서. 오나 안 오나. 오면 머할라꼬요?"

"오면 '왔네!' 하고, 안 오면 '왜 안 오냐?'고 전화해야지?"

"애초에 배달이 안 된다고 하면요?"

"내려가서 먹어야지. 먹고 올라오든가!"

"처음부터 그렇게 하면 되겠네! 먹고 올라가지 왜 위에 가서 시켜요?"

"글쎄 말이다, 참 이상하네! 왜 위에 올라가서 시키지?"

"갸들이 무슨 마라톤 평원 뛰는 병사요? 형만 안 시키면 되니까 걱정하지 마소. 혹시라도 철가방 내려놓고 숨 거두면 형도 책임 있소! 아마 형사처벌 받을걸…….."

"짜장면 시켰다고 감옥 가냐?"

"높은 데서 시켰으니까 문제지 … 그냥 평지에서 시켰으면 갸들이 세상 뜰 일이 없지…….."

"야, 그렇다고 머 처벌까지 당하냐! 짜장면 때문에…….."

"머 그런 거 있지 않소, 미필적 고의 … 인명사고가 발생할 가능성을 충분히 인지했음에도 불구하고 형이 시켰으니까, 높은 데서…….."

"야, 그럼 이건 어떻게 돼?"

"머요?"

"밤에 오토바이 타고 치킨 배달하다가 넘어져서 다쳤어. 누가 책임져야 돼? 치킨? 걔네들 옮겨주다 그랬으니까?"

"걔들은 이미 목숨이 끊어졌는데 어떻게 책임을 물어요? 주인이 보상해줘야지!"

"그렇지! 너도 그렇게 생각하지?"

"당연한 거 아이요! 종업원이 다쳤는데 고용한 사람이 책임을 져야지 … 근데 머 어떻게 다쳤는데요?"

내가 녀석을 만난 건 지난해 늦여름 무렵이었다. 주말에 혼자 백운대에 올랐다가 정상에서 만났다. 녀석은 등산복도 제대로 갖춰 입지 않은 츄리닝 차림이었다. 하기야 그 정도 산행에 무슨 등산복이 필요하랴. 게다가 녀석은 이제 20대 초반 아닌가. 당연히 배낭도 없었고, 등산화 대신 운동화를 신고 있었다.

펑퍼짐한 바위 위에 주저앉아 땀을 좀 식히려는데 벼랑 쪽으로 조심조심 걸음을 옮기고 있던 녀석이 눈에 들어왔다. 녀석은 오른손에 몽둥이처럼 생긴 뭔가를 쥐고 있었는데 행색이나 하는 짓이 일부러 가까이할 필요는 없을 것 같았다.

눈을 돌려 바로 앞에 서 있는 바위산을 물끄러미 바라보고 있는데 인기척도 없이 옆에 와 앉아 있던 한 사내가 내 얼굴 앞으로 사과 한 조각을 불쑥 들이밀었다.

"저는 괜찮습니다. 뭘 좀 먹었거든요…….."

"에~이 … 산에 올라오면 한 조각씩 나눠먹고 그러는 거예요!"

난 마지못해 그가 내민 사과 한 조각을 받아먹었다. 고구마같이 퍽퍽한 사과를 찜찜하게 씹고 있는 나에게 그의 첫 번째 질문이 날아들었다.

"어디서 올라왔어요?"

"예? 아, 저기 송추쪽……."

그건 시작에 불과했다. 산에서는 아무하고나 말을 섞어서는 안 된다는 불멸의 교훈이 수천 도 가마 안에서 벌겋게 이글거리는 참숯마냥 내 마음 속에 오롯이 자리잡은 날이었다.

그는 나에게 사과 한 조각을 물려놓고 취조를 시작했다. 남산 대공분실의 거무튀튀한 회색빛 욕조는 사라진 지 오래지만, 구름 한 점 없는 쾌청한 하늘 밑 해발 700미터 백운대에서는 여전히 분실 출신 자객들이 활거하고 있었구나!

'진정 난 모올랏서언네에~ 아아아아아~ 아줌마, 음악 꺼주세요!'

그가 또다시 과도로 잘라준 배 반 쪽을 받아든 나'으' 왼손을 저주하며 한숨을 내쉬고 있는데, 뭔가에 반사된 햇빛이 왼쪽 시야에 번쩍 비쳐들었다. 녀석이 이쪽을 향하고 있었다. 오른손에 두툼한 몽둥이를 들고.

아아~ 어서 오소서 그대여! 몽둥이 틀어쥐고 잰걸음, 바쁜 마음, 재촉 또 재촉하며 어서 오소서 그대여! 오랭캐 물리친 서슬 퍼런 은빛 몽둥이로 이 녀석에게 불퇴전의 찜질을 날려주소서! 제발! Come on, man! Kick his damn ass!

"이쪽으로 와서 앉으세요!" 내가 반갑게 맞았다.

산에서는 아무에게나 말을 건넬 수 있다는 사실을 깨달은 순간이었다. 나에게 건성으로 눈인사를 건넨 녀석은 아무 말 없이 '과도' 옆에 철퍼덕 주저앉았다. 30센티미터가 될락 말락 한 녀석의 몽둥이에는 잔주름이 사방으로 거미줄처럼 퍼져 있었다.

'도대체 몇 명을 때려잡은 몽둥이란 말인가? 그래, 너의 과거는 상관없다. 오늘 이 분실 잔당, 과도 녀석만 해결해준다면 너의 과거는 모조리 용서해주마. 녀석의 검은 신경 쓰지 마라. 그저 과도에 불과하다. 네가 혹시 사과나 배가 아니라면 겁낼 필요가 없다. 너도 알지만 넌 이 목구비가 제철 과일의 용태는 아니지 않느냐! 아무튼 꼭 승리해주기 바란다.'

난 녀석이 과도의 말을 받아 대화의 물꼬를 터주기를 간절히 소원하고 있었다. 5천만 국민의 염원을 한몸에 안고 분단의 경계선을 넘었던 삼척동자처럼 통 큰 결단을 내려주기 바란다! 그대, 몽둥이여!

몽둥이는 나의 기대를 저버리지 않고 과도를 향해 선제 뻐꾸기를 날렸다.

"같이 드실래요?"

녀석이 쥐고 있던 은빛 몽둥이의 검은 속내는 우엉과 오이 당근이 절묘하게 어우러진 한 줄 천 원 야채김밥이었다. 놀라운 건 김밥이 아니었다. 과도에 이어 나에게도 녀석의 몽둥이, 아니 김밥이 날아들었다는 사실이다.

김밥을 집다가 무심결에 녀석의 얼굴을 바라본 나는 '억' 소리를 낼 뻔했다. 녀석의 미소가 괴기스러운 이유를 몰라 한동안 멍했다. 헤벌쭉 벌어진 녀석의 입 안에는 아무것도 없었다. 치아가 하나도 남아있지 않았다. 푸석푸석 말라버린 김밥에 배를 한 개 더 나눠먹고 나자 과도가 조심스럽게 물었다.

"그 이빨 어쩌다 그랬어요?"

사실 그다지 조심스럽지는 않았다. 과도가 녀석이 준비한 김밥으로 두들겨 맞아 운명을 달리한다해도 동정을 받기는 힘든 말투였다.

"밤에 오토바이 타고 배달하다가 넘어졌어요."

"넘어졌는데 그렇게 되나? 아이고야~."

"쪼그만 다리 건너가다가 콘크리트 모서리에 여기를 정통으로 부딪혔

140

어요 …….”

녀석은 인중 아래 앞니 두 개를 오른쪽 검지손가락으로 짚으면서 어색한 미소를 흘렸다.

“언제 다쳤어?”

“작년 여름에 그랬으니까 한 일 년 됐어요.”

“그렇게 그냥 다녔단 말이야 … 그러고 그냥 살았어?”

“어금니로 씹으면 되니까요 … 녀석의 어색한 미소가 왠지 슬퍼보였다.”

“보상은?”

“주인아저씨가 30만 원 주데요.”

“병원에는 바로 갔냐?”

“아니요, 처음에는 정신을 못 차리겠더라고요, 너무 아파서 그냥 쓰러져 있었어요. 근데 혓바닥으로 이렇게 훑어보니까 입안에 무슨 돌 같은 게 돌아다니는 거예요. 나중에 보니까 다 이빨이더라고요.”

“도대체 몇 개가 빠진 거야?”

“위아래 합해서 열여섯 개요 … 길바닥에 쓰러져 있는데 다들 그냥 지나가더라고요 … 나를 도와줄 사람이 아무도 없나 하는 생각이 드니까 … 진짜 비참했어요. 진짜.”

난 녀석과 산을 내려오면서 이런저런 얘기를 나눴다. 난 녀석이 상당히 조리 있게 자신을 표현할 줄 안다는 사실에 놀랐다. 녀석은 지방의 한 대학에 편입했다가 지금은 휴학 중이라고 했다. 지금은 파주의 한 주유소에서 숙식을 해결하면서 일하고 있었다. 녀석의 아버지는 고물상을 운영한다고 했다.

“형님, 언제 또 등산와요?”

버스 정류장에 내려주고 떠나려는데 녀석이 열린 창문 틈으로 물었다.

“글쎄다, 다음다음 주쯤? 잘 모르겠네 … 왜?”

"날짜하고 시간 알면 기다렸다가 같이 올라갈까 해서요……."

난 그날 이후로 녀석을 만나지 못했다. 녀석이 내가 가르쳐준 방법으로 문제를 해결했는지, 아니면 지금도 그 공허한 미소를 지니고 살아가는지 알지 못한다.

내가 녀석에게 연락처를 가르쳐주지 않은 이유도 모르겠다. 뭐가 두려웠던 것일까. 두려웠던 게 아니라 녀석에게서 아무런 희망을 보지 못했기 때문에 외면하고 싶었다. 아니, 녀석이 두려웠던 게 사실이다. 녀석의 무기력한 모습이 나에게 전이될 것 같아서, 녀석의 그 모습이 바로 나의 모습인 것 같아서 두려웠다. 녀석이 의외로 순수하고 선한 심성을 지녔다는 사실이 날 두렵게 만들었다.

어둠 깔린 길바닥에서 신음하며 피를 한 바가지나 쏟고, 이가 열여섯 개나 빠진 녀석이 왜 아직도 헤벌쭉 웃어대는 순수함을 지니고 있단 말인가. 녀석은 왜 아무도 원망하지 않는단 말인가. 왜 자신의 원래 모습을 회복시키려 하지 않는단 말인가. 왜 자신의 자리로 돌아가지 않는단 말인가. 이전의 환한 미소를 왜 그리워하지 않는단 말인가.

출구는 어디 있단 말인가. 도대체 뭘 어찌해야 한단 말인가. 왜 녀석의 몸에서 빠져나온 사리 같은 치아 열여섯 개가 노방에 구르는 돌멩이와 같은 취급을 받아야 한단 말인가.

녀석의 사고 소식을 들은 고용주께서는 고장 난 오토바이와 널브러진 치킨을 먼저 떠올렸을지도 모른다. 아니, 이런 생각까지는 하지 말자. 한밤중에 자판을 두드리면서 이토록 비참한 상상에 빠져드는 건 나 자신을 학대하는 일이다.

자신을 복구할 의지를 잃어버린 녀석은 나에게 깊은 한숨 그 이상, 그 이하도 아니었다. 깊은 한숨. 내가 녀석을 만났다는 사실조차 창피

한 생각이 들었다. 녀석과 같이 산을 내려오고, 이야기를 나누고, 차를 같이 타고 왔다는 사실 등 모든 것들이. 오늘도 문자 메시지는 쌓여갈 것이다.

3월 31일 오후 11시 44분

전화기를 꺼놓은 지 이틀 만에 한 녀석이 나에게 연락을 취해왔다. 이 녀석은 내 와이프에게 전화를 걸어 나에게 설명할 일이 있다고 했다.

이 글을 처음 시작할 때부터 가족 구성원에 대해서는 거론하지 않겠다고 다짐했는데 녀석이 산통을 다 깨버렸다. 참 대단한 녀석이다. 내가 밥벌이를 위해 몸담고 있는 회사의 업무와 관련된 일이라 굳이 내용까지 언급할 필요는 없을 것 같다.

쉽게 말해 다른 부서의 어떤 쓰레기 같은 새끼가 와이프에게 전화를 걸어 나를 바꿔달라고 한 것이다. 설명할 일이 있다면서. 어느 부서의 누구라고 밝혔는데도 발음이 하도 부정확해 두세 번은 더 물어봐야 했다고 와이프는 전했다. 하지만 결국 부서는 못 알아들었단다.

자신의 이름이야 어린 시절부터 수천 번은 반복해서 발화(發話)했을 테니, 정확히 발음할 줄 아는 것은 기린이 나뭇잎 따먹다가 모가지 늘어난 것처럼 당연하고 불가피한 일이다. 평가대상에서 제외된다.

자신이 소속된 부서 이름도 정확히 발음하지 못했다는 사실부터가 평가대상이다. 이런 녀석이면 할 말 다 한 것이다. 와이프의 전화번호를 알아낸 것은 그리 신통한 일이 아니다. 얼마 전 녀석이 속한 부서에 제출한 서류에 적혀 있었기 때문이다.

중요한 건 전화 걸 생각을 했다는 사실이다. 참으로 대단한 녀석이다. 다른 사람을 통해 나와 접촉하려 했던 사람이 있었던가? 물론 있었겠지만 이렇게 몰상식한 방법은 아니었다. 분명 몰상식이다.

나의 삶은 누구에게나 공개돼 있다. 숨길 이유가 없기 때문이다. 나를 아는 사람들은 내가 전화기를 꺼두었다는 게 어떤 의미인지 안다.

나를 아는 사람뿐만 아니고 동시대를 살아가는 제정신 박힌 인간이라면 이 정도는 상식이다. 게다가 난 지금 휴직 중 아닌가.

그리고 무슨 설명을 오늘 꼭 전화로 해야 한단 말인가. 내가 이해하지 못했거나 오해한 게 뭐란 말인가. 이 녀석은 나에게 특정 사안에 대해 설명하려 한 게 아니고 변명하려 한 것이다.

이메일 등 서신을 통해서는 논리전개가 불가능하기 때문에 전화를 걸어 감성에 호소해서 나를 설득할 생각을 한 것이다. 그런데 다른 가족에게 전화를 걸어 연락을 취한다? 정말 이해하기 힘든 몰상식이다.

업무와 관련해서는 다른 가족 구성원의 심려나 불편을 끼치지 않는 게 예의 아닌가? 인간에 대한 예의. 이런 녀석들은 분실(分室) 맛을 좀 봐야 하는데…….

언젠가 어떤 선배에게 논리가 안 통하면, 합리적 대화가 불가능하면 어떻게 해야 하느냐고 물은 적이 있었다. 선배는 성심성의껏 상당히 오랜 시간 나에게 해답을 제시하려 노력했는데 전혀 기억이 나지 않는다. 대답이 신통치 않았던 게 분명하다. 그렇지 않았다면 내가 기억하지 못할 리가 없다. 그 선배도 마땅한 답이 없었던 게 분명하다.

내가 중국어로 물었는데 상대방이 일본어로 답하면 과연 접점을 찾을 수 있겠는가. 여기서 중국어나 일본어는 실제 언어가 아니라 다 같이 인정하는 공리, 상식을 뜻한다. 또는 사고의 문법.

밥동이는 미국으로 떠나기 며칠 전 우리들과 만나 상식이 통하는 세상에서 살고 싶다고 했다. 상식이 통하는 세상! 그렇다, 우리가 갈망하던 세상은 꿈이 현실화된, 상상력이 빚어낸 몽환적 공간이 아니라 그저 상식이 통하는, 대화가 가능한, 평범한 사회였다. 밥동이의 말에 누구도 대꾸하지 못했다. 우리 모두 밥동이가 부러웠다. 밥동이가 누리는 자유가 부러웠다. 상식을 찾아 떠날 수 있는 자유.

7년 후 LA 공항에서 만난 밥동이는 옛 모습 그대로였다. 날씨는 후텁지근했고 햇볕은 따가웠다. 이런저런 얘기를 나누며 주차장까지 걸어가는 동안 밥동이의 표정은 그리 밝지 않았다. 긴장한 것 같기도 하고 어색한 것 같기도 하고, 반가운 표정만은 아니었다.

'너무 오랜만에 만났나?'

녀석의 눈치를 살피며 걷다가 고개를 들어보니 웬 캐딜락 앞에 와 있었다. 지금도 그 황토색 캐딜락의 자태를 잊지 못한다. 족히 30년은 됐을 것 같은 구형 캐딜락이었지만 누군가 공들여 잘 관리한 것 같았다. 도색도 다시 하고, 빨간색 미등도 새로 달고, 찌그러진 곳이나 긁힌 곳을 손본 다음 깨끗하게 세차까지 마친 상태였다.

영화나 사진으로만 봤던 캐딜락을 직접 마주하니 묘한 느낌이 들었다. 마치 영화 세트에 들어와 있는 듯한 긴장감과 어색함, 부자연스러움.

밥동이의 부자연스러움이 이해되기 시작했다. 내가 녀석을 처음 봤을 때 읽어낸 표정은 반가움이 아닌 어색함이었다. 자야겠다. 피곤하다.

4월 2일 오전 1시 42분

27

"차 어딨냐?"

"이거야!"

"이야, 너 공부 안하고 사업하냐?"

밥동이는 아무런 대꾸도 하지 않았다.

우린 캐딜락을 타고 LA 시내를 달렸다. 창문을 내리고 달렸던 걸 생
각하면 에어컨이 없었던 것 같다. 좌석은 버거킹의 6인용 의자를 연상
시켰다. 등받이나 깔고 앉은 자리 모두 바깥쪽으로 볼록 솟아 있었다.
불편했다. 세로로 쭉 띄엄띄엄 박음질된 좌석의 겉감은 비닐에 가까운
'레자'였다.

레자는 5일장에서 새로 장만한 나전칠기처럼 반짝반짝 빛나면 그만
이었다. 등골이나 엉덩이, 허벅지 사이에 고로쇠 수액처럼 알게 모르게
고이는 땀은 동평화상가의 소년 시다가 졸린 눈을 비비며 브라더 미싱
을 돌려 완성한 '조다쉬'가 해결해야 했다.

조다쉬는 난감한 표정을 지으며 말했다.

"사실은 저 … 조랑말인데요, 다리 보시면 아실 거예요. 과천에서 경
주하는 애들보다 훨씬 짧잖아요. 걔들은 다 외국에서 온 애들이라 저하
고는 태생부터 다르거든요. 달리는 건 좀 무린 것 같은데 …….."

"야, 어쩌겠냐, 너 말고 아무도 없는데 … 이번 한 번만 좀 봐주라아!"

"그리고 저는요, 무슨 '불러봐도' 같은 데는 달려본 적이 없어요!"

"야, 불러바드나 신작로나 똑같은 거야! 다 미국 애들이 깔아놓은 거
잖아!"

"……."

"그럼, 한번 달려보긴 하겠는데요. 기대는 하지 마세요. 제 다리가 워낙 짧아서요 아무리 뛰어도 멀리 못가거든요⋯⋯."

구릉 하나 없이 바둑판처럼 잘 정돈된 평야지대에 들어앉은 LA 시가지를 비행기에서 내려다보면서 난 감격하지 않을 수 없었다. 태어나서 처음으로 탈아입구하는 순간이었기 때문이다. 남한의 도청 소재지 출신 항구가 드디어 태평양을 건너 구라파 인간들이 세운 신세계에 발을 들여놓은 것이다.

하지만 LA시민이나 미국 국민 누구도 나의 입국에 관심을 기울이지 않았다. 그들의 대통령은 검역을 강화하라는 행정명령을 비밀리에 발동시키고 나의 입국사실을 공표하지 말 것을 지시했을 수도 있다. 사회적 혼란을 방지하기 위해.

동북아시아의 항구는 새로운 전염병을 퍼뜨리고 신세계의 생태계를 교란시킬 수 있는 위험성을 지닌 잡식성 포유류이기 때문이다.

입국심사를 통과한 것은 기적과도 같은 일이었다. 동정심 많은 일부 구라파 사람들이 만들어준 기적이었다. 입국심사대를 통과하면서 '땡큐'를 연발한 것은 정말 잘한 일이었다.

난 지금 신세계의 태평양 연안 도시를 캐딜락 껍데기를 걸친 동평화 출신 조다쉬를 타고 달리고 있다. 밥동이와 함께.

밥동이는 나에게 이역만리에서 천신만고 끝에 찾아낸 샘물과도 같은 존재였다. 적어도 그 순간만큼은. 아니, 오아시스 평생 회원권을 부여받은 '사람의 아들'이었다.

그의 아버지는 목사였다. 밥동이는 대학에 입학한 이후에도 아버지에게 많이 맞았다고 했다. 밥동이가 생각한 상식은 회초리나 몽둥이 없이 대화로 이루어진 가정의 평화였을지도 모른다. 녀석은 언젠가 술자리에서 주일날 연단에 올라 설교하는 아버지와, 몽둥이 든 아버지는 너무나도 다른 사람이라며 목사님의 위선을 폭로한 적이 있었다. 녀석도 앵글로색슨 프로테스탄트들처럼 종교의 자유를 찾아 이곳에 왔는지는 모르겠지만, 지금 이 순간 중요한 건 우리가 달리고 있다는 사실이었다. 상식이 통하는 거리를 거칠 것 없이 달리고 있었다.

밥동이는 나에게 이게 무슨 불러바드고, 여기는 명품만 파는 쇼핑 거리고, 저기 보이는 게 할리우드 배우들이 찍어놓은 손도장이고, 여기가 부자 동네 비버리힐스고, 어쩌고저쩌고 하며 침착하고 분명한 어조로, 마치 관광 가이드가 된 것처럼 자세하게 설명해 주었다.

태평양의 소금기 어린 습한 바람 — 혹시 LA는 서안해양성기후 또는 지중해성 기후로 고온건조하다는 반론이 제기될 수도 있겠지만 그날은 분명 습했다. 내 마음이 젖어 있었으니까 — 을 받으며 한참을 달리던 우리는 주택가 교차로에서 신호에 걸려 서 있게 됐다. 출발 신호를 기다리는 동안 밥동이는 "미국에서는 말이야, county가 우리로 따지면 군인데 의미가 좀 다르거든 …" 하며 예의 강론을 늘어놓고 있었는데 갑자기 옆에서 빵빵대는 경적 소리가 들렸다. 뭔가 싶어 고개를 돌리려는 순간 밥동이가 내 왼쪽 허벅지를 쥐어 눌렀다.

"쳐다보지 마!"

"왜?"

"쟤들 우리한테 시비 거는 거야!"

"무슨 시비를 걸어?"

"쳐다보지 말라니까아! 총 맞고 싶어?"

"총?"

"그래! 가만히 있으라니까!"

못 볼 걸 보고 소금기둥이라도 된 것처럼 미동도 없이 앞만 보고 앉아 있는 우리들에게 뭐라고 지껄이는 소리가 들리는가 싶더니 녀석들의 컨버터블이 미끄러지듯 내 좌석 옆으로 조용히 다가왔다.

눈알을 굴려 오른쪽을 흘끔 쳐다보니 운전석에 앉은 녀석이 손가락으로 뭔가를 가리키고 있었다. 녀석이 가리키고 있는 건 신호등이었다. 고개를 살짝 들어보니 우리 앞에 좌회전 신호가 들어와 있었다.

내가 '땡큐' 하며 녀석들과 눈인사를 나누려는데 조다쉬가 '끼익' 하며 갑작스럽게 몸뚱이를 움직였다. 조다쉬가 휘청거리듯 큰 원을 그리며 왼쪽으로 꺾어지는 순간, 옆 거울에 비쳐진 녀석들은 우리를 보며 웃고 있었다. 비웃음이었다.

'평생 짐이나 날랐을 늙은 말 위에 올라탄 누런 개 두 마리는 꼬질꼬질 땀에 절어 있었다. 두 눈이 퀭한 게 지친 기색이 역력했지만 뭔지 모를 진지한 대화를 주고받고 있었다. 녀석들은 이 땅에 발을 디딘 지 얼마 안 되는 초짜들이 분명했다. 책으로 읽고 사진으로 본 신세계를 돌아보며 감탄하고 있으리라. 그래, 구경 마이니 해라! 날도 더운데 고생이 많다! 그건 그렇고…어라 이것들이 왜 가만히 서 있지? 야! 신호 바뀌었어 좌회전해! 어이 친구들 뭐해! 이것들이 말을 해도 못 알아듣네! 참내…한심한 놈들! 병이나 옮기지 말아라!'

사실 좌회전할 게 아니었다. 밥동이는 "여기는 길이 바둑판처럼 '딱딱' 잘 돼 있으니까 가다가 다시 우회전 하면 된다"고 나를 안심시켜놓고 한동안 아무 말도 하지 않았다. 녀석이 어디로 가고 있는지 알 수 없었다. 갑자기 밥동이가 부끄러워지기 시작했다.

"너 이 차 어디서 났냐?"

"어, 아는 형이 타라고 줬어."

"그냥?"

"아니 받을 돈이 좀 있었는데…그냥 이걸로 받았어."

"이런 차는 기름 엄청나게 많이 먹지 않냐?"

"그래서 나한테 준 거야. 자기는 이런 차 못 탄다고…….."

"그러는 너는…타도 되냐? 학생이…….."

비아냥과 질책이 묻어나는 질문이었지만 밥동이는 신경 쓰지 않았다. 뭔가 체념한 듯 담담한 표정이었다.

"나도 안 타고 다녀…너 때문에 끌고 나온 거야."

할 말을 찾을 수가 없었다.

"학교는 다니냐?"

"안 다녀. 그만 뒀어."

"왜?"

"무슨 비전이 있어야지."

"졸업도 안 했단 말야? 돈 때문이냐? 아버지가 안 보내줘?"

"……."

"그럼 여기 왜 있어? 한국으로 들어와야지!"

"어떻게 들어가냐? 부모님한테 받아쓴 돈은 벌어서 갚아야지."

"학교도 안 다니는데 여기서 뭐하고 있는 거야?"

"그냥 이것저것 해. 술집에서 팟타임도 하고…현장에서 일도 하고…….."

"무슨 현장?"

"집 짓는 노가다…집에 가자, 배 안 고프냐?"

"어디 식당가서 먹자! 내가 살게! 운전하느라 고생했는데…….."

"집에 가자! 내가 해줄게!"

녀석이 만난 지 대여섯 시간 만에 처음으로 밝게 웃었다. 밥동이가 왜 나를 데리고 집에 갔는지 지금 생각해봐도 알 수 없는 일이다. 방 두 칸짜리 아파트는 부엌 겸 식당에 조그만 거실까지 갖추고 있어서 생각했던 것보다 훨씬 괜찮았다.

　녀석이 부엌에서 음식을 준비하는 동안 나는 방안을 둘러봤다. 책상과 옷장 이외에는 '세간'을—이 빌어먹을 컴퓨터가 또 사람 가르친다. 난 분명 '세간살이'라는 표현을 쓰고 싶지만 '세간'으로 계속 고쳐진다. 삑 하는 경고음과 함께. 도대체 누가 누구를 가르친단 말인가. 누가 객체고 누가 주체란 말인가. 언어의 사회성이 이따위 영혼 없는 컴퓨터에 의해 훼손돼도 된단 말인가. 참자! 밥동이가 나를 위한 식사 준비에 여념이 없는데 여기서 폭발하면 안 된다—찾아볼 수 없는 단출한 살림이었다. 거실에 있는 TV와 부엌의 냉장고가 그나마 눈에 띄는 생활의 흔적이었다.

　부엌 옆의 큰 방에 들어가 책상 위의 사진을 들여다보니 밥동이가 없었다. 맞은편 방에 들어가 책장에 꽂힌 이런저런 책을 꺼내서 휘리릭 휘리릭 넘겨보던 나는 앨범에서 낯선 얼굴들만 대면하게 되자 치이익, 보글보글, 뚝딱뚝딱, 요리에 열중하고 있는 밥동이를 불렀다.

　"밥동아아~ 니 방 어디냐?"

　"밥 먹게 빨리 나와라!"

　녀석은 나를 식탁에 불러 앉혀놓고도 냉장고 문을 열었다 닫았다 왔다 갔다 하면서 한참을 더 분주하게 움직였다. 녀석이 차린 음식은 김치찌개에 계란말이, 김치가 전부였다. 기내식으로 헛배만 잔뜩 불러있었는데 밥동이의 '뽀글뽀글' 김치찌개의 얼큰한 국물을 두부와 같이 넘기고 나니 위장에서 환호성이 들리는 듯했다.

　"캬~ 맛있네에~ 근데 니 방 어디냐?" 내가 또다시 물었다.

　"……."

　"책이랑 사진이랑 다른 사람들 거밖에 없데……."

　"여기 나 사는 집 아니야."

"먼 소리냐?"

입으로 가져가던 숟가락을 멈추고 내가 물었다.

"그냥 잠깐 있는 거야!"

"잠은 어디서 자고? 쟤들이랑 같이 자냐?"

"아니, 여기 거실에서 … 밥 더 있으니까 많이 먹어라."

난 밥을 두 그릇이나 더 비우고 나서야 자리에서 일어났다. 배가 고프기도 했지만 왠지 그래야 할 것 같았다. 한 그릇을 마치고 숟가락을 놓아버린 밥동이 녀석의 입가에 반쪽짜리 밥알이 하나 붙어 있었다.

설거지를 마친 뒤 거실로 나와 앉았는데 우리 둘 다 할 말이 뚝 끊겨 버렸다. 내가 "미국에서는 얼마나 재밌는 방송하는지 좀 보자"며 TV를 켰더니 밥동이 녀석은 "LA에 사는 한국 사람들은 미국 방송 안 본다"고 핀잔을 줬다.

신기한 듯 채널을 이리저리 돌려대는 나에게 밥동이는 "머리 아프니까 끄자!"고 했고 난 아무 말 없이 녀석의 뜻대로 했다.

그날은 해가 무척 짧았던 것 같다. 밥동이 집, 아니 밥동이 친구 집에서 나온 게 오후 5시 무렵이었는데 공항에 도착하니 이미 날이 어두워져 있었다. 태평양 연안 메트로폴리스의 서안해양성 기후 또는 지중해성 기후를 동북아시아 도청소재지 출신의 항구가 알 턱이 없었다.

정확히 10시간 30분을 LA에서 머문 나는 남미의 한 나라로 가기 위해 비행기를 갈아타야 했다.

"밥동아, 고맙다! 내가 괜히 와서 폐만 끼친 것 같다."

그건 부인할 수 없는 사실이었다. 늘봉이를 통해 밥동이 연락처를 물어보고, 서울에서 국제전화로 밥동이에게 도착날짜를 알리고 했던 모든 게 철없는 행동처럼 느껴졌다.

10시간 30분이라는 짧은 시간 동안 친구를 이토록 효율적으로 괴롭힌

적이 내 평생에 단 한 번도 없었다. 녀석은 나에게 바쁘다는 핑계를 댔어야 했다. 애당초 내 전화를 안 받았으면 될 일이었다.

"하루 더 있다 갈래?"

"뭐? 무슨 소리야? 나 이 비행기 꼭 타야 돼!"

"……."

"너 가는 데 나도 가면 안 되냐?"

"갑자기 왜 그래?"

"아니야, 그냥 해본 소리야. 도착하면 전화해라."

"그래, 건강하게 잘 지내! 고맙다!"

조다쉬 캐딜락으로 걸어가는 녀석의 추레한 뒷모습이 눈앞에 펼쳐진 메트로폴리스의 휘황한 불빛 속에 점입되지 못한 채 들떠 있었다. 짐실은 카트도 팽개쳐둔 채 나도 모르게 녀석을 따라가고 있었다.

"잠깐만!"

되돌아온 밥동이에게 난 뒷주머니 지갑에서 꺼낸 백 달러짜리 지폐를 한 장 내밀었다.

"기름 넣어라. 오늘 하루 종일 돌아다녔는데……."

녀석이 나를 만난 지 10시간 만에 두 번째 밝은 미소를 보였다.

비행기 안에서 또다시 LA 시내를 내려다봤다. 밥동이가 살고 있는 LA는 어둠 깔린 밤에 더 활기차 보였다. 녀석의 조다쉬 캐딜락이 달려야 할 '불러봐도'는 끝 간 데 없이 사방으로 펼쳐져 있었다. 내가 탄 아메리칸 에어라인은 위이이잉 하는 굉음과 함께 조금씩 고도를 높여가고 있었다. 사방이 어두워 어디로 향하고 있는지 알 수 없었다.

4월 2일 오후 10시 33분

감긴지 알러진지 모르겠다. 콧물이 계속 난다. 티슈를 한 장씩 뽑아 쓰다가 아예 손수건을 하나 가져와 옆에 두고 콧마루가 벌게지도록 코를 풀어대고 있다.

비녀 같은 플라스틱 클립에 입구가 묶인 시리얼이 전자레인지 위 선반에 기우뚱, 비딱하게 서서 나를 내려다본다.

빨랫감 팬티에 코를 풀어대며 시키지도 않은 얘기를 끝도 없이 이어가다가 시리얼로 배를 채우며 2라운드를 준비하던 라이방을 만나지 않았다면 정장 소품으로 구입한 손수건에 코를 풀어대지 않았을 것이고, 새벽의 공복을 시리얼로 달랠 생각도 하지 못했을 것이다.

사람이란 시공간을 점유하며 물리적으로만 존재하는 게 아닌 것 같다. 타인의 언어와 행동과 생각 속으로 녹아들면 또 다른 형태의 생명력을 지니게 된다.

난 남미를 거쳐 라이방을 만나기 위해 영국으로 갔다. 남미에서 무슨 일이 있었는지 말할 수 있는 날이 올 것이다. 아니 말해야 한다. 하지만 지금은 아니다. 머릿속을 비우는 정도가 아니가 심장을 도려내고 내장을 게워내야 하는 고통스런 일이기 때문이다. 어쨌든 지금은 아니다. 그럴 만한 용기가 없다. 하지만 해야 한다. 언젠가.

히스로 공항에 마중 나온 라이방은 저만치에서 걸어오는 나를 발견하자 예의 그 한심하다는 표정으로 나를 향해 저벅저벅 발걸음을 옮겼다. 내가 예상보다 서너 시간이나 늦게 이미그레이션을 빠져나왔기 때문이다.

기다리던 라이방은 공항 안팎으로 여기저기 전화를 걸고 난리를 피운 모양이었다. 지친 기색이 역력했다. 내 몸집보다 두 배는 큰 가방을 끌어주는 동안 녀석은 아무것도 묻지 않았다. 내가 먼저 "저 미친놈들이 내 가방을 풀어헤치고 …" 하면서 운을 뗐지만 "알았으니까 나중에 얘기하자, 여기 원래 그래!" 하면서 날 진정시켰다.

대영박물관 근처에 있는 녀석의 기숙사로 가기 위해 지하철을 30분 정도 탔다. 내려서 다시 한참을 걸었다.

〈쉘로우 그레이브〉였던가? 우리는 한밤중에 살인을 저지르고 시체를 여행용 가방에 담아 옮기는 어설픈 2인조였다. 온몸이 땀에 젖고 영혼까지 지쳐서 당장이라도 길바닥에 주저앉고 싶었지만 둘 중 누구도 쉬었다 가자는 얘기를 꺼내지 않았다.

하지만 옅은 주황색 불빛이 희붐하게 새어나오는 펍을 그냥 지나친다는 건 있을 수 없는 일이었다. 이 펍을 발견하지 못했다면 가방을 지저분한 뒷골목에 그냥 버려두고 왔을지도 모른다.

다음날 영국의 언론들은 런던의 뒷골목에 버려진 여행용 가방 속에서 무언가 발견됐다는 사실을 대대적으로 보도할 것이다. 가방 안에서는 코케이전의 시신 대신 향구의 사체가 발견됐기 때문이다. 영국의 보건당국조차 향구의 부패한 사체에서 발견된 병원균의 정체를 알 수 없었다. 학계에 보고된 적 없는 이 병원균에게는 '도기, 더 엘로우(Doggy the Yellow)'라는 이름이 붙여졌다. 영국의 보건당국은 방역대책의 일환으로 전국의 누런 털 애완견들의 도살처리를 명령한다. 영국 전역은 강아지 타는 비릿한 냄새로 뒤덮인다.

문제의 발단은 개를 태우는 소각장이었다. 소각물의 운반과 최종처리를 맡고 있던 중국계 노동자들이 타다 만 개의 사체를 빼돌려 식용으로 내다 판 것이다.

영국의 언론들은 적발된 중국인들이 한국의 모란시장에서 일한 경험을 갖고 있다며 개고기는 강한 불에 빨리 익혀야 제맛이라는 인터뷰 내용도 소개했다.

이들의 유통망은 점조직으로 영국 전역에 침투해 있었으며 앵글로 색슨 중에서도 고기 맛을 알아가는 이들이 점점 늘었다. 당국의 철저한 단속으로 고기를 구할 수 없게 되자 일부 미식가들은 자신의 주택 내에서 벽난로를 이용해 조리에 나섰고, 매일 밤 수도 런던을 중심으로 유나이티트 킹덤 오브 그레이트 브리튼 앤 노던 아일랜드 전역에서는 어스름 안개와 함께 개 굽는 냄새가 저기압을 타고 흘러넘쳤다.

개고기 조리에 익숙하지 않은 색슨들은 마늘이나 깻잎, 들깨에 인색했고 상한 개고기를 구별하지 못했다.

'도기 더 옐로우'는 런던 북서부 고급 주택가에 거주하던 50대 은행원의 몸에서 최초로 발견됐다. 한 달 사이에 런던에서만 3천 명의 사망자가 나왔고 감염자는 10만 명에 육박했다. 사망자들의 둔부 엉치뼈에서는 비정상적인 연골이 5센티미터 정도 자라 있었다. 이들이 이 연골을 움직여 반가움을 표시하는 것을 봤다는 목격자들의 증언도 이어졌다.

영국정부는 국가 비상사태를 선포하고 EU 집행위원회에 백신개발과 방역을 위한 재정지원을 요청했지만 EU측의 답변은 개고기를 먹는 섬나라 인간들을 위해 대륙민들의 세금을 낭비할 수 없다는 것이었다.

1년 만에 런던의 인구는 반으로 줄었고 5백만 명이 영국을 탈출했다. 이들 중에는 현직 각료 5명도 포함돼 있었다. 도심은 무정부 상태로 변했고 약탈과 폭동 방화가 이어졌지만 명령계통이 무너져 버린 경찰과 군 병력은 현장에 나타나지 않았다.

'도기 더 옐로우' 발생 2년 만에 영국 의회는 해산되고 내각은 해체돼 버렸다. 영국은 국가로서의 기능을 상실했고 각국은 자국 외교관들을 소환하고 공관을 폐쇄했다. UN과 EU도 영국을 외교적 권한을 지닌 주권국가로서 인정하지 않겠다고 선언했다. 유나이티드 킹덤 오브 그레이트 브리튼 앤 노던 아일랜드라는 나라가 지구상에 더 이상 존재하지 않게 된 것이다. 항구 한 마리에서 비롯된 일이었다.

항구의 사체가 담긴 여행용 가방을 테이블에 기대놓고 파인트 한 잔씩을 시켰다. 담배를 말아 불을 붙인 라이방은 나를 바라보며 미친놈처럼 계속 웃어댔다. 오랜만에 만나서 반갑다는 게 아니었다. '한심한 녀석, 넌 어째 아직 그 모양이냐' 하는 비웃음이었다.

녀석이 한국을 떠나기 전날 하숙집 앞 구멍가게 파라솔 아래서 맥주 몇 병을 사다놓고 마주앉았다. 할 얘기가 더 남은 건 아니었지만 못한 얘기도 많았다.

"유럽에 한번 올래? 영국이든 독일이든!"

녀석이 나에게 탈아입구를 제안한 최초의 외국인으로 기록되는 순간이었다.

"무슨 소리야?"

"내가 비행기표 사줄 테니 한번 오라고. 잠은 우리 집에서 자면 되고……."

"……."

4월 4일 오전 1시 21분

난 뭐라고 할 말이 없어서 종이컵의 맥주를 한 모금 들이켰다. 묘한 기분이 들었다. 아주 짧은 순간 기쁨에 들떴다가 갑자기 깊은 절망감에 사로잡혔다.

"나한테는 사치야, 이 개천가 골목 어귀에서 문어다리에 맥주나 홀짝 이고 있는 사람이 유럽에 가네 어쩌네 하면 사람들이 욕해. 어쨌든 고 마워 ……."

녀석도 맥주를 한 컵 들이켜더니 진지한 표정으로 말했다.

"그럼 그 돈 내가 부쳐줄 테니 쓰고 싶은 데 써! 어차피 너한테 쓰려 고 했던 돈이니까 알아서 해!"

난 아무 대꾸도 하지 않았다. 녀석은 다음날 단출한 짐을 챙겨 영국 으로 떠났다. 와이셔츠 박스 3개에는 내 뇌수의 분실을 담아갔다.

난 이날 이미 탈아입구한 것이나 다름없었다. 나의 존재감은 와이셔츠 상자 3개면 충분했다. 구라파인들은 과연 나를 알아볼 수 있었을까?

며칠 뒤 라이방은 독일 집에서 나에게 전화를 걸어왔다. 돈을 부쳤으 니 찾아 쓰라는 것이었다. 내가 라이방에게 계좌번호를 가르쳐줬던가? 잘 기억나지 않는다. 하지만 내 계좌번호를 알아내는 일이 그리 어려운 일은 아니었을 것이다.

사과 한 조각 물려놓고 취조를 시작하면 나의 비밀을 술술 불어댈 주 둥이는 하숙집에 여럿 있었다. 그런 주둥이를 통하지 않더라도 내 방에 수시로 드나드는 인간이 내 계좌번호를 모를 수가 없었다.

녀석이 보내준 돈으로 마지막 학기 등록금을 추가등록 기간에 해결했 다. 녀석은 며칠 뒤 꼬불꼬불 작고 앙증맞은 글씨로 편지를 보내왔다.

구라파에서 보낸 편지가 생활보호대상자들이 송사리처럼 득시글거리는 개천가 하숙집으로 날아든다는 것은 신기한 일이었다.

녀석은 시답잖은 농담을 영어와 우리말을 섞어 몇 줄 늘어놓다가 본론으로 들어갔다. 녀석이 닭 모이 주듯 흩뿌려놓은 농담은 분명 빅토리아 시대 저자거리에서 유행하던 것을 근대의 희곡작가가 차용해 쓰다가 어느 귀족의 귀에 걸려 런던의 사교계에 전파됐고, 다시 현대의 화이트칼라들에게 전해졌을 것이다. 전혀 웃기지 않았다.

"난 몇 년 후에 한국에 다시 가게 될 거야. 지금 준비하고 있는 언어학 박사논문을 한국어에 대해서 쓸 계획이니까. 언제가 될지 모르지만 아무튼 그때까지 여기 적어놓은 계좌로 송금해줘. 졸업하고 직장에 다니면 여유가 좀 생기겠지. 물론 너를 받아줄 직장을 찾기가 쉽지 않겠지만. 그럼 이만."

그럼 그렇지. 그냥 줄 인간이 아니었다. 나 역시 그냥 받을 생각은 없었다.

500시시보다 적은 파인트를 서너 개씩 나눠 마신 우리는 자정도 되기 전에 자리에서 일어나야 했다. 영업시간 종료를 알리는 종이 울렸기 때문이다.

"여기는 원래 그래, 더 마시고 싶으면 사가지고 들어가자!"

이놈의 구라파는 '원래 그런 것' 천지였다. 규칙은 항구가 만드는 게 아니었다.

우리는 맥주 몇 병을 사들고 기숙사로 들어갔다. 녀석의 방은 빅토리아 시대에 지어졌을 법한 낡은 건물 5층의 맨 끝 방이었다. 조그만 화장실이 딸린 방에는 침대와 책상, 세면대가 전부였다. 한 사람은 바닥에서 잘 수밖에 없었다. 방 한구석에 짐을 부려놓자마자 난 내가 바닥에서 자겠노라고 선언했다. 녀석의 노린내가 짭조름하게 배어든 1인 침대를 내가 쓸 수는 없는 노릇이었다.

맥주와 스낵, 육포 따위를 바닥에 벌여놓자마자 난 녀석에게 백 달러 지폐 열다섯 장을 내밀었다.

"이제 갚아야지, 그때 빌린 거."

"됐으니까 맥주나 마시자!"

"받으라니까!"

"됐어. 이럴 여유 없잖아. 여기 있는 동안 이걸로 용돈하고 나중에 갚아. 내가 한국 갔을 때 주면 되잖아."

녀석의 표정이 워낙 단호해서 더 이상 얘기를 꺼내지 않았다.

다음날 느지막이 일어나 런던 시내를 걸어서 둘러봤다. 라이방은 내가 가진 돈을 쓰지 않기 위해 필요 이상으로 신경을 썼다. 장시간 비행에 공항에서 벌어진 신문과 취조, 늦게까지 이어진 술자리, 난 걸을 힘조차 남아 있지 않았지만 녀석은 나를 무슨 길 잃은 항구 취급하며 이리저리 끌고 다녔다.

먹는 것도 싸구려 길거리 음식만 추천했고 이층 버스도 못 타게 했다. 구라파 녀석들은 원래 이렇게 힘들게 살아가나? 이렇게 걷다가 신대륙을 발견한 건가? 아니, 배를 타지 않았는가! 그럼 이건 다 뭐란 말인가? 별별 생각이 다 들었다. 나를 훈련시키는 것 이상도 이하도 아니었다. 다리를 건너다 말고, 횡단보도를 지나다가, 환전소에서, 이런저런 이유로 하루에 서너 번씩은 길 위에서 싸웠다.

기숙사에 돌아와서는 술을 마시다가 또다시 언쟁을 벌였다. 개천가 하숙집에서는 각자의 공간이 있어 피할 수 있었지만 폭풍의 언덕에 지어진 이 빌어먹을 빅토리아식 흉가에서는 그럴 수가 없었다.

1월 중순이었다. 바람이 불고 부슬부슬 비가 내리는 을씨년스런 겨울 날씨가 하루 종일 계속됐다. 항구를 끌고 다니며 훈련시키기에는 더 없이 좋은 날씨였다. 이런 환경에서 길러진 항구 300마리만 있으면 30만 페르시아 군도 두렵지 않을 것 같았다. 300!

녀석은 적진 깊숙이 침투하려다가 화물칸에서 질식한 항구의 부패한 체액이 내 여행용 가방에서 배어나와 목욕탕 하수구를 거쳐 템즈강으로 흘러들고 있다는 사실을 전혀 눈치 채지 못하고 있었다.

'이 빌어먹을 나치 전범아! 너도 얼마 안 남았다!' 마음속으로 수도 없이 외쳤지만 안방에서 판을 벌인 라이방은 기세가 등등했다.

녀석이 소개해준 인도 녀석들도 가관이었다. 마리화나를 너구리 잡듯 피워대며 찧고 까부는 것까지는 봐줄 수 있었는데 한 녀석이 무심코 던진 말 한마디가 건조하게 잘 말라있던 나의 심지에 불을 붙여버렸다.

"한국에서는 고맙다는 표현을 어떻게 하지?"

"고 맙 습 니 다."

난 한 음절씩 또박또박 말해줬다.

"뭐라고?"

"고! 맙! 습! 니! 다!"

"뭐 이렇게 길어? 영어는 그냥 '타(tha)!' 한 음절로 할 수도 있는데······."

말이 끝나자마자 낄낄대며 웃어대는 녀석들을 보자 그 동안 참았던 부아가 한순간에 뿜어져 나왔다.

"이런 식민지 쓰레기 새끼들이 어디서······."

옆에 앉아 있던 라이방이 하도 세게 내 오른팔을 잡아당겨서 몸이 기우뚱하며 소파 위에 모로 쓰러졌다. 라이방이 너무 늦어서 가야겠다고 갑자기 일어서는 통에 주섬주섬 따라 나오고 말았지만 그 녀석들에게 제대로 해주지 못한 게 분해서 머리가 띵했다.

생각해보니 공항에서 내 가방을 뒤진 녀석도 인도놈 아니었던가. 녀석들은 매판 자본가로 변질된 인도 토호들의 후손들이 분명했다. 지주보다 마름이 더 설쳐댄다는 걸 알고는 있었지만 누가 누구를 주변부 제3세계의 미개한 민족 취급한단 말인가. 정말 기가 막힐 노릇이었다.

'그래, 너희들이 좀 낫다. 우리는 위아래, 근본도 없는 일본에 당했는데 너희는 최소한 그리스 로마의 유구한 전통을 이어받은 구라파 제국에 당했으니 너희가 이겼다. 이 똥구멍으로 숨 쉬는 쌘마이 카레들아!'

살짝 뒤처져 걸어오던 나치 전범이 "원래 그렇다"며 위로에 나섰다. "너도 똑같아, 임마!" 하려다가 말았다.

며칠 후 난 결국 배낭을 챙겨 기숙사를 나와 버렸다. 빅토리아 역에서 어느 색슨 청년에게 가장 가까운 바닷가 도시를 물어 기차에 올랐다. 이름이 기억나지 않는 바닷가 도시에서 혼자 이틀을 보내고 기숙사로 돌아왔다.

"비행기표 좀 알아봐줘. 내일 떠날 거야."

공항에 배웅 나온 라이방은 짐 부치는 걸 도와주다 말고 "넌 도대체 뭐가 문제냐"며 또다시 시비를 걸었다. "넌 자기 파괴적인 기질이 내재돼 있다"며 언성을 높였고, 난 "최소한 다른 사람을 괴롭히지는 않는다"고 맞받았다. "다른 민족을 수백만 명이나 학살한 너희들이 무슨 할 말이 그렇게 많냐"는 말도 했던 것 같다.

결국 녀석은 "더 이상은 못 참겠다"며 "잘 가라"고 마지못해 한마디 던지고 돌아서서 성큼성큼 멀어져갔다. 녀석은 걸어가는 동안 계속 고개를 절레절레 흔들고 있었다.

나는 얼른 대합실 밖의 쓰레기통으로 뛰어갔다. 항공사 측에서 중량이 초과됐다며 가방을 실어줄 수 없다고 하자 라이방이 짐 속에서 골라내 갖다버린 내 사전과 책이 거기 그대로 있었다.

책을 갖다 버리다니, 지금도 도무지 이해할 수 없는 일이다. 어떻게 그 짐 속에서 다른 것도 아니고 책을 골라낸단 말인가. 항구들에게도 문자가 전해진 지 오래거늘. 분서갱유(焚書坑儒)는 고대 중국에서 끝난 사건이 아니었다.

녀석의 주둥아리를 쓰레기통에서 되가져온 사전으로 한 대 올려붙여 줬어야 했다. 하지만 녀석도 다른 구라파인들처럼 떠나고 없었다.

다시 찾은 책들은 내가 직접 들고 비행기에 올랐다.

귀국 후에도 녀석에 대한 분노는 쉽게 사그라들지 않았다. 어떤 계기로 감정이 누그러졌는지는 잘 기억나지 않는다. 시간이 흐른 것 말고는 변한 게 아무것도 없었다.

학교를 졸업한 지 10년 가까이 지난 어느 가을, 서울의 한 대형서점 도로지도 판매대 앞에서 녀석을 다시 만났다. 녀석은 이번에도 여행계획을 세워놓고 있었다. 부인과 세 아이를 데리고 강원도에 간다고 했다. 녀석이 도로지도를 하나 고를 때까지 기다렸다가 말을 꺼냈다.

"얼마였지?"

"뭐가?"

"내가 줄 돈!"

일 년에 한두 번씩 이메일을 주고받을 때마다 난 "그 돈 조만간 갚을게"라는 말을 ps로 추가했고 녀석은 그때마다 "천천히 줘!" 하던 터였다. 어느 변호사 녀석처럼 계산 빠른 부류라면 '이자가 원금만큼 많아졌다'며 실속을 챙기려들었겠지만 라이방이 그 정도 인간은 아니었다.

"알아서 줘!"

난 준비해온 봉투를 내밀며 "이자 못줘서 미안해!" 짤막하게 한마디 했다. 우린 늦은 점심을 먹기 위해 근처의 갈비탕 집을 찾았다. 녀석이 자기가 사겠다고 해서 그러라고 했다. 돈 얘기가 길어지면 지저분해진다는 것을 나나 녀석이나 잘 알고 있었다. 얘기가 지지분해지고 있다.

4월 4일 오후 11시 24분

 난 녀석을 통해 많은 것을 배웠다. 모두가 탈아입구의 과정이었다.

 녀석과 갈비탕을 먹으면서 무슨 대화를 나눴는지 기억나지 않는다. 라이방은 박사학위 논문을 준비하며 한국인 아내와 결혼해 아이 셋을 낳고 키우느라 고생스러웠다는 얘길 했던 것 같다.

 우리는 서점으로 다시 들어왔다. 녀석이 아이들에게 읽힐 책을 골라 달라고 했기 때문이다. 녀석이 계산대로 들고 간 책 중에는 내가 고른 게 단 한 권도 없었다. 나는 아내를 따라 어쩔 수 없이 쇼핑에 나선 남편처럼 멀뚱멀뚱, 멀대처럼 가만히 서서 상황이 해제되기만을 기다렸다. 참 개자식이다.

 10여 년 전에도 바로 이곳에서 아동서적을 골랐었다. 점원에게 가서 그냥 "30만 원어치 주세요!" 하고 싶었지만 양심상 그리하지 못했다. 잘못했다간 '무슨 그따위 책을 애들 읽으라고 보냈냐'는 욕을 먹을 수도 있었기 때문이다.

 정말국은 그러고도 남을 놈이었다. 크리스마스를 며칠 앞두고 남의 아이들 책을 골라주는 '황타구로스'의 마음을 이해해 줄 놈이 아니었다. 녀석은 생긴 것도 우리와는 사뭇 달랐다. 곱슬머리에 피부는 분칠한 것처럼 허옇고, 콧날은 오뚝하고, 언뜻 보면 외박 나온 주둔군 GI처럼 생겼는데 알고 보면 항구였다.

 난 이 녀석의 혈통을 단 한 번도 의심해본 적이 없었다. 말이나 행동이나 술 마시는 꼴이 전형적이 항구였기 때문이다. 하지만 녀석이 수업도 빼먹고 대금을 불러 다닌다는 얘기를 늘봉이를 통해 전해 듣고는 직

166

감적으로 느껴지는 게 있었다.

"왜 그러냐?"

늘봉이가 물었다. 눈치 없는 늘봉이 앞에서는 대금이 아니라 나발을 불어대도 소용이 없을 것이다.

"열등감은 그렇게 극복되는 것이 아닌데……."

내가 혼잣말로 중얼거렸다.

"무슨 열등감? 국악을 열등감으로 하냐?"

늘봉이에게 나지막이 나발을 불어주고 싶었지만 참았다. 북악산 정기로 샤워하며 피아노 소나타를 방사하는 고결한 취미를 지닌 사람이 저자거리의 나발을 이해할 턱이 없었다.

난 그날 이후로 녀석의 혈통을 의심했다. 외모와 관련된 농담도 하지 않았다. 미국에 대한 비판적 담화도 꺼내지 않았다. 미군기지나 GI들의 활극에 대해서도 언급하지 않았다.

녀석은 나의 배려를 전혀 모르는 것 같았다. 나의 배려를 알고도 그렇게 행동했다면 이 녀석도 개자식이다. 하기야 그게 무슨 배려가 되겠는가. 혼혈이라는 사실에 대해 열등감을 느끼고 있었다면 배려가 됐겠지만 나에게 '타(tha)!' 어쩌고 해대며 구타를 유발하려 했던 인도 녀석들처럼 자신의 몸속에 반타작으로 섞여 들어간 코케이젼의 유전자를 자랑스러워하고 있었다면 나의 배려가 오히려 자신을 무시하는 것으로 비쳐졌을지도 모를 일이다.

"아니 너희 항구들은 다 색맹이더냐! 의관정제한 이 백구를 몰라보다니 … 무엄하다 이놈들, 물렀거라! 이 근본 없는 것들 같으니라구!"

"저기요 아저씨, 누구신데요? 우리하고 색깔이 좀 다른데요? 알비논가요? 아니면 백반증? 혹 염색하셨어요? 잘 나왔다아~ 어디서 하셨어요?"

"아니 이놈들이, 여기가 어느 안전이라고 주둥아리를 함부로 놀리느냐? 보고도 모르겠느냐? 나 백구시다 이놈들아! 흙먼지 뒤집어쓰고 여기저기 빌어먹고 다니는 네놈들과는 혈통부터 다른 구라파 출신이란 말이다! Don't you get it?"

"아니 근디, 자세히 본게 우리랑 비슷하게 생겼네! 키도 짧달막한 게 팔다리도 짧고 … 잠깐만 이거 뭐여 대금? 아야, 구라파야, 너 대금 부냐? 구라파에서도 대금 부냐? 이게 어디서 사발질이여? 너 한번 혼나볼래?"

"아니, 그게 아니고, 너무 흥분하지 마시고 just listen to me! ok? 그러니까 제가 말이죠, 사실 아버지를 아버지라 부르지 못하고 형을 형이라 부르지 못하는 내적 갈등의 대표적 페르소나 홍길동과 비슷한 처지에 있는데요 … 그러니까 말이죠 … 어머니는 항구신데요, 아버님이 쩌어기 구라파에서 오신 백구시거든요 ……."

"아아, 긍께 혼혈이라 이거여?"

"예, 간단히 말하자면 뭐 그런 셈 ……."

"근디 니네 아버지는 뭐 한다고 항구 사는 동네까지 왔다냐?"

"그러니까 그게 … 저기 동두천 캠프 화이트에 계셨는데요 ……."

"너 담부터 대금 꽂고 다니지 마라잉! 확 그냥!!"

졸린다. 자야겠다.

4월 6일 오후 11시 50분

168

녀석의 주특기는 술자리에서 아무도 모르게 사라지는 것이었다. 처음 한두 번은 술에 취해 어디 쓰러져 있는 것 아닌가 해서 친구들이 찾아 나서기도 했지만 나중에는 그냥 그러려니 했다. 점호시간에 맞춰 캠프 화이트로 돌아간 것인지, 매연에 가려진 달빛 아래서 대금을 불어대며 백구를 불러 모으는 것인지 알 수 없었다.

녀석은 술자리에 있으면서도 우리와 어울리고 싶은 마음이 없어보였다. 정치경제학이나 철학사를 들먹이며 어려운 소리를 해댄 다음 우리의 반응을 기다렸다가 대꾸가 시원치 않으면 한심하다는 표정으로 우리를 한번 쭉 훑어보고는 묘한 비웃음을 질러댔다.

무슨 책을 어디서 얼마나 읽었는지는 모르지만 겸손함이라고는 찾아볼 수 없는 녀석이었다. 제도권 교육과정에서 나름 성공했다고 자부하는 것인지, 아니면 인생의 신산을 다른 사람들의 몇 배나 겪어서 삶을 관조할 수 있는 여유를 지닌 것인지, 항구들 하는 꼴이 하도 우스워, 'half-백구'로서 한 수 가르쳐주겠다는 것인지 도무지 알 수가 없었다.

녀석의 근원을 알 수 없는 자신감과 건방진 태도는 백번 양보해 그럴 수 있다고 쳐도 자신의 과거사나 배경에 대해서는 전혀 언급하지 않았으니 다른 녀석들이 좋아할 턱이 없었다. 술에 취해 사라진 녀석을 찾아 나서다가 어느 순간 그만두게 된 것도 대략 그런 이유 때문이었다. 우리들에 대해서 무엇 하나 내켜하지 않는 녀석에 대해 배려하는 데도 한계가 있었다. 우리도 녀석을 내켜하지 않게 된 것이다.

난 녀석의 구토를 도와주다가 몇 마디 나눠본 게 전부였다.

"다했냐?"

"어어억…너 먼저 들어가…….."

"손가락 넣어봐!"

"들어가라니까…….."

"손가락 넣어서 해봐 임마!"

"괜찮다니까…들어가…….."

뭐 이런 진지한 대화였다. 녀석은 그 당시 상황에 대해 무척 고마워했다. 내가 술집에 안 들어가고 옆에 서 있어준 게 고마웠던 것인지, 손가락을 써보라는 조언이 고마웠던 것인지, 등을 두드려준 게 고마웠던 것인지, 아니면 다른 놈으로 착각한 것인지 알 길이 없었다.

당시 녀석은 집이 잠실 어디라고 했는데 집에 꼭 한번 놀러오라는 얘기를 수십 번도 더 했다. 집에서도 토할 일이 있었던 것 같다.

하기야 당시에는 사회에 대한 염증과 구토증세를 호소하는 이들이 많았으니, 이 녀석이 출장 구토사를 불러들일 생각을 한 것도 무리는 아니었다. 돈 들이지 않아도 되는 친구를 구토사로 활용할 생각을 했다는 점이 괘씸하긴 하지만 충분히 이해할 수 있다. 시대가 그러했으니까.

녀석이 병원에 한 번 입원한 적도 있었다. 구토증세 때문이었던 것 같다. 아니면 손가락을 잘못 넣어서 목젖이나 식도를 다쳤던지. 어디가 어떻게 아팠는지는 기억나지 않지만 녀석이 종합병원의 1인실을 사용하고 있었던 건 확실하다. 친구들 사이에 회자될 정도였으니까. 난 '짜아식 없는 살림은 아니구나' 생각했다.

제법 살 만하다는 것 말고는 녀석의 가족에 대해서 알려진 바가 없었다. 친구의 집안내력에 대해 호구조사할 필요까지는 없겠지만, 구두로 방문초청까지 받았던 친밀도를 고려한다면 그 정도 기초정보는 알고 있어야 하는 것 아닌가? 아닌가 보다.

녀석의 집안이 혹시 고독의 백 년에 등장하는 ― '백 년 동안의 고독'

어쩌고 하지 마시라 얘기 길어지니까 — 부엔디아 대령의 가계만큼 복잡다단한 그 무엇이었던가? 혹시 녀석의 엉치뼈 끄트머리에 쓰다만 모기향 같은 돼지꼬리가 달려 있었던 것인가?

그렇다, 그 정도 프라이버시라면 당연히 1인실을 써야지. 그런 대수술이라면 수의학계의 거물 황 모 박사를 비롯해 — 갑자기 황장엽 선생이 떠오르는 이유를 알 수 없다. 안가에 잘 계신지 모르겠다. 손끝이 생각을 따라가지 못한다. 바람직스럽다. 그렇지 않다 — 국내 최고의 의료진이 집도했을 것이다. 국내 최대규모의 종합병원에 입원했던 것도 그런 이유 때문이었구나. 녀석에게 미안한 생각이 든다.

생각해보니 그날 건물 맨 꼭대기 17층 병실에 들어가기 전에 검은 양복에 선글라스를 쓴 덩치 큰 사내들을 본 것 같기도 하다. 그 정도 수술이라면 당연히 국가안보와 직결된 1급 기밀이다. 사람인지 돼지인지 분간할 수 없는 신인류는 종교적인 문제도 야기할 것이다. 창조주 하나님께서 자신의 형상으로 사람을 지으시다가 디옥시리보핵산을 오용하셨을 리는 없는데, 어떤 뜻으로 이런 피조물을 지으셨는지 교황청을 비롯한 가톨릭과 기독교 교단들은 커다란 혼란을 겪게 될 것이다.

생각해보니 녀석의 코가 코케이전치고는 앞으로 좀 들려있었던 것 같다. 그날 보안등 아래서 토할 때 들린 콧구멍으로 라면 면발이 살짝 삐져나와 있었던 걸 봤던 것도 같다. 돼 지 코!

병실에서 녀석이 모로 누워 창밖을 바라보고 있었던 것도 그 때문이었구나. '아아, 말국아, 미안하다! 많이 아팠쩌?'

돼지꼬리를 숙명으로 받아들일 수는 없었을까.

녀석이 구라파에 대한 박학한 지식과 혈통의 우수성을 인정받아 양돈협회 홍보대사로 발탁됐다는 소식이 신문지면의 한 귀퉁이를 장식한다. 우리 돼지의 우수성을 전 세계에 알리기 위해 동분서주하던 어느 날, 지구상에서 영원히 사라질 위기에 처한 영국과 1억 달러 삼겹살 수출계약을 체결한다.

'도기 더 옐로우' 병원균을 퇴치하는 데는 삼겹살이 제일이라는 임상실험 결과를 들고 '베이컨' 영국 총리를 직접 만나 설득에 나선 것이 주효했다. 먼지구뎅이에서 중노동에 시달리는 항구들이 그나마 버텨내는 것도 이 삼겹살과 소주 때문이라는 사실을 알리기 위해 돼지 머릿고기로 오찬을 함께하면서, 베이컨 총리의 마음을 움직이는 데 마침내 성공했다고 현지 언론들이 일제히 다 죽어가는 목소리로 전했다.

며칠 뒤 금의환향한 정 대사는 시청 앞에서 카퍼레이드를 벌이고 대통령 표창을 받은 뒤 명예 농림부장관으로 영전한다. 하지만 총무처에서 난색을 표한다. 아무리 명예장관이라지만 돼진지 사람인지 모르는 미확인 포유류에게 위촉장을 줄 수 없다는 게 이유였다. 하지만 항구 각하의 한마디는 정 대사의 장관 영전과 관련한 모든 논란을 종식시키기에 충분했다.

"나도 개다! 멍!"

정 장관의 활약이 이어진다. 돼지고기를 수출 효자품목으로 육성하겠다는 정 장관의 '세계로 뻗는 삼겹살 5개년 계획'이 항구 각하의 재가를 받아 농림부 중점 추진과제로 선정된 것이다.

전국의 농가들은 돼지 키우기에 열중한다. 소 팔고 개 팔아 돼지 사들여 양돈에 몰두하니 온 천지에 돼지 꿀꿀대는 소리가 넘쳐났다고 후세의 사가들은 기록할 것이다.

각하 직속의 과학기술자문위원회는 황 박사를 필두로 돼지 품종개발에 밤낮으로 몰두하다가 변종을 발견한다. 비육 수준은 떨어지지만 지적 수준이 돌고래를 능가하는 새로운 돼지가 탄생한 것이다. 일부 과학자들은 이들의 지적 능력이 항구보다 낮다는 실험결과를 내놓았지만 돼지고기 수출입국의 국가적 과업달성 앞에 묵살당하고 만다.

어느덧 전국 양돈농가의 80%를 점유하게 된 이 '슈퍼 돼지'들은 자신들만의 언어로 소통하며 조직화해 처우개선을 요구하는 시위에 나선다. 시위는 전국으로 확산되고 슈퍼 돼지들은 항구들과 동등한 사회적 신분 및 참정권 보장을 요구사항으로 내건다.

항구 각하는 전가의 보도 계엄을 전국에 선포하시고 대대적인 진압에 나선다. 진압작전이 개시되자 무자비한 살육이 자행되고 슈퍼 돼지들의 머리와 항정, 갈비, 뒷다리, 막창 등 해체된 부위들이 거리에 쌓여간다.

단 하루 만에 진압을 완료한 항구 각하는 일주일 동안 국풍(國風) 축제일을 선언하시고 살육된 돼지고기의 식용소진을 명령한다. 축제기간 동안 천지가 다 돼지고기 지져 굽는 냄새로 진동하니 어느 항구 하나 배부르지 않은 자 없었다고 후세의 사가들은 적게 될 것이다.

정 장관, 아니 녀석이 수술을 받으면서 의료보험 혜택을 받았는지는 알려지지 않았지만 그럴 가능성은 희박했다. 당시 사회는 녀석을 돌아볼 겨를이 없었기 때문이다.

녀석은 부모님이 다 안 계셔서 큰아버지 댁에 기거하고 있다고 했지만 언젠가 어머니를 만나러 간다고 한 적이 있었다. 형제는 남동생 하나가 유일하다고 했다가, 나중엔 친동생이 아니라 큰아버지 아들이라고 했다. 어느 날인가는 여동생이 하나 있었는데 수녀가 됐다며 더 이상 만날 일이 없기 때문에 세상에 없는 사람으로 생각한다고 했다.

한 번은 녀석의 이사를 도와준 적이 있었다. 녀석이 살던 곳은 잠실도 아니었고 큰아버지 댁도 아니었다. 반지하 단칸방이었다. 녀석이 왜 나를 불러 그런 모습을 보여줬는지는 지금 생각해도 이해되지 않는다.

우린 용달차 하나를 불러 돈암동 아리랑 고개를 넘어 구불구불 꽤나 들어가는 새 집으로, 햇볕 못 봐 눅눅해진 짐들을 챙겨 날랐다. 단독주택의 2층을 전세로 얻은 것이었는데 큰 방 하나에 작은 방이 두 개나 딸려 있어 이전 집에 비하면 '시저스 팰리스 모텔'이었다.

우리가 새 집에 도착해보니 큰 방에는 이미 짐들이 들어와 있었다. 그 중 눈에 띈 것은 한쪽 벽면을 가득 채운 책이었다. 사실 책밖에 없었던 것 같다.

"한 만 권 갖고 있는데 일단 조금만 갖다 놓은 거야."

녀석은 묻지도 않았는데 자랑스러운 표정으로 한마디 했다. 그때는 그냥 그러려니 했지만 지금 생각해보면 허풍이 너무 심했다. 만 권이라니.

"다 읽었냐?"

내가 퉁명스럽게 물었다.

"당연히 안 본 것도 있지 임마. 야야, 나중에 얘기하자!"

딱히 짐이랄 것도 없는 책상과 옷장, 취사도구 등 '세간'—난 이 빌어먹을 랩탑에 굴복하지 않았다. 일시적으로 타협했을 뿐이다—을 대충 정리한 뒤 마을버스를 타고 돈암동 지하철역 근처로 내려왔다. 우린 그 동네에서 유명하다는 돼지갈비 집으로 찾아들었다.

"어머니 모시고 오려고…… ."

녀석이 석쇠에 돼지고기를 올려놓으며 말했다.

불발 살아난 연탄이 떨어지는 양념장을 '치이익 치이익' 소리로 받아내는 동안 석쇠 위의 돼지갈비는 눈 따가운 연기와 맛난 냄새를 흘려가며 익어가고 있었다. 녀석이 실제 돼지고기 홍보대사로 활동했을지도 모를 일이다.

4월 8일 오전 12시 34분

동북아시아 변방의 황구들 틈에서 half-백구의 인생이 순탄할 리가 없었다. 녀석은 어느 날 갑자기 황구 무리 속에서 사라져버렸다.

녀석이 독일로 떠나기 전 나를 만났는지 기억나지 않는다. 늘봉이가 "독일에 와도 절대 나를 찾지 마라"는 녀석의 말을 전해줬던 걸 보면 그렇지 않았던 것 같다. 떠날 때도 역시 건방지게 버르장머리 없이 사라졌다.

우리들 가운데 녀석과 연락이 닿는 사람은 없었다. 녀석은 빠르게 잊혀졌다. 사위가 온통 모래바람과 흙먼지뿐인데 녀석을 생각해줄 여유가 없었다. 들숨과 날숨을 반복하기가 마치 탁류 속과 같은데 누가 누구를 배려한단 말인가. 내가 녀석의 아이들을 위해 큰돈 들여 책을 사 보냈던 것은 박사학위를 마치고 5년 만에 독일에서 돌아와 학원에서 강사로 일하던 녀석의 사정이 하도 딱했기 때문이다.

녀석은 아이 셋을 혼자 키우고 있었다. 과연 가능한 일인지 지금도 고개가 갸웃거려지지만 얼결에 이혼당한 녀석의 형편은 실제로 그러했다. 녀석은 분명 이혼을 '당한' 것이었다. 대학에 출강하던 아내가 공부를 더 해야겠다며 어느 날 갑자기 중국으로 떠나버렸다는 건 녀석이 나에게 해준 얘기였다.

"무슨 소리냐? 어느 날 갑자기 그냥 사라졌다고?"

"애들 키우면서 자기 인생을 희생하고 싶지 않다고 그러더라……."

"애들은 왜 낳은 거야?"

"자기가 낳자고 한 거 아니라고 그러던데……."

내가 보내준 책은 세 녀석들이 돌아가며 너덜너덜해질 때까지 읽었다고 했다. 녀석은 구토사건에 이어 두 번째로 나에게 감사의 뜻을 표했다. 다른 친구들은 녀석의 귀국에 시큰둥한 반응을 보였다. 술자리에서 정말국 얘기가 나오면 대부분이 인상을 찌푸렸다. 누군가 지나가는 말로 "전화 한번 해볼까?" 하면 정색을 하고 말리는 녀석들도 있었다. 분위기 깬다며. 그도 그럴 것이 녀석은 다른 녀석들에게 내가 봐도 정말 못되게 군 적이 많았다.

언젠가는 건너편에 마주앉아 술을 마시던 한 친구의 얼굴에 마시던 맥주를 '짝' 소리 나게 정통으로 끼얹은 적도 있었다. 술을 날라 오던 아르바이트 여학생에게 예의 없이 이런저런 수작을 건다는 게 이유였다.

"땅콩 좀 더 주세요!", "물 한 잔 주세요!" 하던 대추 녀석이 무심결에 "몇 시에 끝나요?" 했던 게 녀석이 말하는 예의 없는 행동이라면 행동이었다.

하나밖에 없는 여동생이 수녀가 됐네 어쨌네 할 때부터 알아봤어야 했는데 녀석은 자신의 남성성에 대해 심한 열등감을 지니고 있었다. 여러 수컷 가운데 자신만 유일하게 암컷의 관심을 독차지하고 싶지만 그렇게 될 리가 없었다.

항구들의 평균에도 못 미치는 신장에 왜소한 체구, 점점 심해지는 탈모, half-백구의 외모는 허여멀건한 피부색과 오똑한 콧날을 빼면 봐줄 만한 게 없었다. 여기에 건방지고 독선적인 성깔까지 더해지면 전국의 알바 여대생을 대상으로 한 설문조사에서 피하고 싶은 손님 1위에 오르기에 충분했다.

좋다, 그렇다 치자. 대추의 수작이 사뭇 예의 없고 세련되지 못해 보였기로서니 마시던 맥주를 면상에 찌끄는 행동은 도대체 구라파 어느 나라에서 배워먹은 행동이란 말인가. 아무리 점령군이라 해도 앵글로색슨의 자부심을 헛배가 부르도록 품고 사는 미군 GI의 후손이 어찌 그런 행동을 보인단 말인가? 캠프 화이트에서도 이런 행동은 화를 불러오기 충분한 것 아닌가?

자신이 주목받지 못하면 아예 판을 깨버리는 못난 녀석들은 찾아보면 꽤나 많다. 봉지를 나에게 소개시켜준 채면봉이라는 녀석이 대표적이다. 이 녀석은 술자리건 어디건 간에 대화에서 조금만 소외된다 싶으면 팔짱을 낀 채 오만상을 찡그리고 앉아 분위기를 냉각시키기 시작한다. 구면이건 초면이건 상관없다.

아무 데나 용건도 없이 전화를 걸어 이런저런 얘기를 큰 소리로 지껄이며 한참 진행 중인 대화를 방해하거나, 탁자 위에 신문을 떡 하니 펼쳐놓고 읽으면서 혼잣말로 이런저런 감상을 늘어놓는다. 심각한 표정으로 "세상에 뭐 이런 일도 있나? 참내!" 하면 이야기하던 사람들의 시선이 지면으로 쏠리게 마련이고, 산으로 가던 이야기는 순식간에 바다로 가버린다. 기가 막힌 테크닉이다.

누군가 일어나서 한마디 하는 꼴도 절대로 못 봐준다. 모임의 호스트건, 경사를 맞은 사람이건 남녀노소 지위고하를 가리지 않는다. 박수소리와 함께 누군가 자리에서 못 이기는 척 일어나 소감을 한마디 늘어놓을라치면 어디선가 두런두런 말소리가 들려오는데 돌아볼 필요도 없다. 이 녀석이다.

그날도 녀석은 옆자리에 앉은 누군가에게 일부러 술을 권하면서 정적을 깨뜨리고 있었다.

"좀 들어봅시다. 레고 얘기하는데 ……."

내가 한마디 했다.

얼굴이 잠시 굳어졌던 레고의 얘기가 이어진다.

"저한테는 정말 힘든 시기였는데요 ……."

"한 잔 받으시라니까요, 자!"

저쪽에 앉아 있는 녀석의 목소리가 점점 커지면서 좌중의 시선이 하나둘 녀석에게 쏠리기 시작했다.

"야 이 새끼야 조용히 안 할래! 이런 개 같은……."

옆자리에 앉아 있던 방망이가 말리지 않았으면 파전 접시를 프리스비처럼 날려 녀석의 전두엽에 구라파 의학계가 칭찬해 마지않을 신선한 자극을 전해주고야 말았을 것이다.

그날 이후 지금까지 난 이 녀석을 술자리에 단 한 번도 불러내지 않았다. 녀석도 나에게 단 한 번도 연락하지 않았다. 물리적 에너지 전달 없이도 전두엽에 자극이 전해질 수 있다는 건 정말 놀라운 일이다.

정말국은 배곰이의 스펀지처럼 푹신푹신한 태극문양 뇌리에도 씻기지 않을 더러운 기억을 남겼다.

어느 날 볼 일이 있어 배곰이 회사에 들렀던 녀석은 이 회사 구내식당에서 점심을 해결하고 있었다. 녀석은 배곰이가 이 회사에서 일한다는 사실을 전혀 모르고 있었다. 녀석이 독일에 있는 동안 배곰이가 입사했고 둘이 그닥 친하지도 않았기 때문이다. 마침 다른 자리에서 동료들과 점심을 먹고 있던 배곰이가 구석자리에서 혼자 식사하고 있던 정말국을 발견하고, 반가운 마음에 냉큼 달려가 아는 체를 했다.

"너, 말국이 아니냐? 야아, 반갑다! 언제 왔어?"

"저, 정말국 아닌데요……."

당황해 벌게진 얼굴로 배곰이를 올려다보고 있던 정말국이 말했다.

"그럼 박말국이냐? 김말국이냐? 이 자식 무슨 소릴 하는 거야?"

"저 정말국 아니라고요!"

거듭되는 부인에 배곰이도 당황한다.

"그럼 말국이는 맞나아~요?"

"저는 다른 말국인데요."

"무슨 말국요?"

"그걸 꼭 얘기해야 하나요? 아무튼 댁이 아는 사람이 아니라니까요?"

"내가 아는 사람이 누군데요?"

"당신이 누굴 아는지 모르세요? 이상한 사람이네."

"아니 ··· 내가 아는 사람을 그쪽이 어떻게 아시는데요?"

"당신이 아는 사람을 내가 어떻게 알아요?"

"배곰이 형 뭐해요 빨리 갑시다!"

배곰이는 지금도 다른 동료들이 기다리지만 않았어도 녀석이 정말국이었다는 사실을 밝힐 수 있었다고 강조하곤 한다. 한편 정말국은 그날 이후 안배곰을 모르는 사람 취급해버렸다. 배곰이가 큰 충격을 받은 건 불행한 일이었지만 둘이 나눈 선문답은 '인간은 과연 소통할 수 있는가'라는 존재론적 명제에 접근할 단초를 제공해준 현대사의 중요한 사건으로 친구들 사이에서 회자되고 있다.

도대체 녀석의 정체가 뭔지는 지금도 알 길이 없다. 또다시 연락이 끊긴 지 햇수로 5년째다. 아이들이 많이 컸을 것이다.

4월 9일 오전 1시 1분

하루 종일 피곤했다. 하루 종일 아무것도 하지 않았다. 할 수 없었다. 낮잠을 자는 동안에도 비몽사몽, 눈을 떴다 감았다 수도 없이 반복했다. 탁상시계를 계속 확인했다. 누릴 수 있는 시간은 많았고, 할 일도 없었지만 긴장하고 있었다. 마음이 편치 않았다. 하루 종일 그랬다.

앞서 적어 놓은 모든 것들이 다 뭔가 싶다. 괜한 짓을 하고 있는 것 같다. 다른 사람들이 이미 실행에 옮겼던 가치 없는 행동을 나만 모르고 있다가 뒤늦게 따라하는 기분이다.

내 사유의 영역은 기원전부터 인류가 붙들고 늘어졌던 형이상학적, 존재론적, 인식론적, 관념론적, 유물론적 화두에서 단 한 치도 벗어나지 않는다는 사실을 깨달았던 대학시절로 돌아간 기분이다. 나의 고민은 구라파의 철학자들이 수백 년 전에 이미 끝낸 숙제라는 걸, 서점에 가면 그들의 해답을 적어 놓은 책들이 산더미처럼 쌓여 있다는 사실을 깨닫는 데 몇 년이 걸렸다. 그 몇 년 동안 엄청난 체력과 정신력이 알코올을 통해 소진됐다.

무슨 소리를 하고 있는지 모르겠다. 그렇지, 쓸데없는 짓, 이게 다 뭔가 싶다. 아무 소용없는 짓을 위해 — 소용은 애당초 없었고, 목적이 없다는 게 옳은 표현인 것 같다 — 매일 밤 머리를 싸매고 시리얼과 우유만 축내고 있는 것 같다. 녀석들의 얘기를 늘어놔서 도대체 뭘 하겠다는 건지 하루에도 서너 번씩 생각해보지만 도무지 목표의식이 생기지 않는다.

이 글을 왜 시작했는지도 모르겠다. 이런저런 변명을 만들어볼 수는 있겠지만 나의 진심이 무엇인지 나조차 모르겠다. 변명을 만들어낸다고 한들 과연 누구를 위한 변명이란 말인가.

난 항상 사람들에 대해 고민했었고, 사람들 때문에 부대꼈다. 앞서 얘기했지만 언제부턴가 사람을 중심에 두고 사고하게 됐다. 특정 사건이나 상황은 진리를 향한 거대담론이 존재하지 않을 수도 있다는 나름의 깨달음과 함께 허공으로 사라져버렸다. 오로지 사람들만 남게 됐다.

아무것도 존재하지 않는 무중력의 공간 속에—과연 이런 공간이 존재하는지 의문이지만—어설픈 배우들만 유령처럼 서 있었다. 이 배우들이 나와 맺은 관계를 기록하는 게 다 무슨 소용이란 말인가. 나 또한 정말국이 그토록 칭송해마지 않던 '라쇼몽' 속의 등장인물에 불과하다.

내가 그들에 대해 거짓말을 늘어놓고 있는지도 모른다. 나 또한 나를 믿을 수 없다. 지금 이 순간엔 오로지 나의 기억과 추론, 분석만 존재한다. 녀석들에게는 발언이 용납되지 않는다. 다 뭐란 말인가.

녀석들이 화내지 않을까. 녀석들이 화내는 건 두렵지 않다. 화라면 나도 좀 내니까. 내가 왜 화를 낸단 말인가. 녀석들의 화를 누그러뜨리기 위해 말 그대로 맞불을 놓아야 한다. "내가 그동안 네 녀석들 때문에 얼마나 고생했는지 알기나 하냐"면서 불퇴전의 결의로 대적해야 한다. 녀석들은 움찔할 것이다.

'아니, 이 녀석이 뭔가 단단히 준비했구나. 알코올의 유혹도 뿌리치고 두문불출했을 때는 뭔가 대단한 각오가 있었을 것이다. 도대체 무엇 때문에 그리도 대단한 각오로 두문불출했단 말인가. 우리에게 무엇이 그리도 서운했단 말인가. 녀석의 마음속에서 알코올로 녹여낼 수 없는 그 무엇은 존재하지 않는 줄 알았는데 과연 우리의 생각이 짧았다. 혹시 다 녹아 버릴까봐 그동안 알코올을 피했던 것인가. 아, 녀석에게 이런 치밀함이 있었던가! 하지만 녀석의 기록이 다 뭐란 말인가. 고단한 삶을 이어가기 위한 소박한 재미를 찾다보니 엉뚱한 일을 저질렀다고 생각하고 말자. 아니다, 녀석의 설명이라도 한번 들어봐야 하는 것 아닌가. 도대체 무슨 목적으로 이런 글질을 벌였는지.'

"도대체 왜 그랬냐?"

"글쎄 나도 이유를 모르겠다. 내가 왜 그랬는지."

"이 정도에서 끝내라! 정 심심하면 나와서 술 한잔 하든지 …….."

"그럴까?"

녀석들이 그립다. 자야겠다.

4월 10일 오전 12시 33분

화장실에 들어갔다가 거울에 비친 모습을 보니 정수리 주변 윗머리가 더부룩하게 위로 솟아있다. 목욕 후에 머리를 대충 말리고 한참이나 낮잠을 자고 일어난 뒤라지만 좀 심한 것 같다.

아무리 봐도 이번에는 녀석이 잘못 자른 것 같다. 항상 가는 동네 이발소의 헤어드레서가 웬일인지 시무룩해져 있었다.

헤어드레서! 머리카락에 붕대를 동여매는 것도 아니고, 마요네즈를 듬뿍듬뿍 발라대는 것도 아니고, 옷을 입히는 것은 더더욱 아닌데 헤어 '드레서'라니! 그리도 심오한 이름을 지을 이유가 뭐란 말인가.

알파 브라보 찰이 델타 에코 폭스트롯… 이유는 없다.

녀석은 살찐 몸매에 이목구비가 워낙 흐리멍덩해 표정이 잘 드러나지 않지만 아흐레 전엔 평소와 달랐다. 달력에 표시된 걸 보니 분명 아흐레 전이다. 녀석은 뾰로통한 게 뭔가에 삐쳐 있었다. 내가 뭘 잘못한 건 아니었지만 신경이 쓰일 수밖에 없다.

가위를 들고 있는 건 녀석 아닌가. 보자기 밖으로 목만 내밀고 앉아 있는 난 그저 '오두가단(吾頭可斷)'이나 차발불가단(此髮不可斷)'의 결연한 의지로 좌정한 채 모든 걸 녀석에게 맞길 수밖에 없다.

그러다가 정말 "그래? 그럼 목 자르지 뭐! 준비된겨?" 하면 도리가 없는 것이다. 녀석의 처분에 모든 걸 맡길 수밖에 없으니 부드럽게 이륙해야 한다. 이륙 직후 5분과 착륙 직전 5분이 가장 중요하다고 하지 않았던가. 녀석의 손님 중에는 이발하는 내내 무협지만 들여다보고 있는 항공기 조종사도 있다고 했다. 내가 녀석의 심기를 건드려서 좋을 게 하나도 없다. 아니, 불편한 심기를 다스려줄 의무가 것이다. 김구둘 같은 처절한 모양새로 세간의 웃음거리가 되지 않으려면 뭐든 해야 한다.

"그저께 왔다가 그냥 갔어요. 형이 없어서……."

녀석은 나보다 네 살이나 아래지만 오두가단할 수 있는 가위를 들고 있으니 당연히 형이다.

"아, 예 … 공항에 좀 갔다 왔어요."

"공항에는 왜요?"

"와이프가 애 데리고 캐나다 갔거든요."

"캐나다에 왜요?"

"처제가 캐나다에 사는데 거기 놀러 갔어요."

"얼마나요?"

"한 달 정도."

"와, 좋겠네요! 나도 캐나다 한번 가보고 싶은데!"

사교계의 관행상 전혀 무리가 없는 대화가 이어지고 있었는데, 나의 마지막 대사가 녀석의 불편한 심기에 불을 댕겼을 거라고는 상상하지 못했다.

"좋긴 뭐가 좋아요?! 춥기만 춥지! 얼음밖에 없어요! 캐나다……."

그래도 얼음 말고 다른 뭐가 좀 있지 않을까 싶어서 눈을 왼쪽으로 치켜뜨면서 머리를 굴려봤지만 도통 생각이 나지 않았다. 이럴 줄 알았으면 그 캐나다 녀석에게 "야 니네 나라 얼음 말고 뭐 있냐?" 하고 좀 물어봤어야 했는데 녀석의 용도를 너무 과소평가했다.

괜히 쓸데없이 "산도 있고 눈도 있고 순록도 있고 …" 했다가는 정말 오두가단할 것 같아서 입을 꾹 다물었다. 아무리 세상이 험하기로서니 이발소에서 머리 자르다가 목숨을 잃을 수는 없는 노릇 아닌가.

"날씨도 춥고 할 일도 없어요!"

녀석이 쐐기를 박았다.

그렇다면 나도 급히 노선을 수정해야 한다.

"그렇죠, 캐나다에서 뭐 할 게 있겠어요? 얼음밖에 없는데 날씨도 춥고……."

난 그 캐나다 녀석을 떠올리며 진지한 표정을 지었다.

'나쁜 녀석! 평생 얼음 구경밖에 못한 녀석이 세상에 대해서 알면 뭘 안다고 지껄이길 지껄여! 니가 '오두가단 차발불가단'의 심정을 알기나 알아?' 'What? oh do gotten chaval bull gotten? what is chaval?' 그런 게 있어, 임마! 그냥 그런 줄 알어! 뭘 자꾸 따지고 들어? 이 자식 여전하구만!'

드레서 형의 가위질에 속도가 붙고 있었다. 표정이 좀 누그러진 것 같아서 조심스럽게 한마디 했다.

"근데 형은 왜 안 가셨나요?"

"제가 어떻게 가요? 일 때문에 못 가죠!"

"얼마나 있다가 오시나요? 제수씨는……."

사모님은 아니지 않은가! 그렇다고 형수라 부를 수는 없고. 이 부분에서는 정말 '오두가단' 들어간다. 비록 네 살 어린 드레서를 형이라 부르고 있지만 녀석의 여편네를 형수라 부를 수는 없는 일이다. 왜냐하면…그건 설명하기가 좀 힘들다. 그 캐나다 녀석이라면 그리 할지 몰라도 나에게는 어림도 없는 일이다.

"이번에도 한 달이나 있다가 온다는데…. 저번에 호주 갔을 때도 한 달, 그 전에 체코 갔을 때도 한 달, 프랑스, 영국, 뉴질랜드, 뭐 안 다닌 데가 없어요……."

녀석의 가위질이 거칠어지기 시작했다. 머리카락 몇 올이 그냥 뜯겨

나가는―'뜯 겨 나 가 는' 이 다섯 음절을 쓰는 동안에도 영어 철자가 수도 없이 들락날락했다. 날 또 가르치려 든 것이다. 이 랩탑 오래 놔두지 않을 것이다―통에 '아' 소리를 낼 뻔 했지만 꾹 참았다. 드레서 형의 고통에 비하면 나의 고통은 아무것도 아닌 것이다.

"그럼 제수씨랑 딸이랑 둘만 다닌 건가요?"

"그렇죠. 여기저기 다니는 게 그렇게 좋은가 봐요!"

전선이 명확해졌다. 남편 대 아내. 아내 대 남편. 하지만 조심해야한다. 어느 순간 "니가 무슨 참견이냐"며 나를 물어뜯으려 달려들지 모르기 때문이다.

날선 가위로 아담스 애플을 짓누르며 "너 오늘 한 번 죽어볼래?" 하면 난 어찌해야 한단 말인가? 아, 생각만 해도 끔찍하다. 그렇다. 그냥 가만히 있자. 적당한 대사가 떠오르지 않을 때는 침묵을 지켜야 한다.

드레서의 손놀림이 나락 베듯 투박해지자 슬슬 걱정이 되기 시작했다. 이러다간 김구돌 꼴 나겠다 싶어 용기를 내 한마디 했다.

"형, 너무 많이 자르지 마세요!"

"저 원래 많이 안 자르잖아요!"

녀석은 떠나버린 아내를 생각하며 화를 키워가고 있는 게 분명했다. 이러다간 "목도 잘라달라고 하셨죠?" 할지도 모른다. 뭐라고 한마디 해야 한다. 녀석의 주의를 돌려야 한다. 녀석에게는 범행의 동기가 있고 적당한 기회가 생겼다. 미드 범죄수사 시리즈가 항구들에게 전파해준 최신 지식 아닌가, 동기와 기회! 그렇다면 범행대상은? 누군들 어떠하리!

"왜 그러셨죠? 잘 아는 단골손님 아니었나요?"

"이것저것 물어보면서 계속 화를 돋우잖아요! 머리 자르러 왔으면 머리만 자르고 가면 되지 남의 가정 얘기를 왜 그렇게 꼬치꼬치 캐묻냐고요!"

기자의 질문에 당당하게 대답하는 녀석의 면도날로 쭉 그어진 눈매가 날카롭게 빛나고 있었다. 녀석은 오히려 당당해졌다.

"다음 질문 없으면 이만 가보겠습니다. 형사님들 가십시다!"

"한 달 동안 친구들도 만나고 재밌게 지내세요!".

녀석의 비위를 맞추기 위해 만들어낸 억지웃음이 이발소 거울에 비쳐졌다. 지나가던 사람들이 봤으면 날 구해주러 들어왔을지도 모른다. 그건 웃음이 아니라 살려달라는 신호나 마찬가지였다.

"친구들 만나면 뭐해요! 술만 마시지, 젊었을 때나 늦게까지 술 먹고 놀았죠. 이제는 그러지도 못해요. 체력이 안 돼서…….."

'그래도 손님 모가지 잘라낼 체력은 남아 있잖아… 겸손이 지나치면 결례다, 너어. 솔직하게 말해봐 나 죽이고 싶다고, 그 비행기 폭파하고 싶었다고, 아니 캐나다 다 날려버리고 싶다고. 내가 아는 캐나다 녀석 있는데 개라도 어떻게 해볼래? 지금이라도 불러낼 수 있어. 보고 마음에 안 들면 다른 애 불러줄게! 근데 개는 시간이 좀 걸려 영국에서 날아와야 하거든 한 일주일 걸리려나? 짐 챙기고 비행기표 싼 걸로 알아보고 어쩌고 하면. 워낙 게으른 인간이라 더 걸릴지 모르겠다. 근데 정말 죽이고 싶은 마음이 용솟음칠 거라는 건 내가 보장할 수 있어. 한 30분만 얘기하면 '세상에 뭐 이런 놈이 다 있나' 싶은 게 너 '오늘 잘 만났다' 하면서 없애버리고 싶은 욕구가 정수리까지 치받아 올라갈 거야! 캐나다 녀석처럼 밋밋한 놈 잡도리하느니 이런 천하에 오만방자하기 이를 데 없는 나치의 후예를 하나 때려잡는 게 훨씬 더 짜릿하지 않아?'

드레서의 얼굴에 우울한 낯빛이 번져가고 있었지만 더 이상 할 말이 없었다.

"머리 감으셔야죠!"

드레서가 보자기를 풀어주며 물었다.

"아니, 괜찮아요, 가서 목욕하면 되니까요……."

계산을 끝내고 머리 감듯 허리를 접고 서서 머리카락을 털어내고 있는데, 드레서의 목소리가 가랑이 사이로 은근슬쩍 파고들었다.

"그 조종사 있잖아요, 아무래도 가짜 같아요……."

"왜요?"

"제가 유심히 봤는데요, 보는 무협지가 항상 똑같아요! 그리고 항상 같은 페이지만 보고 있어요! 생각해보세요, 비행기 조종사가 그럴 리가 있어요? 아무래도 좀 미친 것 같아요!"

녀석이 나에게 괜히 객쩍은 소리를 해댄 걸 보면 내심 좀 미안했던 것 같다. 그도 그럴 것이 머리 자르러 온 손님의 목을 자르려 했으니 무릎을 꿇고 백배사죄해도 모자랄 판 아닌가!

녀석이 실제 내 목을 그을 생각을 하지 않았다는 보장이 없지 않은가? 난 앞으로 이 이발소에 목숨을 걸고 다녀야 할 것이다. 얼굴도 모르는 한 여인이 여섯 살 난 딸과 함께 캐나다행 비행기에 올랐다는 사실이 내 목숨을 위협하고 있다.

내 의지대로 세상을 살아간다는 건 애초에 불가능할지 모른다. 아니, 애초에 불가능하다. 세상을 사는 것 자체가 내 의지가 아니었으니까.

그렇다면 일상에서 촉발되는 뉴로시스를 최소화하는 방법을 찾아야 할 것이다. 어느 날 한밤중에 TV로 만났던 신경정신과 의사의 일갈처럼 예측불가능한 상황 발생의 빈도를 최대한 줄여야 한다. 매일, 매주 또는 매달 반복되는 일은 같은 방법으로 해결하면 되는 것이다.

물론 모든 변수를 통제할 수는 없다. 캐나다로 떠나려는 여인을 내가 무슨 수로 붙들어 앉힌단 말인가?

"거기 얼음밖에 없어요! 추워요! 할 일 없어요!"를 아무리 외쳐본들 "호주에는, 체코에는, 뉴질랜드에는, 영국에는, 프랑스에는, 뭐 별 거 있어서 간 줄 아세요?" 하면서 떠나갈 게 분명하기 때문이다.

한 달 보름 주기로 반복되는 이발도 한 사람에게 계속 맡겼으면 목숨을 위협받을 일이 없었을 것이다.

도롱이는 처음부터 내 머리카락을 대하는 태도가 남달랐다. 어쩔 땐 너무 친절해서, 곱상한 얼굴에 머리를 어깨까지 길러 내린 녀석이 징그럽게 느껴진 적도 있었다. 내가 먼저 얘기를 꺼냈던가? 동갑내기라는 사실을 알게 된 뒤 녀석과 한잔 하게 됐다.

"너 다른 사람한테도 그렇게 친절하냐?"

"아니!"

녀석의 대답은 단호했다.

"그럼 나한테만 그렇게 하는 거냐?"

"어!"

생각해보지도 않고 성의 없이 대답하는 것 같아 기분이 좀 나빴다.

"왜?"

"너 같은 애들은 고집이 세서 원하는 대로 해줘야 돼!"

"고집 센 거 어떻게 알았는데?"

"나도 고집 세거든, 보면 다 알지!"

한 사립대학의 미대 교수였던 도롱이의 아버지는 녀석이 중학교 때 미국으로 떠났다고 했다.

"왜 같이 안 갔냐?"

"같이 갈 형편이 안 됐으니까 안 갔지 임마!"

"어머니는?"

"나랑 같이 살지!"

무슨 사정이 있었는지는 모르지만 짐작 못할 일도 아니었다. 녀석은 미용실을 서너 달 건너 한 번씩 옮겼다. 언젠가 한 번은 "오늘 머리 자르러 갈게!" 했더니 "나 미용 안 한다!" 한 적도 있었다. 물론 한 달도 안 돼 녀석의 집 근처에서 자리를 구했다는 전화가 걸려오긴 했지만.

녀석은 거의 하루 걸러 마셔댔다. 무슨 특별한 일이 있는 것도 아니었다. 하기야 일이 있어서 술을 마시는 사람이 얼마나 되겠는가? 녀석의 술값을 내가 계산하는 게 아닌 바에야 상관할 일이 아니었다. 하지만 언제부턴가 녀석의 음주가 내 일상에 영향을 미치기 시작했다. 한밤중이건 새벽이건 아무 때나 취중에 나에게 전화를 걸어왔기 때문이다.

"여보세요!"

"어 나다, 도롱이 …… ."

"그래 많이 마셨네, 어디냐?"

"어딘지 알면 니가 어쩔 건데!"

이후에는 모두 다 욕설이었다. 들어줄 만했다. 괜찮았다. 나라고 뭐 대단히 세련된 인간은 아니니까. 세련됨이라는 게 세속과 멀어지는 건 또 아니지 않은가. 세속이 다 그렇게 지저분한 것도 아니고.

녀석은 내가 응답할 때까지 계속 전화하는 스타일이었다. 밤에 통화를 못하면 다음날 일찍부터 다시 전화하기 시작했다.

"이제 내 전화도 안 받냐?"로 시작하는 녀석의 질책은 별다른 내용이 없었지만 항상 집요했다.

"그래, 그렇게 한번 해봐라! 친구가 전화했는데 받지도 않는단 말이지! 그런 게 친구냐? 내가 너한테 뭐 해달라고 한 거 있냐? 있으면 말해봐! 너 필요할 때만 찾고 … 그러는 거 아니다!"

녀석에게는 설명이 필요 없었다. 설명을 원하는 게 아니었다. 실제로 녀석은 나에게 원하는 게 없었다. 술자리로 불러내지도 않았고 머리를 자르러 오라고 채근하지도 않았고 뭘 부탁한 적도 없었다. 단지 새벽에 전화해서 다수 대중이 즐겨 사용하는 욕지거리를 섞어 "너 내 친구지? 친구 맞지? 나 너 좋아한다!" 뭐 이런 징그러운 얘기를 해대는 게 전부였다.

언젠가 한 번은 녀석이 여자친구를 소개시켜주겠다고 해서 저녁을 함께 한 적이 있었는데 그때 처음 알게 됐다. 드레서 녀석들에게는 손님의 기호와는 상관없이 항상 자기 스타일대로 머리를 자르려는 기본적인 욕구가 있다는 사실을.

"마음에 안 드는 손님 머리는 제 마음대로 잘라버려요!"

바로 그 순간 난 나도 모르게 내 목덜미를 어루만졌다. 마음먹은 건 뭐든 잘라 낼 수 있는 '기요틴' 같은 여자였다. 거식증에 걸린 듯 빼빼 마른 몸매에서 그런 광기를 뿜어낸다는 건 여간해선 쉽지 않은 일이다.

지금 생각해 보면 묘하게 어울리는 것 같다. 앙상하게 뼈만 남은 유태인과 나치의 광기! 희생자가 가해자를 향해 품었을 저주와 분노! 손님이 드레서에게 무슨 해악을 끼쳤는지는 역사가 밝혀줄 것이다.

자기 미용실을 갖고 있다는 녀석의 여자친구는 실전의 경험을 섞어 자랑스러운 어조로 한참을 떠들어댔다. 구둘이가 이런 사실을 미리 알았더라면 싼마이 앤드류 리즐리의 몰골을 하고 내 앞에 나타나지는 않았을 것이다.

기요틴의 고백을 통해 도롱이가 나에게 정말 많은 배려를 베풀었다는 사실을 알게 된 건 정말 고마운 일이었지만, 녀석이 기요틴을 아내로 맞았다는 건 정말 불행한 일이었다. 기요틴이 나를 싫어했기 때문이다. 결혼을 앞두고 만났을 때는 나에게 노골적으로 해댔다.

"남자들 중에 미용실 한 군데만 다니는 사람들은 엄청나게 까다롭다고 보면 되요. 이런 사람들은 고집이 아주 세요. 웬만하면 상대 안 하는 게 낫다니까요!"

"저도 도롱이한테만 가는데요!"

설마 나 들으라고 일부러 하는 얘기는 아니겠지 하면서도 기분 나쁜 내색을 안 할 수는 없었다.

"알아요. 그래서 제가 만나지 말라고 했어요!"

기요틴은 재밌다는 듯 광기어린 눈빛으로 까르르 웃었다. 기요틴 옆에 앉아 있던 녀석은 내 눈치를 보면서 맥주를 한 모금 들이켜고는 아무 말도 하지 않았다.

말리고 싶은 결혼이었지만 내가 어쩔 수 있는 일은 아니었다. 결혼식도 쉽지만은 않았다. 사회자가 10분이나 늦게 나타났기 때문이다. 녀석은 나를 붙들고 늘어졌다.

"야 니가 좀 대신해라! 순서대로 그냥 읽어주기만 해! 부탁이다!"

난 예식 예정시간을 넘긴 이후에도 계속 거절하다가 도롱이 녀석에게 욕을 한바가지나 얻어먹었다. 녀석이 맨 정신에 질러대는 욕지거리는 뭔가 좀 어색한 구석이 있었다.

도롱이 녀석에게 말은 못했지만 이유는 간단했다. 기요틴과 도롱이를 결혼시키는 데 일조하고 싶지 않았다. 뜯어말리지는 못할지언정 어찌 '하객 여러분, 행진하는 신랑신부에게 축복의 의미로 큰 박수 보내주시기 바랍니다!' 할 수 있단 말인가!

결혼식 이후로 녀석을 만나지 못했다. 머리도 동네 이발소에서 자르기 시작했다. 기요틴이 무서운 건 아니었지만 도롱이를 찾아갈 마음이 사라진 건 분명한 사실이었다. 녀석도 나에게 더 이상 전화하지 않았다.

내 의지를 단념시키는 데 대단한 계기가 필요한 건 아닌 것 같다. 녀석의 유치하고 치졸한 욕지거리는 아무렇지도 않게 다 받아낼 수 있었지만 평범한 말 몇 마디에 불과한 기요틴의 훼방은 견뎌내지 못했다. 그녀가 내뱉은 한두 문장 속에서 많은 함의를 읽어냈기 때문이다.

기요틴이 그런 뜻을 담아 얘기한 게 아니었을 수도 있다. 내가 너무 민감했을지도 모른다. 하지만 기요틴은 내가 어떤 인간인지 제대로 파악하고 있었다. 기요틴이 승리한 것이다. 도대체 무엇 때문에 그랬는지는 알 수 없지만 기요틴이 나를 제압한 것은 분명한 사실이다.

어찌 보면 내 스스로 녀석과 멀어질 계기를 찾고 있었는지도 모른다. 녀석의 전화와 욕지거리와 밑도 끝도 없는 추궁과 비논리와 불합리한 주장 등 모든 것들이 나를 지치게 만들었던 것 같다. 녀석도 나와 비슷한 생각을 했을지 모른다. 나의 불성실하고 가식적인 태도, 이기적인 행동을 기요틴에게 털어놓았을 것이다. 기요틴이 제시한 해답은 충분히 짐작할 수 있다.

"그런 사람 만나지 말아요! 우리랑은 다른 사람이에요! 당신만 배려하고, 신경 쓰고, 관심 갖고 할 필요가 뭐 있어요! 그 사람은 당신 전혀 생각 안 하는데!"

"무슨 소리야, 그래도 내 친군데!"

"당신도 이제 실속 좀 차리면서 살아요! 그런 사람들은 당신 그냥 이용하는 거예요. 잘 생각해 보세요. 머리 잘라달라고 찾아오는 거 말고 뭐 있어요! 한 달에 한 번도 안부 전화 안 하잖아요! 항상 당신이 전화한다면서… 전화해도 잘 받지도 않고. 그리고 아무 때나 전화해서 머리 자르러 오겠다고 하고… 당신이 늦게까지 혼자 남아서 기다려준 적도 있다면서요. 근데 나중에 전화해서 갑자기 일이 생겨서 못 온다고 하고. 당신이 무슨 그 사람 전속 미용사, 아니 헤어드레서라도 돼요?

그 사람은 정말 이기적인 사람이에요. 당신 이용하고 있다는 거 모르겠어요? 이번에 만나면 내가 알아서 할 거니까. 당신은 아무 말 말고 그냥 가만히 있어요!"

익숙해진 사람들이 곁에서 멀어진다는 건 참으로 견디기 힘든 일이다. 내 머리를 더부룩하게 잘라준 이발소 녀석도 캐나다로 떠난 부인을 보며 같은 기분을 느꼈을지 모른다.

이 글, 나에게 익숙해진 녀석들을 온전히 기록하고 싶은 마음으로 시작했다. 녀석들, 언젠가는 다 떠날 것이다.

4월 12일 오전 4시 51분

35

오랜만에 비다운 비가 내렸다. 머리를 좀 잘라야겠다.

4월 28일 오후 2시 25분

주민등록증이 없어졌다. 지갑 맨 앞 갈피에 잘 보이도록 꽂아뒀는데 아무리 뒤져봐도 없다. 운전면허증, 신용카드 두 장, 진료카드, 도서대출증은 있는데 주민증만 없다. 대신 이상한 명함 한 장이 튀어나왔다.

'P경제신문 산업부장 염종갑.'

이상할 건 없다. 내가 염종갑을 기억하지 못할 뿐이다. 기억하지 못하는 건지 아예 모르는 사람인지도 알 수 없다. 이런 자리에서 그의 본명을 밝혀도 되는지 모르겠다. 하긴 미스터 티(Mr. T)나 엠앤엠(M&M)처럼 — 에미넘이라고 표기하는 녀석들에게 말하고 싶다. 적당히 해라. 그러다가 혓바닥에 쥐난다. 무수한 미각돌기들이 고통스럽게 뒤틀리는 형상이 머릿속에 현현하게 떠오르지 않느냐! — 가명을 썼을지도 모를 일이다.

얘네들이 명함을 가지고 다니는지는 내 알 바 아니다. 에미넘은 — 에미넘이 낫다. 이중모음이 적어서 표기하기가 훨씬 수월하다. 그들이 옳다 — 명함 대신 초콜릿 볼 하나를 주머니에 넣어준다는 소문도 있다. 원하는 색깔로. 5달러 지폐를 건네며 "나가서 큰 봉지로 사 드세요!" 할지도 모른다. 쿠폰을 들고 대형매장에 가면 30% 정도 싸게 살 수 있다. 에미넘은 빨아 먹어도 맛있다. 초콜릿은 역시 미제다. 한국전쟁 이후로 그랬다. 그들은 우리에게 부대찌개도 남겨주지 않았던가. 영원한 우방이다. 비바 유에스에이! 양키 파이팅! 양키들은 어디서든 전쟁을 벌인다. 중동이든 중남미든 아시아든 가리지 않는다.

Yankees are fighting, give me a chocolate!

Yankees are fighting, give me a chocolate!
양키들이 싸운다, 초콜렛 좀 주세요!
양키들이 싸운다, 초콜렛 좀 주세요!

앙가주망적이고 아방가르드한 시구(詩句)에 대해 굳이 인과관계를 밝힐 필요가 뭐 있겠는가. 논리적 연관성도 묻지 말라. 그들은 그저 초콜릿을 원할 뿐이다. 빨주노초파남보 다양한 색깔을 지닌 엠앤엠 초코볼. 타액을 휘감아 음미할 시간이 없다. 미군이 떠나면 만주 군관학교 출신의 다카키 마사오가 일본도를 휘두르며 우리들을 공장으로 내몰 것이다. 초코볼을 마음껏 받아먹을 수 있는 시간이 얼마 남지 않았다. 온몸의 원기를 북돋워줄 당의정마냥 오지게 꼼꼼하게 잘게잘게 씹어 넘겨야 한다. 전쟁은 계속 되어야 한다. 달콤쌉싸래한 초코볼의 풍미로 엔도르핀을 분사시켜줄 전쟁이 필요하다.

어떤 녀석들은 명함에 이름만 써가지고 다닌다. 큼지막하게. 이름은 분명히 방금 들었는데 그 명함으로 도대체 뭘 하라는 건지 모르겠다. 사진이라도 붙여서 이름과 얼굴을 대응시켜주든지. 그런 명함은 일종의 경고장이다. '나 이런 사람이다!' 군더더기 없는 그냥 박종팔! 그냥 백옥자! 무안의 돌주먹이나 아시아의 마녀라는 수식은 필요치 않다. 직함이나 직위가 전혀 필요 없다. 누구나 먹어주는 이 시대의 아이콘이다.
한자로 적혀 있다면 공포감은 배가 된다. 부를 수조차 없는 것이다. 예를 들어 鈸瑎檉(금귀정) 같은. 기자조선 당시 산동반도에서 건너온 짱꼴라의 후손. 기자조선? 식민사관이었던가? 아, 모를 일이다. 이 얄팍한 역사지식을 부끄러워해본 적은 없다. 역사는 미군이 쓰기 때문이다. 초콜릿을 던져주며. 화이트 앵글로색슨 프로테스탄트 GI여 화이팅

하소서.

이런 명함을 건네받았을 땐 "아~ 예~"가 최선이다. 잘못된 호칭 한 번에 인생이 바뀔 수도 있다. 녀석들의 눈빛이 짧은 순간 번득였다면 뭔가가 시작된 것이다.

녀석들은 최첨단 나노 테크놀로지 접합방식을 이용해 날카로운 티타늄 블레이드를 명함 테두리에 둘러놓았을지도 모른다. 티타늄 블레이드는 당신의 손끝에서 진홍색 혈액이 한 방울 배어나오기도 전에 나일강 연안에서 오수를 즐기던 서른 살 코브라가 품었을 맹독을 당신의 혈관을 통해 순식간에 우심방 좌심실로 전달해 단 몇 초 만에 목숨을 앗아갈 것이다. 냉전시대 CCCP KGB 공작원들의 비밀무기 바로 그것이다.

명함을 주고 갑자기 돌아서는 녀석들이 있다면 조심해야 한다. 테두리를 살펴야 한다. 손대선 안 된다. 가까운 군부대나 112 또는 국정원에 신고해야 한다. 그들이 출동할 때까지 지퍼백에 명함을 담아두고 직사광선이 쪼이지 않는 서늘한 곳에 보관해야 한다. 현장에 출동한 관계기관 녀석들은 당신의 세심함을 칭찬한 뒤 명함을 수거해갈 것이다. 떠나기 전에 명함을 한 장 건넬 것이다. 이름만 큼지막하게 박혀 있는 명함.

"저, 전화번호는……."

"연락은 저희 쪽에서 먼저 할 겁니다."

"그래도 연락처가 있어야……."

"어허, 목소리를 좀 낮추세요! 국가안보에 직결된 사안입니다. 아실 만한 분이 왜 이러십니까."

"죄송합…성함이…박칠구 씨?"

"예. 댁에 있는 전화기를 들고 63을 누르세요. 저와 직통으로 연결될 겁니다. 우리가 다 조치를 취해 놨습니다. 제 동료 김오삼도 이 지역 담당입니다. 그 사람한테 연락해도 됩니다."

"그 분은 15를 누르면 되나요?"

"바로 그겁니다. 일종의 암호 같은 거죠. 현장요원들에게는 보안이 생명 아니겠습니까? 하하~ 그럼 이만. 35년 동안 근속하신 김일육 선배의 퇴임식이 있는 날이거든요. 장소는 63빌딩 뷔펩니다. 혹 구이 좋아하시면 오셔서 드시고 가시죠. 나라를 위해 큰일을 하셨으니 제가 참석자 명단에 올려드리겠습니다. 구이는 63뷔페가 최곱니다!"

"아닙니다. 구이는 별로 내키지 않는군요. 오이라면 몰라도."

"보안의식이 HID 수준입니다. 선생님 혹시…….''

"쉿, 조용히 하시오! 박칠구 씨 당신도 위험해질 수 있소. 일육 선생에게 전하시오. 실미도 시절 이후로 구이를 단 한 번도 먹어본 적이 없다고. 조개구이 포함해서. 난 오로지 조국을 위해 이 한몸 바칠 각오로 평생을 살아온 사람이오. 돌아가시오."

"알겠습니다. 그럼 이만."

"잠깐, 일육 선생에게 전하시오. 그동안 고생이 많았다고. 조만간 만나 소주 한잔하자고. 소금구이에 …….''

상수역 3번 출구 앞에서 우연히 마주친 삼구 형이 나에게 건네준 명함에도 이름만 적혀 있었다. 대학 졸업 후 10년 만이었다. 정보기관에서 일한다고 했다.

"무슨 정보요? IT업계?"

"아니, 그 정보 말고."

"그럼 무슨 정보?"

"전화번호나 입력해라. 조만간 소주 한잔 하자. 오일육 십이십이 … 아니 … 016 1212 2107. 마지막 '이 십 칠'이 내 인식번호야. 이래도 모르겠냐?"

"형도 구이 싫어해?"

"뭐라고?"

삼구 형은 얼굴이 길고 턱이 살짝 돌출돼 있다. 안토니오 이노키나 최홍만 주니어 수준이다. 앞서 언급한 어느 녀석처럼 말단부비대증에 시달리는 정도는 아니지만 관상학적으로는 같은 부류로 취급될 수 있다. 삼구 형과는 술자리 대화가 길게 이어지지 못했다.

형은 그저 "우리 우정 변치 말자!"든가, "내가 너 좋아하는 거 알지?" 라든가, "난 너 믿는다!"든가, "난 너 마음에 든다!"든가 했다. 그날도 이런 대화를 두 시간 넘게 주거니 받거니 하다가 2차로 자리를 옮겼다. 수사학 시험을 치르는 느낌이었다. 온갖 관념적이고 형이상학적이고 관조적이고 사색적이고 낭만적인 표현이 난무했다.

마지막으로 '사랑한다'는 표현만 남아 있었다. 하지만 사랑한다는 표현은 쉽지 않았다. 난 안토니오 이노키보다 알리를 더 좋아했고 최홍만 보다 기술씨름의 대가 손상주를 더 좋아했기 때문이다. 하긴 이승삼도 잘했다. 털보 이승삼의 뒤집기가 고대 아테네 올림피아드에서 재현됐다면 아테네에서는 일찌감치 제정이 도입됐을 것이다. 초대 황제는 다름 아닌 경북 상주군 영추면 당고리 출신 사파로스 모래파노 이승사미타키스! 역사는 미군만 쓸 수 있는 게 아니다. 허리와 허벅지의 근력이 탁월하다면 한라나 금강급에서도 가능하다. 홍만이 너도 와, 어여!

강남의 한 카페. 산뜻하고 깔끔한 인테리어로 봐서는 술을 마실 곳이 아니었지만 삼구 형이 문을 열고 들어서자 여주인이 "어서 오세요!"하며 반색을 했다. 삼구 형은 자리에 앉기도 전에 "저번에 마시던 거 가져와!" 했다. 잠시 후 반쯤 남은 750밀리리터짜리 중저가 양주 한 병과 과일안 주가 날라져왔다. 스트레이트로 대여섯 잔을 마셨다. 삼구 형은 마침내

200

낭만주의를 가장한 삼류 드라마의 주인공에 완전히 몰입해 있었다.

"야 임마, 내가 너 좋아하는 거 알지?"

"예, 알아요."

"아냐고 이 새끼야 이 x같은 새끼야!"

"예, 잘 알아요!"

"니가 알긴 뭘 알아. 이 새끼야 xx놈아!"

"형은 그래도 이런 시절에 그 회사 다니니 참 다행이네요. 박정희 시절이었으면 답답해서 그 회사 어떻게 다녔겠어요?"

"뭐라고?"

"그러고 보면 김재규 부장이 큰일 한 거예요. 그 양반 아니었으면 지금도 박정희가 대통령 하고 있을지 누가 압니까?"

분명 듣기 좋으라고 한 말이었다. 중앙정보부만큼 한국 현대사에 큰 족적을 남긴 집단은 없다는 말이었다. 중정이 수행한 수많은 공작 가운데 내 머릿속에 떠오른 유일한 '장한 일'이었다. 동시대를 살며 비슷한 고민을 씹어 삼키던 삼구 형이 국정원에서 일한다는 사실을 미화하기 위해 별별 생각을 다해봤지만 마땅한 거짓말이 떠오르지 않았다.

삼구 형은 갈수록 치열해지는 무역전쟁 속에서 경쟁국들의 경제정보를 수집하고 우리의 첨단기술 유출을 막아내는 이른바 21세기형 요원이 아니었다. 야당 인사들의 동향 파악을 위해 이런저런 녀석들을 만나 밤낮없이 술잔을 기울여야 하는 국내정보 파트의 말단 직원이었다. 재외공관에 나가 몇 년 근무해보는 게 삼구 형의 소원이었다. 쉬고 싶다고 했다.

눈을 반쯤 감은 채 깍지 낀 두 손으로 이마를 받치고 있던 삼구 형의 반응은 내 예상을 완전히 빗나가고 말았다.

"너 방금 뭐라고 했냐? 김재규가 뭐 어쨌다고?"

삼구 형이 버럭 소리를 질렀다. 나도 지지 않았다.

"김재규 씨는 결과만 놓고 보면 큰일을 한 거예요. 그 사람이 무슨 생각으로 그랬는지 모르지만……."

"너 말이면 단 줄 알아! 김재규는 우리 조직의 치욕이야. 자기가 모시던 대통령을 암살한 게 니가 볼 때는 큰일이냐!"

삼구 형은 대단한 애국자가 돼 있었다. 내 주변에 애국자 아닌 사람이 없지만 각자 서로 다른 나라를 꿈꾸고 있다는 게 항상 문제였다. 더이상 말을 섞고 싶지 않았다. 대신 술을 섞었다.

"형, 그만 합시다. 아줌마 여기 맥주 몇 명 더 주세요!"

삼구 형은 다음날 나에게 문자 메시지를 보내왔다. '네가 무슨 생각을 하든지 난 네가 좋다!' 난 답장을 보내지 않았다. 이 사람이 무슨 생각을 하고 있는지 알 수 없었기 때문이다.

몇 달 후 삼구 형은 청와대 모 수석실로 파견됐다. 한 3년만 더 고생하면 재외공관으로 나갈 수 있을 것 같다며 좋아했다.

'P경제신문 산업부장 염종갑'이란 명함을 어디서 받았는지 반나절이 지난 후에야 떠올릴 수 있었다. 홍대 앞의 한 카페였다. 신청곡을 LP로 틀어주는 곳이라며 콩장 녀석이 안내했다. 옆자리에 앉아있던 염종갑 씨와 어떻게 명함을 교환하게 됐는지 기억나지 않는다. 염종갑 씨 무리가 한 평 남짓한 스테이지로 쏟아져나가 〈댄싱 퀸〉 등 아바 메들리에 맞춰 근본 없는 춤사위를 선보였고 우리가 박수로 호응했던 것 같다. 아마 종갑 씨가 먼저 맥주잔을 들고 우리 자리로 왔을 것이다.

종갑 씨는 내 휴대전화에 기록된 강명수 같은 존재로 자리매김할 가능성이 크다. 난 7년 전 제주도에서 강명수 씨에게 큰 신세를 졌다. 모래밭에 빠진 내 렌터카를 명수 씨가 자신의 사륜구동으로 끌어내준 것이다. 비행기 시간에 쫓긴 나는 명수 씨의 전화번호만 입력한 뒤 자리를 떠날 수밖에 없었다. 고맙다는 인사야 여러 차례 했지만 여전히 빚진 느낌이 마음 한구석에 남아 있다. 하지만 명수 씨에게 지난 7년 동안 단 한 번도 연락한 적이 없다. '강명수'는 번호목록 가운데 위에서 두 번째 자리에 저장돼 있다. 누군가의 전화번호를 검색할라 치면 어김없이 '강명수'가 눈에 들어온다.

전화를 걸어 무슨 얘기를 한단 말인가. 할 얘기가 없진 않다. 그날의 일을 기억하냐며 감사의 뜻을 전할 수 있다. 하지만 그건 이미 7년 전에 제주시 이호해수욕장에서 했던 얘기다. 이쯤 되면 '언제 한번 찾아뵙겠습니다!' 해야 하는데 이보다 더 막연한 얘기가 어디 있단 말인가. 과연 그날이 언제란 말인가. 어찌어찌해서 만났다 한들 고맙다는 얘기 말고 더 이상 무슨 할 말이 있단 말인가.

내가 종갑 씨에게 전화하는 일은 없을 것 같다. 그의 더티한 댄싱을 다시는 볼 수 없을 것이다. 난 그저 종갑 씨가 명함에 독을 묻히지 않은 사실에 감사할 뿐이다.

9월 28일 오후 11시 21분

주민증은 책상서랍에서 나왔다. 어느 미혹된 술자리에서 지갑을 잃어버릴지도 모른다는 생각에 면허증과 용도가 겹치는 주민증을 책상 서랍에 넣어뒀다는 사실을 잊고 있었다. 아마도 술김에 벌인 일이었을 것이다. 이유는 나도 모른다. 취중에 벌인 일이니까. 아마 취하지 않았다는 사실을 스스로에게 증명하고 싶었을 것이다. 미래를 예측하고 이에 대비하는 모습을 확인하고 싶었을 것이다. 술에 취하지 않았다는 확신을 갖기 위해. 앞으로도 이 정도는 마실 수 있다는 사실을 스스로에게 확신시키기 위해. 확실히 취한 것이다.

책상 서랍에서 찾아낸 것은 주민증만이 아니었다. 사라진 주민증은 또 다른 녀석들과 함께 나타났다. 나의 뇌리 속에서 기억의 자리를 온전하게 부여받지 못한 녀석들. 난 녀석들을 의도적으로 어둠 속에 방치해왔다.

삼구 형과 명수 씨를 만났던 7년 전과 지금의 생활이 큰 차이가 없다는 사실을 오늘에야 깨달았다. 당시에도 난 뭔가를 끊임없이 써내려가고 있었다. 다니던 직장을 그만둔 뒤, 글 쓰는 일을 전업으로 삼겠다는 오래된 의지를 실현시키기 위해 하루 중 대부분의 시간을 랩탑 컴퓨터 앞에서 보내고 있었다. 그때나 지금이나 내 글은 내가 만난 녀석들을 그려내고 있다. 달라진 거라곤 랩탑 컴퓨터뿐이다.

세상은 변했지만 난 그대로다. 아니, 변하는 세상을 끌려가듯 뒤쫓다 지쳐 7년 전 그 자리로 돌아왔다. 7년 전의 그 녀석들이 주민증과 함께 돌아온 것이다. 이런저런 서류뭉치 속에 끼어 들어가 있던 1.44MB 2HD 플로피 디스켓 레이블 위에는 단 한 음절이 적혀 있었다. '글'

저주도 비켜간 졸작 두 편이 '글' 속에 저장돼 있었다. 신춘문예를 비롯한 문예공모에서 입상은커녕 심사평에서도 인용된 적이 없는 녀석들이다. 글쓰기를 포기하게 만들어준 고마운 녀석들이다. 고마운 마음이 절절했지만 고맙다는 말 이외에는 더 이상 할 말이 없었고 더 이상 보고 싶지 않았다. 제주도의 명수 씨처럼.

첫 번째 단편에는 '발가락은 어떻게 되었을까'라는 제목이 붙어 있다.

1

햇볕이 제법 따갑던 4월 어느 날 S여대 앞 주택가 골목을 헤매고 있는 K는 처음 겪는 일인지라 약간 어리둥절해 있었다. 약도를 받아들 때까지만 해도 대충 찾을 수 있겠거니 했지만 바쁜 틈에 갈겨쓴 약도는 거의 도움이 되지 못했다.

홍보전단을 들고 찾아간 중국 음식점은 점심시간을 맞아 눈코 뜰 새 없이 바빴다. 이 정도 장사에 무슨 홍보전단 필요할까 하는 생각이 들 정도였다. 카운터 옆에 초조하게 서 있던 주인은 문을 열고 들어서는 K를 보자마자 "어, 마침 잘 왔네!" 하며 배달통부터 발밑에 끌어다 놓았다. 전단을 내미는 손을 간단히 무시해버린 주인은 "배달 나간 점원이 30분이 되도록 돌아오질 않는다"며 다급한 표정으로 K를 한 번 바라보더니 카운터 위의 메모지에 약도를 그리기 시작했다.

"수고 좀 해줘. 갔다 오면 내가 사례할게!"

싫다 좋다 얘기할 틈도 없었다. 떠밀리다시피 음식점을 나선 K는 난감한 표정으로 배달통을 한 번 바라보고는 내키지 않는 발걸음을 조심조심 옮기기 시작했다. S여대 앞까지는 그럭저럭 찾아왔으나 정문 앞 사거리 횡단보도를 건넌 다음부터는 길을 물을 수밖에 없었다. 말끔한 캐주얼 차림으로 배달통을 들고 서 있는 K를 이상하다는 듯 위아래로 훑어본 슈퍼마켓 아주머니는 과일을 정리하던 손길을 멈추고 친절하게 길을 가르쳐주었다.

"요즘같이 힘든 세상에 무슨 일이든 일단 시작하고 보는 게 상책이야."

얼른 배달을 끝내고 이 난감한 상황에서 벗어나고 싶은 생각밖에 없었다. 아무리 마땅한 직장이 없다지만 배달통을 들고 이렇게 골목을 헤맬 처지는 아니라는 생각과 함께 혹시 아는 사람이라도 만나면 어떡하나 하는 걱정에 얼굴이 달아올랐다.

졸업 후 번역 일로 소일하던 K는 창업지원 회사를 운영하던 선배의 도움을 받아 홍보물 제작을 시작했다. 사무실도 없이 컴퓨터 한 대로 무모하게 시작한 일이었다. 이번 일은 한 중국 음식점이 선배의 회사에 홍보물 제작을 의뢰한 것을 K가 넘겨받은 것이었다. 대형서점에서 구입한 편집관련 책자를 봐가며 만든 첫 작품이었지만 선배의 평가는 그런대로 괜찮았다.

K가 여대 정문 앞에서 사진관을 끼고 오른쪽으로 돌아들자 멀지 않은 곳 2층에 주인이 적어준 간판이 눈에 들어왔다. 처음에 배달통을 들고 나설 때는 설마 했지만 막상 눈으로 확인하고 나자 이상한 생각이 들었다. 중국 음식점에서 중국 음식을 배달시키다니 혹시 장난이 아닐까 하는 생각도 들었지만 약도를 그려주던 주인의 다급한 얼굴이 떠올랐다.

이런 곳에 중국 음식점이 있을까 싶을 정도로 주위에는 제법 괜찮은 카페와 술집들이 많았다. 이 중 중국 음식점과 대각선으로 마주하고 있던 한 카페 간판은 대학시절에 만난 D를 떠올리게 했다.

보잘 것 없는 공간에서 특별할 것 없는 인연으로 만난 D였지만 K가 마음 한편에 쌓아둔 기억은 부정기적인 반추 이상의 것이었다. D를 만난 공간에 대한 그리움인지 D에 대한 애정인지 분간할 수는 없었지만 D를 떠올릴 때마다 마음 한구석이 묵직한 부채감으로 짓눌리는 것은 분명한 사실이었다. 학교 주변에 지천으로 널린 술집 가운데 'FM'을 찾게 된 건 후배 O의 권유 때문이었다.

K와 같이 '서어 작문'을 수강하던 후배 O는 수업이 끝난 어느 날 오후 다짜고

206

짜 "형이 한잔 산단다. 다 같이 가자!"고 다른 후배들을 끌어 모아 친해진 신입생이었다. 멍하니 서 있다가 순식간에 엮이게 된 K는 미소 띤 얼굴로 "형, 괜찮죠?" 하는 O에게 아무 말도 할 수가 없었다.

O는 장난기 어린 표정이나 재미있는 말투가 상대방에게 호감을 주는 타입이었다. 재외공관에서 근무한 아버지 덕에 남미의 여러 나라에서 10여 년을 살다가 귀국해 스페인어에도 능통했다. 통통한 얼굴에 덩치도 만만치가 않아 대강은 짐작할 수 있었지만 O의 술 실력은 예상을 훨씬 뛰어넘는 것이었다.

"술은 열다섯 살 때부터 마셨어요. 운전도 그때부터 시작했구요."

바깥세상의 신기한 얘기를 전해 듣는 산골 소년처럼 O의 얘기에 귀 기울이던 K는 열댓 명의 후배들이 마셔대는 엄청난 양의 맥주에 대해 걱정할 겨를이 없었다. 궁색한 살림에 맥주 값을 혼자 다 계산하고 난 K는 한동안 담뱃값도 아껴야 할 정도로 쪼들렸지만 O를 비롯한 후배들 앞에서는 전혀 내색하지 않았다.

그렇게 알게 된 O가 어느 날 저녁 기숙사로 전화를 걸어왔다. 인터폰이 울릴 일이 별로 없던 터라 고개를 갸웃하며 수화기를 집어들자 상대방은 다짜고짜 "저예요!" 했다. 누구냐고 물어볼 틈도 없이 "빨리 내려와요. 오늘은 제가 살게요!" 하는 다그침을 듣고 나서야 O를 떠올릴 수 있었다.

"괜찮은 데 한 군데 찾았어요. 술값이 다른 술집의 반이에요!"

"……."

FM은 지하 1층의 20평 남짓한 공간이었다. 현관 옆에 세워진 낡은 입간판부터가 세련됨과는 거리가 멀었다. 지하로 내려가는 계단은 붉은 카펫이 깔려 있었고 한 사람이 간신히 드나들 수 있을 정도로 좁았다. 계단을 끝까지 내려가면 불투명 유리창이 달린 녹색 출입문이 오른쪽으로 있었는데 들고남을 알리는 게으른 종소리가 무척 인상적이었다.

중앙의 제법 큰 원형 탁자를 빼고 예닐곱 개의 4인용 탁자가 놓인 실내는 빛을 들이는 창문이 하나도 없어 조명 없이는 사방을 분간할 수 없을 정도로 어두웠다. 환기시설이라고는 주방의 환풍기가 고작이었는데 철가루 같은 먼지가 날

개에 시커멓게 내려앉아 제대로 작동되지 않았다.

바닥의 녹색 카펫도 주방에서 가끔씩 넘쳐나는 오수로 항상 눅눅해 군데군데 허옇게 곰팡이가 올라와 있었다. 카운터 뒷면의 장식장에는 맥주회사에서 무료로 나눠준 맥주잔이 아무렇게나 엎혀 있었고 이들을 비춰야 할 할로겐 중 빛을 내는 것은 한두 개밖에 없었다.

하지만 계단과 지면이 만들어내는 직각삼각형의 공간에 작은 골방이 있다는 사실은 K를 포함한 대부분의 사람들이 눈치 채지 못했다. 안 그래도 어두운 실내에 벽면과 같은 색깔로 교묘하게 위장된 탓도 있었지만 이 좁은 실내에 그러한 공간이 있다는 걸 상상하는 것 자체가 힘들었다.

사정이 이러한데 주인이라는 사내마저 후배 O를 능가하는 덩치에 하얀 트레이닝복을 위아래로 빼입고 나타났으니 주방 입구의 맥주기계가 제대로 작동할지 의심스러울 지경이었다.

마뜩찮은 표정으로 마른안주만 시켜놓고 10리터 가량의 생맥주를 두어 시간 만에 비워버린 K와 O의 모습은 술을 입에도 대지 못하던 주인 D에게는 놀라울 따름이었다. 옆에서 지켜보던 M도 "저 사람들 좀 말려야 되지 않느냐"고 걱정스레 한마디 했지만 술집에서 술을 못 팔겠다고 할 수는 없는 노릇이었다.

K와 O는 이날 1층의 화장실을 수도 없이 들락거리며 LPG 통처럼 생긴 생맥주 한 통을 다 비우고서야 술자리를 파하게 되었다. 계산을 마친 K가 종소리 나는 출입문을 반쯤 열었을 때 D가 먼저 "혹시, 이 학교 학생들이신가요?" 하며 말을 붙여왔다. 나가다 말고 이런저런 얘기를 나누던 K와 O는 어느샌가 D와 친해져 녹차를 날라 온 M과 함께 탁자에 마주앉게 되었다.

"이름이 하필 왜 FM이에요?"

"라디오 FM이 아니다. 뭐든지 원칙대로 하자는 말이다."

유래를 알 수 없는 특정집단의 속어에 거부감이 들기도 했지만 단순하고 우직한 D의 인간미와 어울린다는 생각이 들었다. 무뚝뚝한 표정과는 극명하게 대비되는 바보스런 웃음을 연신 흘려가며 자신의 과거를 스스럼없이 털어놓던 D는

K와 O가 학생이라는 사실이 무척이나 부럽다고 했다. K와 O는 학교 얘기가 자연스럽게 D의 유년시절 얘기로 이어질 때쯤엔 괜히 미안한 마음까지 들었다. 옆에서 묵묵히 듣고만 있다가 안경 너머로 살짝 눈물을 비친 M은 "녹차 더 드실래요?" 하며 자리를 피해버렸다.

K보다 두 살 위였던 주인 D는 한눈에도 운동선수처럼 보였다. 한때 복싱선수였음을 강조하던 D는 가르마 없는 헤어스타일에 씨름선수를 방불케 하는 건장한 체격을 지니고 있었다. D의 엄청난 가슴근육은 처음 만난 이에게는 위협적이기까지 했다. 알게 모르게 살짝 불편한 걸음걸이가 도장을 다니다가 그리 된 것인지는 알 수 없었다.

초등학교를 중퇴하고 상경해 D가 처음 시작한 일은 중국 음식점 배달이었다. D는 손위 형들과 좁은 방에서 함께 지내며 밤이면 몹쓸 짓을 당한 적도 많았다고 당시를 회상하면서도 이때 배운 중국요리 솜씨가 좋은 생활밑천이 되었다고 자랑스레 얘기했다. D는 온갖 궂은일에 선배들의 구타까지 견뎌내며 배운 실력이라고 장황한 설명을 늘어놓았다. 워낙 입담이 좋고 재치가 있어서 슬픈 얘기를 해도 그저 우스운 이야기로밖에 들리지 않았지만 얘기가 그쯤 되었을 때는 K도 어쩔 수 없이 진지한 표정으로 응대해줄 수밖에 없었다.

유복자로 태어나 아버지의 얼굴도 모른 채 유년기를 보내던 D는 어머니가 뭇 사내들과 어울려 술판을 벌일 때면 집밖으로 멀리 나가 있어야 했다. D의 어머니는 서울에서 네댓 시간이 걸리는 고향마을에서 유명한 작부였다. 간혹 D에게 동전 몇 개를 쥐어주는 손님들도 있었지만 대부분은 애물단지 취급이었다.

"어머니가 너무 싫었지만 돌아가시고 나니 의지할 곳이 없었어."

D가 서울에 올라와 중국 음식점을 전전하며 모은 돈으로 맥줏집을 차릴 생각을 한 건 M을 만나고 나서였다. 역시 시골 출신으로 여상을 나와 조그만 제조업체의 경리를 맡아보던 M이 어떻게 D를 만나게 됐는지는 듣지 못했지만 D에 대한 연민과 동정심이 크게 작용했으리라는 것이 K와 O의 판단이었다. 뿔테 안경을 쓴 후덕한 스타일의 시골처녀인 M은 주방에서 일하던 D가 괜스레 짜증이라

도 내는 날이면 어김없이 눈물을 쏟을 정도로 마음이 여리고 심성이 착했다.

동거 중이면서도 경제적인 사정으로 결혼식을 미루던 D와 M은 맥주에다 간단한 식사까지 팔아가며 일 년여를 고생했으나 수지타산을 맞추기도 힘들었다. 결혼에 대해서는 경제적인 여건 이외에도 말 못할 사정이 있는 듯한 눈치여서 K나 O나 자세히 묻지 않았다. 도통 손님이 없어 고민하던 끝에 맥주가격을 이전의 반으로 낮춘 지 얼마 되지 않아 K와 O가 찾아온 것이었다.

이날 이후 K 일행은 손님과 주인 이상으로 D와 가까워졌고, 마치 시험에 통과하고 멤버십을 획득한 이들처럼 FM에서 매일 살다시피 했다. 술판이 벌어지는 날이면 생맥주통을 갈아 치울 정도로 마셔댔고 다음날 일제히 결석한 뒤 이튿날 다시 시작했다. 아무런 명분도 없었지만 치기어린 자존심만으로도 술자리는 즐거웠고 K 일행이 만들어내는 왁자지껄한 분위기는 영업상으로도 큰 도움이 됐다.

D는 무쇠솥처럼 생긴 시커먼 조리기구를 한 손으로 놀려가며 네댓 그릇의 볶음밥을 만들어 K 일행에게 공짜로 대접하곤 했는데 워낙 기름을 많이 둘러서 그런지 먹고 나면 맥주 한잔을 들이켜야 비로소 개운한 느낌이 들었다. 어쩌면 이것이 D의 전략이었을지도 모를 일이지만 K 일행에게는 술판을 벌일 좋은 구실이 됐다.

K와 O가 오로지 술 때문에 FM에 드나든 것은 아니었다. 하루 이틀도 아니고 매일 술독에 빠져 사는 게 정상적인 생활이 아니라는 생각에 K는 진작부터 부담을 느끼고 있었고 이런 생각을 O에게도 몇 번인가 내비친 적이 있었다.

스페인어는 유창하게 구사했지만 아는 한자라고는 이름 이외에 '동서남북'이 고작이었던 O 역시도 수업시간에 교재를 제대로 읽어내지 못해 웃음거리가 된 적이 있던 터라 K의 지적을 의외로 진지하게 받아들였다.

"이렇게 하면 어때요?"

"어떻게?"

"제가 형한테 스페인어를 가르쳐주고 형이 나한테 한자 가르치고."

"되겠나?"

"제 실력을 뭘로 보는 거예요!"

"그게 아니고 공부를 제대로 하겠냐고."

이후로 둘은 거의 매일 만났지만 K의 예상은 크게 빗나가지 않았다. 만남의 목적은 가르치고 배우는 것이었지만 공부한 적은 거의 없었다. 첫날 만나 장소를 고민하다가 FM으로 찾아든 것부터가 잘못이었다. 교재를 고민하다 신문을 한 부 사들고 온 K도 K였지만 O는 아예 빈손으로 나타났다.

"책은 가져왔냐?"

"무슨 책이요?"

"스페인어 교재 말이다."

"책으로 공부하면 늘지가 않아요."

"그럼?"

"자연스럽게 대화를 하자구요."

"……."

"어디로 갈까?"

"FM이죠. 딴 데 아는 데 없잖아요."

자리를 잡고 앉자마자 신문을 크게 펼치며 "한자만 골라 아는 대로 한 번 읽어봐라!" 하는 K에게 O는 "한잔 하면서 천천히 하자구요!" 하며 눈웃음을 쳤다.

맥주를 한 모금 시원하게 들이킨 후 신문의 정치면을 바라보며 한참을 고민하던 O의 첫 마디는 간단했다.

"한글만 쓰는 신문 없어요?"

아무 말 없이 맥주만 들이켜는 K에게 O가 "근데, 불규칙 동사변화는 다 외웠어요?" 하자 스페인어 수업도 간단히 끝나버렸다.

5월의 캠퍼스가 진달래를 두르고 있던 그날도 K는 여느 때처럼 O를 비롯한 후배들과 눅눅한 지하 FM에 찾아들어 점심식사를 하다가 청소라고는 도대체 하지 않던 그 더러운 홀 바닥으로 포크를 떨어뜨리고 말았다.

며칠 전에도 옆자리의 한 여학생이 비명과 함께 의자 위로 뛰어오르며 "쥐!"를 외친 적이 있던 터라 찜찜한 기분으로 탁자 밑에 고개를 처박고 포크를 찾아 헤매던 K는 포크 대신 더운 날씨에 볼 넓은 특이한 운동화 위로 나와 있던 D의 발과 맞닥뜨리게 되었다.

"그냥 새 걸로 하나 갖다 먹어라!"

D의 한마디에 고개를 빼고 주방으로 향하던 K는 머리카락이 쭈뼛하며 소름이 돋았다. 태연한 척 식사를 마친 K는 한잔 하자는 후배들을 뿌리치고 일찍 기숙사로 들어와 버렸다. 혼자 침대에 누워 이런저런 생각을 해봤지만 여섯 개의 발가락을 가진 D의 시커먼 발이 머릿속에서 떠나질 않았다.

K가 어렸을 때 동네에 서커스단 비슷한 게 찾아온 적이 있었는데 그들의 광고전단은 사실 여부를 확인할 수 없는 아주 소름끼치는 동물들을 소개하고 있었다. 다리가 다섯 달린 송아지, 꼬리가 두 개 달린 염소 등등. 여기까지는 호기심이었다. 동네 아이들 사이에 소문으로 전해진 한 사내 얘기는 상상만 해도 소름이 돋는 것이었다. 사내는 한 몸뚱이에 머리가 두 개인데 철창 속에 갇혀 하루 종일 벽만 바라보고 있다고 했다.

후배들과 술이나 한잔 하는 게 나을 뻔했다는 생각이 든 건 시간이 한참 지난 뒤였다. 머리맡 책상 위의 라디오에서는 출처를 알 수 없는 피아노 연주곡이 흘러나오고 있었다. 꼬리를 물고 이어지는 소름 돋는 상상을 견딜 수 없던 K는 이불을 머리끝까지 덮어쓰고는 눈을 감아버렸다.

5월이 끝나갈 무렵 K는 여섯 개의 발가락에 대한 집착에서 벗어날 수 있었지만 D에게는 왠지 떳떳하지 못한 느낌이 들었다.

세상은 D의 발가락 따위에는 아무런 관심이 없었다. 발가락은 이념이나 사상과 관련된 문제가 아니었고 정치적 타협의 대상도 아니었다. 사회 구성원들의 생존과도 무관해 양해를 구할 필요가 없었으며 감수해야 할 불이익도 없었다. K가 인지하는 순간 불필요하게 의미가 부여된 그 어떤 것이었다.

하루가 멀다 하고 FM에 들락거리던 K와 O는 일주일에 서너 번은 외상을 하는 도움 안 되는 손님들이었지만 D의 신뢰는 무조건적인 것이었다. 이유를 알수 없어 부담스럽게 느껴진 적도 있었지만 바라는 것 없이 주기만 하는 D에 대한 예의가 아니라는 생각이 항상 따라붙었다.

K와 O는 얼마 지나지 않아 도매점에 가서 생맥주를 채워오고, 손님의 주문을 받아 간단한 안주를 만들어내고 술값을 계산하는 등 FM의 주인 노릇까지 하게되었다. D는 술자리가 좀 길어질 기색이 보이면 "알아서 먹고 가라!"는 당부와함께 아예 열쇠를 건네주곤 했는데 K와 O는 그저 고마울 따름이었다.

그날 역시 열쇠를 건네받았으나 취기가 오를 대로 올라 D와 M이 떠나자마자탁자를 붙여 일찌감치 잠자리에 들게 되었다. 하지만 워낙에 습하고 눅눅한 공간인 데다 후덥지근한 초여름 날씨에 굵은 비까지 내리니 잠을 청하기가 쉽지않았다. 탁자들의 높이가 서로 달라 등이 괴는 것은 둘째 문제였다.

"술이나 더 먹는 게 낫지 않냐?"

"……."

"자냐?"

"……."

후배 O는 그 덩치의 사람들이 대부분 그렇듯이 바닥에 등을 댄 지 얼마 되지않아 곯아떨어져버려 K로서는 어찌할 도리가 없었다. 뜨나 감으나 보이는 게 없기는 마찬가지였지만 O의 코고는 소리를 참아내며 마음을 안정시키기 위해서라도 눈은 감고 있는 편이 나았다.

그 시간 FM에는 K와 O만 있는 것이 아니었다. 어디선가 사각사각하는 소리가 나는가 싶더니 천장을 대각선으로 뛰어다니는 녀석들의 발자국 소리는 점점커져만 갔다. 숫자도 계속 불어나 처음에는 한 녀석이 가끔 한 번씩 내달렸으나얼마 안 돼 쌍을 이루고 순식간에 서넛이 돼 버렸다.

잠들기는 다 틀렸다 싶은 마음에 일어나 앉아버린 K는 밖에 나가 바람이라도쐬고 올 요량으로 탁자 밑의 신발을 더듬다가 손등으로 스쳐가는 무언가에 놀라"허억" 소리를 내고 말았다. 소름은 손등을 타고 목덜미까지 올라 온몸이 감전된 듯했다. 반사적으로 물러나며 O의 옆구리에 등을 부딪는 순간 손등을 스친 녀석이 천장의 무리 중 하나라는 사실을 깨달을 수 있었다. 녀석이 구석을 몇 바퀴 돌다가 주방 쪽으로 사라진 다음에도 무릎을 가슴팍까지 끌어 모은 K는 어쩌지 못한 채 그렇게 앉아만 있었다.

녀석들의 소리가 갑자기 잠잠해진 건 어디선가 고양이 울음소리가 들린 후였다. 울음소리는 녀석들의 경박한 뜀박질 소리를 한 번에 멈춰버릴 만큼 처절하고 애처로웠다. 뭔가를 갈구하는 듯한 날카롭고 구슬픈 울음소리가 빗소리에 섞여 무척이나 가깝게 들렸지만 감히 찾아볼 엄두를 내지 못할 정도로 심한 공포감이 느껴졌다. K는 울음소리를 듣는 내내 어린 아이의 울음소리라는 생각을 떨쳐버릴 수가 없었지만 위아래의 뜀박질이 잠잠해진 것으로 미뤄 고양이일 수밖에 없다고 스스로를 위로하고 있었다.

주머니를 더듬어 담배를 한 대 피우고 나서야 웅크렸던 다리를 풀고 탁자 위에 누울 수 있었다. 하지만 잠에 빠져들기란 쉬운 일이 아니었다. 세상모르고 잠에 빠져 코까지 고는 O를 원망하며 기숙사의 침대를 떠올리던 K는 울음소리가 잦아든 새벽녘이 돼서야 몇 번의 심호흡과 함께 잠들게 되었다.

단잠에 빠져 있는 K와 O를 깨운 건 아홉 시를 넘겨 이것저것 찬거리를 들고 나타난 D였다. 일어나지 못하고 이리저리 뒤척이기만 하는 O를 흔들어 깨우다가 K와 눈이 마주친 D는 왠지 모르게 당황하는 모습이었다. 주섬주섬 일어나 앉은 O는 담배부터 찾았다. 멍한 표정으로 담배를 한 개비씩 피워 문 K와 O는 설거지를 하던 D에게 그만 가겠다고 했지만 대답하는 D의 목소리는 평소 같지 않았다.

FM을 나와 횡단보도를 건너 학교 후문 앞까지 다 온 K가 FM으로 발길을 돌린 건 해장이라도 하자는 O를 식당으로 먼저 들여보낸 뒤였다. 지갑은 FM 어딘가에 떨어져 있을 게 분명했지만 혹시나 하는 마음에 걸음이 빨라져 횡단보도 신호도 무시하고 계속 뛰기 시작했다.

헐레벌떡 계단을 뛰어 내려간 K는 문을 열며 "형, 혹시⋯" 하다가 눈물 콧물이 범벅이 돼 의자에 앉아 있는 어린 아이와 눈이 마주치자 할 말을 잃고 말았다. 서너 살 정도 돼 보이는 아이는 유난히 작고 가는 두 눈에 경계심을 담고 있었고 입을 반쯤 벌린 채 침을 흘리는 모양이나 창백한 안색은 극심한 공포심을 뿜어내고 있었다. 아이는 K의 갑작스런 출현을 D에게 알리려는 것처럼 양쪽을 느릿느릿 번갈아 바라보며 끊임없이 입술을 움직여대고 있었지만 목소리는 나오지 않았다. K를 향해 들어올린 오른쪽 팔은 활처럼 심하게 휘어 있었고 간신히 뻗어낸 검지도 똑바르지가 못해 K를 가리키는 것인지 분명치가 않았다.

K가 온 줄도 모르고 주방에서 예의 그 기우뚱하는 걸음걸이로 식사를 챙겨나오며 "자, 밥 먹자!" 하던 D 역시 K를 발견하고는 한동안 말을 잇지 못했다.

"내 아이야. 늬들한테는 아직 말 못했어."

"귀엽네요. 아까는 못 봤는데……."

"어……."

벌겋게 상기된 얼굴로 당황해 어쩔 줄 모르는 D의 모습에 괜한 죄책감을 느낀 K는 탁자 밑에 떨어져 있는 지갑을 주워들고 "갈게요!" 하며 돌아설 수밖에 없었다. 황망히 문을 열고 나오던 K는 평소 벽인 줄로만 알았던 반대편 구석의 작은 문이 빼꼼히 열려 있는 것을 발견하고는 지난밤의 애처로운 울음소리를 떠올렸다.

2

D의 아이가 언제부터 그 작은 골방에서 살았는지는 알 수 없었지만 D와 M 사이 불화의 결정적 원인이었음은 분명했다. 언제나 순종적이기만 하던 M은 아이가 나타난 이후 전혀 다른 사람으로 변했고 K와 O가 옆에 있는데도 "저 아이 어떻게 할 거냐?"고 D에게 울며 소리치는 일이 몇 번이나 있었다.

아이의 엄마가 D와 어떤 관계였는지 그동안 누구의 손에서 길러지다가 D에게 인계됐는지 알 수 없었지만 아이가 어디론가 보내진 다음에도 FM의 분위기는 예전과 같지 않았다. FM의 현관 앞에는 누가 갖다 버렸는지 모를 쓰레기가 쌓이고 술이나 음식이 떨어져 손님을 그냥 보내는 경우가 많아졌다. 급기야는 점심 때를 한참 넘겨 늦은 오후에 문을 열거나 아예 문을 열지 않는 날까지 생겼다.

D는 "매달 장사 열심히 해봐야 월세를 주고나면 남는 게 전혀 없다"며 하소연을 했지만 K나 O가 해줄 얘기는 없었다. K가 보기에 장사는 크게 달라진 게 없었지만 '아이 사건' 이후로 D는 뭔가에 쫓기는 사람처럼 항상 불안해했고 얼굴에는 초조한 빛이 역력했다.

D는 손님이 들어와도 "이렇게 푼돈 벌어 뭐하나!"는 절망 섞인 넋두리만 늘어놓다가 "오늘 장사 안 합니다!" 하며 손님을 몰아내는 일까지 생겼다. 겉으로는 M과의 미래를 위해 아버지의 역할을 포기한 것이지만 근본적인 이유는 경제적 현실이었다. M이 느낄 수밖에 없는 D에 대한 배신감이나 아이에 대한 거리감을 극복한다 하더라도 온전치 못한 아이에게 최소한의 성장여건을 제공하기 위해서는 상당한 재력이 필요했다. 지금 당장은 아니더라도 언젠가 경제적으로 여유가 생기면 아이를 다시 데려오겠다는 것이 D의 생각이었다.

FM에 드나든 건 K나 O뿐만이 아니었다. 꽤 많은 신입생들이 D에 대해서는 전혀 알지 못한 채 싼 술값에 얼마든지 외상을 할 수 있다는 현실적인 이유로 눅눅하고 퀴퀴한 FM의 공기를 참아냈다.

이유야 어찌됐던 손님들이 드나드는 것은 D에게 도움이 되는 일이었지만 K의 마음은 왠지 무겁기만 했다. 어느새 FM에 대해 알 수 없는 책임감을 느끼게 된 K는 주문한 음식이 늦다며 D를 불러대는 후배들이 미워졌고 맥주가 신선하지 않다는 등의 그저 그런 불평에도 마음이 상했다. D의 걸음걸이를 지적하며 소곤거리는 후배들에게는 "다시 한 번 말해보라"며 화를 내기도 해 당사자들을 어리둥절하게 만든 적도 있었다.

O의 소개로 드나들게 됐지만 FM에 대한 O의 생각이 자신과는 너무도 다르다는 것을 알게 된 건 기말고사가 시작되기 얼마 전이었다.

"형, 외상값이 꽤 되는데……."

"천천히 갚으면 되지."

"요즘 장사도 안 되는데 갑자기 갚으라면 어쩌죠?"

" … 어떻게든 해봐야지."

"그래서 말인데요 …… ."

"뭔데?"

"이쯤해서 다른 데로 옮기는 게 어때요?"

자신을 바라보는 K의 눈빛이 무엇을 의미하는지 모를 리 없는 O가 "그냥 해본 소리예요" 하며 말을 돌려 대화는 다른 곳으로 흘러버렸지만 그날 이후로는 O에 대한 믿음도 깨져버리고 말았다.

기말고사를 그럭저럭 치르고 여름방학을 맞이한 K가 소설 한 권을 사들고 FM을 찾은 어느 날 D는 뜻밖의 제안을 했다.

"나 좀 도와줄래?"

"무슨 일인데요."

"여기서 한 달 정도 하우스를 차릴 거야."

"하우스가 뭔데요."

"포커판 말이다."

"그건 위험한 일이에요. 요즘 심야영업 단속도 심한데."

"위험하니까 도와달라는 것 아니냐. 그냥 망만 봐주면 돼."

" …… ."

"형은 판에 끼지 않는다고 약속할 수 있어요?"

"맹세한다."

그리 힘든 일은 아니었다. 한 시간에 한 번씩 주변을 순찰하고 내려와서 그들이 원하는 우황청심환, 강장제, 김밥, 음료수 따위를 편의점에서 사오는 게 K의 일이었다. 망보기보다는 음식을 사다 나르는 일이 더 번거로웠다. 순찰 도중에는 실제 순찰 중인 경찰을 만나는 일도 있었지만 풋내기 의경들은 아무런 눈치도 채지 못했다.

D는 이들에게 한 시간에 2만 원씩 자릿세를 받아 가게의 적자를 메워보겠다고 했지만 사라진 아이에게 최소한의 양육비라도 보내줘야 한다는 의무감 때문이라는 걸 K는 알고 있었다. 모인 사람들이 어림잡아 열 명은 되니 계산상으로 하룻밤에 대략 120만 원의 수입을 예상할 수 있었다.

그러나 예상은 그저 예상일 뿐이었다. D가 매 시간마다 '레이스'에 빠져있는 그들에게 가서 손을 내밀면 D의 손에는 돈 대신 재떨이나 물컵이 쥐어졌다. 탁자 위에 각자 수천만 원의 수표며 돈다발을 올려놓고 한 판에 기백만 원이 왔다 갔다 하는 마당에 단돈 2만 원을 아까워하는 것을 K는 이해할 수가 없었다.

대부분 D와 같은 고향 출신이었던 이들은 K가 보기에 자릿세를 아까워하는 것이 아니라 D를 철저하게 무시하고 있었다. D 역시 단 한마디의 항의도 없이 묵묵히 감내하는 모습을 보여 이들과의 관계가 오랜 시간에 걸쳐 형성된 것임을 짐작케 했다.

D에게는 익숙한 일이었을지 모르지만 옆에서 지켜보는 K로서는 바로 자신이 무시당하는 듯한 모욕감을 참아내기가 힘들었다. 도박과 도박장소 제공이라는 불법성을 인정한다 하더라도 D와 이들은 일종의 계약을 맺은 것이었고 계약에 의한 권리를 주장하는 것은 당연했다.

화가 난 나머지 읽던 책을 팽개치고 이들에게 다가가던 K를 깜짝 놀란 D가 말리지만 않았어도 K는 이들과 한판 벌일 기세였다. 카드 패를 돌리다가 다가서는 K와 눈이 마주친 '짧은 머리'는 어이가 없다는 듯 한쪽 입 꼬리를 살짝 올리며 K를 향해 코웃음을 쳤다. 그러나 곧바로 D를 향해 던진 눈빛에는 질타와 함께 살기가 묻어났다. '짧은 머리'의 눈빛을 알아차린 순간 표정이 얼어버린 D는 K를 데려가 재빨리 의자에 앉힌 뒤에도 '짧은 머리'가 어떤 사람인지 아무런 설명도 하지 않았다. 다른 이들이 존댓말을 쓰는 것으로 미루어 가장 연장자라는 사실만 짐작할 수 있었다.

K는 몇 시간째 진도를 내지 못하고 있는 보르헤스 단편집에 집중해보려고 노

력했지만 등 뒤에서 D에게 줄곧 욕설을 해대는 '짧은 머리'의 목소리가 너무나도 거슬렸다. 감정의 기복이 무척 심해 어느 정도의 성적을 거두고 있는지 목소리만 듣고도 알아차릴 수 있었다. 큰 키에 가무잡잡한 얼굴, 사병처럼 짧게 자른 머리에 드문드문 뻗쳐오른 흰머리, 신경질이 잔뜩 묻어나는 목소리 등 어느 면을 봐서도 다시는 마주치고 싶지 않은 사람이었다.

실망한 표정으로 카운터에 앉아 여벌의 카드만 만지작거리던 D는 시간이 지날수록 점점 분노의 빛을 띠기 시작했지만 포커판의 어느 누구도 D에 대해 신경 쓰지 않았고 K로서도 마땅히 위로할 말이 없었다.

욕설과 매캐한 담배 연기, 바닥에 뒹구는 빈 깡통과 쓰레기 속에서도 포커판은 계속되고 있었다. K는 같은 페이지를 여러 번 읽으면서도 내용을 제대로 이해하지 못해 책장을 넘겼다가 다시 돌아오는 일을 되풀이하고 있었다.

K는 환기도 되지 않는 20평 남짓한 지하에서 담배 연기를 내뿜으며 적개심이 묻어나는 눈빛으로 서로에게 경계심을 늦추지 않고 있는 이들을 보면서 삼류 방화를 보고 난 후의 답답함이 느껴졌다. 중년에 가까운 무명배우들이 키치적 미장센 속에서 유치한 대사를 주고받는 영화를 보면 내러티브나 배우들의 연기에는 집중할 수가 없었다. 연기나 시나리오가 수준 이하이기 때문이기도 했지만 그들이 생존의 방편으로 선택한 일이 고작 저런 일인가 하는 생각과 함께 영화와는 상관없는 그들의 실제 삶을 엿본 것 같은 불쾌감을 참아낼 수가 없었기 때문이다. 가까운 장래에 펼쳐질 자신의 삶도 그들의 인생과 별반 다르지 않을 거라는 암울한 상상이 끼어들기도 했다.

K가 몇 번인가 순찰 아닌 순찰을 돈 후 벽에 머리를 기대고 잠시 쉬고 있는 동안 출입문으로는 햇살이 비쳐들고 있었다. 그들 모두는 지쳐 있었고 판돈이 바닥난 두어 명은 의자를 붙여놓고 곯아떨어져 있었다.

자릿세는 포기한 채 뜯지도 않은 새 카드를 쥐고 카운터에 앉아 꾸벅꾸벅 졸고 있던 D가 눈을 뜬 건 '짧은 머리'의 외침 때문이었다.

"야, 너 이리 와서 앉아봐."

갑작스런 외침에 부스스 고개를 든 D에게 '짧은 머리'는 다시 한 번 짜증스런 목소리로 "너, 들어와!" 하며 손짓을 했다. '짧은 머리'의 강압적인 목소리에 D는 기다렸다는 듯이 벌떡 일어나 카운터를 돌아 나왔지만 K와 눈이 마주치자 걸음을 멈추고 양쪽을 번갈아 바라보기 시작했다.

"뭐 해, 빨리 와!"

"형, 안 하기로 했잖아요."

"할 거야 말 거야!"

"형 …… ."

애원하는 듯한 K의 목소리에 한숨을 깊이 내쉰 D는 고개를 숙인 채 자리로 돌아왔지만 표정에는 아쉬움이 역력했다. K는 D의 행동에 실망하지 않을 수 없었다. K의 면전이라 지금은 참아낼 수 있었지만 언젠가는 '짧은 머리'의 뜻대로 될 것이 분명했기 때문이다. 아주 짧은 순간이지만 호출을 받은 D의 표정이 밝아보였다는 것도 K에게는 슬픈 일이었다.

잠시 후 판이 끝나고 그들 중 한 사람이 D에게 선심 쓰듯 30만 원 정도의 자릿세를 건네줬다. 약속한 돈의 3분의 1도 안 되는 액수였다. D는 아무런 말도 하지 않았다. '짧은 머리'는 소기의 목적을 달성하지 못한 듯 아쉬운 표정이 역력했다. 자리를 정돈하며 잠시 K와 눈이 마주쳤지만 옆 사람과 얘기를 나누는 척하며 이내 눈길을 피해버렸다.

앞표지가 반대쪽으로 심하게 접혀버린 보르헤스 단편집을 집어 들고 자리에서 일어서는 K에게 D는 만 원짜리 몇 장을 내밀었다. 약속한 것의 두 배나 되는 액수였다. K는 받고 싶지 않았지만 강권하다시피 손에 쥐어주는 통에 어쩔 수가 없었다.

"형, 이제 이런 일 하지 말아요."

"나가서 해장국이라도 먹고 가라." D는 못 들은 척 딴청을 부렸다.

"형, 더 이상 못하겠어요."

탁자를 정리하던 D가 아무런 대답도 하지 않았지만 K는 서둘러 계단을 올라와버렸다.

담배를 피워 물고 기숙사를 향하는 K의 발걸음이 마치 허공을 걷는 것처럼 터덕거렸다. D를 버려두고 왔다는 생각을 지울 수가 없었다.

여름방학이 거의 끝나갈 무렵 수강신청을 위해 학교를 찾은 K는 후배 한 명을 우연히 만나 FM으로 향했다.

횡단보도에서 신호를 기다리면서 K는 근 두 달 만에 처음 보는 D에게 무슨 말을 해야 할지 생각에 잠겨 있었다. 후배가 있어 어색한 분위기는 모면할 수 있을 것 같았지만 그동안 무슨 일이라도 일어나지 않았는지 걱정스런 마음이 앞섰다.

"문 닫은 것 같은데요."

횡단보도를 반쯤 건넜을 때 후배가 먼저 FM의 잠긴 문을 알아봤다. 현관문은 잠겨 있었고 유리창 너머로 보이는 계단은 신문지, 빈병 따위가 뒹구는 지저분한 모습이었다. 현관문 앞에는 중국집 빈 그릇들이 포개진 채로 덩그러니 놓여 있었다.

K는 근처의 술집으로 발길을 돌려 후배와 맥주 몇 잔을 별 얘기도 없이 비우고 나왔다. 취기는 없었지만 후배를 보내고 기숙사로 향하는 길이 유난히도 멀게 느껴졌다.

K 일행은 그 후로 FM을 찾지 않았다. 소문으로만 들리던 지하철 공사가 개강과 함께 시작되자 FM 앞은 골재가 쌓여 지나다닐 수 없게 되었고 K도 D에 대해 더 이상 생각하지 않게 되었다.

3

배달통을 들고 멍하니 서 있던 K는 자동차 경적소리에 놀라 흠칫 뒤를 돌아보았다. 선글라스를 끼고 신경질적으로 경적을 울려대는 사내는 당장이라도 뛰어내릴 것처럼 격앙된 표정이었지만 죄송하다는 K의 입 모양을 읽었는지 차를 다시 움직이기 시작했다. 고개를 숙인 조수석의 사내는 차가 멈췄다가 다시 움직이는 동안에도 미동도 하지 않았는데 검은색 대형 승용차와는 어울리지 않는 남루한 행색이었다. 운전석의 사내에 의해 완전히 제압된 듯한 묘한 느낌 때문에 좀더 살펴보고 싶었지만 코팅된 유리창이 시야를 막아버렸다.

두 사내의 모습이 왠지 낯설지가 않다는 생각에 차가 골목을 빠져 나갈 때까지도 우두커니 서서 이런저런 사람들을 떠올리던 K는 배달통을 내려놓고 담배를 꺼내 물자 왠지 모를 한기를 느끼기 시작했다.

배달통을 들고 오면서부터 어깨가 뻐근하고 뒷목이 묵적지근한 게 몸살기가 느껴지던 차였다. 담배는 잘 빨리지 않아 텁텁한 맛만 입안에 감돌았다.

중국 음식점 입구의 입간판은 깨져 있었다. 이층으로 올라가는 계단에도 신문지에 덮인 빈 그릇과 함께 휴지며 박스 같은 쓰레기들이 뒹굴고 있었다. 잠긴 유리문 너머의 음식점 내부는 빈 의자 몇 개뿐 사람의 모습은 찾을 수가 없었다. 당황스런 마음이 알 수 없는 두려움으로 바뀌려는 순간 뒤쪽에서 갑자기 "들어와!" 하는 거친 목소리가 들려왔다.

화장실에 갔다 왔는지 바지의 지퍼를 끌어올리며 허리춤의 옷매무새를 가다듬던 사내가 안을 향해 누군가를 부르자 발자국 소리가 들리기 시작했다.

문을 열어준 이가 짜증 섞인 목소리로 "왜 이제 왔냐?"고 물었지만 K는 아무런 말없이 사내의 뒤만 따랐다. 음식점은 기억자로 꺾여 있었는데 네댓 명의 사내들은 밖에서는 보이지 않는 구석에 원탁을 갖다놓고 둘러앉아 있었다.

K가 바닥에 음식을 내려놓는 동안에도 담배 연기만 내뿜으며 각자의 패에서 눈을 떼지 못하던 이들은 잠깐 쉬자는 누군가의 제안이 있고서야 카드를 내려놓으며 한마디씩 했다.

"이거 며칠째 본전도 못 찾네!"

"아니 도대체 판은 누가 다 쓸어간 거야?"

"누군 누구야. 형님이지."

"젠장, 못 해먹겠네."

"그나저나 걔는 어떻게 되는 거야."

"뭐가 어떻게 돼."

"빚을 수천만 원이나 졌으니 몸으로라도 해결해야지."

"몸으로 해결해? 그게 무슨 말이야?"

"형님 성격 몰라서 하는 소리야? 발가락이라도 잘라 내겠지."

"하여간 형님 돈은 함부로 갖다 쓰는 게 아니라니까."

"쓸데없는 소리 그만 하고 빨리 먹자."

배달통을 들고 계단을 내려오자 조금 전까지만 해도 멀쩡하던 하늘에는 어느새 먹구름이 잔뜩 껴 금방이라도 빗줄기를 쏟아낼 것 같았다. 담배를 한 대 피우고 불똥을 떨어낸 꽁초를 호주머니에 집어넣은 K는 서둘러 발길을 옮겼다. 골목 어귀에 이르자 하늘은 어느새 어두워져 있었고 빗방울이 하나둘씩 듣기 시작했다. 과일을 들여가는 슈퍼마켓 아주머니의 손길이 무척이나 분주했다.

비를 피해 뛰다시피 한 K는 음식점에 도착하자마자 사내들에게 건네받은 음식값과 홍보 전단을 주인에게 건네고 곧바로 문을 나섰다. 고맙다며 식사라도 하고 가라는 주인의 말은 건성으로 들었다.

음식점을 나오자마자 느껴지기 시작한 심한 한기와 소름 돋는 두려움은 K의 발걸음을 더디게 만들었다. 제법 굵어진 빗줄기 속에 우산도 없이 버스 정류장으로 향하는 K의 머릿속은 D에 대한 생각으로 가득 차 있었다.

'발가락'은 시나리오로 다시 씌어졌다. 졸작의 오명을 두 번이나 뒤집어쓴 것이다.

223

S#1. XX여대 정문 앞 사거리/오후

말끔한 정장 차림에 넥타이까지 맨 강석. 중국음식점 배달통을 들고 서 있다. 초여름 따가운 햇살에 이마에서는 땀이 흐른다. 오가는 여대생들이 모두 한 번씩 쳐다보며 지나간다. 수군대며 웃는 이들도 보인다. 얼굴이 벌겋게 달아오른 강석. 쪽지를 봐가며 여기저기 두리번거리다가 고개를 갸웃하며 난감한 표정을 짓는다. 한숨을 크게 내쉰 뒤 배달통을 그냥 길 위에 내려놓는다.

S#2. 중국음식점/오후

눈코 뜰 새 없이 바쁜 모습. 여기저기서 주문하는 소리. 주인 남자가 전화를 받고 있을 때 강석이 가게 문을 열고 들어선다. 한손에는 서류봉투를 들고 있다.
주인: (전화를 끊으며 무척이나 반가운 표정으로) 그렇지. 바로 이럴 때 와줘야지!
강석: (목례를 하며 서류봉투를 건넨다) 전단지 여기 있습니다.
갑자기 카운터 위의 메모지에 약도를 그리기 시작하는 주인. 강석은 서류봉투를 어색하게 거둬들인 뒤 어리둥절한 표정으로 서 있다.
주인: (약도를 건네주며 얄미운 표정으로) 독도법 배웠지? 자, 출발!
주인 얼굴을 한 번 쳐다본 뒤 약도를 받아드는 강석. 카운터 옆에 준비된 배달통을 강석의 발밑에 끌어다 놓으며 계면쩍게 웃는 주인. 카운터에 서류봉투를 내려놓은 강석이 마뜩찮은 표정으로 배달통을 집어 든다.

S#3. 강석의 선배 사무실/낮

강석의 선배가 다리를 꼰 채 비스듬히 거만하게 앉아 있다. 영양상태가 좋아 보이는 희멀건 얼굴에 금테 안경을 쓰고 있다. 머리까지 가지런히 빗어 넘겨 냉정한 인상을 풍긴다. 강석은 고개를 숙인 채 마주 앉아 있다.

선배: (한심하다는 듯) 실력이 없는 것도 아니고 됨됨이가 빠지는 것도 아니고. 장학금 받고 유학까지 갔다 온 놈 꼴이 이게 뭐냐?

굳은 표정으로 고개를 숙인 채 아무 말 없는 강석.

선배: (비꼬는 말투로) 너 술 좋아할 때부터 수상했다니까.

강석: (갑자기 고개를 들고 단호한 말투로) 선배, 무슨 일 때문에 부르신 거죠? 이런 얘기는 전화로 하셔도 되잖아요. 아니면 이메일을 쓰시든가.

선배: (당황하며 아쉬운 말투로) 그렇다고 화를 낼 건 뭐냐. 나는 너 생각해서 일부러 …… .

강석: (누그러진 목소리로) 빨리 말씀하세요. 급한 약속이 있어요.

선배: (탁자 위의 서류봉투에서 전단지를 한 장 꺼내 보여주며 부드러운 말투로) 이런 식으로 하나 만들어줘. 이거 하던 애가 지난주에 나갔거든. 후하게 쳐서 줄게.

서류봉투를 받아 아무 말 없이 일어서는 강석.

선배: (강석과 같이 일어서며 자신 없는 말투로) 저번에 번역해준 거 고맙다. 통장으로 입금됐지?

강석: (선배의 눈을 똑바로 바라보며) 누구 통장요?

선배: (당황하며) 내가 김 대리한테 …… .

강석이 문을 열고 나간다.

선배: (나가는 강석을 향해) 주말까지다. (강석이 나가고 나자 상기된 표정으로) 자식, 성질머리 하고는!

S#4. XX여대 앞 주택가 초입/오후

강석이 내려놨던 배달통을 들고 왼쪽에 보이는 슈퍼마켓으로 향한다. 배달통 때문에 발길이 무척 조심스럽다. 마침 진열대에서 과일을 정리하던 아주머니에게 말을 건넨다.

강석: (조용한 목소리로) 아주머니, 혹시 '연길루'가 어딘지 아세요?

아주머니: (이상한 듯 강석을 위아래로 훑어보며) 나보다야 그쪽이 더 잘 알겠지. 자기 집도 못 찾아가남?

강석: (머뭇거리며) 예?

아주머니: (골목길을 가리키며 퉁명스럽게) 이쪽으로 이렇게 돌아가 봐.

강석: (공손하게) 감사합니다.

아주머니: (마침 가게로 들어서는 동네 아줌마에게) 연길루 신입사원인가?

동네 아줌마: (웃으면서) 중국집도 신입사원 뽑아요?

아주머니: (진열된 과일을 돌아보며) 모르지 그건. 짜장면 면발 뽑다가 심심해서 신입사원도 하나 뽑았는지. 시절이 하도 수상하니께.

S#5. 연길루 앞/오후

골목 저쪽에서 양복을 입고 배달통을 든 강석이 불편하고 조심스런 걸음걸이로 걸어오고 있다.

S#6. 대학 강의실/낮

개강한 지 얼마 되지 않아 강의실이 학생들로 가득 차 있다. 강의가 막 끝나고 강사가 나가자 학생들이 따라서 나간다.

호군: (강석 쪽으로 다가오며) 형, 오늘 바빠요?

외국에서 오랫동안 생활한 듯 호군의 말투가 약간 꼬여 있다. 키는 작은 편이 아니지만 전체적으로 살이 올라 있다. 둥그런 얼굴에는 장난기가 가득하다.

강석: (책을 챙겨 자리에서 일어나며) 왜?

호군: (대수롭지 않은 표정으로) 그냥 한잔하자구요. 내일 주말이잖아요.

강석: (역시 대수롭지 않게) 그러지 뭐.

호군: (갑자기 강의실을 빠져나가는 학생들을 향해) 오옌 세뇨레스! 오늘 형이 주말 기념으로 한잔 산대요! (뒤돌아보는 학생들을 의식하며 장난스럽게) 오늘 나 약속 있는데 큰일 났네!

학생들: (반가운 듯) 정말? 형, 정말요?

강석: (당황해서) 어, 어…….

어이없는 표정으로 호군을 바라보는 강석. 강석을 향해 어깨를 으쓱해 보이는 호군.

S#7. 대학 캠퍼스/낮

후문 방향으로 무리를 지어 걸어가며 이런저런 얘기를 나누는 강석, 호군과 학생들. 왼쪽으로는 대학원 건물이 보인다.

호군: (즐거운 표정으로) 형이 사는 거 맞죠?

강석: (담담하게) 그래.

호군: (장난스럽게 예의를 갖춘 척 과장된 말투로) 잘 마시겠습니다. (심각해진 얼굴로) 근데, 수업이 너무 재미없어요. (주위를 둘러보며) 야, 아까 나 책 읽을 때 웃은 애들 두고 봐!

강석과 학생들이 서로 쳐다보며 웃는다.

호군: (갑자기 생각났다는 듯) '실용' 스페인어가 뭐예요? 밖에서 말고 방에서 쓰는 에스빠뇰인가?

강석: (답답한 듯) 이 사람아, 실생활에서 쓸 수 있는 스페인어 말이야.

호군: (정색하며) 그렇죠. 내 말이 그거예요. 책에 나오는 거 잘못된 거 너무 많아요. 남미에선 그렇게 얘기하면 못 알아들어요.

고개를 숙인 채 계속 걸어가는 강석.

호군: (이상하다는 듯) 그리고 도서관에 있는 애들은 다 법대 애들이에요? 전

부 같은 공부만 해요. 형, 나도 외무시라는 거 한번 볼까?

강석이 어이없는 표정으로 호군을 바라보며 웃는다.

강석: (미소 띤 얼굴로) 외무고시겠지!

호군: (같이 걷던 한 학생에게) 야, 외무시에 한자 나오냐?

호군이 한자를 그냥 '한 자'로 발음해 모두 웃는다.

학생 1: (웃음을 그치지 못하고) 어떻게 '한 자'만 나오냐? 수도 없이 나오지!

강석이 웃으며 호군의 뒤통수를 문지른다.

호군: (정색하며) 저를 왜 무시해요!

강석: 그러는 너는 스페인어 그리 잘하는데 뭐하러 서문과 왔냐? 한국에서 더 배울 스페인어가 있어?

호군: (당황하며) 그냥 뭐, 아버지가……

강석: (전방을 응시한 채 읊조리듯 조용히) 세상을 이해하려고 하지 마라. 외무시!

S#8. 학교 근처 맥줏집/저녁

학교 근처 맥줏집에서 강석과 호군을 비롯한 열댓 명의 학생들이 술을 마시고 있다. 제법 큰 술집. 들고나는 손님들로 북적거린다. 강석 옆에 앉은 호군이 이야기를 주도한다. 호군의 얘기에 귀 기울이고 있는 강석 일행.

호군: (자랑스런 표정으로 호들갑스럽게) 그래서 그날 새벽에 아버지 차를 몰래 타고 나갔죠. 와, 정말 신났어요! 그 나라는 원래 차가 별로 없는데 새벽이잖아요. 고속도로에 정말 우리밖에 없어요. 고속도로요? 거의 몇 킬로가 그냥 쭉! 예! 그냥 쭉!

학생 1: (호기심어린 표정으로) 그래서?

호군: (맥주를 한 모금 하다가 정색하며) 뭐가 그래서? 그대로 카지노까지 갔지. 우리 세 명이. 한 삼백 킬로 되나? 우리나라라면 여기서 … 어, 북한인가?

학생 2: 가서 뭐 했는데?

호군: (눈을 흘기며) 얘는 참. 카지노에서 목욕하니? 블랙잭도 하고 이것저것 하는 거지. 원래 그런 데 앉아 있으면 음료수부터 시작해서 담배까지 다 갖다 주거든. 돈 없으면 음료수도 마시고 칩도 하나씩 얻고 그러는 거지.

강석: (따지듯이) 너희들이 거길 어떻게 들어가?

호군: (정색하며) 왜 못 들어가요. 우리들은 차 번호판도 다르고 여권도 다른데. 교통경찰한테 걸려도 그냥 보내줘요. 혹시 뭐라 그러면 우리 아버지 대사관 계신다고 그러면 돼요.

강석: 아무튼 그래서?

호군: (머리를 긁적이며) 그러고 놀았다 이거죠 뭐. (갑자기 목소리를 낮춰) 한 두 시간 놀다가 왔어요. 아버지 출근해야 되니까.

강석: (맥주를 한 모금 마시며) 안 들켰어?

호군: 안 들켰어요. (생각난 듯) 아, 한 번 들켰구나!

학생 3: 어떻게 됐는데?

호군: (웃으며) 집에 며칠 안 들어갔지 뭐. 우리 아버지 되게 무섭거든. 일단 피해야 돼. 꼭 피해야 돼!

학생 4: 그런 거 말고 뭐 건전한 거 없어?

호군: (더듬거리며) 건져 낸 거? 뭘 건져내?

모두가 크게 웃는다.

학생 5: (몰아세우 듯) 착한 일은 안 하고 살았냐고? 너 만날 하는 얘기가 길거리에서 현지인 애들하고 한판 붙었다느니 담배 피다 걸려서 아버지한테 맞았다느니 그런 거잖아.

호군: 아, 건전한 거? 아버지랑 바다낚시 갔다가 신발 한 번 건진 적 있지! 걔네들 신발은 무지 커요!

모두가 크게 웃는다.

강석: (머리를 쥐어박는 시늉을 하며) 그래 잘 났다, 이놈아!

호군: (아랫입술을 비쭉 내밀고) 사실 어렸을 때부터 이 나라 저 나라 계속 왔다 갔다 하니까 문제가 좀 있죠.

강석: (호기심 어린 표정으로) 무슨 문제?

호군: (진지한 얼굴로) 생각해보세요. 다른 동네도 아니고 다른 나라로 만날 전학 다니는데 … 친구도 없지, 말도 안 통하지. 한 번은 동네 애들이 나한테 뭐라고 막 하기에 집에 가서 엄마한테 물어봤죠. 이상하게 엄마가 아무 말 안 하는 거예요. 나중에 알고 보니 다 욕인 거 있죠! 한국에 오면 어떤 줄 아세요? 애들이 상대도 안 해줘요. 어차피 내년이면 또 나가는 거 참자 참자해도 결국엔 한판 하죠. 애들 치료비만 천만 원도 넘게 물어줬어요. (주위를 둘러보며) 이런 가게를 하나 만들겠네!

강석: 우리 학교는 어떻게 들어왔어?

호군: 몰라요 나도. 다른 애들은 나보다 더 심한가 봐요. 국어하고 두 과목인가 봤는데 합격했다고 그러대요. (맥주를 한 모금 마신 뒤) 근데 형은요?

강석: (무표정한 얼굴로) 뭘?

호군: 왜 기숙사에 있어요? 불편하잖아요.

강석: (조용한 목소리로) 기숙사 만한 데가 있나? 요즘 하숙비가 얼마나 비싼데. 자취를 할래도 보증금이 있어야 하는데.

호군: 서울에 누구 없어요?

강석: (굳은 표정으로) 없어. 찾아보면 있겠지만 찾아보고 싶지 않다.

호군: (눈을 동그랗게 뜨며) 왜요?

강석: 가족이 다 가족이 아니다.

호군: 부모님은요?

강석: 고향에 어머니 계시지. 동생 하나 있고.

호군: 아버지는요?

강석: (웃으며) 호구조사 나왔냐?

호군: 예? 뭐가 나와요?

강석: 됐다. 술이나 먹어라. 외무시!

S#9. 기숙사 방 안/저녁

강석이 책상에 앉아 있다. 오른쪽 스탠드 옆에 사전 몇 권이 쌓여 있다. 볼펜을 만지작거리며 책을 읽고 있다가 기지개를 켠다. 이때 방문 옆에 붙어 있는 인터폰이 울리기 시작한다. 일어나 방문 쪽으로 걸어간다.

　강석: 여보세요. 어, 웬일이냐. 지금? 알았다.

S#10. 기숙사 앞 사거리/저녁

호군이 강석을 기다리고 있다. 강석이 호군 쪽으로 걸어간다.

　호군: (다가오는 강석을 보고 호들갑스럽게) 형, 괜찮은 데 하나 찾았어요.

　강석: (영문을 몰라) 무슨 소리야?

　호군: 엄청나게 싼 집을 찾았어요. 만 원만 있으면 둘이 배부르게 먹을 수 있어요.

　강석: (어이가 없는 듯) 참내, 난 또…….

　호군: (장난기 어린 표정으로) 고맙다고 해야 되는 거 아니에요? 이렇게 술집까지 찾아주는 후배가 어딨어요?

　강석: (호군을 바라보며 어이가 없다는 듯) 그래 고맙다. 정말 고마워.

　호군: (웃으며) 그럼 오늘 형이 사는 거죠?

S#11. 에프엠 앞/저녁

에프엠 앞에 도착한 강석과 호군. 전체적으로 허름한 외관에 간판 불빛까지 어둡다. 현관에서 지하로 내려가는 계단이 보인다. 강석의 실망한 표정이 역력하다.

호군: (머뭇거리는 강석을 바라보며) 뭐해요, 빨리 들어가요.
호군이 들어가자 강석도 마지못해 따라 들어간다.

S#12. 에프엠 안/저녁

강석과 호군이 한쪽 구석에 자리를 잡고 앉아 메뉴판을 바라보고 있다.
호군: (메뉴판을 대충 들춰보고) 형, 일단 오백 두 잔만 시켜요.
강석: (호군을 바라보며) 안주는?
호군: (미소 지으며 강석 쪽으로 몸을 숙여 조용한 목소리로) 일단 이것만 시
켜요. 계속 먹으면 마른안주도 그냥 주거든요. (카운터 쪽을 바라보며) 아저씨!
호군을 바라보며 피식 웃는 강석 옆으로 흰색 벽이 클로즈업 된다.

S#13. 에프엠 앞 거리/저녁

학생들과 행인들로 북적이는 거리. 이런저런 불빛과 네온사인으로 활기 있는
모습.

S#14. 에프엠 안/저녁

대선과 미혜가 카운터에 앉아 강석과 호군을 부러운 듯 바라보고 있다. 강석
과 호군은 뭔가 재밌는 얘기를 주고받으며 연신 웃음을 흘린다.
호군: (발그레한 얼굴로 카운터를 바라보며) 저기요, 여기 두 잔만 더 주세요.
팝콘도 더 주세요.
대선과 미혜가 동시에 대답하며 일어선다.

S#15. 벽시계 (INSERT)

강석 일행이 앉아 있는 반대편 벽의 벽시계가 9시 20분을 가리키고 있다.

S#16. 에프엠 안/밤

카운터에서 계산을 하고 있는 강석과 호군. 계산이 끝나자 대선이 카운터를 돌아 나온다.

대선: 안녕히 가세요! 감사합니다!

호군: 예, 감사합니다.

강석과 호군이 문을 열고 나간다. 강석과 호군을 배웅한 대선이 행주를 들고 테이블로 간다. 의자에서 파일을 발견한 대선이 황급히 문을 열고 나간다. 현관 쪽을 올려다보며 소리친다.

대선: 저기요, 이거 혹시······.

S#17. 에프엠 안/밤

강석과 호군이 테이블에 앉아 에프엠 여기저기를 둘러보고 있다. 카운터 뒷면의 초라한 진열장. 천장의 희미한 조명과 지저분한 바닥. 주방에서 차를 끓여 나온 대선과 미혜가 테이블에 와서 앉는다. 대선은 가르마 없는 말총머리에 덩치가 운동선수를 방불케 한다. 위아래 모두 흰색 트레이닝복 차림. 하지만 표정은 너무도 순수해 어찌 보면 바보스럽기까지 하다. 단발머리에 뿔테 안경을 쓴 미혜는 수더분하고 순진한 모습이다.

대선: (장난스럽게) 대학생들은 이렇게 생겼구나! 나도 공부했으면 한 가닥 했을 텐데.

미혜가 대선에게 눈치를 준다.

대선: (미혜를 한 번 쳐다보고는 호군에게 손을 내밀며) 심대선입니다.

호군: (멋쩍은 표정으로) 장호군입니다.

233

대선: (강석을 바라보며) 이 분은 후배신가.

호군: (강석의 눈치를 살피며) 아니에요. 이번에 복학한 김강석 선뱁니다.

대선: (호들갑스럽게) 아이구, 미안해요. 좀 어리게 생기셔서.

강석: (미소를 보이며) 괜찮습니다. 가게 시작한 지 얼마 안 되셨나 봐요?

대선: 예, 개업한 지 육 개월이 다 됐는데 요령이 없어서 그런지 손님이 없어요. (걱정스런 표정으로) 학생들 상대로 장사하기가 쉽지 않네요.

미혜: (진지한 표정으로) 우리가 잘 모르니 강석 씨랑 호군 씨가 좀 도와줘요. 친구들도 좀 많이 데려오고. 우리 대선 씨, 고생 많이 해서 장만한 가겐데.

호군: (쑥스러운 표정으로) 저희들이 뭐 … 말 그냥 편하게 하세요. 강석이 형은 올해 스물다섯이고 전 스물하나예요. 형님은 ……?

대선: (미소 지으며) 나도 서른밖에 안 됐어요.

강석: 그냥 편히 하세요. 저희들이 불편해서 …… .

대선: (멋쩍은 표정으로) 그럴까?

강석: 이전에는 뭐 하셨어요?

대선: (머뭇거리며) 중국집에 오래 있었어. 어렸을 때 서울에 올라왔는데 어디 갈 데가 있어야지.

미혜의 표정이 어두워진다. 강석과 호군도 괜히 미안한 표정이다.

대선: (미소 지으며) 그거라도 배웠으니 망정이지 …… .

호군: (진지한 표정으로) 부모님은 …… .

대선: (담담하게) 아버님은 원래 안 계셨고 … 어머니는 아마 돌아가셨을 거야.

호군: (이해할 수 없다는 표정으로) 아마요?

대선: (무표정한 얼굴로) 서울에 온 이후로 연락해본 적 없어. 동생 녀석도 어디서 뭘 하는지 모르고.

호군: 죄송해요. 괜히 제가 …… .

대선: (정색하며) 아니야, 다 지난 일인데 뭐.

대선이 어색하게 찻잔을 집어 든다.

S#18. 대폿집 앞/밤

어린 대선이 문 앞에 쭈그리고 앉아 있다. 안에서는 젓가락 장단과 노랫소리
가 들린다. 가게를 나오던 손님들 중 하나가 대선에게 동전을 던져준다. 어린 대
선이 올려다보자 술에 취한 남자는 웃으면서 대선의 머리를 쓰다듬어 준다. 비
틀거리며 걸어가는 남자를 바라보는 어린 대선.

S#19. 대폿집 안/저녁

짙은 화장을 한 여인이 남자들과 어울려 술을 마시고 있다. 남자들 중 하나가
술을 권하자 술잔을 완전히 비워내고 헤벌쭉 웃는다. 손님들의 웃음소리가 이어
지고 여인의 술잔에 옆자리의 남자가 다시 술을 따라준다.

S#20. 시골 저수지/저녁

어린 대선과 아이 하나가 저수지 갈대밭에 나란히 앉아 있다. 어두워진 들녘
이 눈앞에 보인다.
　아이: (애원하는 목소리로) 형, 집에 가자.
　어린 대선: (단호하게) 안 돼.
　아이: (짜증 섞인 목소리로) 왜 안 돼?
　어린 대선: (달래듯) 조금만 이따 가자.
풀 죽은 표정으로 아무 말이 없는 아이.

S#21. 대폿집 방/저녁

어린 대선이 혼자 쭈그리고 앉아 울고 있다. 무릎을 가슴팍까지 끌어 모으고

고개를 숙인 채 방바닥 위에 떨어진 눈물을 손가락으로 문지르고 있다. 밖에서는 남자들과 여인의 웃음소리가 섞여 들린다.

S#22. 버스 안/저녁

어린 대선이 버스 안에 혼자 앉아 있다. 포장 안 된 시골길이라 버스가 덜컹거린다. 초라한 행색을 한 노년의 승객 서넛이 여기저기 흩어져 앉아 있다. 창밖으로는 노을에 물든 저수지의 풍광이 보인다. 저수지를 둘러싼 갈대가 가볍게 흔들리고 있다. 조그만 가방 하나를 품에 안고 있는 어린 대선을 맞은편의 노인하나가 흘끔 쳐다본다.

S#23. 연길루 안/낮

점심시간이라 빈 자리가 별로 없다. 어린 대선이 음식을 나르고 테이블을 치우는 등 바쁘게 일하고 있다.

S#24. 연길루 숙소/밤

주방의 후문과 방 2개가 기역자 형태로 붙은 한옥. 후문과 숙소 사이 모서리에 화장실이 있고 화장실 왼쪽 옆으로 철제계단이 보인다. 편평한 화장실 지붕위에는 빨랫줄이 지나가고 후줄근한 빨래들이 널려 있다. 방 두 개 중 하나에 불이 켜져 있다. 창호지 바른 미닫이문을 통해 사람의 그림자가 내비친다. 주방 반대편 저쪽에 보이는 대문은 칠이 벗겨져 낡아 보인다. 대문 밖에는 희미한 가로등이 하나 서 있다. 불 켜진 방 안에서 사람들의 목소리가 들린다.
사내 1: (꾸짖는 목소리로) 이놈이 정말! 가만히 안 있어!
사내 2: (협박조로) 너 자꾸 그러면 냉장고에서 과일 훔쳐 먹은 거 주인아저씨한테 이른다.

어린 대선: (울먹이며) 이러지 마세요.

어린 대선의 말이 끝나자마자 '철썩'하는 소리가 들린다. 어린 대선이 끝내 울음을 터뜨린다.

사내 1: (격앙된 목소리로) 너 계속 이럴래?

사내 2의 키득거리는 웃음소리가 들린다.

사내 2: (웃음을 참지 못하며) 형님, 그만 합시다. 심심하면 애들 불러서 카드나 한판 치시든지.

S#25. 미혜 사무실 앞/낮

배달통을 들고 계단을 성큼성큼 올라와 황급히 문을 여는 대선. 마침 문을 열고 나오는 미혜와 부딪히며 배달통이 바닥에 나뒹군다. 대선은 황망하게 서 있고 미혜가 재빨리 배달통을 집어 든다. 걱정스런 얼굴로 서로를 바라보는 대선과 미혜.

미혜: (당황해서 바닥에 떨어진 배달통을 얼른 집어 들며) 정말 미안해요.

대선: (미혜가 집어든 배달통을 받아 안쪽을 살펴보며 계면쩍은 표정으로) 괜찮아요. (바닥에 쏟아진 음식물을 걱정스레 바라보며) 이거 치워야 되는데…….

미혜: (미안한 표정으로) 제가 알아서 할게요. 음식값은 제가 드릴게요.

대선: (미소 띤 얼굴로 돌아서며) 새 걸로 다시 가져와야겠네요.

미혜: …… (수줍게 웃기만 한다).

조심스레 배달통을 들고 계단을 내려가는 대선의 뒷모습을 미혜가 바라보고 있다.

S#26. 극장 앞/낮

극장 앞에서 대선이 누군가를 기다리고 있다. 저쪽에서 미혜가 걸어오는 것을 발견하고는 반갑게 다가간다. 매표소에서 표를 사 극장으로 들어가는 두 사람.

S#27. 놀이공원/낮

원형의 탈것과 회전목마 등속의 놀이기구를 배경으로 대선과 미혜가 걸어오고 있다. 이들이 팔짱을 끼고 다정하게 걸어오는 동안 유치원생으로 보이는 노란 제복을 입은 아이들이 저희들끼리 몰려다니며 이것저것 구경하고 있다. 스낵코너를 지날 때쯤 대선이 화단가에 쪼그려 앉아 우는 한 아이를 발견하고 쳐다본다. 이를 모르는 미혜가 즐거운 듯 계속 걸어가자 대선도 하는 수 없이 따라 걸어간다. 걸어가면서도 아이가 걱정스러운 듯 자꾸 뒤를 돌아보는 대선.

S#28. 연길루 안/아침

주인이 없는 틈을 타 카운터에서 미혜에게 전화하는 대선.
대선: (심각한 목소리로) 여보세요. 나야. 일이 좀 생겨서 오늘 어디 좀 갔다 와야 할 것 같아. 사장님께는 말씀드렸어. (주위를 둘러보며 눈치를 살핀 뒤) 별일 아니야. 그냥 누굴 좀 만나야 돼. (긴장한 표정으로) 알았어. 내가 전화할게.

S#29. 미혜 사무실/저녁

낡은 철제책상이 대여섯 개 놓여 있는 사무실. 책상들 위에는 전화와 목재 책꽂이, 서류함 등이 놓여 있다. 미혜의 자리는 출입문을 마주보고 있는 창가 쪽. 사무실에는 미혜밖에 없다. 자리에 앉아 턱을 괴고 뭔가 골똘히 생각하다가 걱정스런 표정을 짓는 미혜. 이때 전화벨이 울린다.
미혜: (무척 반가운 표정으로 전화를 받으며) 여보세요. 대선 씨? 어제 왜 전

화 안 했어? 일은 잘 해결했어? (빙그레 웃으며) 그래. (표정을 바꿔) 근데, 무슨 일이야? 나한테 얘기해주면 안 돼? 아까 사무실로 전화가 몇 번 왔는데 내가 받으면 자꾸 끊더라. (심각한 표정으로) 알았어. 안 물어볼게. (희미한 미소를 지으며 풀 죽은 목소리로) 그래. 그래. 안녕.

　전화를 끊고 나서 의자에 걸어둔 상의를 챙겨 입는다. 자리를 정돈한 뒤 핸드백을 들고 출입문 쪽으로 천천히 걸어간다. 미혜가 나가면서 출입문 왼쪽 벽의 스위치를 내리자 사무실이 캄캄해진다. 밖에서 미혜가 자물쇠를 잠그는 소리가 들린다. 유리창에 비친 미혜의 그림자가 사라지면서 계단을 내려가는 발소리가 들린다. 잠시 후 미혜 자리의 전화벨이 울린다. 다섯 번 정도 울린 뒤 더 이상 울리지 않는다.

S#30. 에프엠 앞/낮

　대선과 미혜가 복덕방 할아버지와 함께 에프엠 앞에 서 있다.
　할아버지: (자신감 있는 목소리로) 여기는 일단 목이 좋거든. 횡단보도만 건너서 좀 들어가면 학교 후문이라 지나다니는 학생들이 아주 많지. (훈계조로) 장사는 목만 잘 잡으면 끝나는 거여. (목소리를 낮춰) 아, 그리고 말여, 여기저기 알아봤겠지만서도 학교 앞에 월세 백만 원짜리가 어딨어? (눈을 살짝 흘기며) 포장마차 자릿세도 백만 원은 훨씬 넘지.
　미혜: (대선을 바라보며 자신감 없는 말투로) 근데 보증금이 너무 비싸서 …….
　할아버지: (미혜를 바라보며) 은행에서 어찌 좀 해봐. 나야 안 팔려도 그만이지만 젊은 사람들이 착해 보여서 하는 소리야. 총각은 중국집에 있었다고? 술 말고도 이것저것 만들어서 팔아봐. 장사 될 거야.
　대선: (심각한 얼굴로) 지하라서 좀 그러네요.
　할아버지: (정색하며) 나도 젊어서 술 좀 먹어봤지만 술이라는 게 좀 어두침침하고 눅눅한 데서 마셔야 소화가 잘되는 거여. 그리고 보기보다는 꽤 넓어. 쪽

방도 하나 있다지 아마.

　　대선: (간판을 바라보면 잠시 서 있다가 뭔가 결심한 듯) 그래요, 내려가서 한
번 보죠.

　　할아버지: (빙그레 웃으며) 그래. 따라들 들어와.

　　대선과 미혜, 할아버지가 에프엠 안으로 들어가자 깜빡거리던 간판 불이 갑자
기 꺼져버린다.

　　S#31. 기숙사 방 안/밤

　　침대에 누워 있던 강석이 일어난다. 책상 스탠드를 켠 뒤 의자에 앉는다. 책
꽂이의 이런저런 책 중에 보르헤스의 《불한당들의 세계사》를 무심코 뽑아든다.
강석의 등 뒤로 보이는 이층 침대는 모두 비어 있다. 읽고 있던 페이지를 넘기려
는 순간 한 남자의 명령조 고함소리와 함께 구타소리, 신음소리가 들리기 시작
한다. 놀란 강석이 창문 쪽을 응시한다. 의자에서 천천히 일어나 창가로 다가간
강석이 창문을 조심스럽게 열어젖히자 야트막한 뒷산 정상에 철조망과 포대가
보인다. 포대로부터 하늘로 곧게 쏘아 올려진 서치라이트 불빛이 서서히 움직인
다. 창문을 닫고 침대로 돌아와 걸터앉는 강석.

　　S#32. 에프엠 안/저녁

　　강석과 호군이 학생 열댓 명과 술을 마시고 있다. 이런저런 얘기가 오고가면
서 왁자지껄한 분위기다. 경쾌한 음악이 흐르는 가운데 모두가 즐거운 표정이다.
강석이 따른 호프를 호군이 날라 간다. 주방에서 나오던 대선과 미혜가 흐뭇한
표정으로 바라본다.

　　S#33. 캠퍼스 매점 앞 벤치/낮

매점 주변에 수종을 알 수 없는 고목나무 몇 그루가 서 있다. 여기저기 서넛씩 모여 앉은 학생들의 웃음소리가 들린다. 강석과 호군이 음료수를 마시며 나란히 앉아 있다. 마주보고 있는 학생회관 앞 광장에서 일군의 학생들이 사물놀이를 연주하고 있다.

　　호군: (피곤한 듯 고개를 좌우로 움직이며) 어제 너무 마신 것 같아요.

　　강석: (진지한 표정으로) 대선이 형 너무 좋은 사람이야. 생각하면 가슴이 아프다. 어떻게든 도와주고 싶은데…….

　　호군: (정색하며) 도와주고 있잖아요. 손님 많으면 우리가 주문받고 이러쿵저러쿵 다 하잖아요.

　　강석: (조용한 목소리로) 그런 것 말고.

　　호군: (제법 진지한 목소리로) 더 이상 어떻게 해요. 대선이 형은 주인이고 우리는 그냥 손님인데. (진지한 표정을 지으며) 자기 인생은 자기가 알아서 해야 돼요. 우리 아버지도 저한테 항상 그러셨다니까요.

　　강석: (담담한 표정으로) 그런가?

　　호군: (정색하며) 그럼요. 우리는 싸게 마시면 좋은 거죠. (갑자기 생각난 듯) 형, 오늘 갈 거죠?

　　강석: 어디?

　　호군: 대선형이 장사 마치고 바람이나 쐬고 오자고 그랬잖아요. 같이 가요.

　　강석: 어디로 가는데?

　　호군: (머리를 긁적이며) 몰라요. 그냥 바람 쐬고 오면 되는 거죠.

S#34. 시골 저수지/저녁

갈대밭과 수초가 어우러진 저수지 둑에 강석과 대선이 나란히 앉아 있다. 호군은 조금 떨어진 곳에 서서 낚시에 열중하고 있다. 미끼를 계속해서 갈아 끼우는 모양새가 별 소득이 없는 듯하다. 미혜는 호군 뒤쪽에 앉아 턱을 괸 채 말 없이 호군을 바라보고 있다. 석양이 짙어지기 시작한다.

강석: (미소 띤 얼굴로 대선을 바라보며) 바람 쐬러 이렇게 멀리 올 필요 있어요?

대선: (저수지를 바라본 채 조용한 목소리로) 오다보니 그렇게 됐어. (신기하다는 듯 강석을 바라보며) 그냥 여기로 오게 되더라고.

강석: (진지한 표정으로) 여기가 형 고향이죠?

놀란 표정으로 잠시 강석을 바라보는 대선.

강석: (담담한 표정으로) 그냥 그럴 것 같았어요. 저도 그렇거든요. 고향 얘기는 꺼내고 싶지도 않지만 어디론가 떠나고 싶다는 생각이 들면 항상 고향이 떠올라요. 이상하죠?

대선: (미소 띤 얼굴로) 어릴 적에 동생 녀석하고 여기 자주 왔어. 사람들이 나를 못 알아보니 정말 편하다. 오는 동안 내내 혹시라도 알아보는 사람이 있으면 어떡하나 했는데.

강석: (조심스럽게) 동생은요?

대선: (담담하게) 몰라. 별로 찾고 싶지도 않고. 어머니가 어딘가에 맡겼는데 워낙 어릴 때라 지금 봐도 못 알아볼 거야.

강석: (채근하는 목소리로) 찾고 싶지 않아요?

대선: (체념한 듯) 지금 찾아서 뭐하나? 걔도 날 안 찾는 걸 보면 … 괜한 짓 하고 싶지 않다. 나 같은 형 찾아봐야 골치만 아프지.

강석: (미안한 표정으로) 어머니는요?

대선: (평범한 어투로) 돌아가셨겠지. 저 앞에 구멍가게 보이지? 저기가 우리 집이었어. 그땐 정말 술 냄새 맡기도 싫었는데 내가 지금 술집을 하고 있다. (씁쓸한 표정으로) 세상이란 게 참 그렇다. (한숨을 내쉬며) 어머니가 정말 싫었다. 책임지지도 못할 애들을 뭐하러 낳았는지. 근데 내 인생도 비슷하게 가는 것 같아.

강석: 무슨 말이에요?

대선: 아니다.

강석: 근데, 형. 자리 잡았으니 빨리 결혼식도 올리고 해야죠. 형수는 은근히

바라는 눈치던데. (장난스럽게) 애라도 생기면 어쩌려고 그러세요.

　강석을 바라보는 대선의 표정이 순간 긴장돼 보인다.

　대선: (말을 돌리려는 듯) 근데 강석이 넌 집에 자주 가나?

　강석: (담담하게) 자주 안 가요. 가봐야 반겨주는 사람도 없고.

　대선: 어머니 계시잖아.

　강석: 그냥 별로 보고 싶지 않아요. 저도 형 생각이랑 비슷해요. 원망스럽기
도 하고 슬프기도 하고.

　대선: 동생은?

　강석: 고향에서 대학 다녀요. 이번 학기 마치면 아마 입대할 거예요.

　갑자기 저쪽에서 호군의 고함소리가 들린다.

　호군: (낚싯줄에 매달린 고기를 들어 보이며) 잡았어요! 잡았다구요!

S#35. 에프엠 현관/낮

　강석과 호군이 길가에 주차시킨 대선의 승용차 트렁크를 열고 맥주통을 내린
다. 학생 몇이 지나가다가 강석과 호군에게 아는 체를 한다.

　학생 1: (호기심어린 표정으로) 형, 여기서 아르바이트 하세요?

　강석: (어색한 표정으로) 아니. (당부하는 말투로) 너희들도 앞으로는 여기서
마셔라.

　대선: (마침 현관에서 나오며) 수고했다. 들어들 가라. 밥 먹자.

　대선을 보고 살짝 웃어 보인 강석이 현관으로 들어가자 호군도 무척이나 더운
듯 손부채질을 하며 맥주통을 들고 따라 들어간다. 이 장면을 보고 수군대며 학
교로 향하는 학생들.

S#36. 에프엠 안/낮

대선이 주방에서 볶음밥 3인분을 쟁반에 담아 나온다. 반찬, 냅킨 등을 테이블 위에 내려놓고 식사를 시작한다. 볶음밥을 한 수저 떠 넣던 강석이 실수로 포크를 떨어뜨린다. 강석이 포크를 찾기 위해 의자 밑을 둘러보는 동안 호군과 대선이 우물거리며 대화하는 소리가 들린다.

호군(E): 근데 이거 만드는 거 언제 배웠어요?

대선(E): 중국집에 있을 때.

호군(E): 저도 좀 가르쳐줘요.

대선(E): 별거 없어. 그냥 이것저것 섞어서 막 볶아대면 돼.

여기저기 살피다가 대선의 발과 마주친 강석. 운동화 위에 맨발로 올려진 대선의 오른발에 새끼발가락이 하나 더 붙어있다.

대선(E): (귀찮은 듯 아래쪽을 향해) 그냥 놔둬라.

깜짝 놀라는 강석.

S#37. 탁자 위/낮

탁자 위로 올라온 강석의 얼굴이 벌겋게 달아올라 있다. 대선의 얼굴을 왠지 제대로 쳐다보지 못한다.

대선: (별일 아닌 듯) 새 걸로 갖다 먹어라.

S#38. 에프엠 주방/낮

강석이 무척 당황한 표정으로 싱크대를 짚고 서 있다.

대선(E): (입에 음식물을 담은 목소리로) 뭐하냐? 아직 못 찾았나?

강석이 선반 위의 포크를 황급히 집어 들고 나간다.

S#39. 기숙사로 가는 길/오후

멍한 표정으로 강석이 걸어오고 있다. 지나가던 후배가 인사해도 듣지 못하고 계속 걷기만 하는 강석.

S#40. 기숙사 방 안/저녁

두 손으로 머리를 괸 채 천장을 바라보고 누운 강석. 괴로운 듯 눈을 감는다. 마침 룸메이트 후배 하나가 문을 열고 들어온다.

후배: (강석을 보고 미소 띤 얼굴로) 형, 잘 지내요?

강석: (눈을 감은 채 희미하게 웃으며) 어.

후배가 자기 책상으로 가 책을 챙긴 뒤 다시 나갈 때까지 강석은 그대로 누워 있다. 후배가 나가자마자 창밖에서 누군가를 구타하는 듯한 소리와 비명이 섞여 들린다. 누워 있는 강석의 표정이 일그러진다.

S#41. 서커스장/저녁 (MONTAGE)

객석 맨 뒤에서 바라본 무대. 저글링 등 곡예가 펼쳐지고 있다. 조명이 무대에만 설치돼 관객석은 어둡게 보인다. 환호하는 관중들. 카메라가 무대 오른쪽을 향해 핸드헬드로 움직인다. 무대 오른쪽의 출구로 나가자 출연을 준비 중인 단원들 뒤로 조그만 문이 보인다. 문을 열자마자 보이는 담. 왼쪽으로 돌아서자 저쪽 끝에 희미하게 보이는 철창. 가까이 가자 사내 하나가 쭈그린 채 조그만 철창에 갇혀 있다. 무릎 사이에 머리를 파묻고 있어 누구인지 알 수 없다. 카메라가 아래쪽을 향하자 여섯 개의 발가락이 달린 오른발이 보인다. 천천히 고개를 드는 사내는 다름 아닌 대선의 얼굴을 하고 있다. 조용히 눈물을 흘리는 대선.

S#42. 에프엠 안/밤

강석과 호군, 대선 내외가 테이블에 앉아 하루 매상을 정리하고 있다. 테이블에 계산기며 장부, 지폐 등이 놓여 있다. 계산기를 두드리는 대선의 표정이 무척 밝다. 바라보고 있는 다른 이들도 흐뭇한 표정이다. 계산을 마치고 장부를 덮는 대선에게 호군이 손 모양으로 한잔을 제의한다. 대선이 고개를 끄덕이자 호군이 일어나 카운터 쪽으로 간다.

강석: (즐거운 표정으로) 요즘 많이 좋아졌죠?

대선: (뿌듯한 표정으로) 그럼! 니들 없었으면 큰일 날 뻔했다.

미혜: (수줍게) 고마워요.

강석: (쑥스러운 듯) 고맙긴 뭐가 고마워요. 다 형이랑 형수가 잘해서 그런 거죠. 우리가 한 게 뭐 있다고.

대선: (웃으며) 니들이 후배랑 친구들 데려오고 걔들이 또 다른 애들 데려오고 해서 이렇게 된 거 아니야.

강석: (약간 걱정스런 표정으로) 이대로만 계속 되면 좋은데. 종강하면 좀… 그래도 도서관 다니는 애들 많으니 크게 걱정 안 해도 될 거예요.

대선: (호기롭게) 그래. 이만큼이나 된 게 어디냐! (약간 머뭇거리다가) 방학 때 강석이 너…….

강석: 전 기숙사에 있을 거예요. 아르바이트도 계속 해야 되고. 가르치는 애가 내년이면 3학년이거든요.

대선: (호군 쪽을 바라보며) 호군이 넌?

호군: (맥주기계에서 술을 따르며 즐거운 표정으로) 전 할 일 많죠. 아르헨티나 가서 친구들 좀 만나고… 파라과이도 잠깐 갈 거예요.

대선: (부러운 듯) 좋겠다.

호군이 술을 가져와 테이블 위에 내려놓는다.

호군: (자리에 앉으며) 거품 없이 잘 따랐죠?

대선: (웃으며) 이렇게 따르면 우리 망한다. 거품을 좀 만들어야지.

호군: 전 비누 생각나서 거품 싫어요. 자, 살룻!

즐거운 표정으로 다 같이 건배한다.

S#43. 에프엠 벽/밤 (INSERT)

강석과 호군이 에프엠에 처음 온 날 앉았던 자리의 흰색 벽

S#44. 에프엠 안/밤

강석과 호군, 대선 내외가 테이블에 앉아 술을 마시고 있다. 강석과 호군은
이미 취해 있다. 다른 자리에는 아무도 없다.

호군: (강석을 바라보며) 근데, 형 요즘 얼굴색이 안 좋아요. 무슨 고민 있어요?

강석: (별일 아닌 듯) 고민은 무슨. 잠을 잘 못자서 그렇지.

호군: (강석을 바라보며 술에 취해 부정확한 발음으로) 틈틈이 잠도 좀 자면
서 마셔요. 건강해야 오래 마시죠. (반쯤 감긴 눈으로 잠시 생각에 잠겼다가) 그
러니까 술은 꾸준히 마셔야 돼요. 계속 마시다가 갑자기 안 마시면 사람이 이상
해지죠. 형, 이번 주에 처음 마시죠? 그래서 그래요. 한잔만 더 해요! 밤이 아직
젊잖아요!

강석: (술에 취한 표정으로 머리를 쓸어 올리며) 기숙사 뒷산에 방공포대가
하나 있거든.

호군: (호기심어린 표정으로) 누가 거기다 그런 걸 갖다놨지? 형, 포대가 그
거잖아요, 그 있잖아요 … 자루 같은 …… .

대선: (심각한 얼굴로) 근데.

강석: (술잔을 만지작거리며 멍한 표정으로) 군기 잡느라고 밤마다 뭘 하나봐
요. 기합소리, 고함소리. 제대한 지 얼마 안 됐는데 신경 쓰여서 도저히 잠이 안
와요.

호군: (별거 아니라는 얼굴로) 원래 군인들은 잘 안 웃잖아요.

대선: (담담한 표정으로) 원래 그런 데 아니냐.

강석: (혼란스런 표정으로) 모르겠어요.

호군: (대선을 바라보며 애교 섞인 표정으로) 형, 오늘 우리 여기서 자고 가면 안 돼요?

대선이 당황해 대답을 피하며 우물쭈물한다.

미혜: (호군을 바라보며 피곤한 말투로) 강석 씨랑 여기서 자고 갈래요? 열쇠 드릴게요.

대선: (미혜를 바라보며 날카로운 목소리로) 안 돼! 그건.

호군: (반가운 표정으로) 그래요! 열쇠는 아침에 저기 저 화분 밑에 숨겨두고 나갈게요.

대선: (어쩔 줄 몰라 하며) 그래도 집에 가야지. 호군이 택시비는 내가 줄게.

호군: (미소 띤 얼굴로) 강석이형도 지금은 기숙사에 못 들어가요.

미혜: (왠지 굳은 표정으로 열쇠를 테이블에 올려놓으며) 열쇠 여기 있어요.

미혜를 바라보는 대선의 표정이 무척 상기돼 있다.

호군: (즐거운 듯) 그래요. 걱정 말고 빨리 들어가세요.

미혜가 카운터로 가서 지갑과 쇼핑백을 챙겨 나온다. 대선이 마지못해 미혜 뒤를 따르다가 강석을 바라본다. 할 말이 있는 듯 머뭇거리다가 문 앞에서 기다리는 미혜를 보고 그냥 나간다. 대선과 미혜 사이에 야릇한 긴장이 흐른다.

호군: (밝은 목소리로) 안녕히 가세요!

두 사람이 나가자 호군이 맥주잔을 들고 카운터로 간다.

호군 (홀가분한 표정으로 맥주를 따르며) 이제 마음껏 마셔도 되겠네!

S#45. 에프엠 안/밤

유리문으로 비쳐드는 거리의 불빛에 테이블을 붙여놓고 누운 강석과 호군이 희미하게 보인다. 호군은 코를 골며 자고 있지만 강석은 상념에 잠긴 듯 눈을 뜬 채 천장을 바라보고 있다.

S#46. 에프엠 앞 거리/밤

제법 많은 비가 내리고 있다. 인적이 거의 없다. 라이트를 밝게 비춘 자동차가 한두 대 지나간다. 굵고 여운이 긴 천둥소리가 들린다.

S#47. 에프엠 안/밤

강석이 누운 채로 몸을 돌려 테이블 밑에 손을 넣고 신발을 찾기 위해 여기저기 더듬는다. 이때 뭔가가 구석 쪽으로 후다닥 내달리는 소리가 들리자 강석이 "헉"하며 놀란다. 놀란 강석이 테이블 밑에서 손을 빼내자마자 천장에서 "두두두"하는 소리가 들린다. 다리를 끌어올리고 모로 누운 강석. 불안한 표정이다. 호군을 조용히 불러보지만 천장을 향한 채 코를 골며 자고 있는 호군은 대답이 없다. 호군의 코고는 소리 사이로 갑자기 날카로운 천둥소리가 들린다. 놀란 강석이 일어나 앉았다가 다시 눕는다. 강석이 진정한 듯 눈을 감자 어디선가 고양이 울음소리가 들린다. 잠시 눈을 뜬 강석이 눈을 감자마자 다시 들리는 울음소리. 강석의 얼굴에 두려움이 가득하다.

S#48. 에프엠 앞 거리/새벽

비 갠 미명의 스산한 거리 풍경. 아직 인적이 드물다.

S#49. 에프엠 안/아침

강석과 호군의 잠든 모습. 강석이 찡그리며 뒤척일 때 대선이 조용히 문을

열고 들어온다. 어둠 속에서 강석과 호군을 발견하고는 무척이나 놀란다. 손에는
야채 등 찬거리가 들려 있다.

　　강석: (누운 채 방금 깬 목소리로) 형 왔어요?

　　대선: (무척이나 당황해서) 어, 어.

　　강석: (하품하며) 왜 그래요?

　　대선: (떨리는 목소리로) 왜 아직 안 갔어?

　　강석: 오늘 오전 수업 없어요.

　　강석이 호군을 흔들어 깨우는 동안 대선은 주방으로 들어간다. 주방으로 들어
가는 대선의 뒷모습을 강석이 일어나 앉아 이상하다는 듯 바라본다.

S#50. 학교 후문 앞/아침

　　강석과 호군이 부스스한 모습으로 걸어가고 있다.

　　호군: (속이 쓰린 듯 배를 문지르며) 형, 해장국 먹고 가요!

　　강석: (피곤한 표정으로) 그러자. (돌아서며 바지 뒷주머니를 만져보더니) 지
갑이 없네! (여기저기 뒤져본 뒤) 잠깐만 있어라!

　　호군의 어깨 너머로 강석이 뛰어가는 모습이 보인다.

S#51. 에프엠 현관 앞/아침

　　횡단보도 쪽에서 강석이 헐레벌떡 뛰어와 계단을 내려간다.

S#52. 에프엠 안/아침

　　강석이 문을 열고 황급히 들어선다.

　　강석: (숨을 고르며) 형, 혹시 …….

테이블에 앉아 있는 아이와 마주치자 더 이상 말을 잇지 못한다. 멍한 표정의 아이. 반쯤 벌린 입에서 침이 흘러내린다. 시선도 강석에게서 비켜나 있다. 활처럼 휘어진 팔을 강석 쪽으로 들어 뭐라 중얼거리지만 알아들을 수가 없다. 정신적으로 미숙한 모습이다. 이때 대선이 주방에서 음식을 들고 나온다.

대선: (즐거운 표정으로) 자, 밥 먹자⋯⋯.

강석과 마주치자 너무 놀라 주방 앞에 그대로 서 있는 대선.

강석: (몹시 미안한 표정으로) 형, 혹시 ⋯ 지갑⋯⋯.

대선: (테이블로 와 음식을 내려놓은 뒤 더듬거리며) 내 아이야. 너희들한텐 아직 말 못했어. 미혜도 알아.

머뭇거리던 강석이 돌아서며 바닥에 떨어져 있던 지갑을 발견한다. 지갑을 주워 들며 무심코 흰색 벽을 바라본다. 벽인 줄 알았던 곳에 조그만 문이 반쯤 열려 있다. 직각삼각형 모양의 계단 밑 쪽방. 바닥에는 담요며 옷가지가 흩어져 있다.

S#53. 에프엠 옆 골목/저녁

대선과 미혜가 마주 서 있다. 미혜의 표정이 극도로 상기돼 있다.

미혜: (몹시 격앙된 말투로 울먹이며) 그 아이 도대체 어떻게 할 거예요? 알아서 한다고 그랬잖아요! 대답 좀 해 봐요!

아무 말 없이 미혜를 외면하고 있는 대선. 뒤따라 나온 강석과 호군이 미혜를 잡아끌지만 미혜는 단호하게 뿌리친다. 주민 몇 명이 지켜보고 있다. 행인들이 수군대며 지나간다. 계산서를 들고 계단을 올라온 손님 한 명이 대선을 부르지만 대답이 없다. 호군이 손님을 데리고 계단을 내려간다.

대선: (고개를 숙이며 들릴 듯 말 듯) 내가 알아서 할게.

S#54. 캠퍼스 벤치/낮

강석과 호군이 음료수를 마시며 나란히 앉아 있다.

호군: 어휴, 대선형은 어쩌려고 그러는지 모르겠어요! 요즘은 문도 잘 안 열어요. 이제는 우리 과 애들도 잘 안 가려고 그래요.

전방을 주시한 채 말 없이 음료수를 한 모금 마시는 강석.

호군: (걱정스런 말투로) 형, 그나저나 우리 외상값은 어떡하죠? 그동안 꽤 많이 쌓였던데 …….

여전히 아무 말이 없는 강석.

호군: (진지한 말투로) 형, 우리 이제 다른 데로 옮기죠.

무슨 뜻인지 모르겠다는 표정으로 호군을 쳐다보는 강석.

호군: (머뭇거리며) 새로 생긴 술집들 많은데 …….

호군을 바라보는 강석의 표정이 일그러지자 말꼬리를 감춘다.

호군: (어색하게 미소 지으며) 알았어요. 어리 지켜야죠. 어리!

S#55. 캠퍼스 전경/오후 (OVERLAP)

방학으로 한가해진 캠퍼스 풍경. 따가운 햇살과 함께 신록을 더해가는 모습.

S#56. 기숙사 식당/오후

꽤 널찍한 식당 안에 학생들이 드문드문 앉아 있다. 늦은 점심을 위해 구석에 자리를 잡고 앉은 강석. 바로 옆 의자 위에 놓인 신문을 무심코 바라본다.

S#57. 신문 사회면 1단 기사 (INSERT)

현역 일병 야산서 숨진 채 발견돼

3일 오전 6시쯤 서울시 J동 K대 부근 기숙사 야산에서 육군 수도방위사령부 121방공포대 소속 심대훈 일병(23)이 노끈으로 목을 매 숨진 채 발견됐다. 사건을 수사 중인 수방사 헌병대는 죽은 심 일병의 소지품에서 발견된 일기장 내용으로 미뤄 선임병의 구타에 시달리다 신병을 비관해 스스로 목숨을 끊은 것으로 보고 있다.

군 당국은 심 일병의 시신을 인계해줄 가족이 계속 나타나지 않을 경우 자체적으로 부검을 실시할 계획이다.

S#58. 기숙사 정문/오후

경사진 길을 뛰어 내려오고 있는 강석. 손에는 신문이 들려져 있다.

S#59. 방공포대/밤 (MONTAGE)

강석의 방에서 창문을 통해 보이는 방공포대의 모습.

S#60. 버스 정류장/낮 (MONTAGE)

시골 버스정류장에서 한 남자의 손에 이끌려 버스에 오르는 어린 아이. 어린 대선은 어머니 옆에 서서 아무 말이 없다.

S#61. 에프엠 현관/오후

헐레벌떡 뛰어온 강석이 숨을 고른 뒤 계단을 내려간다.

S#62. 에프엠 안/오후

상기된 표정으로 들어오는 강석. 대선은 손님이 전혀 없는 가게 안을 혼자 멍하니 바라보고 있다. 테이블에 마주앉은 두 사람. 강석이 머뭇거리며 아무 말도 하지 못하자 대선이 먼저 말을 꺼낸다.

대선: (힘없는 목소리로) 아이 말이야. 보육원에 맡겼어.

고개를 떨군 채 아무 말이 없는 강석.

대선: (담담하게) 미혜 만나기 전에 잠깐 만난 여자가 있었는데…. 나도 전혀 몰랐어.

강석과 대선이 서로를 외면한 채 잠시 침묵이 흐른다.

대선: (갑자기 표정이 밝아지며) 하우스를 차릴 거야. 돈만 있으면 미혜도 설득할 수 있을 거야. 몸도 성치 않은 녀석인데 내가 키워야지. 니가 좀 도와줘!

강석: (이해할 수 없다는 표정으로) 하우스가 뭔데요?

대선: (활기찬 표정으로) 이곳에서 포커판을 벌이는 거야. 내가 아는 사람들이 있거든. 한 시간에 한 사람당 오만 원씩 자릿세를 받는 거지. 하룻밤이면 이백만 원 정도는 만질 수 있을 거야. 장사해서는 어림도 없는 돈이지!

강석: (걱정스런 표정으로) 어떤 사람들인데요?

대선: (머뭇거리며) 어, 그냥 전부터 알던 사람들이야. (애원하듯) 좀 도와줘. 넌 그냥 지켜보고 있다가 잔심부름만 하면 돼.

강석: (단호하게) 형은 안 하는 거죠?

대선: (자신 있는 목소리로) 그럼!

강석: 약속할 수 있어요?

대선: 약속할게!

강석: (조용한 목소리로) 알았어요.

한 손에 쥐고 있던 신문을 테이블 밑에서 양손으로 움켜쥐는 강석. 극도로 긴장한 표정으로 말을 잇는다.

강석: 근데 형, 동생이 하나 있었다고 했죠?

대선: 어, 대훈이. 왜?

254

강석: (떨리는 목소리로 당황하며) 아, 아무것도 아니에요.

S#63. 기숙사로 가는 길/낮

강석이 심각한 표정으로 걷고 있다. 손에는 땀에 절어 꼬깃꼬깃해진 신문이 들려 있다. 걸음을 멈추고 잠시 생각에 잠긴 강석. 손에 든 신문을 한 번 쳐다보고는 길가 쓰레기통에 던져버린다.

S#64. 에프엠 앞/밤

간판 불이 꺼진 에프엠 앞을 순찰 중인 의경 둘이 지난다.

S#65. 에프엠 안/밤

가게 중앙의 테이블에서 사내 다섯이 앉아 도박판을 벌이고 있다. 나머지 테이블은 모두 구석에 치워져 있다. 카운터에는 음료수, 강장제, 김밥 따위와 뜯지 않은 포커카드가 열 벌 정도 쌓여 있다. 사내들 중 하나가 유난히도 날카로운 인상이다. 깡마른 체구, 거무스름한 안색에 머리도 짧게 깎은 모습. 이 사내는 다른 이들에게 줄곧 반말을 해대며 신경질적인 반응을 보인다.

대선은 카운터에서 긴장된 모습으로 앉아 있고 강석은 한쪽 구석에서 소설 《불한당들의 세계사》를 읽고 있다. '짧은 머리'가 가볍게 손을 들자 대선이 얼른 나가 음료수를 갖다 준다.

대선: (재떨이를 치워 가며) 형님, 자릿세…….

'짧은 머리'가 인상을 찌푸리며 쏘아 본다. 더 이상 아무 말도 하지 못하고 자리로 돌아오는 대선.

S#66. 벽시계 (INSERT)

시계가 새벽 3시30분을 가리키고 있다.

S#67. 에프엠 안 포커 테이블/새벽

패가 나눠지자 심각한 표정으로 카드를 주시하는 사내들. 거의 모두 담배를 피워 물고 있다. 담배 연기가 자욱하게 피어오른다. 판이 싱겁게 끝나자 '짧은 머리'가 패를 테이블 중앙으로 던지며 대선을 부른다.

짧은 머리: (강압적인 목소리로) 야, 이리 와서 한판 해!

졸다가 일어난 대선은 잠시 어리둥절한 표정을 짓지만 기다렸다는 듯이 카운터를 돌아 나가다가 강석과 눈이 마주친다.

강석: (애원하는 표정으로) 형!

짧은 머리: (대선을 바라보며 짜증스럽게) 뭐해 임마! 빨리 안 오고!

강석: (원망스런 눈빛을 담아) 형, 안 한다고 약속했잖아요!

양쪽을 번갈아 바라보던 대선이 고개를 숙인 채 자리로 돌아와 앉자 '짧은 머리'가 강석을 매섭게 쏘아보기 시작한다. 강석도 눈길을 피하지 않는다. '짧은 머리'가 눈길을 돌리자 강석도 고개를 숙이며 두 손으로 얼굴을 감싼다.

S#68. 에프엠 현관/아침

날이 밝아 어둠이 가시고 행인들의 모습도 보인다. 현관 콘크리트에 걸터앉아 담배를 피우고 있는 강석. 담배를 바닥에 비벼 끄고 심각한 표정으로 에프엠으로 내려간다.

S#69. 에프엠 안/아침

256

사내들이 자리에서 모두 일어나 옷가지를 챙기고 있다. 대선은 카운터 뒤에 초조한 모습으로 서 있다. '짧은 머리'가 만 원짜리 몇 장을 카운터에 던져준다. 대선의 실망스런 눈길이 '짧은 머리'에게 전해지지만 '짧은 머리'는 이내 외면해버린다. 문 앞에서 이 광경을 지켜보던 강석 옆을 지나 사내들이 밖으로 나간다. '짧은 머리'는 의도적으로 강석의 어깨를 한번 부딪친다. 사내들이 나가자 대선이 조용히 테이블을 정리하기 시작한다. 강석에게는 눈길을 주지 않는다. 이것저것 들고 카운터로 돌아간 대선이 카운터 위의 만 원짜리 몇 장을 들고 와 강석에게 집어준다.

대선: (피곤한 얼굴로 한숨을 내쉬며) 나가서 해장국이라도 사먹어라.

강석이 받지 않자 다가와 주머니에 찔러 넣는다. 돌아서서 행주로 테이블을 훔치고 있는 대선.

강석: (애원하는 목소리로) 형! 그만해요. 전 더 이상 못하겠어요.

아무 말 없이 테이블만 닦고 있는 대선을 뒤로하고 계단을 올라가는 강석.

S#70. 연길루 앞/오후

강석이 배달통을 들고 서서 연길루 간판을 바라보고 있다. 갑자기 뒤쪽에서 자동차 경적소리가 신경질적으로 울려댄다. 강석이 놀라 돌아보며 한편으로 비켜서자 유리창이 검게 코팅된 검은색 세단이 서서히 움직이기 시작한다. 검은 양복에 선글라스를 끼고 운전하는 사내의 짧게 깎은 머리가 인상적이다. 조수석에는 한 사내가 고개를 푹 숙인 채 앉아 있다. 차가 골목을 거의 다 빠져나갈 때까지 우두커니 서서 지켜보던 강석이 배달통을 들고 연길루 쪽으로 천천히 걸어간다. 문 앞에서 안쪽을 살펴보던 강석의 뒤에서 남자의 목소리가 들린다.

남자: (화난 목소리로) 이제 오면 어떡해! 들어와!

어딘지 낯이 익은 남자의 모습.

S#71. 연길루 안/오후

탁자며 의자가 전부 한쪽 구석에 치워져 있다. 바닥은 이런저런 얼룩으로 지저분하고 신문지며 상자 따위가 뒹굴고 있다. 남자를 따라 기역자로 꺾어지자 사내 대여섯이 원탁에 둘러 앉아 포커판을 벌이고 있다. 강석이 바닥에 음식을 꺼내 놓는 동안 사내들의 대화가 이어진다.

사내 1: 그놈은 어찌되나?

사내 2: 다른 사람도 아니고 형님 돈을 안 갚았으니 큰일이네!

사내 3: 형님 성격에 발가락을 하나 잘라내겠지. 그 놈은 하나 더 있잖아!

사내 4: (바닥의 음식을 바라보며) 빨리 먹기나 하자!

음식을 내려놓고 일어나 사내들을 쳐다보는 강석의 얼굴에 분노와 적개심이 묻어난다.

사내 5: (이상하다는 듯 강석을 쳐다보며) 이 자식 왜 이래? 얼마냐?

사내 5를 뚫어지게 쳐다보다가 배달통을 놓고 그냥 나가버리는 강석. 강석의 뒷모습을 어이없다는 듯 쳐다보는 사내들.

S#72. 연길루 앞/오후

혼란스러운 표정으로 검은색 세단이 지나간 방향을 바라보고 서 있는 강석. 날씨가 흐려 어두컴컴한 골목. 강석과 대선이 처음 만났을 때 대선의 웃는 모습, 식탁 밑에서 마주친 대선의 여섯 발가락, 마지막 날 대선의 뒷모습 등이 플래시백된다. 체념한 듯 돌아서 걸어가는 강석의 뒷모습.

두 번째 단편에는 '공간불화'라는 제목이 붙어 있다.

1

그의 새벽잠을 설치게 했던 외마디 외침의 주인공은 G산에 오르는 이가 분명
했다. 남자 기숙사를 굽어보고 있는 G산은 높이나 덩치면에서 동네 뒷산 수준이
었지만 꼭대기에는 방공포대가 설치돼 있을 정도로 시야가 좋고 숲도 제법 울창
해 찾아 오르는 사람들이 많았다. 초입의 약수터는 수질 안내문조차 없었지만
비치된 플라스틱 바가지가 오가는 사람들의 입술에 닿고 손길에 절어 광택을 잃
은 것만 봐도 그 인기를 짐작할 수 있었다.

아침 일찍 G산에 오르는 사람들은 주로 마흔을 넘긴 중년들로 기숙사생들이
단잠에 빠져 있는 이른 새벽부터 삼삼오오 모여들기 시작했다. 이들 대부분은
약수터 옆에서 찢겨 늘어진 네트를 사이에 두고 배드민턴을 즐겼다. 혼자 산에
오른 사람들은 철봉에 매달리거나 맨손체조를 하며 시간을 보냈다. 굵은 나무등
걸에 어린아이가 치대는 모양으로 등을 부딪치며 외마디 기합을 토해내는 이도
있었다. 외침의 주인공은 틀림없이 이들 중에 있었다.

남자기숙사 맨 위층 518호는 창문을 열면 G산 약수터가 바로 보이는 위치였
다. 그와 방을 나눠쓰던 후배들은 학교 후문 앞 번화가를 한눈에 내려다보고 있
는 복도 반대편의 방들을 부러워했지만 그는 전망과 상관없이 산 가까이 있는
것이 좋았다.

기숙사 생활의 첫 달은 사생 전체가 모이는 환영식과 입방식, 층별 모임 등 이
런저런 행사로 짐정리도 못한 채 훌쩍 흘러가버렸다. 그와 같은 방을 쓰게 된 두
후배는 대학 신입생이 으레 그렇듯이 한 달 동안 거의 기숙사에 나타나지 않았
다. 강의 교재를 챙기기 위해 방에 들렀다가 그와 마주치는 게 고작이었다.

그가 한 청년의 외침을 처음 들은 날도 후배들 없이 혼자 잠을 청한 날이었다.
산이라고 할 것도 없는 G산이었기에 새벽녘에 누군가가 외치는 '야호' 소리는 전
혀 뜻밖이었고 무척이나 생경했다. 좀더 높은 산에 오를 일이지 하는 생각에 웃
음이 쿡 나왔지만 목소리의 절박함이 느껴지는 순간 알 수 없는 두려움이 밀려
왔다. 청년의 목소리는 산에 오른 뒤의 성취감이나 희열과는 거리가 멀었다. G

산은 그럴 만한 높이가 아니었다. 누군가를 부르는 것 같은 나지막한 목소리는 외침이라기보다는 흐느낌에 가까웠다.

갑자기 모든 잠이 달아나며 눈이 번쩍 떠져 신경을 곤두세운 채 두 번째 외침을 기다렸지만 그뿐이었다. 모로 누워 한참을 기다리던 그는 천천히 일어나 창문 앞으로 다가갔다. 알 수 없는 공포심에 머리카락이 곤두서고 손끝이 떨렸지만 혹시나 하는 생각에 창문을 열어 젖혔다.

창밖은 미명도 찾아들지 않아 아무것도 분간할 수 없었다. 눈을 가늘게 뜨고 얼굴을 내밀어 봐도 거무스름한 산의 형태만 간신히 알아볼 수 있을 정도였다. 그 어둠 속에서 산중의 누군가를 찾아내려한 자신이 바보스럽게 느껴져 창문을 금방 닫아버렸지만 외침의 잔향은 머릿속에 또렷하게 남아 있었다.

침대에 다시 올라 이불을 턱밑까지 끌어올렸지만 잠이 오지 않았다. 목소리는 스물을 갓 넘긴 듯한 청년의 것이었다. 새벽에 G산에 오르는 사람들 대부분이 그 또래가 아니라는 것을 알기 때문에 청년의 목소리는 좀처럼 잊히지가 않았다. 사생 가운데 하나이거나 근처 동네에 사는 부지런한 젊은이일 거라는 추측은 설득력이 없었다.

뜬눈으로 아침을 맞은 그는 세면을 대충 하고 1층 식당으로 내려갔다. 학생들은 거의 없었다. 드문드문 흩어져 앉은 몇 명만 잠이 덜 깬 표정으로 무기력한 수저질을 반복하고 있었다. 창가에 자리를 잡고 앉아 식사하는 동안에도 청년의 목소리는 머릿속에서 지워지지 않았다. 어쩌면 그를 부르는 소리일지도 모른다는 생각에 몸서리가 쳐지기까지 했다.

강의시간 중에도 청년에 대한 생각을 떨칠 수가 없었다. 새벽잠을 설친 탓인지 신경을 너무 쓴 탓인지 강의가 끝난 오후 무렵에는 무척이나 피곤했다.

평소 같으면 친구들과 어울려 이른 술판을 벌일 수도 있었지만 내키지가 않았다. 일찌감치 찾아든 기숙사에서 그는 오후 내내 잠을 청했다. 얼마나 잤을까. 개운치 못한 묵직한 머리로 일어나 서둘러 계단을 내려가 봤지만 저녁 식사시간은 이미 끝나고 주방 아주머니들의 설거지 소리만 요란했다. 하는 수 없이 매점에 들러 컵라면으로 요기를 하고 무거운 발걸음을 옮겨 방으로 돌아왔다.

후배들은 이날도 기숙사에 들어오지 않았다. 전공서적 한 권을 뽑아들고 기숙사 도서실에 내려가 점호시간까지 서너 시간을 있다가 올라오면서 그는 마음속으로 이들이 방에 있어주기를 바랐다. 청년의 그 기괴한 '야호' 소리가 다시 들릴지 모른다는 불안감 때문이었다.

점호가 끝난 뒤 그는 백열전구 스탠드를 켜고 책상에 앉아 도서실에서 읽던 중세문학사를 이리저리 뒤적이기 시작했다. 같은 페이지를 여러 번 읽으면서도 내용을 이해하지 못해 책장을 넘겼다가 다시 돌아오는 일만 되풀이했다. 긴장을 풀기 위해 담배 한 대를 피우고 창문가에 놔둔 주전자에서 물 몇 잔을 따라 마셨지만 별 효과가 없었다. 전공서적을 치워버리고 라디오 주파수를 클래식 방송에 맞췄다. 눈을 감았다. 엉덩이를 의자 끝에 걸친 채 책상 밑으로 다리를 길게 집어넣고 한참을 앉아 있었다. 깍지를 껴 배 위에 올려놓은 두 손이 규칙적인 오르내림을 반복하는 동안 전신을 타고 무력감이 몰려들었다.

어느 정도 긴장이 풀렸다 싶어 스탠드를 끄고 침대에 누웠지만 잠들기란 쉬운 일이 아니었다. 한참을 뒤척이던 그가 잠에 빠져든 지 얼마 되지 않아서였다. 들뜬 듯 얕은 잠을 한순간에 날려버린 것은 바로 그 "야호" 하는 소리였다. 반사적으로 일어나 앉아 창문 쪽으로 몸을 돌렸지만 가까이 가고 싶지가 않았다.

어딘지 모르게 공포감이 묻어있는 목소리였다. 작지만 무척이나 또렷한 게 사위의 정적을 깨기에 충분한 절박함이었다. 어쩌지 못한 채 굳은 듯 앉아있는 그에게 청년의 목소리는 그렇게 단 한 번이었다.

청년의 외침은 매일 계속됐다. 목소리가 들리지 않는 날은 비가 오는 날 뿐이었다. 어쩌다가 한번 기숙사에 들어온 후배들의 반응은 "모르겠는데요." "제가 새벽잠이 많아서요." 정도였다.

한 번은 용기를 내 창문을 열고 "누구세요!" "거기 누구세요!" 해본 적도 있었지만 대답은 없었다. 옆방에 사는 공대생에게서 "어제 새벽에 누가 왔었어요?" 하는 소리만 들었을 뿐이다.

어느새 그의 일상이 돼버린 청년의 목소리가 갑자기 사라진 건 빗줄기가 하루 종일 사선을 그어댄 어느 주말이었다. 비 오는 날이 편안하게 잠들 수 있는 유일한 날이라는 걸 잘 알고 있는 그로서는 토요일 아침부터 시작된 빗줄기가 무척이나 반갑게 느껴졌다. 오후로 접어들면서 개는가 싶었던 하늘은 얼마 지나지 않아 여름철 장마를 떠올릴 정도의 굵은 빗줄기를 쏟아 붓기 시작했다.

일요일 아침 온갖 부유물을 떨어버리고 오랜만에 제 모습을 찾은 하늘은 수 킬로미터의 시야를 허락하는 파란 햇살을 뿌려대고 있었다. 주말을 무료하게 보낸 사생들은 일년 중 얼마 안 되는 쾌청한 날씨에 고무돼서인지 아침을 일찌감치 챙겨먹고 서둘러 외출했지만 그는 아침식사 후 방에 돌아와 미뤄뒀던 청소를 시작했다. 책장을 정리하고 밀린 빨래를 세탁기로 돌리는 동안 세숫대야에 가루 비누를 풀어 콘크리트에 녹색 방수재가 덧칠된 방바닥을 청소했다.

맨발에 바지를 무릎까지 걷어 올리고 옷장과 침대 밑에 쌓인 먼지까지 복도 밖으로 쓸어내고 나니 방안은 맑게 갠 하늘만큼이나 말끔해져 있었다. 방안을 이리저리 둘러보는 동안 반들반들 윤기가 살아난 방바닥에서는 기분 좋은 향내가 전해졌다.

창문 밖의 G산은 나뭇잎 하나하나를 셀 수 있을 만큼 가까이 다가와 있었다. 미풍에 가만가만 흔들리는 가지들은 무한히 뿌려지는 햇빛의 입자들과 함께 산의 생명력을 말해주고 있었다.

지난밤은 모처럼 만의 단잠이었다. 가벼운 마음으로 평소보다 일찍 깨어나 간밤에 청년의 목소리가 들리지 않았다는 것을 깨닫게 되자 기쁜 마음에 미소가 떠올랐다. 자리에서 일어나 목에 수건을 건 채 창밖의 G산을 한동안 바라보고 서 있었다. 빗줄기에 청년의 목소리가 남김없이 쓸려 내려갔으면 하는 바람이었다. 시간이 일러서인지 식당에는 학생들이 그리 많지 않았다.

늘 앉는 창가 자리에 식판을 놓고 의자를 끌어당기는 순간 누군가 읽다가 바닥에 떨어뜨린 조간신문이 눈에 들어왔다. 펼쳐진 지면 우측 하단의 작은 기사는 한 사병의 자살소식을 전하고 있었다.

현역 일병 탄약창서 숨진 채 발견돼

'3일 오전 6시경 육군 수도방위사령부 XXXX방공포대 소속 XXX 일병(22)이 자신이 근무하던 탄약창고에서 노끈으로 목을 매 숨진 채 발견됐다.

군 수사당국은 죽은 XXX 일병의 소지품에서 발견된 일기장 내용으로 미뤄 선임병들의 괴롭힘에 시달리다 신병을 비관해 스스로 목숨을 끊은 것으로 보고 있다.

군 당국이 공개한 일기장에서 XXX 일병은 '이들이 원한 건 메아리가 아니라 웃음거리다. 나의 한계상황은 이들에게 유쾌한 조롱거리가 되고 있다. 외침은 바로 나 자신을 향한 것이지만 나는 그 외침에 대답할 수 없다'고 적고 있다.

XXX 일병의 시신은 모레 가족들의 입회하에 부검이 실시되고 최종 수사결과는 부검 소견이 나오는 대로 발표될 예정이다.'

이후 청년의 외침은 더 이상 들리지 않았고 그의 기억에서도 점차 사라지게 되었다.

2

그가 상경한 건 표면상 대학 때문이었지만 고향을 떠나야 한다는 강박은 아주 오래된 것이었다. 그에게 고향은 존재를 빚어내는 공간이 아니라 타성만 증폭시키는 밀실과도 같은 것이었다. 지향점은 없었다. 대양을 헤매는 기분으로 스무 해를 살았고 소금기만 가득 안겨준 바다를 벗어나 두 발을 딛고 설 어딘가가 필요했다. 수평선에 어슴푸레 윤곽만 드러내고 있는 것이 무엇인지 이리저리 따져볼 필요는 없었다.

그가 자취생활을 시작한 방에는 남쪽으로 난 조그만 창문이 하나 있었는데 창밖 풍경이라고는 앞집의 슬레이트 지붕이 전부였다. 학교 왼편 주택가의 버려진 우물에서 돌담을 따라 5분 정도 오르면 나타나는 연두색 나무 대문 집이 그가 사는 곳이었다. 동네에서 가장 높은 지대에 위치한 그의 집은 대문 밖의 재래식 화장실을 이웃과 공동으로 사용했고 철거를 앞두고 있었다. 소방도로가 뚫린다는 소식은 몇 해 전부터 있었지만 구청에서 나와 일대를 측량한 것 말고는 아무런 진척이 없었다.

주인아주머니는 이런 사실에 대해 상당한 관심을 보이고 있었다. 출가한 아들들의 만류에도 불구하고 드문드문 들어오는 자취생들만 바라보고 이 낡은 집을 지킨다는 것은 얼른 생각해봐도 실익이 전혀 없었지만 지가보상에 대한 기대 하나로 버티고 있었다.

주인아주머니는 헬멧처럼 둥근 파마머리에 농사일에나 어울릴 법한 속곳바지를 입고 다녔다. 아주머니는 다른 이들과 눈이 마주치는 것을 극도로 꺼렸고 다른 이들도 그녀의 얼굴을 바라보는 것이 편치 않았다. 아주머니의 왼쪽 눈은 사기로 만들어진 의안이었다. 동공이 바깥쪽으로 비뚤어진 것은 차치하고라도 엷은 회색의 흰자위는 처음 보는 이들에게 섬뜩한 느낌마저 불러왔다. 아주머니와 여러 번 대면한 사람들조차도 얼굴을 마주보고 얘기하는 것이 부담스럽게 느껴지는 것은 너무나도 창백한 그녀의 안색과 코 주위 천연두 자국의 묘한 부조화 때문이기도 했다.

아침 일찍 집을 나가 자정 무렵에야 들어오는 그와 아주머니가 마주칠 일은 그리 많지 않았다. 그러나 아주머니가 기거하던 본채는 아카시아 나무 몇 그루를 이고 있는 야트막한 뒷산을 배경으로 대문과 마주보고 있어 들고남을 쉽게 알아차릴 수 있는 위치였다. 여기저기 균열이 가고 군데군데 들떠 사람의 발자국 소리를 초인종만큼이나 확실하게 전달하는 시멘트 마당도 그의 귀가를 알아내는 방법이었다.

아주머니가 기다렸다는 듯이 그의 방문 앞에 직접 찾아와 "학생!" 하고 부를 때는 대부분 한 손에 공과금 고지서와 계산기를 들고 있었다. 수도 계량기를 대신 읽어달라는 부탁도 있었다. 방문보다 몇 뼘이나 위에 달려있는 계량기를 대신 읽어달라는 것은 수긍이 가는 일이었다. 고지서들에 대해서도 낡은 뿔테 안경을 쓰고 나타난 아주머니의 시력이 문제라고 생각했다. 그러나 숫자를 하나하

264

나 다 듣고 난 다음에 "합산해서 여기 좀 적어줘" 할 때는 너무하다는 생각이 들기도 했다.

그러던 어느 휴일 오후 아주머니가 잔뜩 찌푸린 얼굴로 대문을 들어서며 버스를 잘못 타 엉뚱한 동네를 헤매다 왔다고 분통을 터뜨리기 시작했다.

"몇 번 버스 타셨어요?"

"그거야 나는 모르지!"

얼떨결에 내뱉은 아주머니의 한마디는 그를 어리둥절하게 만들었고 그의 표정을 눈치 챈 아주머니도 당황한 표정을 감추기 힘들었던지 재빨리 방안으로 들어가 버렸다.

그와 아주머니의 관계는 이날 이후로 소원해지기 시작했다. 유일한 수입원이었던 과외자리가 사라지면서 월세를 한 달 가까이 밀리고 나서는 오고가며 나누는 목례조차도 부담스러운 지경에 이르고 말았다. 고지서나 계량기 때문에 두 사람이 만나는 일도 더 이상 없게 됐다.

그의 방에 이상한 일이 생기기 시작한 건 어느 날 새벽 그가 발소리를 죽여 마당으로 들어섰을 때 불 꺼진 방안에서 갑자기 "오늘은 줘야지!" 하는 아주머니의 새된 목소리가 들린 다음부터였다.

그의 방안에는 세간이랄 것이 없었다. 이사 올 때부터 구석에 놓여 있던 책상과 조립식 옷장이 전부였다. 아랫목이 시커멓게 타들어간 장판 위에는 이부자리 대신 등산용 침낭을 깔아놨고 식사는 학과 선배가 빌려준 코펠과 버너로 해결했다. 집이 워낙 낡아 이런저런 문제가 많았지만 가장 심각한 건 난방이었다.

그가 이사를 들어온 시기는 날씨가 꽤 쌀쌀해진 10월이었다. 화덕은 공기구멍을 아무리 막아놔도 서너 시간 만에 연탄 두 장을 재로 만들어버릴 만큼 화력이 대단했다. 연탄불을 피운 서너 시간 동안은 맨발로 서 있을 수 없을 정도로 방안이 절절 끓었지만 어느새 냉골이었다. 등산용 침낭은 오리털로 속을 채운 것이었지만 난방도 안 되는 외풍 심한 방에서 버티기에는 역부족이었다. 가스버너를 켜놓고 잠들었다가 책상 다리가 시커멓게 그을린 적도 있었다.

아주머니의 최후통첩을 받은 다음날도 그의 귀가는 늦었다. 그에게 집은 아무리 해도 내키지 않는 피하고 싶은 공간이었다.

사정이 이러하니 술자리를 마치고 집에 가겠다는 친구들을 붙들고 늘어지기 일쑤였고 그들이 타고 가야 할 지하철 시간을 넘기고 나면 마음이 편안해지는 못된 습관까지 갖게 되었다. 이날 역시 서너 명이 본관 잔디밭에 앉아 소주잔을 기울이다 자리를 파한 게 새벽 세 시 무렵이었다. 집으로 향하는 그의 발걸음은 변제기일을 넘겨 독촉을 받는 심정까지 더해져 그 어느 때보다도 무거웠다. 답답한 마음에 우물가에서 담배를 서너 대나 피우고서야 집으로 향할 용기를 낼 수 있었다.

각오를 단단히 하고 대문턱을 넘어 두 눈을 질끈 감고 몇 걸음을 내딛는 동안 뒷산의 나무들이 서로 부대끼며 낙엽을 떨궈내는 소리밖에는 들리지 않았다. 기역자로 꺾어진 마당을 지나 방문 앞에 도착한 그는 안도의 한숨을 내쉬었지만 방 안에 들어서 형광등을 켜는 순간 놀라 벌어진 입을 다물 수가 없었다.

취사도구부터 옷가지까지 모든 게 엉망이었다. 쌀을 담아 책상 위에 올려 둔 코펠이 방바닥에 뒹굴어 침낭, 옷가지 할 것 없이 온 방안이 쌀 천지였다. 쓰레기통까지 가세해 휴지며 라면봉지 따위가 여기저기 나뒹굴고 있었다. 책장의 책들도 전부 방바닥에 쏟아져 내려와 있었고 리포트용지는 신경질적으로 찢겨져 있었다. 발자국 같은 침입자의 흔적은 찾아 볼 수가 없었다. 방안에 앉지도 못하고 양손을 허리에 괸 채 우두커니 한참을 서 있던 그의 머릿속에는 아주머니의 회색 눈동자가 떠올랐다.

하지만 자물쇠는 분명히 밖으로 잠겨 있었고 열쇠를 가진 이는 그밖에 없었다. 그의 방은 바로 옆방과 미닫이문으로 연결돼 있었지만 문 위로 벽지가 발라져 막혀 있었다. 가끔씩 아주머니와 어떤 관계인지 알 수 없는 웬 할아버지가 오수를 즐기다 가곤 했는데 그를 의심한다는 건 상상력을 떠나 너무 매정한 일이었다.

뜬 눈으로 날을 새운 그는 날이 밝자마자 학과 친구에게 융통해 밀린 월세를 갚아버렸다. 밤새도록 생각해도 마음에 걸리는 것은 밀린 월세밖에 없었다. 방법은 알 수 없지만 그의 방에 들어올 만한 사람이 아주머니 이외에는 떠오르지가 않았다.

빨래를 널다가 아무 말도 없이 봉투를 건네받는 아주머니에게 그는 "혹시 …"라며 말을 꺼냈지만 곧바로 삼켜 버렸다. 아주머니도 아무런 대꾸를 하지 않았다.

같은 일은 이후에도 계속됐다. 주로 음식물이 대상이 됐지만 조립식 옷장이 찢겨져 나간 적도 있었다. 열쇠를 바꿔 보았지만 소용이 없었다. 이런 날이면 도저히 방안에 머물 수가 없었다. 방안을 대충 치우고 잠자리에 들어본 적도 있지만 이해할 수 없는 두려운 상상만 자라날 뿐이었다.

무작정 밖으로 나가 동네를 헤매다가 포장마차에서 소주로 마음을 다스린 어느 날 밤이었다. 문을 열고 방안에 들어와 형광등을 켜기 위해 천장으로 오른팔을 뻗어 올린 순간 창밖의 누군가와 눈이 마주치고 말았다. 온 몸에 소름이 돋고 정신이 혼미해졌지만 뒷걸음질치다가 발꿈치가 문턱에 부딪히며 가까스로 정신을 차릴 수 있었다.

푸른빛으로 선명하게 빛나는 녀석의 두 눈은 겁에 질린 그를 살기어린 표정으로 압도하듯 노려보고 있었다. 부챗살처럼 흩어진 수염 사이로는 선홍색의 혓바닥이 밝은 달빛에 언뜻언뜻 드러나고 있었다. 치켜세운 꼬리를 빼고도 성인의 팔 길이를 족히 넘을 것 같은 녀석은 몸 전체가 검푸른 빛을 띠고 있었다. 고양이라기보다는 '삵'에 가까웠다. 금방이라도 달려들 것 같은 녀석과 창문을 사이에 두고 있었다는 것이 그에게는 너무도 고마운 일이었다.

녀석에게는 오히려 그가 침입자로 비쳐졌을지도 모를 일이었다. 이 집에 대한 점유의 이력이 그보다 훨씬 길고 준거집단으로서의 소속감도 몇 배나 강했기 때문이다.

3

새로운 거처로 선택한 고시원은 자취집의 반도 안 되는 크기였다. 가로는 제

식훈련의 한 팔 간격이었고 세로는 성인의 평균신장 정도였다. 이만한 공간에 책상과 의자가 비치돼 있으니 잠을 잘 때는 의자를 책상 위에 올린 다음 머리를 책상 밑으로 한참 집어넣어야 그럭저럭 자리를 잡을 수 있었다.

양쪽 벽은 의자가 살짝 부딪히기만 해도 '텅' 소리를 내는 속이 빈 플라스틱 재질의 조립식 칸막이였다. 칸막이부터 천장까지는 약 50cm의 틈이 있었다. 모든 방이 똑같았다. 위에서 바라보면 각 방의 모습을 한눈에 조감할 수 있는 구조로 어찌 보면 동물 실험용 세트와 흡사했다. 책상 위에는 문갑 스타일의 책장이 있었지만 전공서적도 다 들어가지 않을 만큼 좁았다. 한쪽 구석에 마련된 옷걸이는 입고 있는 옷들에 수건 하나만 걸어도 더 이상 자리가 없었다.

고시원과 골목 하나를 사이에 둔 학과선배 C의 자취방은 그에게 피난처 같은 곳이었다. C의 방은 학생들의 사랑방과도 같은 곳이었다. 주인은 없어도 바둑판을 사이에 두고 다음 수에 골몰하는 사람 두셋은 항상 있었다. 그는 주로 이들의 표정변화나 감정의 기복에 주목하며 시간을 보냈다. 무표정한 데다 말수까지 적은 조용한 기사들이 맞붙었을 경우에는 방 한구석에 베개를 세우고 기대 누워 C의 책들을 뒤적이곤 했다.

C는 어느 누구에게도 싫은 소리 한 번 하지 않는 '좋은 사람'으로 통했다. 어찌 보면 너무 물러 터져 앞가림이나 제대로 할 수 있을까 싶을 정도로 누구에게나 친절하고 항상 베푸는 스타일이었다. 화를 내는 일이 거의 없는 C의 얼굴이 찌푸려지는 날은 새벽까지 과음했거나 바둑의 수가 풀리지 않는 경우밖에는 없었다. 사시사철 헐렁한 양복바지에 유행이 한참 지난 넓은 칼라 셔츠만 걸치고 다니던 C의 방에는 책과 이불을 빼면 라디오 겸용 카세트 플레이어, 스테인리스 주전자 정도가 고작이었다.

사람들은 "C선배!" 또는 "C 있냐!" 하고 찾아왔다가 자물쇠도 없는 문을 열고 들어와 바둑을 두거나 낮잠을 자거나 했지만 C는 불평하거나 불만을 표시한 적이 없었다. 단 한 번 그 느려터진 말투로 "청소 좀 하게 10분만 있다가들 들어와" 한 적이 있었다.

주역상으로 하늘이 열리고 땅이 열리는 길일이라 전국에서 수만 쌍이 결혼을 했다는 그날 저녁 C는 고등학교 동창 Y와 함께 맥주 몇 병을 사들고 집에 들어왔다.

"오늘 같은 날 장가는 못가도 술은 한잔 해야지!"하며 시작된 술자리였다. 안주라고 해봐야 과자 부스러기가 고작이었지만 예닐곱 병이나 되는 맥주를 비우는 데는 별 문제가 없었다. 멀쩡하게 큰 키와 살집을 찾아보기 힘든 마른 체구에 술이라면 누구에게도 뒤지지 않던 C도 C지만 고등학교 동창 Y는 다부진 체격만큼이나 술잔을 빠르게 비워냈다.

동네 소줏집으로 자리를 옮긴 셋은 안주도 나오기 전에 오랜만에 만난 친구들처럼 앞뒤 가리지 않고 술잔을 기울이기 시작했다. 술자리에서 큰 역할을 한 건 Y였다. "한잔하자!"고 건배를 제의한 그의 손은 상대방이 응대해 술잔을 완전히 비울 때까지 좀처럼 탁자 위에 내려오지 않았다. "조금 있다가 마시겠습니다" 하거나 일부만 마신다는 것은 통하지 않았다. 눈을 가늘게 뜨고 묘한 미소를 흘리며 잔을 살짝살짝 치켜 올리는 그의 권주는 "한 잔 햐아!" 하는 낮은 목소리와 함께 상대방이 잔을 비울 때까지 몇 분이고 이어졌다. 그로서는 술잔을 피할 도리가 없었다. "하늘이 열리고 땅이 열리는 오늘 같은 날은 술이 전부 살로 간다"며 거들고 나서는 C가 야속하게만 느껴졌다.

구운 고등어 몇 마리에 한 박스에서 두어 병 모자라는 수준까지 소주병이 비워지자 주인아주머니가 말리기 시작했고 셋은 억지로 술집을 떠밀려 나왔다. 한 잔 더 하자는 C와 Y의 권유를 뿌리치고 고시원으로 향할 때까지만 해도 제법 멀쩡했지만 방에 들어오자마자 눈앞이 흐릿해지며 사방을 분간할 수 없는 취기가 몰려들었다.

평소 같으면 C의 신세를 질 수도 있었지만 이런 상태로는 C나 다른 이에게 폐를 끼칠 수밖에 없다는 걸 직감했고 그 직감은 틀리지 않았다. 베개에 머리를 대는 순간부터 시작된 토악질은 장마철에 울렁거리며 둑을 넘는 강물처럼 끝도 없이 이어졌다. 위액과 뒤섞여버린 음식물을 끌어올리기 위해 손가락으로 목젖을 자극하는 따위의 노력은 필요치 않았다. 옆으로 누워 게워낸 토사물은 베개에서 담요로 흘러내리기 시작했지만 팔 하나도 들어 올릴 수 없을 정도로 정신을 놓쳐버린 그로서는 아무것도 할 수가 없었다. 모두 살로 간다던 알콜과 음식물은 그렇게 한동안 계속된 토악질로 담요에 스며들다 못해 쌓이면서 엄청난 악취를 풍기기 시작했다.

오감에 민감할 수밖에 없는 좁은 공간에서 악취가 전해지는 시간은 그리 길지 않았다. 얼마 지나지 않아 여기저기서 "이거 무슨 냄새야!" "뭐 썩는 냄새 아니야?" 등등 소동의 진원지를 찾아 나온 학생들의 목소리가 들려왔다.

잠시 후 학생들의 투덜거림이 잦아드는가 싶더니 어디선가 '치익'하는 소리가 들려왔다. 때가 이미 12월 하순이었지만 그건 분명 모기나 파리를 잡는 살충제 스프레이 소리였다. 스프레이 소리가 단속적으로 이어지자 다른 곳에서도 같은 소리가 들리기 시작했다. 여기저기서 들려오던 스프레이 소리는 얼마 되지 않아 고시원 전체로 퍼져 갔다. 악취를 막기 위한 임시변통이었다. 이런 와중에도 그는 철 지난 모기처럼 생명력을 잃어 담요 위의 고등어 살점과 함께 악취 나는 꿈속을 헤매 다니고 있었다.

다음날 엄청난 두통과 함께 깨어난 그를 맞이한 건 베개와 담요 여기저기에 말라붙은 음식물이었다. 전날의 기억을 떠올리는 건 그리 어렵지 않았지만 후회스런 마음보다는 앞으로 처리해야 할 엄청난 빨래더미가 그의 마음을 더욱 무겁게 했다.

크리스마스이브를 이틀 앞두고 대부분의 시험이 이미 끝나 기말고사 기간의 긴장감은 전혀 없었지만 마지막 시험은 내일이었다. 교양필수 과목인 '교양영어'가 절대 만만치 않다는 사실은 재수강하는 많은 선배들을 통해 충분히 알고 있었다.

이런 와중에 하나밖에 없는 담요를 빨아버리고 뼈가 괴는 딱딱한 시멘트 바닥에서 취기가 여전한 몸으로 잠까지 설치면 결과는 뻔한 것이었다. 자취방에서 쓰던 오리털 침낭이 떠올랐지만 선배에게 진즉 돌려준 걸 다시 빌려온다는 게

여간 미안한 일이 아니었다. 침낭이라는 것이 한두 번만 쓰면 땀이 배다보니 남에게 빌려주는 게 아니라며 생색을 내던 선배의 얼굴이 떠올랐다. 그냥 담요를 빨아 버릴까 생각도 했지만 아무래도 그대로 세탁기에 밀어 넣을 수는 없는 노릇이었다. 세탁기 용량이 너무 적을 뿐만 아니라 그 많은 음식물을 제대로 소화하리라는 보장도 없었다. 햇볕에 말려 훌훌 털어낼까 생각도 해봤지만 매서운 겨울 날씨에 괜히 밖에 가지고 나갔다가 얼어붙기라도 하는 날이면 일이 더욱 복잡해질 게 뻔했다.

이러지도 저러지도 못한 채 한참을 고민한 뒤에도 뾰족한 수를 찾지 못한 그는 담요를 그대로 놔둔 채 시험준비를 위해 학교 도서관으로 향했다. 술이 덜 깬 묵직한 머리에 담요에 대한 고민까지 더해지니 몇 시간이 지나도 넘어간 책장은 얼마 되지 않았다. 눈에 들어오지도 않는 책을 끼고 앉아 공부를 하는 둥 마는 둥 시간만 보내다가 폐관시간에 쫓겨 도서관을 나온 그의 발걸음은 무거웠다. 로비에서 만난 친구는 그를 더욱 허탈하게 만들었다.

"만약 니가 찌개를 이불 위에 쏟았다면 그 이불 어떡할래?"

"버려야지!" 친구의 대답은 간단했다.

무거운 발걸음을 이끌고 미간을 찌푸리며 방으로 들어와 보니 담요는 적당히 말라 있었다. 빨래나 수건을 걸어두지 않으면 자연스럽게 기침이 나오는 고시원의 건조함 덕분이었다. 찜찜한 마음에 발끝으로 담요를 들어올려 한쪽 구석으로 밀어버리고는 그 옆에 털썩 주저앉았다. 그렇게 한참을 앉아 있다가 옷이라도 벗어야겠다는 마음에 손을 짚고 일어나는데 무심코 만져본 담요는 의외로 따뜻하고 폭신했다. 담요 앞면은 여전히 절망적이었지만 뒷면은 비교적 깨끗했다. 오렌지색 모포 두 장을 겹쳐 테두리에 군청색 헝겊을 둘러 박은 담요가 접합이 잘 안 돼 서로 겉도는 탓이었다.

피곤한 몸에 거의 한 갑이나 담배를 피워가며 버티던 그는 새벽 네 시가 다 돼서야 시험범위를 그럭저럭 마무리하고 잠자리에 들 수 있었다. 담요 앞면에 눌러 붙은 음식물을 생각하면 몸서리가 쳐지기도 했지만 피곤한 탓인지 그가 깔고 누운 담요 뒷면은 상상 이상으로 푹신하고 아늑했다. 오로지 숨소리만으로 자신의 존재를 인식해야 하는 어두운 방안이 그날처럼 편안하게 느껴진 적은 없었다. 토사물의 흔적은 어디에도 없었다.

선배 C와 Y의 모습이 몇 번인가 떠올랐지만 규칙적인 리듬을 타고 있는 자신의 숨소리에 신경을 집중하게 되자 어렵지 않게 잠에 빠져들 수 있었다.

다음날 아침은 오랜만에 상쾌한 기분이 느껴졌다. 좁은 공간 덕분에 아무리 편안하게 잠자리에 들어도 아침이면 팔다리가 이유도 없이 뻐근한 것이 한데서 새우잠을 잔 것과 별반 다를 게 없었지만 이날만은 달랐다. 덮고 잤던 하늘색 대형 타월이 평소와는 다르게 허리 위로 덮여 있는 것이 수면 중의 동선이 그다지 크지 않았음을 말해주고 있었다. 갤 것도 없는 이불을 한쪽에 둘둘 말아 밀어놓고 수건과 비누를 챙겨 흐뭇한 마음으로 세면장으로 향했다.

여섯 시면 하루를 준비하며 부산을 떠는 이들이 두어 명은 있게 마련이지만 이날 아침은 웬일인지 아무도 없었다.

시험시간은 여덟 시였지만 마지막으로 훑어보기에는 아무래도 강의실이 나을 것 같아 일찍 고시원을 나섰다. 고시원 앞 구멍가게에서 우유 하나를 사 마시고 느릿느릿 걸음을 옮겨 도착한 강의실에는 시간이 너무 일러서인지 학생들의 모습이 보이지 않았다. 창가에 자리를 잡고 교정을 내다보니 때가 되면 어김없이 꽃잎을 피워내던 관목들이 앙상한 가지만 남아 유난히도 쓸쓸해 보였다. 수백 명의 학생들로 항상 생기가 넘치던 석조건물도 혼자서는 빛을 발하지 못한다는 생각이 들 정도로 관목들의 연약한 모습은 주변 풍경까지 쓸쓸하게 그려내고 있었다.

그가 강의실로 들어오는 발자국 소리를 느낀 건 호주머니에 두 손을 꽂은 채 강단이며 칠판이며 강의실 여기저기를 두리번거리다가 다시 창밖을 내다본 바로 그때였다.

입김을 뿜어내며 플래시를 들고 저만치 엉거주춤 서 있는 사람은 다름 아닌 문과대 수위 아저씨였다. 목례를 하며 미소를 지어보인 그에게 콧물을 한 번 훌쩍 들이킨 아저씨도 미소를 지어보였다.

"크리스마스이브에 공부하러 나왔어?"

4

고시원의 모든 방은 건물 뒷벽을 등지고 격자형태로 배열돼 있었다. 양 측면에는 화장실과 세탁실을 끼고 계단이 만들어져 있어서 전체적으로 밀폐된 구조였다. 복도를 사이에 두고 방문과 마주하고 있는 고시원 건물 유리창은 빛과 소통할 수 있는 유일한 통로였지만 이마저도 북서쪽으로 태양과 비켜나 있어 고시원 안에서는 시간의 흐름을 놓치기가 일쑤였다.

책상에 달린 독서용 형광등을 꺼놓고 낮잠이라도 자다 일어나면 야광으로 빛나는 자명종의 세 시가 오전인지 오훈지 몰라 찌푸린 얼굴로 방을 나와 창밖을 두리번거릴 수밖에 없었다. 갈색으로 코팅된 창문 너머의 길가에 인적이 드물거나 셔터가 내려진 음식점이라도 발견하게 되면 못이 쳐져 열리지 않는 창문을 원망하며 직접 뛰어 내려가 확인하는 수밖에 없었다.

대부분의 경우는 오후 세 시로 판명이 되지만 정문에 셔터가 내려진 경우는 그렇지가 않았다. 고시원은 새벽 두 시부터 출입이 통제됐다. 허탈한 마음에 강관으로 발처럼 엮어진 셔터를 괜히 한 번 흔들어보고 돌아서서 계단을 오를라치면 어김없이 허기가 몰려들었다. 고시원에 입주한 직후 새로 시작한 번역 아르바이트의 원고료가 나오지 않아 라면 하나로 여덟 끼를 때우며 생긴 트라우마가 원인인 것 같았다.

허기는 언제나 새벽 두 시 경부터 시작됐다. 일주일에 서너 번은 찾아가던 근처 헌책방에서 헐값에 골라온 사회과학 서적들을 대강 통독만 해도 새벽 두 시를 넘길 때가 많았다. 처음에는 담배를 피우거나 녹차를 타 마시며 대충 견뎌봤지만 점점 참기가 힘들어졌다. 저녁을 늦게 먹고 잠자리에 드는 날에도 갈증이나 요의를 느껴 도중에 깨곤 했는데 시계를 보면 항상 두 시였다. 컵라면을 준비해놓는 경우도 있었지만 이런저런 이유로 책장 안에 라면이 남아 있는 날은 별로 없었다. 당장 먹을 게 없다는 이유로 불안해하는 자신에게 실망하지 않을 수 없었지만 흥분된 마음은 담배 몇 대로도 쉽게 가라앉지 않았다.

한 달 정도가 지나자 창밖을 바라보며 복도를 서성이는 일이 많아졌다. 한 번은 궁여지책으로 세탁실에서 빨래를 돌리다가 짜증스런 얼굴로 눈을 비비며 찾아온 학생들에게 "이 시간에 도대체 뭐하는 거냐!"는 항의를 들은 적도 있었다.

준비한 비상식량 없이 허기가 시작되는 날이면 하릴없이 날을 새우는 수밖에 없었다. 복도를 서성이거나 계단을 오르내리며 문이 열리는 다섯 시까지 기다렸다가 부리나케 뛰어나가 주로 라면으로 배를 채웠다. 돌아오는 길에는 도대체 뭐하는 짓인가 하는 생각에 새벽하늘이 희뿌옇게 보일 때도 있었다. 얼마 되지 않아 결국 낮과 밤이 바뀌고 말았는데 나중에는 허기와 상관없이 가슴이 답답해져 이유 없이 깊은 숨을 반복하는 버릇까지 생겼다.

이날 새벽도 여느 날과 다르지 않았다. 복도에 나와 창밖만 바라보다가 아래층 계단으로 내려와 자판기 옆 정수기에서 녹차 티백을 우려내고 있었다. 아무도 없는 새벽시간이라 불도 켜지 않은 복도에는 자판기의 '윙' 하는 기계음밖에 들리지 않았다. 티백을 대여섯 번 빠뜨린 뒤 이제는 됐다 싶어 종이컵을 조심스럽게 입에 갖다 대는 순간 갑자기 뒤쪽에서 그를 부르는 소리가 들렸다. 소스라치게 놀란 나머지 뜨거운 녹차에 사래가 들려 "헉" 하며 입술까지 데고 말았지만 고통을 느낄 겨를도 없이 반사적으로 고개를 돌렸다.

자판기 광고패널의 불빛에 비친 사내의 퀭한 두 눈은 알 듯 모를 듯 미소를 보내고 있었지만 거무스름한 눈두덩이 때문에 생기가 전혀 없어 보였다. 콧날은 제법 오뚝했지만 귀밑에서 흘러내린 턱선이 워낙 좁고 입술에도 윤기가 전혀 없어 병색이 짙은 환자 같은 인상이었다. 사내가 입은 흰색 반소매 티셔츠는 한눈에 봐도 지저분하게 구겨져 있었고 허리춤이 느슨한 녹색 트레이닝복은 무릎 바로 밑까지 한쪽만 걷어 올려져 있었다.

놀란 그가 입술에 손을 갖다 대며 "무슨 일이죠?" 한 지가 꽤 지났지만 사내는 눈길을 피해가며 어색하게 서 있기만 할 뿐이었다. 머뭇거리던 사내가 힘들게 꺼낸 얘기는 예상치 못한 것이었다.

"혹시 … 먹을 것 좀 있으세요?"

그는 순간 당황했지만 목소리를 가다듬어 조용하고 단호한 어투로 대답했다.

"없습니다."

사내와는 상관없는 자신에 대한 거부요 부정이었다. 계면쩍은 표정으로 돌아서서 계단을 오르는 사내를 한동안 물끄러미 바라보고 있었다. 손에 들고 있던 종이컵을 놓쳐버린 건 계단을 오르는 사내의 뒷모습에 자신의 모습이 겹쳐진 바로 그 순간이었다.

또 다른 공간을 찾아 이듬해 봄 자원입대한 그는 수도방위사령부의 한 방공포대에 배속됐다. 서울 도심에 위치한 부대라 고립감은 거의 없었지만 세상과는 단절돼 있었다. 불화가 계속됐기 때문이다.

무엇이 진실이고 무엇이 거짓인지 나조차 알 수 없다. 나의 기억을 믿을 수 없다. 기억 속에 남아 있는 수많은 인물과 사건들은 재배열되고 재구성돼서 새로운 관념적 유기체를 생산해낸다. 난 그 유기체가 던져준 사유 속에 꽁꽁 묶여 있기도 하고 멀찌감치 떨어져 있기도 하지만 벗어날 수는 없다. 영원히. 나의 기억을 나조차도 헤아릴 수 없다. 녀석들을 더 이상 기억하고 싶지 않다. 이 글을 계속해야 하는 이유가 바로 여기에 있다.

9월 29일 오전 12시 10분

만수 녀석이 찾아왔다. 집 근처 순두부집에서 만났다. 태평양 건너 LA에 지점을 두고 있다는 순두부집이다. 녀석을 예우하기 위해 노력한 결과다. 멀리 인천에서 유붕이 자원방래했는데 세계로 뻗는 특별식으로 대접함이 마땅치 아니한가. 녀석이 먼저 도착해서 음식을 시켜놓고 있었다. 나를 보자 녀석은 환하게 웃었다. 싱거운 놈. 순두부도 고춧가루 안 들어간 걸로 시켜놨다. 싱거운 놈. '발가락'과 '공간불화'에 저주가 내릴 뻔한 지난 7년 전 난 녀석에게 크게 화를 낸 적이 있다.

녀석은 항상 용건 없이 전화를 걸어왔다. "안부를 묻기 위해"라는 상투적인 용건도 제시하지 않았다. 사실 안부를 물을 필요도 없었다. 일주일에 서너 번은 전화를 걸어왔으니까. 통화는 항상 10분 이상 이어졌다. 무슨 얘기를 나눴는지 모르겠다. 용건 없이 10분 이상 통화할 수 있는 능력을 지닌 이는 내 주변에 흔치 않다. 나 역시 친구 녀석들에게 전화를 걸어 "어디냐? 또는 뭐하냐?" 했다가 만날 수 없는 상황이면 "알았다!" 하고 끊는 경우가 대부분이다. 멀리 있는 녀석들에게는 이런저런 뻐꾸기와 사발을 날려주지만 국내에 있는 녀석들에게는 냉혹하고 냉철하고 냉담한 단답형 질문 서너 개가 고작이다.

녀석은 또 만날 약속을 수도 없이 했다가 지키기 않았다. 이번 주, 다음 주, 다음 달 첫째 주 등등. 내가 가장 싫어하는 "명절 지나고"도 남발했다. '추석 지나고'면 도대체 언제란 말인가? 올해 안에 볼 수는 있단 말인가? '설 쇠고'면 대체 어느 계절이란 말인가? 여름? 가을? 겨울? 명절을 앞두고는 지인 접촉을 삼가라는 지방자치단체의 조례라도 정해졌단 말인가?

이런 부류의 인간들은 절대로 날짜를 특정하지 않는다. 날짜를 특정하는 경우도 있다. "다음 주 월요일에 전화해서 날짜 잡자"고 할 때 그렇다. 하지만 월요일에 전화가 오지 않거나 전화해서 "언제 한 번 보자!"고 하고 말아버린다.

그날도 녀석은 휴대전화 저편에서 1970년대 방화의 성우마냥 내리깔린 목소리로 "친구야, 나다!"했다. 녀석의 돌려막기에 지쳐버린 나는 버럭 소리를 질렀다.

"너 뭐하는 놈이냐? 약속하면 좀 지켜라 임마! 보고 싶으면 와서 보든지, 만나고 싶으면 만나든지, 전화해서 쓸데없는 소리만 하지 말고."

"화났냐?"

"그래 임마, 더 이상 전화하지 마!"

고등학교 졸업 20주년 행사에서 녀석을 몇 년 만에 다시 보게 됐다. 녀석은 나를 보고 아무렇지도 않은 듯 반색했다. 싱거운 놈.

행사가 끝날 무렵 녀석이 우리 테이블로 옮겨와 내 귀에 대고 조심스럽게 지저귀었다.

"짜아식, 오랜만에 보니 반갑다. 전화할게. 한번 보자."

"너, 내 전화번호 아냐?"

"옛날번호 아닌가? 저장돼 있을 걸 ……."

한숨이 나왔지만 참았다.

"번호 바뀌었다. 불러줄게 저장해라."

녀석이 나에게 전화를 거는 횟수는 크게 줄었지만 내용은 크게 달라지지 않았다. 기대하지도 않았다.

녀석은 전화기 저편, 지구의 자기장이 미치지 않는 4.5차원 공간에서 서식하고 있다. 만날 수 없다. 약속을 할 수 없다. 녀석의 시간과 나의 시간이 다르기 때문이다. 그는 하루를 34.28759시간으로 살면서 일 년을 463.278일로 헤아린다. 녀석의 한 달은 36일로 구성되고 명절은 14월과 18월에 찾아온다. 조우할 수 없다. 약속이 불가능하다.

녀석의 전화를 받은 건 점심을 먹은 직후였다.

"점심 먹자! 니네집 근처로 갈게!"

녀석이 드디어 타임워프를 극복하고 나의 세계 속으로 빠져나온 것이다. 스티븐 호킹이 벌떡 일어날 희대의 사건이다. 유봉이 자원방래하는 정도가 아니다. 당연히 만나야 한다. 녀석의 노고를 치하하고 열렬히 환영해야 한다. 내가 대접할 수 있는 최고의 음식, 세계가 인정한 맛의 정수리를 찾아야 한다. 그것은 바로 바로 바로 순두부우우~.

"XX역 앞으로 와라." 내 목소리가 떨렸다. "역을 등지고 바라보면 대로 왼편에 순두부집이 보일 거야."

"알았다 오바! 곧 간다 오바!"

"얼른 와라 오바!"

고춧가루 없는 유백색 순두부를 호호 불어 떠먹으며 녀석은 싱글거렸다. 지 스스로 생각해도 뭔가 대단한 일을 했다 싶은 거다.

"아줌마 여기 황태구이도 하나 주세요!"

내 목소리에 힘이 실렸다.

'엣다 이놈아 많이 먹어라. 오랜만에 기특한 짓 한번 했구나. 앞으로도 이리 살아라. 순두부 정도라면 네놈 집 앞에 한겨울 폭설로 뿌려줄 수도 있다. 더도 말고 덜도 말고 오늘처럼만 살아라. 이 싱거운 녀석아!'

녀석은 숟가락으로 순두부를 휘휘 저으며 계속 웃고 있었다. 나도 피식 웃음이 터졌다. 콜라를 시켜 건배했다. 희한한 풍경이다.

사실 난 졸업 20주년 행사 때 만수에게 큰 신세를 졌다. 제주도의 '사류구동'보다 더하면 더했지 덜하진 않다. 공식행사 후 2차로 옮긴 자리에서 거머리처럼 달라붙어 나를 괴롭히던 양춘을 만수가 단도리 해줬기

278

때문이다.

양춘은 기분이 상해 밖으로 나와버린 나를 따라와 면상을 내 코앞에 들이밀면서 "얘기 좀 하자!"고 생떼를 썼다. 이때 나타난 게 만수 녀석이다. 녀석은 내 앞길을 막아서고 있던 양춘에게 헤드락과 밭다리를 동시에 걸어 바닥에 쓰러뜨린 다음 양 무릎으로 어깨를 짓눌러 옴짝달싹 못하게 만들어버렸다. 만수 녀석은 오른손으로 양춘의 목줄기를 죄어 누르면서 "그만하라!"고 소리쳤고 핏발 선 두 눈에 얼굴이 벌겋게 달아오른 양춘은 찍소리도 못했다. UFC에서 보던 바로 그 파운딩 —정확히 말해 파운딩을 위한 사전기술이다 — 기술을 서울 강남의 한 고깃집 주차장에서 선보여준 만수가 정말 고마웠다. 언제 저런 고급기술을 연마했단 말인가. 오늘을 위해 절차탁마 와신상담 절치부심해준 만수가 너무너무 고마웠다. 크지 않은 체구에서 뿜어져 나오는 그 날렵함은 이소룡의 그것과 비교해도 손색이 없었다.

양춘은 동문회와 관련한 난상토론에서 내 의견에 계속 반대했다. 논리를 바탕으로 한 설득력 있는 반대가 아니었다. 녀석은 항상 그랬다. 심한 욕설과 비아냥. 내가 무슨 말을 해도 녀석의 태도는 달라지지 않았다. 녀석이 언제부터 나를 목표물로 삼았는지 알 수 없다. 내 바로 뒷자리에 앉아 있던 고등학교 3학년 때는 그렇지 않았다. 녀석은 나와 단둘이 있으면 멘털리티에 아무런 문제가 없었지만 다른 친구가 단 한 명이라도 섞여들면 나를 씹지 못해 안달이었다. 예를 들어 내가 술값을 내겠다고 하면 녀석은 "하여간 이 새끼는 항상 이런 식이여, 너 혼자만 잘났냐? XX놈아!" 하고 "오늘은 니들이 내라!" 하면 "하여간 신간 편하게 사는 새끼들이 더한다니까, 알았다 XX놈아!" 한다.

을지로 인쇄골목에서 직원 대여섯을 두고 사장 노릇을 하는 녀석보다 내가 나은 점이 뭔지 알지 못하지만 내가 서울로 대학을 왔다는 사실만으로, 녀석이 고등학교 졸업 이후 어려운 가정형편 때문에 바로 돈벌이를 시작했다는 사실만으로 승부는 끝난 셈이었다. 난 녀석에게 대거리를 해서는 안 된다. 인생에 대해서는 쥐뿔도 모르는 대졸 사무직이기 때문이다.

녀석은 여러 동창들 앞에서 나를 밟아 자신의 입지를 세우려고 했다. 고등학교 3학년 때 녀석의 앞에 앉아 있었다는 게 내 잘못이라면 잘못이다. 녀석이 수업시간에 책상 위에 엎드려 대놓고 잠을 청할 때 허리를 꼿꼿이 세워 선생님의 시선을 확실히 가려주지 못한 게 잘못이라면 잘못이다. 녀석은 내가 자신을 어쩌지 못한다는 사실을 잘 알고 있었다. 어쩌지 않을 것이라고 믿고 있었다. 그 믿음은 20년 가까이 사실로 확인되고 있었다.

사실 녀석은 나의 삶을 동경하고 있었다.

"난 니가 부럽다, 넌 하고 싶은 대로 다 하고 살잖아. 싫으면 안 하고. 난 놈은 난 놈이여!"

둘이 만나 술에 취하면 녀석이 빼놓지 않고 하는 얘기였다. 직장을 몇 번 옮긴 게 내 죄라면 죄였다. 난 녀석을 충분히 이해했지만 어느 순간부터 인내심에 한계가 느껴지기 시작했다. 웃는 얼굴로 받아주는 게 힘들어지기 시작한 것이다. 녀석의 욕설이 지겨워지기 시작했고 욕설 속에서 구린내가 나기 시작했다. 녀석의 사업이 꽤나 번창하고 있다는 소문을 들은 다음부터 그랬다. 녀석이 나를 놀리는 것으로 느껴졌다. 둘 사이의 전세가 역전된 지 오래지만 연막을 치고 괜히 앓는 소리를 한다고 생각했다.

사실 내가 녀석을 앞선 적도 없었다. 바로 앞자리에 앉은 적은 있었지만. 내가 조소와 조롱에 약하다는 사실을 잘 아는 녀석이 나를 상대로 게임을 하고 있다고 생각했다. 어차피 승자는 정해져 있지만 얼마나 쉽게 이기는지도, 얼마나 쉽게 지는지도 세간의 관심사다. 녀석은 고등학교 동창들을 관중으로 해서 쇼맨십까지 부려가며 일종의 스포츠를 즐기고 있었다.

나날이 기술력을 더해가던 녀석은 그날 역시 나를 상대로 세상에서 가장 쉬운 경기를 벌이고 있었고 나의 표정이 심각해질수록 관중들은 더욱 즐거워했다. 내가 한 마디 하면 녀석이 두 마디 하는 옥신각신 랠리가 한참이나 계속되자 관중 가운데 하나가 꾸짖듯이 내뱉었다.

"그만 해라. 니들은 왜 만나기만 하면 싸우냐!"

"니들이라니, 이 새끼야! 저 새끼하고 묶어서 얘기하지 마라. 죽여버린다."

죽여버리고 싶은 것은 애꿎은 관중이 아니고 양춘이었다. 그 자리에 계속 앉아 있다가는 정말이지 무슨 일을 벌일 것만 같았다. 갑자기 가위나 포크 같은 쇠붙이들이 눈에 들어오기 시작했다. 중학교 때 배운 포크 휘는 법이 생각났다. 손잡이 부분으로 손등과 손바닥을 감아 두르고 음식 찍는 앞부분이 손바닥 밖으로 튀어나오게 만들어주면 훌륭한 무기가 된다.

포크를 휘고 자시고 할 시간이 없다면 불판을 프리스비 — 앞에서도 프리스비의 동일한 용도에 대해 언급한 적이 있다 — 마냥 면상에 날려도 된다. 젓가락을 표창 던지듯 던지든지. 아니, 가위가 제일 확실하지만 사람이 실제로 죽게 되는 게 문제다.

분노의 수위가 주먹으로 해결할 수준을 넘어버렸다. 밖으로 나가야 한다. 지금 밖으로 나가지 않으면 새로운 인생이 펼쳐지게 될 것이다.

'mama, just killed the man put a gun ⋯ no, sorry, stabbed him with the scissors in a Korean restaurant ⋯ now he is dead ⋯⋯.'

총도 아니고 가위로 고깃집에서 사람을 죽인다면 〈보헤미안 랩소디〉는커녕 삼류 트로트도 듣지 못하게 될 것이다.

자리를 박차고 나왔지만 끝난 게 아니었다. 녀석은 나에게 단 1분도 내주지 않았다. 녀석의 잔인함은 상상 이상이었다. 나에게 바라는 게 도대체 뭐란 말인가. 동창 녀석들 앞에서 무릎 꿇고 잘못이라도 빌어야 한단 말인가. 만수 녀석이 아니었으면 난 양춘을 어찌했을지 모른다. 양춘이 A자 모양으로 팔을 벌리고 내 앞을 가로막았을 때 난 녀석의 시선을 피한 채 왼손으로 주머니 속에서 파카 볼펜을 쥐고 있었다. 심이 몸체 밖으로 돌출될 수 있게 엄지손가락으로 볼펜 머리를 꾹 누르고 있었다. 녀석의 뺨에 볼펜을 관통시켜 나불대는 아가리를 닫아버리기 위해 왼손을 막 꺼내려는데 만수가 나타났다.

지금 생각해보면 양춘도 나를 따라 밖으로 나올 수밖에 없었을 것이다. 경기는 오로지 나만을 상대로 진행된다. 경기에 참여하지 않는 양춘은 관중들에게 아무 필요가 없다. 내가 없으면 녀석의 존재가치도 없다. 녀석은 나 없이는 아무것도 아닌 것이다.

싱거운 순두부를 맛있게 비워내고 밖으로 나왔다. 황태구이도 머리만 남았다. 밥을 덜어낸 돌솥에 물을 부어서 만든 누룽지도 맛있었다.
"장례식 갔다 왔니?"
내가 만수에게 물었다.
"나 중국에 있었어. 그 얘기는 하지 말자."
순두부집 앞에 세워뒀던 차를 타고 만수가 서둘러 떠났다. 녀석이 역앞에서 우회전하는 걸 보고 나도 차에 올랐다.
양춘이 3주 전에 자살했다. 서해대교 어디쯤에서 투신했다. 물살에 꽤 멀리 떠내려간 시신은 하루가 지나서야 발견됐다. 다리 위 폐쇄회로

TV에 잡힌 양춘은 차를 세워놓고 한참을 서성거렸다고 했다. 양춘이 감당하기 힘들 정도로 많은 빚을 지고 있었다는 사실은 부인조차 몰랐다고 했다. 양춘의 어려움을 눈치 챈 친구는 아무도 없었다. 양춘이 던져주는 너스레와 객쩍은 농담을 받아먹으며 다들 침만 질질 흘리고 있었다. 공짜로 무한히 제공될 줄 알았다. 그 너스레와 그 농담. 아침 일찍 일어난 양춘은 부인에게 부탁해 도시락을 싸들고 집을 나섰다고 했다… 양춘은 아니었다.

합숙면접에 면접관으로 와서 이튿날 시험을 앞둔 여대생들을 노래방으로 불러내더니 그들의 후덕한 허벅짓살로 때아닌 송편을 빚어대며 "내가 너 붙여줄게!" 하는 새끼도 봤고, 여성이 동석한 술자리에서 취기가 오르면 남자 후배들에게 손찌검을 일삼으면서 레슬링 그레코로만형 준비자세로 한판 붙자고 화상을 들이미는 새끼도 봤고, 수십 년을 친구로 지내다가 어느 날 갑자기 선배 노릇하겠다고 안면몰수하는 새끼도 봤고, 새해인사 건넸더니 덕담은커녕 쌍소리 중얼거리며 면박 주는 새끼도 봤고, 몇 년이 지나도록 인사 한 번 안 받다가 뜬금없이 인사 안 한다고 지적하는 새끼도 봤고, 매년 들어오는 신입사원들만 집적대다가 사십을 훌쩍 넘긴 새끼도 봤고, 밥벌이 한두 해 먼저 시작하더니 "니가 언제부터 내 선배냐!"고 갖은 욕설로 귀청 떨어지게 고함치는 학교후배 새끼도 봤고, 위아래 못 가리고 이리저리 술잔 돌리다가 갑자기 이 새끼 저 새끼 찾아가며 남자들을 혼비백산하게 만든 쌍년도 봤지만 양춘은 아니었다.

양춘은 아니었다. 아침 일찍 도시락을 싸들고 서해대교로 갈 게 아니었다.

난 녀석의 빈소에 조문하지 않았다. 여물이를 시켜서 부의금만 전달했다. 여물이와 통화하는데 꺼이꺼이 눈물이 났다. 부의금을 아직도 갚

지 못했다. 계좌이체를 약속했지만 왠지 내키지 않는다. 만 원짜리 몇
장에 관계를 청산할 수 없다. 녀석은 나 없으면 아무것도 아니다.

9월 30일 오전 12시 12분

여물이가 전화했다. 사귀는 애인이 임신했다고 했다. 축하한다고 말했다. 진심으로 축하할 일이었다. 마흔하나에 드디어 결혼할 쾌가 생긴 것이다. 여물이는 이리저리 해찰하다가 그리 된 것이 아니었다. 먹고 사는 문제가 급했다. 내가 안다. 결혼식 사회를 맡겠노라고 했다. 머뭇거리는 녀석에게 "딴 사람 있냐?" 했더니 "아니, 고마워서 그러지!" 했다.

한밤중이나 새벽에 전화해서 이런저런 넋두리를 늘어놓을 사람이 한 명 줄게 됐다. 서운한 일이지만 어쩔 수 없다. 여물이가 내 얘기 들어주러 세상에 온 게 아니기 때문이다.

내 얘기를 들어주는 게 본업이 아니고, 부업에도 미치지 못하는 그 무엇이었지만 녀석은 항상 충실했다. 이유는 모르겠다. 난 여물이에게 아무 시간에나 전화를 걸어 아무 얘기나 아무렇게나 했다. 상담실력이 훌륭한 것도 아니었다. "듣고 있냐?"고 몇 번씩 다짐받아야 할 정도로 목소리가 작았다. 대답도 "어 그래? 그것 참…" 하는 게 고작이었다.

술 얘기도 했다가, 친구 얘기도 했다가, 돈 얘기도 했다가, 위염 얘기도 했다가, 중이염 얘기도 했다가, 관절염 얘기도 했다가, 발톱 얘기도 했다가, 신발 얘기도 했다가, 등산 얘기도 했다가, 국수 얘기도 했다가, 자동차 얘기도 했다가, 양춘 얘기도 하고 그랬다.

여물이는 항상 "니가 참아라!" 했지만 난 "그 새끼 얘기 꺼내는 것 자체가 날 열받게 하는 일"이라며 애꿎은 여물이에게 화풀이를 했댔다. 배터리가 떨어져서 전화를 끊은 적은 많지만 할 말이 없어서 통화를 중단한 적은 거의 없었다. 전화기를 귀에 대고 동네를 몇 바퀴씩 돌 때도 있었다.

여물이는 고등학교를 졸업하고 자동차 정비기사 자격증을 땄다. 무슨 전국대회에서 3등에 입상할 정도로 그 바닥에서 자리를 잡아가는 듯 싶더니 어느 날 갑자기 대학에 입학하겠다고 입시준비를 시작했다. 건축 관련 4년제 대학을 졸업하고 지금은 인테리어 일을 하고 있다. 졸업 후 서울에서 사무실을 열었지만 수금 때문에 마음고생을 심하게 하다가 2년 만에 낙향했다. 지금은 그럭저럭 벌이가 괜찮은 것 같다. 아니다. 난 모른다. 양춘이 녀석도 그랬으니까.

지 속을 다 까발리고 사는 놈이 어디 있으랴. 사람 마음이라는 게 참 복잡다단해서 까발리고 싶어도 제대로 까발려지지 않는다. 구역질을 하다가 신물만 넘어오는 꼴을 당하기 십상이다. 상대방은 등을 두드려주고 싶어도 그저 바라보고 있을 수밖에 없다. 꾸역꾸역 씹어넘긴 동탯살과 국물, 파, 미나리 따위는 두드려주면 식도를 타고 넘어오지만 곰삭힌 걱정과 고민은 다른 사람이 아무리 두드려줘도 당최 넘어오지 않는다. 타고 넘어올 식도가 없기 때문이다. 길이 없다.

여물이 녀석인들 속이 편할 리가 있나. 세계 최대규모 원자력발전소 통제실을 바로크와 로코코 스타일로 꾸며주는 일감이 떨어지지 않은 바에야 그 동네, 그 바닥의 한 달 벌이는 돼지 콧구멍을 들여다보듯 뻔한 것이다.

물론 돼지 콧구멍 안에서 어느 녀석이 고사를 지내다가 장난삼아 꼬깃꼬깃 처박아둔 만 원짜리 지폐와 맞닥뜨리는 뜻밖의 횡재수를 만날 수도 있지만 그런 일이 어디 흔한가. 돼지 콧구멍만 한 가능성이다. 지름 1센티미터 미만. 원주율이 3.14 어쩌고니까 0.5제곱에 3.14 어쩌고를 곱하면 돼지 콧구멍에서 만 원짜리를 발견할 가능성이 수치화된다. 이것이 바로 사회현상을 계량화해 측정하는 모범적 사례 아닌가. 인류 지성사의 개가가 아닐 수 없다.

게다가 푸짐한 살집의 여물이는 꼼수를 모르는 착한 돼지 아니던가. 여물이가 거세되지 않았다는 사실은 이번 참에 확실하게 증명됐다. 수컷 돼지가 거세되지 않고도 온순한 성품을 유지할 수 있었다는 건 축산학적 미스터리다. 보여줄 대상이 없었으니 거세를 통해 육질을 좋게 할 이유도 없었다. 대다수의 수컷 돼지들처럼 환관(宦官)의 길을 걸었다면 '돼지 여물'은 결혼에 이를 수 없었을 것이다. 애인을 임신시키는 일을 벌이지 못했을 테니까. 물론 환관의 길을 걸었다면 결혼을 꿈꾸지 않았을 것이다. 돼지 여물의 남성성을 유지시킨 게 과연 합리적 선택이었던가. 복잡하다. 결과를 예측하기 힘들다. 인과관계를 밝히기도 어렵다.

그는 과연 돼지인가 사람인가. 내 친구 여물이가 맞단 말인가. 이 녀석도 돼지 꼬리를 달고 태어난 마콘도의 아우렐리아노 종족인가? 아, 왜 하필 돼지란 말인가. 유니콘이나 불을 뿜는 드래곤이나—서양 코쟁이들이 상상하는 날아다니는 드래곤과 여의주를 물고 승천하는 동북아시아의 용은 분명 다르다. 난 용이 아닌 드래곤을 원한다. 위협적인 존재로 공포의 대상이 되는 드래곤—설인 예티나 네스호의 괴물이나 티라노 사우루스나 부라키오 사우루스나, 하다못해 멧돼지도 아니고 그냥 돼지. 프로파일 사진을 찍으면 해부학적 기능으로 도해되지 않고 삼겹살, 항정살, 갈매기살, 가브리살 등 식재료 용도에 따라 설명되는 너 돼지여.

돼지들이 너무 많다. 정말국 하나로 충분했는데 정여물까지. 이런 식이라면 난 정말 힘들어진다. 사실 힘들 건 없지만 내 삶에서 차지하는 녀석의 존재론적 비중은 달라질 수밖에 없다. 당장 결혼식 사회가 문제다. 난 녀석이 사람이라고 생각하고 약속한 것이다. 내가 왜 돼지의 결혼식 사회를 맡아야 한단 말인가. 녀석은 왜 나에게 그런 비밀을 숨겼단 말인가. 법률적으로 기망행위 아닌가. 형사처벌 대상 아닌가.

신고해야 하나? 녀석이 돼지라고. 아니, 돼지가 나에게 결혼식 사회를 맡겼다고. 아니, 내가 결혼식 사회를 맡았는데 신랑이 돼지라고. 아니, 난 분명 사람인 줄 알았는데 지금 생각해보니 돼지인 것 같다고. 녀석이 진실을 얘기하진 않았지만 난 확신한다고. 아니, 녀석은 내 친구고 사람인 줄 알았는데 알고 보니 돼지라고. 녀석이 돼지인 줄 알았으면 난 녀석의 친구가 되지 ―여기저기 돼지 천지구나― 않았을 것이라고. 녀석이 돼지라는 사실을 전혀 눈치 채지 못했다고. 녀석이 나를 속인 건 아니지만 돼지라고 밝히지 않은 것 자체가 나를 속인 것 아니냐고. 물론 녀석이 "나 사람이다!"라고 얘기한 적은 한 번도 없지만 돼지라고 얘기한 적도 없으니 나를 속인 것 아니냐고. 사람처럼 생겨먹은 돼지가 자신의 실체를 밝히지 않았다면 벌을 받아야 한다고. 돼지라고 밝혔어도 친구가 될 수 있었는데 이제는 더 이상 친구가 될 수 없다고. 그동안 속은 게 억울해서 그렇다고. 난 녀석의 결혼식 사회를 맡을 수 없다고. 인수의 구별이 엄격한데 어찌 대명천지에 사람의 탈을 쓰고 돼지의 혼례에서 역을 행할 수 있겠냐고. 내 항정에 칼이 들어와도 그런 짓은 못한다고. 동물에게 배신당해본 적 있냐고. 이건 일종의 배신이라고. 사람도 아닌 동물에게 배신당한 놈이 속없이 결혼식 사회까지 맡아주면 인간사회로 다시 돌아갈 수 없다고. 인류로부터 파문당한 것이나 마찬가지라고. 중간계를 떠나 오크가 사는 지하로 내려가는 수밖에 없다고. 인간이 어찌 햇볕 한 줌 없는 지하에서 인간다운 삶을 영위할 수 있겠냐고. 넌 그렇게 살아봤냐고. 돼지도 거주지를 지하로 옮기는 일은 없다고. 내가 돼지보다 못한 인간이냐고. 내가 도대체 돼지보다 못한 게 뭐냐고. 나 지금 화났다고. 돼지 때문에 인생이 피곤해졌다고. 니가 책임지라고. 넌 도대체 누구 편이냐고. 너도 혹 돼지냐고. 말하고 싶다.

아니다, 차라리 결혼식에 참석해서 모든 것을 사실대로 털어놓자. 이 결혼식의 주인공은 돼지라고. 신랑의 엉덩이를 잘 보라고. 조금 볼록하지 않냐고. 튀어나온 부분을 잘 보라고. 타다 만 모기향처럼 생기지 않았냐고. 나도 고민 많이 했다고. 이게 어디 사람이 할 짓이냐고. 하지만 닥친 일을 어쩌겠냐고. 그냥 담담하게 받아들이자고. 나도 처음에는 정말 놀랐다고. 곰곰이 생각해보면 큰일도 아니라고. 세상에 놀랄 일이 어디 한두 가지냐고. 우리끼리만 알고 있으면 된다고. 세상에 알려도 상관없다고. 어디 가도 이만한 돼지, 아니 사람, 아니 신랑 찾기 힘들다고.

인류 축산사(畜産史)에 길이 남을 뜻깊은 자리에 모였으니 피로연에서 마음껏 즐기다 가시라고 분위기를 추켜올려 봤지만 하객들의 반응은 냉담했다. 일부 하객들의 눈빛 속에서는 불쾌감을 넘어 적개심이 묻어나는 듯했다. 어수선하던 장내는 신랑 신부가 행진을 시작하고 나서야 환호성과 함께 축하 분위기로 돌아섰다. 피아노 반주와 함께 신랑신부에게 꽃술이 던져지고 폭죽이 터지는 동안 하객들이 하나둘씩 자리에서 일어나기 시작했다. 하객들이 축하의 뜻을 전하기 위해 신랑신부 주변으로 한꺼번에 몰렸다. 하객들이 앉았던 자리에는 빠짐없이 방석이 놓여 있었다. 모양이 특이했다. 가운데 구멍이 뚫린 도넛 모양이었다. 어찌 보면 좌변기 같기도 하고 넥 필로우와도 닮아 있었다.

신랑은 하객들과 돌아가며 악수를 나누느라 정신이 없다. 자세히 보니 예의 그 튀어나온 엉덩이를 지닌 사람은 신랑뿐만이 아니었다. 드레스로 단장한 신부와 허리 아래까지 내려오는 외투를 입고 있는 이들을 제외하면 모두가 그런 뒤태를 지니고 있었다. 한 남자가 날카로운 시선으로 이쪽을 바라보고 있었다. 날카로운 시선이 여기저기서 하나둘씩 늘어나기 시작했다.

녀석의 결혼식이 다음달이라고 했던가?

10월 2일 오전 12시 46분

한밤중에 전화가 걸려왔다. 앵두형이다. 경찰서에 있다고 했다. 산책로에서 자전거를 타고 가다가 사고를 냈다고 했다. 부딪히지도 않고 그저 지나갔을 뿐인데 걸어가던 사람이 옆으로 넘어졌단다. 무슨 소리냐고 했다.

"그러니까 난 그냥 지나갔는데 이 사람이 '어어' 하더니 옆으로 넘어졌다니까."

"그게 무슨 소리에요? 그냥 지나갔는데 사람이 왜 넘어져요?"

"나도 모르지. 왜 넘어졌는지. 그냥 쌩하고 지나가는데 획하고 넘어졌다니까."

"탁하고 치니까 억하고 쓰러지신 거예요? 그래서요?"

"그래서는 뭐 그래서야. 나 때문에 벤치에 머리를 부딪쳤으니 나보고 책임지라는 거야. 아들에 며느리에 손자까지 온 집안 식구가 경찰서에 총출동했다. 어떻게 하면 되냐?"

대학시절 앵두 형은 우리의 우상이었다. 총학생회 간부도 아니었고 전투력이 충만한 것도 아니었다. 사실 교투나 가투에 나온 적이 단 한 번도 없었다. 하지만 누구나 좋아하는 사람이었다. 세상에 무관심했기 때문이다. 이념과 사상이 난무하고 정의와 불의를 가르는 분별력과 변혁을 이끌어낼 실천력이 인간의 최고 덕목으로 평가받던 시절 앵두 형은 내세울 게 아무것도 없었다. 내세우고 싶은 마음도 전혀 없었다.

현실세계에서 한 뼘쯤 떠올라 부유하는 자기부상 베짱이였다. 전경이나 백골단과 맞설 때는 앵두 형이 아무짝에도 쓸모없는 거치적거리는 ―나타나야 거치적거리기라도 하지. 그럴 일도 거의 없었다. 교문 앞에서 우리와 마주치면 "에이 씨발 돌아가야겠네!" 했다 — 존재였지만 싸움이 끝나고 뒤풀이가 열리면 사정이 달랐다.

"앵두 형 어디 갔냐?"

"아까 후문으로 나가는 것 같던데……."

"좀 찾아봐라. 자취방에 전화해보고. 앵두 형 없으면 무슨 재미로 마시냐?"

소주잔을 홀짝거리면서 10분 정도 버티면 성질 급한 어느 녀석이 일어나게 돼 있었다.

"에이 씨발 데려와야겠네. 야, 3층 당구장에 갔다 올 테니까 안주 남겨 놔라. 다 먹기만 해봐 진짜 가만 안 둔다."

앵두 형이 나타나면 분위기는 순식간에 바뀌었다. 지하 1층 막걸릿집의 문을 열고 들어서는 순간 누군가가 소리친다.

"앵두 형이다!"

녀석들은 "이리 앉으세요, 여기 앉으세요!" 하면서 앵두 형에게 열광했다. 자, 이제부터는 시대상황에 대한 담화가 금지된다. 마시고 떠들다가 한 명씩 차례대로 자리에서 일어나 하고 싶은 노래를 한 곡씩 부르면 된다. 때때로 애국가를 부르는 녀석도 있지만 그 정도 찬물로는 열기를 식힐 수 없다. 앵두 형이 남아 있기 때문이다.

세상에 없는 무엇이다. 글로 묘사할 방법이 없다. 앵두 형의 노래. 희한한 가창력이다. 입술을 위 아래로 크게 벌려 타원형을 만들어 목청껏 가성을 내지르면 돌고래 소리도 아니고 까마귀 소리도 아닌 기괴한 음향이 흘러나온다. 그 모양새가 너무나 우습지만 공연에 임하는 자세가 하도 진지해서 누구 하나 잡소리를 내지 못한다. 만화영화 주제가 서너 곡을 오페라 아리아 톤으로 불러 제낀다. 노래가 끝나도 곧바로 박수가 터지지 않는다. 감동의 소용돌이 속에 정신을 반쯤 놓고 감상하던 청중들은 잠시 후에야 '와' 하는 탄성과 함께 박수를 쳐대기 시작한다.

우리 테이블뿐만이 아니다. 주막집 전체가 앵콜을 외치는 소리로 떠들썩하다. 앵두 형의 힘이 바로 여기에 있다. 다른 이들을 아우르는 힘. 다른 테이블에서 서너 명이 잔을 들고 와서 주거니 받거니 하다 보면 어디가 우리 자린지 알 수 없게 온통 뒤섞여 웃고 떠들고 마셔대는 한바탕 잔치가 벌어진다.

진정한 아리스트, 스타다. 퍼포먼스가 보편성을 획득하고 있기 때문이다. 진정한 '스타 아리스트'라면 다른 테이블에 앉은 사람들이 팔짱을 끼고 눈을 흘기는 일이 없어야 한다.

이유는 여러 가지다. 차례는 넘어왔지만 앞선 공연이 너무 출중해 김이 새버렸을 때. 눈물을 삼키며 공연을 포기하는 수밖에 없다. 누구 하나라도 나서주면 좋겠지만 다른 것도 아닌 노래를 불러 여러 사람 앞에서 망신을 자초할 맹장은 그리 많지 않다. 앞선 녀석들에 대한 증오가 용솟음친다. 너무 못 불러서 '더 음치스트 맨 인 더 월드'로 등극하는 경우는 말할 필요도 없다. 선곡도 중요하다. 전술했던 어느 녀석처럼 애국가를 부르면 보컬에 사이렌의 마력이 실려 있다고 해도 환영받지 못한다. 다른 사람들의 취기가 어느 정도 올랐는지도 살펴야 한다. 거의 막장까지 온 사람들을 옆에 두고 노래를 부른다면 결과를 예측하기 힘들다. 어떤 반응이 나올지는 취한 녀석들 자신도 모르기 때문이다. 욕설 정도면 양호하다. 우리가 피하면 그만이니까. 하지만 소주잔이나 간장 종지가 날아오면 상황은 걷잡을 수 없게 된다. 포크나 젓가락이 날아오는 경우가 파국이다.

상황이 발생한 것이다. 만수처럼 날랜 녀석들이 필요하다. 협소한 공간에서 타격기 위주로 양측이 격돌하면 선제공격을 가한 쪽이 거의 백 퍼센트 승리하게 된다. 순발력이 생명이다. 파운딩 같은 기술은 구사하기 힘들다. 상대가 넘어져도 지형지물을 이용해 곧바로 일어날 가능성이 높고 주변에는 의자나 조리기구 같은 무기들이 널려 있기 때문이다. 상대를 눕혀 놓고 완벽하게 제압할 수 있는 공간 역시 찾기 힘들다. 고깃집 주차장이 아닌 것이다. 적어도 우리가 앵두 형을 불러들였던 주막은 그랬다.

저간의 사정이 이러하니 주막의 모든 손님들로부터 환호와 기립박수를 받을 수 있는 아리스트는 한 세대에 3명이 나오기 힘들다고 보는 게 타당하다. 인원을 3명으로 특정한 것은 앵두 형이 언젠가 자신의 모든 콘텐츠는 미대에 다니는 형의 것을 그대로 가져다 쓴 것이라고 고백했기 때문이다. 이유야 어찌 됐던 간에 앵두 형은 졸업할 때까지 도전자 없는 무패 신화를 기록하며 이 시대 최고의 뒤풀이 초대가수로 군림했다. 무릇 정상의 자리는 항상 외로운 것이거늘 그토록 성대하고 왁자지껄한 인생을 살아가는 무림의 고수는 중원에 사회주의 정권이 들어선 이후로 학계에 보고된 바가 없다.

청나라 말기까지만 해도 무림의 고수들이 할거했다는 사실은 황비홍이나 의화단을 봐도 알 수 있다. 앵두 형은 우리가 주막집에서 발굴한 마지막 황비홍이었다. 레퍼토리 개발 없이 만화 주제가 서너 곡으로 왕좌를 끝끝내 지켜냈다 하여 '소프라노 김정구'라고 호칭하는 이도 있지만 앵두 형의 명예에 누가 되는 치기어린 별칭일 뿐이다. 스스로를 '내장산 스라소니'라고 불렀던 앵두 형도 쇠퇴기를 맞게 된다. 뒤풀이가 사라졌기 때문이다. 시위가 사라지니 뒤풀이할 일이 없었다. 앵두 형은 챔피언 벨트를 반납하고 학교를 떠났지만 감히 벨트에 도전하는 녀석들이 없었다. 욕심내는 녀석도 없었다. 노래를 들어줄 청중이 사라졌기 때문이다. 명예롭지 않았기 때문이다.

앵두 형이 불합리한 세상에 맞선 이들과 굴기(屈起)를 같이했다는 것은 아이러니가 아닐 수 없다. 일상과 사회의 변화를 꺼려했던 앵두 형의 존재감은 변화를 추구했던 녀석들로 인해 채워질 수 있었다. 일상의 번잡함을 혐오했던 앵두 형의 존재감은 번잡함을 야기했던 녀석들이 살려 줬다. 녀석들이 없었으면 앵두 형도 없었다. 앵두 형이 없었다면 녀석들은 훨씬 더 고통스러웠을 것이다. 삶의 변증법은 주막집에서도 체득되는 것이었다.

앵두 형은 자신에게 노래를 — 엄밀히 말하면 퍼포먼스다. 앵두 형의 노래에는 전위적인 춤사위가 곁들여지기 때문이다 — 전수해준 친형의 미대 후배와 결혼해 수도권의 한적한 도시에 정착했다. 건물을 서너 채 상속받았고 생활은 여유로웠다. 전국대회에서 몇 차례 입상했을 정도로 자전거 공력을 쌓아왔던 앵두 형이 전화를 걸어 "쌩하니 휙했다"고 할 정도면 재수 없게 걸린 게 분명했다.

문제를 해결하진 못했다. 이리저리 알아보고 담당형사에게 알아듣게 얘기했지만 아무래도 총출동한 상대방 가족들이 크게 작용한 것 같았다. 형사 녀석은 "인과관계가 성립되니 어쩔 수 없다"고 했다. 피해자가 그냥 넘어진 게 아니고 앵두 형의 자전거 때문에 넘어졌다고 볼 개연성이 있다는 것이다. 게다가 사고가 난 산책로는 자전거가 다니면 안 되는 일종의 인도라는 것이다. 앵두 형에게 전화를 걸어 적당한 선에서 합의하라고 했다. 머리에 혹이 난 정도라면 크게 신경 쓸 일이 아니라고 했다. 벌금 얼마 받는 건 어쩔 수 없다고 했다.

이튿날 앵두 형이 풀죽은 목소리로 또 전화했다.
"허리도 아프다는 데 어떡하냐. 사람들한테 물어보니까 큰돈 들어가기 전에 빨리 합의하라는데 달라는 대로 줘야 되나?"

"그러게 왜 자전거에서 내려요!"

"어?"

"아니 그냥 쌩 하고 지나가면 되지 왜 내리냐고! 사람이 쓰러지든 말든 그냥 가면 되는 거지 뭐하러 내려서 일으켜 세우고 어쩌고 했냐고요? 부딪히지도 않았는데!"

나도 모르는 사이에 새된 목소리가 흘러나왔다.

"어떻게 그냥 가냐 … 사람이 넘어졌는데 …… ."

"그건 그렇다 쳐요. 경찰서에는 왜 갔어요?"

"그 사람이 자기 다쳤으니까 경찰서로 가서 해결하자고 해서 갔지."

"아니 다쳤으면 병원으로 가야지 왜 경찰서로 가요! 의사가 경찰서에 있어요, 아니면 경찰이 병 고쳐주는 놈들이에요?"

"니 말이 맞긴 맞는데 가자니까 나도 어쩔 수 없이 따라 간 거지 …… ."

"형은 학교 다닐 때부터 경찰 녀석들하고 마주친 적이 없잖아. 오히려 걔들 편 아니었어? 가면 '아이고 어서옵쇼!' 할 줄 알았어? 솔로몬의 지혜로 억울한 상황을 해결해줄 줄 알았냐고."

"야 너 말이 좀 심한 것 아니야? 아무리 그래도 그렇지. 물어보려고 전화한 사람한테 이렇게 해도 되냐?"

"대답해주면 그대로 하지도 않으면서 뭐하러 또 전화해요."

"잘못하면 크게 물린다고 사람들이 그러니까 나도 걱정이 돼서 …… ."

"형은 너무 착해서 탈이에요. 그런 사기꾼 같은 놈들 세상에 많아요. 내일 또 전화해보세요. 이번에는 다른 데가 아프다고 할 거예요. 담당형사 녀석한테 인과관겐지 나발인지 인정 못하니까 합의 안 하겠다고 하고 그냥 검찰에 송치하라고 하세요. 벌금 얼마든지 내겠다고."

"피해자가 진단서 제출한다는 데 가만히 있어도 되나?"

"형도 신경정신과 가서 진단서 하나 끊어요. 사고 때문에 정신적으로 너무 힘들다면서. 원래 우리 다 제정신 아니잖아."

가만히 듣고 있던 앵두 형은 기어들어가는 목소리로 "고맙다"고 했다. 할 일이 있다면서 내가 먼저 전화를 끊었다.

앵두 형이 정상 등극의 희열을 만끽하며 여유로운 생활을 즐기고 있을 때 나머지 녀석들은 레퍼토리 개발에 매진하고 있었던 것이다. 녀석들의 레퍼토리는 주막집 밖에서도 통하는 것이었다. 돈이 되는 것이었다. 다른 사람을 확실하게 압도할 수 있는 것이었다. 어쩌면 온 가족이 합심해서 '소프라노 김정구'를 잡기 위해 치밀한 계획을 세웠는지도 모른다.

주막집 옆 테이블에 앉아 있던 녀석 가운데 하나가 이들에게 제보했을 수도 있다. 세상에서 가장 어수룩했던 사람을 아노라고. 그는 여전히 어수룩하고 자신이 어수룩한지도 모른다고. 복잡한 레퍼토리가 필요 없다고. 세상에서 가장 간단한 수작에도 분명히 넘어올 것이라고. 이 사람은 세상이 어떻게 변했는지 모르는 사람이라고. 아니, 세상이 변한다는 사실을 믿지 않는 사람이라고. 자신의 만화영화 주제가로 세상 사람들을 감동시킬 수 있다고 믿는 사람이라고. 한 곡이 끝나기도 전에 사람들을 자기편으로 만들 수 있다고 확신하는 사람이라고.

앵두 형과 같은 테이블에 앉아 있던 우리들도 앵두 형의 약점을 알고 있었는지 모른다. 만화영화 주제가 서너 곡이 앵두 형이 가진 전부라는 사실을 깨닫고 있었는지 모른다. 앵두 형을 모른 척할 수 없었다. 앵두 형의 레퍼토리를 환영해줄 사람들은 우리밖에 없다고 생각했기 때문이다. 우리들이 환호성을 지르지 않았다면 옆 테이블의 그 어떤 녀석도 박수를 치지 않았을 것이다. 우리가 아니었다면 그 어떤 녀석들도 기괴한 노랫가락에 "앵콜!"을 연호할 수 없었을 것이다.

우리는 모두 레퍼토리를 준비하고 있었지만 꺼내들지 않았다. 우린 이미 지쳐있었기 때문이다. 앵두 형의 무대였다. 당구장에서, 자취방에서 충분한 휴식을 취하고 정신적 여유를 충전시킨 앵두 형만이 설 수 있는 무대였다. 앵두 형의 무대에 도전할 필요가 없었다. 우리를 기다리는 무대는 따로 있었기 때문이다. 무대 위에서 관중들의 열렬한 환영을 받는 것도 즐거운 일이지만 어느 무대에 서는가가 더 중요하다고 생각했다.

우리는 정상에 서 보지 못했기 때문에 끊임없이 레퍼토리를 준비했다. 어느 녀석과 맞닥뜨릴지 상상 속에서 시뮬레이팅해보고 전술을 연마하고 전략을 세웠다. 세상은 양춘을 서해대교에서 뛰어내리게 만들고, 정여물을 돼지로 바꿔놓기 때문이다. 적들의 침투작전은 완벽할 정도로 치밀하게 준비된다. 우리의 레퍼토리가 매일매일 새로워져야 하는 이유가 바로 여기에 있다.

앵두 형 일을 알아보기 위해 오리에게 전화했다. 내키지 않았지만 어쩔 수 없었다. 녀석이 연락하지 않는 이유를 잘 알고 있었기 때문에 나 또한 녀석 없이 살기로 마음먹었던 차였다. 지난 연말 모임에서 오리 녀석이 지숙이 녀석과 말다툼을 벌이는 것을 좀 떨어진 곳에서 지켜봤다. 모임을 끝내고 밖으로 나와 인사를 나누며 헤어지는 자리였다. 지숙이가 먼저 오리에게 말을 붙였다.

"동상, 잘 지내는가? 나 지숙이여, 우리 작년에도 봤제?"

"누구세요?"

"아따 나 모르는가? 작년에 돼지갈빗집에서 술잔도 주고받고 했잖여."

"내가 왜 당신 동생이지?"

"뭐라고?"

"내가 왜 당신 동생이냐고? 그리고 왜 반말이야?"

"아따 이런 싸가지 없는… 그때나 지금이나 똑같고마이. 좋게좋게 함께 이것이 아조 사람을 물로 보내잉. 허어 참, 이걸 한대 확 쥐어박아 불까나 어쩔까나 이 쪼맨헌 새끼 이거…….."

"뭐라고? 이런 양아치 새끼가… 너 하는 일이 뭐야? 빵 한 번 더 갈래? 보자보자 하니까 아주 무덤을 파는구나!"

내가 나서서 말리지 않았으면 오리는 아마도 큰일을 치렀을 것이다. 지숙이 덩치가 오리의 두 배는 되는 데다 지숙이는 제법 멀쩡한데 오리는 꽤나 취해 있었기 때문이다.

오리는 일선 경찰서에서 얼마 전 서울청으로 옮긴 경찰관이다. 지숙이는 '톰슨 앤 위너스 금융그룹'의 이사 명함을 가지고 다녔지만 하는 일은 따로 있었다. 조직에 있다가 몇 년 전에 프리랜서로 독립했지만 여전히 현역이다. 이사 명함을 건네주고 사람들이 놀라는 표정을 지으면 조용한 목소리로 "채권추심업입니다" 했다. 사람들이 놀라는 건 당연했다. 지숙이를 보면 대번에 눈치챌 수 있기 때문이다. 우리와 다른 길을 걷고 있다는 사실을. 체격이나 생김새, 걸음걸이, 말투 모두 이 같은 사실을 실증적으로 시사하고 있었다.

처음 만났을 때부터 오리는 지숙이에 대해 상당한 반감을 갖고 있었다. 지숙이가 아무리 살갑게 대해도 오리는 무시를 넘어 면박을 주기 일쑤였다. 연륜을 따져도 지숙이가 서너 살이 많은데 초면인 점을 감안하면 거의 도발 수준이었다. 보다 못해서 오리를 밖으로 데리고 나와 한마디 했다.

"현행범도 아닌데 그럴 필요 있냐? 걔는 죗값 다 치렀다. 니가 잘못 행동하는 거다. 사과해라."

298

오리는 내 말에 큰 상처를 받은 것 같았다. 다른 사람도 아니고 폭력배 때문에 질책을 받는다는 사실에 자존심이 상했을 게다. 이런 앙금이 가시지도 않았는데 한 해 전에는 분명 존댓말을 하던 지숙이가 대놓고 동생 취급을 해버렸으니 참고 있던 감정이 폭발한 것이다.

오리는 그날 이후로 연락을 끊어버렸다. 지숙이에게 화가 났지만 화풀이는 자리를 마련한 사람에게 한 것이다.

오리는 아무 일 없었다는 듯이 앵두 형 일을 신경써 줬다. 고맙다고 했다. 조만간 보자는 말도 잊지 않았다. 오리는 흔쾌히 그러마고 했지만 녀석이 당분간 연락하지 않을 것이라는 것을 잘 알고 있다. '소프라노 김정구' 선생 때문에 오리를 다시 볼 수 있을지도 모른다. 삶의 변증법이다.

10월 2일 오후 8시 15분

생각난 김에 지숙이에게 전화했다. 혼자 사는 녀석인데 추석 때도 연락을 못해서 미안했다. 난 조직이 녀석을 돌보고 있지 않다는 걸 잘 안다. 녀석이 출소해서 옛 동료들과 이전 조직의 오야붕을 찾아다닌 사실도 알고 있다. 복수를 위해. 동료를 대신해 5년을 복역했지만 지숙이에게 돌아온 건 아무것도 없었다. 교도소에서 나와 보니 조직은 해체되고 없었다.

"지숙아 나다. 잘 지내니?"

"예, 형님, 잘 지내셨슴까 형님!"

"요즘 어때?"

"그냥 그렇슴다 형님. 맨날 똑같슴다. 죽겄슴다, 형님."

"일은 안 하니?"

"거시기헌 거이 하나 있었는디 잘 안됐슴다 형님."

"왜, 무슨 일 있었니?"

"누가 돈을 좀 대신 받아달라고 해서 말임다 형님, 쫓아가서 쪼깨 귀찮게 했는디 죽어버렸슴다 형님. 저도 요즘 속이 안좋슴다 형님."

"왜? 뭘 어떻게 했는데?"

"그냥 사무실 찾아가서 의자 좀 들었다 놨다 혔는디 … 분명 준다고 혔는디 … 형님, 다리에서 뛰어내려버렸슴다 형님."

"뭐?"

"서해대교서 차 세워놓고 … 저 어디 좀 가 있어야 할 것 같슴다 형님."

10월 3일 오전 1시 35분

삶의 변증법이다.

10월 4일 오후 8시 38분

작 가 소 개

김 웅

1970년 전라북도 전주에서 나서 전주초등학교와 완산중
학교, 전북사대부고를 거쳐 고려대학교 서어서문학과를
졸업했습니다. 상경 당시 고속버스 터미널에서 마주친
매연과 식당에서 대면한 된장찌개 뚝배기의 용렬한 용량
을 잊지 않고 있습니다.

　1999년에 로이터통신 서울지국에서 기자생활을 시작
해 당시 재정경제부와 산업자원부, 기획예산처, 공정거
래위원회 등을 출입했습니다. 해당 부처 출입 사실과 경
제에 대한 식견은 무관하다는 소신을 갖고 있습니다.

　2005년부터는 KBS 보도본부에서 일하고 있습니다.
정치부와 사회부, 제주총국, 시사제작부 등을 거쳐 현재
는 국제부 소속입니다. 거쳐온 부서와 해당 분야 전문지
식은 무관하다는 믿음을 버리지 않고 있습니다.

　각종 수상경력은 전무합니다. 앞으로도 그럴 것으로
예상하고 있습니다.

　친구를 둘로 구별합니다. 술을 마시는 사람과 안 마시
는 사람. 술을 마시는 사람을 둘로 구별합니다. 끝까지
가는 사람과 도중에 가는 사람. 끝까지 가는 사람을 둘로
구별합니다. 다시 만날 사람과 그만 만날 사람. 최근에는
주변에 있는 많은 사람들이 동물로 보이기 시작했습니
다. '그러는 너는 괴물 같다'는 지적을 새겨듣고 '관계'에
대해 고민하고 있습니다. 고민이 오래 갈 것으로 전망하
고 있습니다.